Das Buch:

Makler und Ex-Kriminalist Hagen Brandt wollte eigentlich nur den Dielenboden seiner Küche erneuern und findet dabei eine Leiche aus der Nachkriegszeit. Ein Fund, der bis in die heutigen Tage nachwirkt. Mit einem Beratervertrag der Kripo Gransee in der Tasche nimmt Sonderermittler Hagen Brandt mit seinen neuen Kollegen die Spur auf und sie führt ihn in den Sumpf alter und neuer Nazis – und zu dem Geheimnis um den Schatz im Stolpsee.

Ein Krimi, dessen Schauplätze sich in und um Gransee befinden und in dessen handelnden Personen jeder auch die Menschen wiederfindet, die so typisch sind für diese Gegend.

Der Autor:

Harald Hillebrand (geboren 1958) wuchs in Frankfurt (Oder) auf, lebte einige Jahre in Berlin, bis er 1998 in den Landkreis Oberhavel kam. Viele Jahre war er als Kriminalist tätig, ab 1992 als Ausbilder für Kriminalbeamte. Seit 1997 arbeitet er als Verwaltungsbeamter in Gransee.

Ochsenblut war der erste Ausflug des Autors in die Welt der Kriminalliteratur.

Die Hagen-Brandt-Reihe:

Ochsenblut (BoD, 2013)
Pfingstschleier (BoD, 2014)
Brand(t)helfer (BoD, 2014)

Weitere Romane des Autors:

Eismenschen (2005, Lerato-Verlag)
Jard – der Druidenlehrling (2005, Gipfelbuch-Verlag)
Begegnung mit den Göttern (2006, Lerato-Verlag)

Lesetermine und Feedback:
http://oberhavel.blog.de

Prolog
Montag, 28. Oktober 1958

Auf Knien rutschte Jakob hangabwärts auf den Bauernhof zu, der auf der anderen Seite des Feldweges lag.
Sein Gewehr hielt er mit beiden Händen vor sich in Kopfhöhe. Das gleiche Mauser-Modell 98 hatte sein Großvater wahrscheinlich 1918 von sich geworfen, als der Krieg endete. Er selbst war im nächsten Krieg gerade erst fünfzehn gewesen, als die Rote Armee sie überrollte. Aber weggeworfen hatte er seinen Karabiner nicht, wo er ihn doch gerade erst ein paar Tage trug. Er erinnerte sich genau, wie schwer ihm damals dieses Monstrum vorgekommen war.
Langsam und geräuschlos bewegte er sich am Feldrand entlang. Mehrmals hielt er inne, um zu lauschen. Als geübter Jäger wusste er, worauf es ankam, wenn man sich dem Wild näherte. Nur, heute ging es nicht um Wild, wenn die Beute auch genauso scheu war. So scheu, dass er dreizehn Jahre nach ihr suchen musste. Dreizehn lange Jahre, die vom Hunger nach Rache geprägt waren. Zuletzt war nur das Suchen geblieben. Bis heute.
Direkt gegenüber der Hofeinfahrt blieb er in den Büschen liegen. Die Hoflampe gab wenig Licht. Jakob erahnte Friedrich Bergmanns gebeugte Gestalt, die in der Hofeinfahrt stand und sich nicht regte. Wie oft hatte er jene Gestalt angstvoll aus den Schatten der Baracken beobachtet? Bergmann stützte sich auf eine Mistforke, wie damals auf seinen Karabiner. Und als er dann die Mütze in den Nacken schob und den Kopf erst nach links, dann nach rechts wandte – all diese Gesten schienen Jakob so vertraut, als wäre es erst gestern gewesen.
Unten in der Senke lag Mühlhof, das seinen Namen einer nicht mehr existierenden Wassermühle am Welsengraben verdankte. Stattdessen standen hier jetzt einige kleine Bauernhöfe. Gegenüber der Kirche hatte er sich ein Zimmer gemietet, nachdem sie Bergmann endlich gefunden hatten. Seine Gefährten jedoch waren in Deckung geblieben.

Bergmann war Bauer geworden und fühlte sich offenbar sicher. Jakob wünschte ihm nicht den Tod (wenn er deshalb auch hier war) vielmehr wünschte er ihm lange Nächte voller Alpträume. Und Schmerzen, unerträgliche Schmerzen.
Doch die Frage, warum sich Bergmann gerade hier, zwischen Sachsenhausen und Ravensbrück, verborgen hatte, war geblieben. Heute erhofften sie sich die Antwort.
Wie ein Teppich lag der Nebel auf den Äckern. Aber da Jakob keine Probleme hatte, sich zu orientieren, war die schlechte Sicht ein Glück für ihn. Was er sehen konnte, genügte: Bergmann, dessen Haus und die Lampe über der Stalltür. Nicht einmal die beiden großen Scheunen waren zu erkennen, und erst recht nicht seine Kameraden, die sich rings um den Hof verteilt hatten.
Mehrmals war er an dem Bauernhof vorbeigegangen. Das Tor war immer abgesperrt gewesen und von einer dichten Hecke vor Blicken geschützt. So hatte er auf sein Glück hoffen müssen. Und gestern endlich hatte Bergmann mit einem Trecker den Hof verlassen, um Mist auf die Felder zu bringen. Jakob hatte ihn sofort wiedererkannt.
Die ersten Fröste waren vorbei. Heute hatte es geregnet und nun warf der Vollmond bläuliches Licht durch den Bodennebel. Büchsenlicht. Es war soweit. Jakob drückte den Kolben seines Gewehrs an die Schulter und zielte sorgfältig.
Friedrich Bergmann hob den Kopf, als spüre er das Kommen des Todes. Dann drehte er sich um und ging gemächlich auf den Stall zu. Der Knall des Karabiners zerbarst die Stille. Etwas packte Bergmann am Hinterkopf und schleuderte ihn nach vorn. Er krachte mit Wucht auf das Kopfsteinpflaster der Einfahrt und rührte sich nicht mehr.
Jakob stand auf. Er zog das Messer aus dem Gürtel, mit dem er schon so manchem Reh das Fell über die Ohren gezogen hatte. Mit Bergmanns Frau würde er auch fertig werden.

1
Samstag, 11. August 2012

Als die ersten Sonnenstrahlen zwischen den Linden auftauchten und das Haus am Welsenweg trafen, saß Hagen Brandt bereits im Büro und prüfte seine Mails. Ein morgendliches Ritual, um zu sehen, ob er seinen Tagesablauf noch einmal umplanen musste. Als ehemaliger Kripobeamter und jetziger Makler war er es gewohnt, seinen Tag gewinnbringend zu organisieren. Aber sein Postfach war leer.
„Dann los", brummte er und drückte die Zigarettenkippe in den Aschenbecher. Im Flur zog er die alten Wanderschuhe an. Für das, was er vorhatte, waren sie noch gut genug.
Silke erwartete ihn bereits in Arbeitsklamotten, als er die Küche betrat. Ihre blonden Haare hielt sie mit einem Stirnband in Zaum.
„Guten Morgen, mein Schatz und Mäusetöter", begrüßte sie ihn lächelnd. „Bist du bereit, gegen die Heerscharen der Unterwelt anzutreten?"
Hagen Brandt gab ihr einen Kuss. „Du kannst es wohl kaum erwarten", antwortete er und betrachtete die kahlen Wände.
Den Putz hatten sie abgeschlagen und die alte Lehmstakendecke heruntergeholt. Die Fenster standen seit Tagen offen und der Geruch von Mäusekot, der in der Luft gehangen hatte, war verflogen. Aber die Löcher in den Dielen ließen ahnen, dass der Gestank wiederkommen würde, wenn sie sich an die Arbeit machten.

Drei Stunden später schaltete Hagen Brandt die Handkreissäge aus, wischte sich die Hände an seinem verschwitzten T-Shirt ab und steckte sich eine Zigarette an.
Durch die staubige Fensterscheibe schaute er auf den Stapel alter Dielen und Balken. Sie waren das Letzte, was noch an die alte Küche erinnert hatte. Unter seinen Füßen wirbelte bei jeder Bewegung Dreck auf und überall lagen diese kleinen Grasbüschel herum – Mäusenester. Der Gestank war auch

wieder da.
„Wie haben wir das nur so lange ausgehalten?“, fragte Hagen laut, als er vor die Tür trat. Doch Silke verschwand gerade mit einer Ladung Dielenbretter hinter dem Stallgebäude. Er lud sich einen Balken auf die Schulter und ging ihr hinterher. Die Sonne brannte im Genick, als er zwischen den Scheunen hindurch auf die Obstbaumwiese zuging. Die Klaräpfel leuchteten gelb in der Sonne. Er blieb stehen.
„Was machst du?“, fragte Silke plötzlich hinter ihm.
Er drehte sich vorsichtig um und schwenkte den Balken langsam mit. „Am liebsten würde ich jetzt Äpfel pflücken. In der Küche ist ein fürchterlicher Gestank.“
„Gut, ich mache drinnen weiter“, sagte sie, „und du karrst den Dreck zum Schutthaufen.“
Er nickte, lud den Balken im Holzschuppen ab und eilte zurück zur Baustelle. Silke hielt schon die Schippe in der Hand und wartete auf die Schubkarre.
„Du hast recht“, rief sie ihm entgegen. „Es stinkt schlimmer als gestern. Und das war schon übel.“
„Stimmt. Als hätte hier jemand seinen Hund begraben.“
„Alte Unke“, rief Silke lachend. „Lass uns lieber anfangen. Das bisschen Bauschutt ist schnell draußen.“
„Und mein Frühstück?“, fragte Hagen und guckte schmal.
„Gibt keins.“ Sie betrachtete ihn mit einem belustigten Funkeln in den Augen, „Und du bekommst auch kein Abendessen, wenn du nicht aufhörst zu maulen.“

Als Hagen den letzten Aushub abkippte, war es 11 Uhr vorbei. Im Bad rauschte schon die Dusche. Er freute sich auch darauf, den Dreck abzuspülen. Trotzdem holte er den Fotoapparat aus dem Esszimmer und machte einige Fotos.
In der linken hinteren Ecke stand früher ein Backofen. Die alten Kacheln, die diese Ecke geziert hatten, würden sie wiederverwenden. Einiges war auch nachträglich errichtet oder verändert worden. Und das machte den Umbau so spannend. Wieder ließ er die Kamera klicken.

Sein Blick glitt über die Backsteine der Außenwand, dann weiter nach rechts, wo die Speisekammer lag. Die Tür befand sich früher in der linken Ecke. Die Steine dort hatten eine andere Farbe. Hagen trat näher heran.
„Pfuscher“, brummte er. „Nicht einmal verzahnt haben sie die Steine. Ein Tritt und alles fällt zusammen.“
„Was knurrst du da?“, fragte Silke hinter ihm.
Er drehte sich um. „Du bist ja schon fertig. Schade.“ Langsam ging er auf sie zu. Ihre Brüste waren voller geworden seit sie nicht mehr joggte. Aber durchtrainiert war sie immer noch und er merkte, wie ihn das reizte.
„Halt! Bleib, wo du bist, du dreckiger Kerl“, rief sie lachend und huschte an ihm vorbei ins Esszimmer. Bestimmt hatte sie sich absichtlich nur das winzige Handtuch um die Hüfte geschlungen. So ein Luder, dachte er und wollte ihr folgen. Doch etwas Spitzes drückte sich schmerzhaft in seine Schuhsohle.
Er kickte den Stein fort, auf den er getreten war und scharrte misstrauisch über den Untergrund. In der Ofenecke waren sie auf ein gemauertes Fundament gestoßen. Aber hier, mitten im Raum? Er ging in die Knie und schob Gesteinssplitter und Sand zur Seite. Darunter wurde ein rötlich-grauer, mit Rillen durchzogener Stein sichtbar.
Schnell holte er den Besen aus dem Vorraum und begann zu fegen. Eine Steinplatte mit strahlenförmig nach außen führenden Rillen kam zum Vorschein.
„Silke“, rief er. „Ich habe etwas gefunden.“
Halb angezogen erschien sie in der Tür.
„Das könnte von einem Mühlstein sein. Meinst du nicht?“, fragte er. Alles, was irgendwie alt war oder aussah, interessierte Silke ebenso wie ihn selbst.
Frisch geduscht, wie sie war, sprang Silke die Stufe hinab in die Baugrube und produzierte damit eine Staubwolke, die Duschen als unnützen Zeitvertreib erscheinen ließ. Kniend kratzte sie mit beiden Händen am Rand des Steins entlang bis ihre Finger Halt fanden. Mit einem Ruck riss sie den Stein hoch.
„Tatsächlich, ein Stück Mühlstein“, sagte sie gleich darauf.

„Hier unten ist ja noch der Rest der Nabe zu sehen.“
„Schaffen wir ihn raus“, erwiderte er. „Und dann frühstücken. Einverstanden?“
Zusammen trugen sie den Stein hinaus. Der würde später einen würdigen Platz finden.
Hagen ging duschen und Silke machte Frühstück. Kaum eine halbe Stunde später standen sie wieder auf der Baustelle.
„Was meinst du, ob da noch mehr vergraben liegt?“
Silke legte ihren Unterarm auf seine Schulter. Beide sahen sich an. Silke lächelte herausfordernd. Also griff er wortlos zur Schippe. Kaum zwanzig Zentimetern tiefer stieß er wieder auf Stein. Er strich mit der Hand darüber.
„Roter Backstein“, sagte er und kratzte noch etwas mehr Bauschutt zur Seite.
„Ist das wieder ein Fundament?“
„Möglich. Oder eine Treppe.“ Er richtete sich auf und schaute zur Speisekammer. „Wenn es eine Treppe ist, führt sie dorthin.“ Er zeigte auf die Wand der Speisekammer, und begann, davor den Bauschutt wegzukratzen. Nach wenigen Minuten richtete sich auf.
„Jetzt wird's aber spannend. Schau mal, ein Türsturz.“
Silke schob ihn zur Seite. Mit den Händen entfernte sie den restlichen Schmutz von den Steinen, die noch halb in der Erde steckten. Er konnte deutlich erkennen, dass diese Steine hochkant vermauert waren und einen Bogen bildeten. Typisch Tür- oder Fenstersturz.
„Das wird ein Keller sein“, sagte er laut, „Was denn sonst?“
„Alte Obstweine?“ Sie richtete sich auf. „Lecker!“
Dann wieder ihr auffordernder Blick, der sagte: Los, nimm deine Schippe. Weiterbuddeln!
„Meinst du wirklich?“, fragte er zweifelnd. „Das müssen wir anschließend alles wieder zuschaufeln.“
„Eine alte Obstpresse“, schwärmte sie, „wolltest du doch immer. Alte Tonkrüge. Münzen, das Familiensilber, eine Schatztruhe. Den Nibelungenschatz oder wenigstens das Bernsteinzimmer. Ja!“ Silke klatschte in die Hände. „Das alles soll ich

mir entgehen lassen?“ Sie grinste breiter. „Los, weiterbuddeln, hab ich gesagt!“
„Oh Gott, ich habe ein Kind verführt“, grummelte Hagen in seinen Dreitagebart.
Sie schlug ihm leicht auf den Hinterkopf, meinte dann aber versöhnlich: „Gib mir die Schippe. Ich will das jetzt wissen.“
„Und ich rufe inzwischen Knut an und sage Bescheid, dass er morgen nicht zu kommen braucht. Mit dem Unterbeton wird es noch nichts.“
„Das ist mir jetzt egal. Und wenn … ich die … ganze … Nacht … schippen … muss ...“ Sie keuchte und warf mit jedem Wort neuen Staub in die Luft.

Es ging auf die Kaffeezeit zu, als die ersten Stufen freigelegt waren. Unter dem Türsturz kam nach und nach eine faulige Holztür zum Vorschein und es stank immer bestialischer. Hagen öffnete beide Fenster.
Es war einfach egal, ob er die restlichen zwei Grad auch noch herein ließ. Hauptsache, der Gestank ließ nach.
Plötzlich wurde es in der Küche dunkler. Er schaute durch das Fenster nach Norden. Dicke Wolken zogen heran.
„Die Vorboten drohenden Unheils“, flüsterte er und nahm die Wasserflasche vom Fensterbrett. Draußen blitzte es und im selben Moment hörte er es krachen. Silke kreischte auf.
Wie in Zeitlupe drehte er sich um. Noch geblendet vom grellen Blitz wanderten Hagens Augen durch die dunkle Küche. Er sah wandernde Schatten an den Wänden und dunkle Türrahmen. Silkes Spaten steckte fast waagerecht in der Erde. Sie selbst rutschte eilig vom Rand des Loches zurück, den Blick starr auf etwas Schreckliches geheftet.
Der nächste Blitz strahlte ein Schädeldach und Wangenknochen an, die aus der Erde ragten. Direkt darunter steckte Silkes Spaten. Das moosgrüne und modrig braune Holz der Kellertür dahinter gab dem Ganzen den Anschein eines Sarges.
Die Gewitterfront war über ihnen angekommen und schickte den nächsten Blitz. Irgendwie erinnerte ihn das Bild an einen

Film. Ein Gespensterschloss der Neuzeit mit der Kameraführung der *Purpurnen Flüsse*. Drohendes Unheil! Nur dass der nächste Blitz keine Würmer, Larven oder ähnliches erhellte. Hagen schaltete die Baulampe an. Nun verschwand zwar das Gespenstische des Raumes, doch der Schädel blieb. Hagen verstand Silkes Erschrecken. So unverhofft trat man selten dem Tod gegenüber. Für ihn selbst war es zwar nicht die erste Leiche, doch gewöhnt hatte er sich nie an deren Anblick.
„Verdammt, wo kommst du denn her?", fragte Hagen laut, trat näher an das Loch heran und beugte sich vor.
Ein letzter kräftiger Donnerschlag ließ unterhalb des Schädels etwas Erde ins Loch rieseln. Hagen polkte mit dem Fingernagel noch ein wenig mehr heraus und drehte sich zu Silke um.
„Jetzt wissen wir schon mal, seit wann der Kerl hier liegt. Schau mal: Ein SS-Kragenspiegel. Und hier. Haare hatte er auch noch und fast alle Zähne. Einer ist sogar aus Gold."
Silke stand auf. Sie klopfte sich den Dreck von den Hosenbeinen. „Und?", fragte sie. „Was machen wir jetzt?"
„Am besten, du kochst eine große Kanne Kaffee für den vielen Besuch, der bald kommt."
„Willst du etwa die Polizei anrufen? Und was wird aus unserem Schatz?" Silke spielte die Enttäuschte.
„Natürlich rufe ich an", erwiderte er. „Sollte hinter der Tür wirklich ein Schatz liegen, ist es Kriegsbeute. Und das bringt höchstens Ärger. Und außerdem …" Hagen lächelte spitzbübisch. „Außerdem kommen Leute mit großen Schaufeln und wir können zuschauen, wie sie unsere Arbeit machen."
„Wie meinst du das jetzt wieder?" Seine Scherze waren ihr oft ein Rätsel.
„Wie lange hätten wir hier noch zu tun? Stunden. Die Spurensicherung wird das für uns erledigen. Und jetzt gehe ich telefonieren."
„Polizeirevier Gransee."
„Hier ist Hagen Brandt aus Mühlhof. In meiner Küche liegt eine Leiche," sagte er in einem Ton, als hätte er das Wörtchen *wieder* heruntergeschluckt und schon zehnmal angerufen.

„Hagen, hör auf mich zu veräppeln. Was willst du?"
„Jörg? Bist du das?"
„Wer hängt sonst am Samstag im Revier rum? Weißt du, wie viele Unfälle wir heute auf der B 96 hatten? Drei! Also komm mir nicht mit irgendwelchem Scheiß! Was willst du?"
„In meiner Küche liegt wirklich eine Leiche – und zwar seit bestimmt sechzig Jahren. Wir haben das Skelett unter dem Dielenboden gefunden. Kannst du jemanden schicken?"

Vier Stunden später. Hagen stellte die Kaffeetasse ab und stand auf, als es an der Tür klopfte.
„Schön habt ihr es hier", sagte eine vertraute Stimme.
In der Tür stand Anne Pagels in ihrem weißen Overall. Mit dem schwarzen Pagenkopf sah sie aus wie Lieutenant Uhura von der *Enterprise*, nur etwas aufgepeppt mit bläulich schimmernden Strähnen. Etwas gewagt für ihre 53 Jahre, fand er, aber passend zu ihrer zierlichen Gestalt.
„Die Gästewohnung", antwortete er. „Jetzt hausen wir hier, solange die Küche Baustelle ist. Drüben im Haus schlafen wir aber heute Nacht wieder, wenn du nichts dagegen hast."
„Nein. Kein Problem. Nur die Baustelle muss ich ein paar Tage sperren." Anne sah sich neugierig um.
„Willst du einen Kaffee und ein paar Bratkartoffeln?"
„Nur Kaffee, bitte." Sie setzte sich an den Küchentisch.
„Und wie weit bist du gekommen?", fragte er, als sie ihren Kaffee schlürfte. „Hast du ihn freigelegt?"
Anne nickte.
„Ich frage mich", fuhr Hagen fort, „was der hier zu suchen hatte. Wie ist er gestorben?" Er schenkte ihr Kaffee nach.
„Und was ist mit den Schätzen?", fragte Silke dazwischen.
Anne lachte auf. „Schätze?"
„Hinter der Kellertür. Was habt ihr dort gefunden?"
„Nichts, außer drei Weinflaschen. Also mach dir keine Hoffnung." Anne erhob sich. „Es wird nur zwei Tage dauern. Ich rufe dich an, Hagen, wenn der Fundort freigegeben ist. Bis dahin ist das Betreten verboten." Sie winkte ab. „Aber das

weißt du ja sicher noch."
„Wie ist er gestorben?", fragte Hagen noch einmal und hielt sie am Arm zurück. Irgendetwas drängte ihn zu der Frage, obwohl ihm klar war, dass ihn das längst nichts mehr anging.
„Was machen eigentlich die Immobilien?", versuchte Anne abzulenken. „Bist du jetzt ein erfolgreicher Makler?"
Hagen ließ ihren Arm nicht los. „Wie ist er gestorben?"
Anne Pagels schaute ihm in die Augen. Er sah Besorgnis in den ihren. Was geschah hier? Er hatte das alles doch hinter sich lassen wollen. Bisher war ihm das auch gelungen.
„Er wurde erschossen", sagte sie leise. „Am Hinterkopf die Einschussstelle. Ein Austrittsloch war nicht zu sehen. Das Geschoss auch nicht. Zu seinen Füßen lag eine Patronenhülse, Kaliber 8. Papiere haben wir nicht gefunden." Sie öffnete die Tür. „Pass auf dich auf, Hagen. Ich will dich nicht wieder ins Krankenhaus bringen müssen." Dann ging sie.
„Hey", rief er ihr hinterher. „Das ist sechs Jahre her!"
Dann blieb er erstarrt stehen, obwohl Anne längst gegangen war. Sein Spiegelbild starrte von der Türscheibe zurück. Er horchte in sich hinein. Nein, da war keine Angst. Aber sie hatte Recht: Wie lange würde das noch so bleiben?
Draußen wurde ein Kleinwagen angelassen. Anne fuhr nach Hause. Ob sie inzwischen einen neuen Mann hat?
„Du kennst sie von früher?", fragte Silke hinter ihm. Sie legte ihre Hände auf seine Schultern und schmiegte sich an ihn.
Die Starre fiel langsam von ihm ab.
„Ja, von der Polizeischule her." Er drehte sich zu ihr um. „Aber das ist lange her und spielt keine Rolle mehr."
Ihre großen dunklen Augen schauten fragend. Er küsste sie auf die Stirn, roch den Schweiß ihrer Haare und schmeckte den Schmutz, der sich in den winzigen Fältchen über der Nasenwurzel gehalten hatte. „Komm", sagte er, „wir schauen kurz in den Keller. Dann gehen wir duschen."
„Aber wir sollen doch nicht ..."
Hagen nahm einfach ihre Hand und zog sie mit sich.
Am Eingang zur Küche blieb er stehen. Die Treppe mitten im

Raum war ungewohnt. Und etwas zog sich in ihm zusammen, als er daran dachte, wie viele Menschen hier herumgetrampelt waren. Eigentlich wollten sie ja zu sich einzuladen, um den Garten und anderes zu teilen. Aber plötzlich hasste er Anne und die anderen für ihr Eindringen.
„Was hast du?“, fragte Silke hinter ihm.
„Nichts. Duck dich.“ Hagen hob das Absperrband an und kroch mit ihr darunter hindurch. Die Kellertür stand einen Spalt offen. Silke schob sich an ihm vorbei und drückte vorsichtig gegen das morsche Holz. Aber es ging offenbar schwerer, als sie erwartet hatte. Nun stemmte sie sich mit beiden Händen gegen die Tür, bis die sich knarrend bewegte.
„Es ist ziemlich dunkel hier drinnen“, sagte Silke. „Und es stinkt modrig.“
„Warte.“ Hagen hatte die Baulampe entdeckt, die im Kellereingang stand, und schaltete sie ein. Silke verschwand hinter der Tür. Als er noch auf der Treppe war, hörte er schon ihr Seufzen.
„So viel Arbeit“, sagte sie, als er den Keller betrat, „und Lohn ist nirgends zu entdecken. Das ist wirklich enttäuschend.“
Der Keller war beinahe leer. An den Wänden standen lediglich leere Holzregale oder was davon noch übrig war. Das Holz hatte der Feuchtigkeit nicht stand gehalten und war verrottet und zusammengebrochen. Entsprechend roch es.
„Lass sie noch liegen“, sagte er, als Silke sich nach den Weinflaschen bückte, die hinter der Tür lagen. „Die bleiben uns immer noch, wenn die Kripo hier fertig ist.“
„Sieht aber aus, als wäre wirklich noch etwas drin. Ich kann nur nicht erkennen, was auf dem Etikett steht.“
Hagen verließ den Keller. Die Flaschen interessierten ihn nicht. Ihm ging etwas ganz anderes durch den Kopf: Was hat ein SS-Mann hier zu suchen, wenn der Keller wirklich so leer war, wie er aussah? Diese Frage würde ihm keine Ruhe lassen. Aber für heute hatte er genug von Leichen, Kellern und Rätseln. Jetzt sehnte er sich nur noch nach einer Dusche.
Wie warmer Regen fiel das Wasser aus der Brause auf seine

Schultern und lief den Rücken hinunter. Die Hände hatte Hagen gegen die Wand gestützt und die Augen geschlossen. Die Wandfliesen fühlten sich kühl an. Der Duft des Duschbades stieg ihm in die Nase. Doch nichts davon konnte ihn ablenken. Seine Gedanken kreisten um das Skelett und den Schuss in dessen Hinterkopf und ließen sich nicht abschalten.
Das Patschen nackter Füße warnte ihn. Silkes Hände waren nicht so kalt, wie er befürchtet hatte. Sie streichelten seinen Rücken, glitten langsam nach unten ...
In der Nacht schreckte er auf. Etwas hatte ihn geweckt. Ein Traum? Oder Silke? Nein. Ein Gedanke, der ihm wie das Klingeln eines Weckers durch den Kopf geschossen war. Er schaute zur Uhr: halb zwei.
Der Gedanke wollte nicht wiederkommen. So sehr Hagen sich auch bemühte, ihn zurückzuholen.

2

Silke war zum Einkaufen gefahren und konnte keine Fragen stellen. Hagen wusste nicht, was ihn antrieb, vielleicht war es einfach nur Neugier. Er zog das alte Jackett an, das er früher im Dienst getragen hatte und für einen Sommertag eigentlich zu warm war. Heute war es Verkleidung.
Gegen elf stieg er in seinen klapprigen Gebrauchtwagen. Die Reifen waren so abgefahren, dass deren Abrollgeräusche problemlos den Motor übertönten. Aber er fuhr. Hagen setzte mit Schwung rückwärts aus der Hofeinfahrt, stoppte, als ein Siebentonner dorfeinwärts bretterte, und gab Gas. Der kleine Fiat aus der Gegenrichtung gab Lichthupe. Der Fahrer zeigte ihm einen Vogel. Gemächlich ließ Hagen die Kupplung kommen, trotzdem lamentierte sie. Dann schaltete er die Klimaanlage ein – der einzige Luxus, den dieses Auto neben dem Aschenbecher noch hatte – fischte eine Zigarette aus der Schachtel und zündete sie an. Gleichzeitig bremste er scharf, als der nächste Kieslaster aus der Mühlhofer Dorfstraße einbog.
Hagen lenkte an den Rand. Er hörte es vorne rechts knallen.

Das Vorderrad hatte einen der hölzernen Poller rasiert, die alle paar Meter den Straßenrand markierten. Die Radkappe landete im benachbarten Garten. Kurz darauf fuhr er mit Schwung auf die L22.
Er musste sich beeilen, wollte er nicht zehn Minuten an der Schranke stehen, die Mühlhof mehrmals stündlich von Gransee abschnitt. Aber wen interessierte das schon. Die Fußgänger konnten ja den für empfindliche Nasen, Kinderwagenlenker und Rollstuhlfahrer unpassierbaren Tunnel benutzen.
Er nahm den Weg durch Innenstadt. Die Stadtplaner (nicht die aus dem 13. Jahrhundert – die von heute) hatten wohl den Gedanken umgesetzt, dass die Granseer sie in bleibender Erinnerung behalten sollten, als sie die Hauptstraße mit Katzenköpfen pflastern ließen. Die Anwohner kamen nicht zur Ruhe. Viele Geschäftsleute hatten ihre Läden geschlossen, da einfach auch Parkmöglichkeiten fehlten und damit die Käufer.
Gleich an der ersten Kreuzung hatte sich eine Autoschlange gebildet. Von rechts wollte ein Bus auf die Breitscheid-Straße einbiegen, konnte es aber nicht, weil rechts von ihm schon der Transporter einer Baufirma auf das Fünfundzwanziger-Vehikel wartete, das wiederum rechts von dem stand. Patt. Hagen Brandt putzte in Ruhe seine Brille, denn das konnte dauern.
Fünfzehn Minuten später parkte er seinen Astra beim Bildungswerk, das in den Plattenbau der ehemaligen SED-Kreisleitung eingezogen war. Mit großen Schritten stürmte Hagen die Treppen hoch. Es roch nach Essen. Zielstrebig ging er auf den Speiseraum zu und schaute kurz hinein. Sie waren noch nicht da. Also kaufte er sich eine Bockwurst mit Brötchen und einen Kaffee, setzte sich und wartete.
Nach zehn Minuten hörte Hagen sie kommen. Klaus, den Kriminaltechniker, erkannte er an der Stimme und Wilfried konnte dann nicht weit sein.
„Wilfried, guck ma, der Hagen is widda da.“
Klaus Papst sächselte für die Ohren eines Oberhavelers, der eng mit dem Mecklenburger verwandt ist, ganz fürchterlich, obwohl Papst, wie er immer beteuerte, seine Heimat seit vier-

zig Jahren nicht mehr betreten hatte. Hagen stand auf und gab beiden die Hand.
„Was machst du denn hier?“, fragte Wilfried. „Wieder im Dienst? Die haben erzählt, du hättest gekündigt.“
Hagen winkte ab. „Erzählt wird viel. Will nur was essen.“
„Doch nicht Innenrevision, oder?“, fragte Klaus und versenkte seine Gabel im Kartoffelbrei.
„Ach woher. Nichts, was euch betrifft. Aber was macht ihr eigentlich hier. Ich dachte, die Kripo ist nach Oranienburg umgezogen.“
„Ja, fast alle. Nur wir beide, der Steinert und die Chefin sind noch hier. Wir können uns jetzt mit unseren Plünnen ausbreiten und kriegen sogar ein eigenes Fotolabor.“
„Wow! Und Anne ist noch genauso hübsch wie früher?“
„Klar doch. Hübsch und clever war sie ja schon immer. Aber heute früh sah sie nicht so frisch aus.“
Hagen biss in seine kalt gewordene Bockwurst. „Wieso?“, fragte er wie nebenbei. „Schlecht geträumt?“
„Sie muss die ganze Nacht gearbeitet haben. Als ich kam, fuhr sie gerade nach Hause zum Schlafen.“
„Auf ihrem Schreibtisch lag ein Skelett“, ergänzte Klaus, „also Fotos davon natierlisch. Ein alter Nazi, SS-Mann. Blutgruppentätowierung, die Haut war zum Teil noch erhalten.“
Hagen stand auf. „Meine Sonderermittlung ruft. Lasst es euch gut gehen und sagt Anne lieber nicht, dass ihr mich getroffen habt. Ihr wisst genau, dass ihr nicht mit Fremden quatschen sollt.“ Er griente Klaus an und machte, dass er weg kam.
Der SS-Mann war nicht neu gewesen, höchstens die Blutgruppentätowierung. Aber was brachte ihm dieses Wissen? Erst einmal nichts.
Auf dem Weg zu seinem Auto überlegte er, was er als nächstes tun sollte. Dann zückte er sein Smartphone.
„Märkische Allgemeine, Hansen“, hörte er die Stimme der Fotoreporterin, mit der er früher oft zusammengetroffen war.
„Ist Birgit Freier zu sprechen?“, fragte Hagen.
„Moment.“

„Freier hier?“ Es war Birgits rauchige Stimme.
„Ja, suchst du schon wieder einen?“ Er hörte ihr Lachen und fragte: „Hast du Zeit für einen Kaffee?“
„Aber in deine Klapperkiste steig ich nicht wieder!“, antwortete sie prompt.
„Musst du ja nicht. In zehn Minuten im Altstadtcafé? Für etwas Zweisamkeit ist das genau richtig, so laut wie die Kühltruhe brummt.“
Sie lachte wieder und sagte zu.

Hagen parkte am Straßenrand und kaufte in dem Laden gegenüber eine Orchideenblüte. Kurz darauf betrat er das Café. An der Theke bestellte er zwei große schwarze Pötte Kaffee und setzte sich auf die Terrasse. Kaum hatte er seine Zigarette angezündet, wirbelten ein glitzerndes etwas von Bluse und knackig eng anliegende Jeans durch die Hintertür. Wie sie dastand mit ihren blonden Haaren, der an die Hüfte gelegten Hand und dem hochgereckten Kinn, hätte sie für fast alles Werbung machen können, trotz ihrer achtundvierzig Jahre. Würde man sie nach ihrem Lebensinhalt fragen, wäre ihre Antwort *eine starke Zigarette und Stern im Kreis* gewesen. Den einen Ausflug zum Steinbruch im Wald hatten beide intensiv genossen, aber Freunde zu bleiben, war ihnen dann wichtiger gewesen.
Hagen erhob sich.
„Madame, darf ich Sie zu einem Kaffee einladen?“, fragte er und versuchte, charmant auszusehen.
„Was glauben Sie, wer ich bin?“ Birgit Freier hob die Hand, als wolle sie ihn schlagen wegen seiner Unverschämtheit. Stattdessen legte sie ihm ihren Arm um den Hals und hauchte Hagen ein Kuss auf die Wange.
„Jetzt hast du meine schöne Orchidee ganz zerquetscht“, rief er, den Empörten spielend.
Birgit schaute ihn von oben bis unten an, dann hob sie die Hand und winkte den Kaffeehausbetreiber heran, der die Szene von der Tür aus beobachtet hatte.

„Ober, bringen Sie dem Herrn eine neue Orchideenblüte“, forderte sie. „Und am besten ein neues Jackett. Diesen Lumpen hattest du doch schon vor zwanzig Jahren an, oder?“
Hagen lächelte etwas schief. „Ja, damals war das trendig. Übrigens, du siehst hinreißend aus in diesem Hauch von Bluse. Hier in Gransee gekauft?“ Er schaute demonstrativ in ihren Ausschnitt, als sie sich setzte.
„Nein, nein, natürlich gewachsen.“ Birgit kicherte. „Aber das weißt du ja“, setzte sie seufzend hinzu und beendete damit ihr Werbungsritual, das sie bei jedem Treffen inszenierten.
Sie trank jetzt ihren Kaffee, rauchte und lehnte sich ganz entspannt zurück. So sieht eine mit ihrem Leben zufriedene Frau aus, dachte er und verglich sie ganz automatisch mit der immer vorwärts strebenden, nie rastenden Silke.
Er wartete, bis der Wirt verschwunden war. Dann beugte sie sich etwas vor und schaute ihm in die Augen. „Also, was gibt es zu bereden?“
„Ich brauche deine Geschichtskenntnisse beziehungsweise die deines Zeitungsarchivs. Mich interessiert die Nachkriegszeit in Mühlhof. Kannst du mal in euren Archiven stöbern?“
Sie schaute ihn aufmerksam an. „Du willst mir nicht sagen, was passiert ist. Okay, ich werde für dich Staub schlucken und mir wird tagelang keine Zigarette schmecken. Egal, ich tue es für dich.“
So einfach war das: Birgit fragte nicht, sie half. Und er bemühte sich, dies nicht über Gebühr zu strapazieren.
„Ich rufe dich an, wenn ich etwas gefunden habe.“ Sie stand auf, gab ihm die Hand und ging. Er sah ihr nach und lächelte. Und sie schaute zurück, als hätte sie es gespürt.
Als er die Hofpassage verließ, an deren Ende sich das Café befand, stand ein schwarzer VW Tuareg am Straßenrand. Bereits vor dem Bildungswerk war der ihm aufgefallen.
Hagen öffnete die Tür zum Optiker, dessen Geschäft sich am Eingang der Passage befand. Er setzte sich eine Sonnenbrille aus der Auslage auf und betrachtete sich scheinbar im Spiegel. Leider ließ sich durch die getönten Autoscheiben nichts

erkennen. Doch er glaubte sicher, dass der Fahrer ihn beobachtet hatte, als er das Café verließ. Das versprach spannend zu werden. Hagen zog sein Smartphone heraus und notierte sich die Münchener Autonummer. In Gransee gab es zwar nicht so viele Münchener Autos, und Tuareg schon gar nicht. Aber man wusste ja nie, wozu das noch gut sein konnte.
Hinter Hagen räusperte sich jemand. Der Meister persönlich.
„Nehmen Sie diese hier“, sagte er. „Das da steht Ihnen nicht, junger Mann.“
Hagen probierte sie auf. Der Chef hatte recht. Hagen bezahlte und verließ den Laden.
In einer Hofeinfahrt auf der gegenüberliegenden Straßenseite stand ein junger Mann mit einer Nase, die im Alter wahrscheinlich ein riesiger Zinken werden würde. Bekleidet war er mit einem hellen Sommerhemd und Weste, die süddeutsch anmuteten. Sehr ungewöhnlich für Gransee. Hagen ahnte, dass er dieses Jüngelchen wiedersehen würde. Er ging zu seinem Auto und fuhr zur Tankstelle. Wenigstens wollte er genau wissen, ob die Aktion ihm galt oder ob es nur Zufall war. Aber als er sah, wie der Tuareg an der nächsten Zapfsäule hielt, konnte kein Zweifel mehr bestehen.

Den Nachmittag verbrachte Hagen mit Silke im Garten, abends beantwortete er die spärlich eingegangenen Kundenanfragen und durchforstete anschließend das Internet nach alten Berichten rund um Gransee. Eine Meldung wurde von vielen Zeitungen aufgegriffen: Kisten voller Gold und Platin sollten die Nazis im Stolpsee bei Fürstenberg/Havel versenkt haben. Er glaubte nicht daran, dass das irgendwas mit Mühlhof zu tun hatte, trotzdem speicherte die Meldung als Lesezeichen ab. Vielleicht war Birgit ja erfolgreicher in ihrem Archiv.

Am Dienstagvormittag versuchte Hagen telefonisch, in München den Halter des VW Tuareg zu ermitteln. Normalerweise war das kein Problem, doch der Mitarbeiter dort wollte das nicht einsehen.

„Aber ich sage Ihnen doch: Den Außenspiegel hat er mir abrasiert.“ - „Was? Nein, ich will keine Anzeige erstatten. Er hat mir ja fünfzig Euro für die Reparatur gegeben, aber in der Werkstatt meinte man, der Spiegel ließe sich nicht reparieren. Ein neuer kostet 230 Euro. Deshalb brauche ich die Adresse.“ - „Okay, lassen Sie es. Ich rufe später an, wenn Ihre Laune besser ist!“ Er trennte die Verbindung und wählte eine Granseer Nummer.

„Hallo Frank, wie geht's den Wildschweinen?“ - „Nein, mir ist keins ins Auto gelaufen.“ - „Ja, eine Salami und ein paar Bratwürste würde ich gerne nehmen. Aber du kannst mir auch einen Gefallen tun: Ich brauche den Halter eines Münchener Kennzeichens.“

Er gab ihm das Kennzeichen durch. „Ja, ich warte.“

Es dauerte nur fünf Minuten.

„Warte, ich schreibe mit: Meier, Jakob, 98386 München, Prinzregentenstraße, Villa Soundso? Dort wohne ich auch immer, wenn ich in München bin.“

Eine piekfeine Gegend, überlegte Hagen, genau passend zu einem VW Tuareg, aber nicht zu dem jungen Schnösel am Steuer. Ein Firmenwagen vielleicht? Aber wer lässt Kinder in einem solchen Auto durch Brandenburg fahren und friedvolle Immobilienmakler beobachten? Was also sollte das Ganze?

3

„Nach Ihnen wurde heute gefragt. Da läuft etwas aus dem Ruder, fürchte ich. Wir müssen eingreifen.“

Meier erkannte die Stimme seine Adjutanten. „Stein, kümmern Sie sich darum. Fahren Sie nach Brandenburg und pfeifen diesen Dummkopf zurück, den Sie da angestellt haben!“

„Aber sollten wir nicht diesen Brandt …?“

„Nein“, unterbrach Meier ihn, „bringen Sie ihn nicht noch auf dumme Gedanken.“

„Aber wenn er …“

„Stein! Sie tun, was ich sage. Pfeifen Sie ihn zurück!“

Jakob Meier knallte den Hörer auf die Gabel eines alt und stilvoll aussehenden Telefonapparats, der sich gut in das Ambiente des Zimmers einfügte. Heftig atmend lehnte er sich in seinem mit Brokat bezogenen Sessel zurück. Seine mit Altersflecken übersäte Hand zitterte leicht, als er die Zigarrenenden abschnitt.

Er musste schnellstmöglich nach Brandenburg und seine Kontakte spielen lassen. Besser wäre es, wenn die Polizei nicht tiefer grub als nötig. Nach dreizehn Jahren der Suche hatten sie ihn damals aufgestöbert. Und er war sicher gewesen, diese Angelegenheit für immer beerdigt zu haben, obwohl er nicht zum eigentlichen Ziel vorgestoßen war.

Meier schlug mit der Faust auf den Tisch. „Ich muss in dieses Gransee. Ich will es endlich wissen, dieses letzte Geheimnis."

Erneut griff er zum Hörer. „Stein, kommen Sie zu mir."

„Jawohl. Sofort."

Steins ausgreifende Schritte waren unverkennbar. Meier lächelte warm seinem Adjutanten entgegen. „Setzen Sie sich."

Wolf Stein setzte sich auf die Vorderkante des Polsterstuhls, der dem Assistenten vorbehalten war.

„Stein, passen Sie auf. Ich will Ihnen die ganze Geschichte erzählen. Sie sollen verstehen, worum es geht. Ich brauche noch zwei Tage, bevor ich mich um Herrn Brandt kümmern kann. Sie müssen mir diese zwei Tage verschaffen. Also hören Sie zu."

Meier redete länger als eine Stunde. Stein saß auf dem Stuhl, ohne sich zu regen.

„Es tut mir Leid, dass ich so weit ausholen musste. Aber du bist so jung. Woher sollst du wissen, wie es damals zuging? Nun mach dich an die Arbeit, mein Sohn. Lass ihn nicht aus den Augen, aber bleib in Deckung."

Stein erhob sich. Jakob Meier schaute ihm nach.

Ein junger Mann auf dem Weg zur Weisheit, ging es ihm durch den Kopf. Aber Weisheit drückt offenbar schwer.

Und natürlich hatte er Stein nicht alles erzählt, nichts von seiner Tat, für die er bis heute um Vergebung bat.

An der Tür drehte Wolf Stein sich um und verneigte sich. „Danke, Mori[1].“ Dann schloss er leise die Tür und ließ einen verblüfften Jakob Meier zurück.
Natürlich kannte er den Doppelsinn des Wortes, nur war es noch nie vorgekommen, dass ihn ein Schüler mit dem rituellen Titel bedachte.
„Ich muss ihn im Auge behalten“, murmelte er vor sich hin.

4

Es war bereits dunkel draußen, als Roland Bergener die Türklingel hörte. Die Wohnungstür eine Etage tiefer knarrte leise. Dann die befehlsgewohnte Stimme des Fremden im Treppenhaus. Die Worte verstand er nicht.
Roland Bergener lag auf der Couch, seine Hände über dem gewaltigen Bauch gefaltet und rührte sich nicht. Die Flasche Wodka, die in Reichweite auf dem Fußboden stand, war schon halb leer. Sie war sein Rettungsanker. Denn er musste stark sein, um das Kommende zu ertragen.
Warum ließ sie ihn in ihre Wohnung? Warum schickte sie ihn nicht fort oder öffnet nicht oder ging vorher aus dem Haus? Warum nicht? Stattdessen erwartete sie ihn.
Es dauerte nicht lange, bis Roland Bergener das erste unterdrückte Wimmern aus der Wohnung unter sich hörte. Das Klatschen von Schlägen, gefolgt von lautem Weinen und Schreien. Dann brüllte sie und brüllte.
Bergener setzte sich auf und stellte die Füße auf den alten Teppich. Er taumelte leicht und brummte etwas Unverständliches. Seine Hand angelte nach der Flasche. Er nahm einen großen Schluck und hoffte inständig, dass der Alkohol bald wirkte. Sein Kinn sackte langsam auf die Brust.
Doch noch immer drang das Schlagen und Brüllen zu ihm durch. Er konnte und wollte es nicht mehr hören. Er ertrug es einfach nicht mehr.

---

1 Mori – mein Lehrer (jüd.; bei jemenitischen Juden für Rabbiner)

Mühsam stemmte er sich an der Sofalehne hoch und versuchte geradezustehen. Seine Knie zitterten. Schwankend tappte er zur Wohnungstür und rüttelte umständlich am Riegel, bis die Tür aufging. Birgits Freiers Schreien wurde augenblicklich lauter. So laut, dass er dachte, ihre Wohnungstür stünde offen. Er musste sich beeilen, setzte den Fuß auf die erste Stufe ...
Dann fiel er.
Und endlich, endlich wurde Ruhe um ihn.

5

Als Hagen Brandt seinen Astra in die Hofeinfahrt lenkte, hörte er die Sirene der Mühlhofer Feuerwehr und sah auf die Uhr. Kurz nach 10 Uhr. Nur ein Funktionstest, nichts Ernstes.
Wenigstens hatte er den ganzen Samstag noch vor sich. Das tröstete ihn darüber hinweg, dass der Kunde zum Termin nicht erschienen war. Die Sirene verstummte und so hörte er schon beim Aussteigen den Bandschleifer. Silke war dabei, das Ochsenblut von den Dielen zu schleifen. Das Schlafzimmerfenster stand offen. Hagen schaute ins Zimmer.
„Da bist du ja wieder. Das ist schön“, übertönte sie den auslaufenden Bandschleifer. Sie sah ihn mit einem strahlenden Lächeln an. Seine knurrige Stimmung war wie fortgeblasen.
„Der Kunde ist nicht gekommen“, erwiderte er. „aber dann werden wir endlich mit dem Fußboden fertig.“
„Ach, der Fußboden ist fertig. Schau doch. Der Türrahmen kommt als nächstes dran.“
Silke wischte sich den Schweiß von der Stirn. Sie hatte sich ihre grüne Latzhose übergestreift. Mit nichts darunter, wie man so schön sagt, denn eine Brust lugte frech hervor. Silkes Blick folgte dem seinen. Ein spitzbübisches Lächeln stahl sich in ihr Gesicht.
„Nichts da. Los, umziehen. Arbeiten“, rief sie und drehte ihm den Rücken zu, weil seine Augen nicht loslassen wollten. Dabei grinste sie über die Schulter.
Später saß Hagen Brandt in der Gästeküche und genoss den

Ausblick über die Wiesen. Sogar die beiden Türme der Granseer Marienkirche waren von hier aus zu sehen. Um das Haus in Ruhe umbauen zu können und weil sie eine Gästewohnung haben wollten, hatten sie zuerst den Stall ausgebaut. Und von hier aus hatte man eben den besten Ausblick.
„Gestern hat übrigens deine Anne angerufen“, erzählte Silke, während sie die Nudeln in der Pfanne wendete. „Wir dürfen wieder in die Küche. Wurde ja auch Zeit.“
„Ach ja, die Küche. Ich habe die ganze Woche nicht daran gedacht. Dann sage ich Knut Bescheid, dass es weitergehen kann. Aber vorher müssen wir entscheiden, was aus dem Keller werden soll.“ Er rieb sich die Schläfen. „Irgendwas war da noch“, sagte er leise vor sich hin. Irgendein Gedanke, der einfach nicht wiederkommen wollte.
„Ja, die Weinflaschen“, antwortete Silke. „Die werden wir heute Abend kosten.“
Manchmal schien es ihm, als stecke in Silke das Kind, das man immer den Männern nachsagte. Aber sie war ein verbissenes Kind. Was sie sich in den Kopf setzte, musste auch geschehen. Jahrelang war sie nach Berlin zur Arbeit gefahren, als mache es ihr nichts aus. Jetzt hatte sie unbezahlten Urlaub genommen, um den Bau voranzutreiben. Er selbst hatte es dagegen paradiesisch mit seinem gut laufenden Maklergeschäft von zu Hause aus.
„Nächste Woche kommt der Schornsteinfeger. Im Briefkasten war eine Karte“, plauderte Silke weiter.
Hagen erstarrte. Schornstein!
Er sprang auf. Der Stuhl kippte polternd um.
„Was ist jetzt wieder?“, fragte Silke. „Halt, renn nicht weg. Wo willst du denn hin? Das Essen ist fertig!“
Doch Hagen lief schon mit großen Schritten über den Hof auf die Hintertür zu. Drinnen riss er das Polizei-Absperrband ab und stürmte zum Keller hinunter. In der Tür stoppte er. Licht! Er rannte wieder die Treppe hoch, schaltete die Lampe an.
Plötzlich stand Silke in der Tür. „Was ist denn los?“, fragte sie verärgert.

„Gleich. Aber nimm bitte die Pfanne vom Herd, sonst vergessen wir sie.“
Sie winkte ab. „Hast du etwas gefunden oder bist du nur ein bisschen verrückt geworden?“
„Erst einmal nur verrückt. Aber das wird sich gleich herausstellen.“ Er lachte. Irre.
Hagen eilte an ihr vorbei und öffnete die Tür zu Silkes Arbeitszimmer. Dort schob er den Hometrainer zur Seite und schaute hinter den Ofen. Anschließend stieß er den roten Kleiderständer weg, den er sowieso absolut hässlich fand, und blickte von der anderen Seite hinter den Ofen.
„Willst du heizen? Ist dir nicht warm genug? Jetzt ist er völlig übergeschnappt“, kommentierte Silke von der Tür her.
Hagen achtete nicht auf sie. Er trat zwei Schritte zurück und der Kleiderständer erhielt einen weiteren Tritt. Seine Augen auf die Wand zwischen Arbeitszimmer und Speisekammer gerichtet, schätzte er die Länge ab. Etwas stimmte nicht. Er schob sich an Silke vorbei, die nicht einmal mehr protestierte.
In Gedanken verschob er Wände. Jetzt prüfte er die Wand hinter dem Wohnzimmerofen, dann die hinter dem Ofen im Esszimmer.
„Hier ist ja alles schief“, murmelte er vor sich hin. „Was ist nur mit dieser Wand? Und der Schornsteinfeger hat gesagt ...“
„Was hat der Schornsteinfeger gesagt? Ich verstehe gar nichts mehr. Der kommt doch erst nächste Woche.“ Silke stand wieder hinter ihm.
Nun fiel alle Aufregung von Hagen ab. Ja, das Rätsel war gelöst. Als er sich zu Silke umwandte und den Mund aufmachte, winkte sie ab, kam auf ihn zu und schmiegte sich an ihn.
„Jetzt brauchst du auch nichts mehr zu sagen. Da ist ein weiterer Raum, stimmt's?“
Hagen nickte. „Ja, es kann nicht anders sein. Weshalb sollte ein SS-Mann sich sonst auf unserer Kellertreppe erschießen lassen. Da ist ein Versteck hinter.“
Er hoffte nur, sie würden nicht wieder die Kripo anrufen müssen. Aber laut sagte er: „Wollen wir nachschauen? Komm.“

Sie standen kurz darauf nebeneinander im erleuchteten Keller. Der Betonfußboden war inzwischen leidlich abgetrocknet. Auch der Putz an den Wänden war heller geworden, aber noch feucht. Hagen fuhr mit der Hand darüber.
„Wir müssen die Regale hinaustragen. Dann sieht man vielleicht mehr.“, überlegte er laut.
„Und wonach suchen wir?“, fragte Silke. „Nach einer Tür?“
„Möglich. Irgendwas werden wir finden. Alles kann wichtig sein.“
„Ja, Herr Hauptkommissar. Danke, Herr Hauptkommissar.“
Sie lachten zusammen. Dann trugen sie die schimmligen Reste der Holzregale hinaus, schauten in jede Ecke, klopften die Wände mit den Handballen ab, krochen auf Knien über den kalten Beton.
„Nichts! Immer nur nichts!“, fluchte Silke. „Wollen wir nicht doch erst die Bratnudeln essen? Ich habe jedenfalls Hunger.“
„Ja, einverstanden“, stimmte Hagen zu. „Wir sind zu ungeduldig. Wenn hier jemand etwas versteckt hat, dann waren das Profis. Wir müssen systematisch vorgehen.“
„Systematisch? Du bist gut. In einem leeren Kellerraum?“
„Zuerst einmal fällt mir auf, dass hier sauber gemacht wurde, bevor man die Kellertür zugeschüttet hat.“ Er sah Silke an. „Wer macht denn so etwas?“
„Vielleicht Leute, die besonders reinlich sind?“
„Genau. Oder Leute, die ihre Spuren verwischen wollten.“
„Komm bloß“, sagte Silke. „Ich habe jetzt Hunger.“
Silke stocherte mehr im Essen herum, als es zu genießen. Hagen ging es nicht anders. Hätte sie jemand gefragt, was sie da aßen, wäre die Antwort sicher nur zögernd gekommen. Endlich legte er die Gabel beiseite, zog sein Notizbuch hervor und begann zu schreiben.
1. Warum verlässt man einen Raum besenrein, wenn man ihn anschließend zuschüttet?
2. Wo ist der Zugang zu dem geheimen Raum?
Der Keller war etwas kürzer als die darüber befindliche Speisekammer. Jedenfalls war das sein Eindruck. Er musste es

ausmessen. Und die wichtigste Frage war (sie war ihm wieder aus dem Blickfeld geraten):

3. Warum hatte ihn der Gedanke an den Schornsteinfeger so elektrisiert?

Als er aufsah, blickte Silke ihn an. „Was machen wir jetzt? Hast du eine Idee?“

Hagen hob die Schultern. „Fakten sammeln. Irgendwann werden sie zusammenpassen.“.

„Gut. Dann erkläre mir mal, warum du vorhin beim Wort *Schornsteinfeger* aufgesprungen bist und hinter jeden Ofen geschaut hast.“

Konnte Silke Gedanken lesen? Er sah sie erstaunt an.

„Genau darüber denke ich nach. Ich weiß es nicht mehr. In der Nacht hat mich ein Gedanke geweckt. Er hing mit dem Schornsteinfeger zusammen.“

Hagen schaute vor sich auf den Tisch und stützte seinen Kopf mit der Hand ab. Dann erklärte er nachdenklich: „Der Schornsteinfeger voriges Jahr muss neu gewesen sein. Ich musste ihm alles zeigen: Wie er aufs Dach kommt und welchen Schornstein er fegen muss. Merkwürdig war der Zug zu dem Ofen in deinem Zimmer.“

Hagen erhob sich und zog Silke mit auf den Hof, während er weitererzählte: „Der Zug ist nie benutzt worden, obwohl er völlig intakt ist. Der Putz war noch weiß.“

„Das wundert mich nicht. Es war doch Omas Schlafzimmer und da wurde bestimmt nie geheizt“, warf Silke ein.

Doch er fuhr unbeirrt fort: „Nein, der Zug war mit einer Stahlplatte abgedeckt, um die Schornsteinfegerkosten einzusparen. Aber auch die Luke zum Fegen war aus massivem Stahl. Sie ließ sich nur öffnen, weil die Steine drumherum porös waren und dem Schornsteinfeger alles entgegenfiel. Die Klappe hatte Schlitze, mit denen man die Luftzufuhr regulieren kann. Weißt du, was ich meine? Wie beim Kaminofen.“

„Du meinst, dass hinter der Kellerwand die Heinzelmännchen wohnen und sich ein Feuerchen machen. Wegen des Ischias'?“

Er sah Silke ernst an.

„Oh, ich wollte dich nicht verärgern“, sagte sie mit schuldbewusstem Blick.
„Nein. Mach weiter.“ Jetzt grinste Hagen. „So kann ich besser denken. Doch ich glaube nicht, dass da jemand eingesperrt war. Aber was nicht schimmeln soll, braucht ...“ Er stockte.
„Was? Frischluft?“, platzte Silke heraus.
Hagen nickte, nahm ihre Hand und zog Silke hinter sich her zum Nordgiebel. Lange brauchte Silke nicht, bis sie die kleinen Lüftungslöcher in der Wand gefunden hatte.
„Das da sind die beiden Öffnungen in der Speisekammer. Siehst du?“, fragte sie. „Und daneben sind noch zwei kleinere. Damit steht wohl fest, dass du Recht hast: Etwas ist dort.“
Nun ergriff Silke seine Hand. „Komm. Gehen wir Wände einreißen.“
Während Silke zu ihrer Werkstatt eilte, ging Hagen voraus in den Keller. In dem kleinen Raum war es wärmer geworden. Er hatte vergessen, die Baulampe auszuschalten, die in der Ecke hinter der Tür genauso viel Wärme wie Licht produzierte. Der Lichtkegel war auf die verputzte Wand gerichtet.
Hagen schlenderte unschlüssig durch den Raum und lehnte sich dann mit dem Rücken gegen die Außenwand. Er blicke die gegenüberliegende Wand an.
„Mein Gott, manchmal ist man einfach blind“, fluchte er leise. Die Nische neben dem Schornstein fehlte. Deshalb schien der Keller kleiner als die Speisekammer zu sein.
Silke kam mit einem Fäustel und einem Meißel die Treppe herunter. „So, wo fangen wir an?“, fragte sie. In ihren Augen blitzten vor Unternehmungslust.
Hagen nahm ihre Hand und zog Silke mit sich dorthin, wo er selbst gerade gestanden hatte.
„Siehst du es?“, fragte er und plötzlich schien es ihm, als sei dort nicht einfach nur eine glatte Wand.
„Du meinst die fehlende Nische?“
Er nickte und ergriff die Baulampe. „Und jetzt schau mal, ob du noch mehr siehst.“
Langsam ging er auf sie zu, den Lichtkegel immer auf die

Wand hinter der Tür gerichtet. Mit jedem Schritt änderte sich der Einfallwinkel des Lichts und plötzlich sahen es beide.
„Sieht aus wie eine Tür, meinst du nicht?“, flüsterte Silke gespannt.
Hagen stellte die Lampe ab und drehte sich um. „Wir sollten jedenfalls auf der rechten Seite anfangen. Links müsste eigentlich der Schornstein sein.“
Kurz entschlossen setzte Silke den Meißel an und schlug zu. Der Hammer schnellte zurück.
„Was war das denn? Beton?“, fragte sie.
Er nahm ihr den Hammer aus der Hand und schlug selbst gegen die Wand. Als der Hammer abprallte, fiel er ihm fast aus der Hand. Eine winzige Stelle war abgeplatzt. Sie schimmerte bläulich.
„Stimmt. Beton. Ich hole mal den Abbruchhammer.“
Kurz darauf schien das ganze Haus zu beben, als Hagen alles aus dem Abbruchhammer herausholte, was ging. Nach fünf Minuten senkte er das Gerät. Er war hochrot im Gesicht und keuchte: „Zu schwer, geht nicht waagerecht.“
Silke kam mit einem Hocker die Treppe herunter. „Lass mich mal ran“, sagte sie und schob ihn zur Seite. Dann stellte sie den Hocker vor die Wand und legte den Abbruchhammer darauf. Als sie die Ohrenschützer aufgesetzt hatte, kniete sie sich hin und wieder erbebte das Haus.
Nach zehn Minuten zeigte sich ein erster Riss und ein Stückchen Putz platzte ab. Er klopfte Silke auf die Schulter. Der Abbruchhammer verstummte. Hagen beugte sich vor und betrachtete die dreieckige Stelle, die heraus gebrochen war. „Da ist rötlicher Staub“, sagte er. „Eine Backsteinmauer. Da wird's leichter.“
Jetzt nahm er den Abbruchhammer wieder selbst in die Hand und versuchte, größere Putzstücke entlang eines Risses herauszubrechen. Es funktionierte. Das Loch im Zementputz wurde langsam größer. Er stellte die Maschine ab und holte sich den Vorschlaghammer aus der Werkstatt. Mit jedem Schlag gab es mehr Risse. Erste Stücke fielen nun von selbst

herunter. Nach ein paar Minuten warf er den Hammer in die Ecke und sich auf den Hocker. Er rang nach Luft.
Nun schaute er zu, wie Silke mit Meißel und Fäustel nach und nach einen Stein lockerte. Und als der polternd nach innen fiel, stieß sie einen Siegesschrei aus.
Vorsichtig beugte sie sich zur Maueröffnung herunter, als erwarte sie, dass gleich eine Giftschlange oder ein Skarabäus daraus hervorkommen würde. „Mist, ich sehe nichts!"
„Hier, nimm die Taschenlampe", sagte er, noch immer schwer atmend, und holte sein Smartphone aus der Hosentasche. „Dieser elende Staub macht mich fertig."
Silke sah ihn besorgt an, doch er winkte nur ab.
Immer noch zögernd leuchtete sie in das Loch und kommentierte, was sie sah: „Etwa ein Meter bis zur nächsten Wand. Alter Putz." Sie drehte die Lampe nach rechts. „Der gleiche alte Putz." Dann links. „Wow! Eine Stahltür."
„Was?" Jetzt war Hagen elektrisiert.
„Eine Stahltür wie aus einem U-Boot. Mit einem Rad in der Mitte." Sie richtete sich auf und schaute ihn an. „Und diesmal keine Leiche davor. Ist das ein gutes Zeichen?"
„Wir werden sehen, was hinter der Tür ist."
Nun leuchtete auch er in die Maueröffnung. Die Tür war mit einer matt grünen Tarnfarbe lackiert und hätte durchaus von einem U-Boot stammen können. Sie war an den Kanten leicht angerostet und auch auf dem Rad schimmerte es bräunlich.
Als Hagen zurücktrat, stand Silke schon mit dem großen Hammer bereit. Er bewunderte ihren Willen, wenn sie sich auch manchmal überschätzte. Seine eigene Grenze war jedenfalls erreicht. Er verließ wortlos den Keller und kochte Kaffee, mit dem er sich vor den Fernseher setzte.
Nur für einen Augenblick.

Plötzlich rüttelte jemand an seiner Schulter.
„Kannst du mir helfen? Die Tür ist vollkommen verrostet. Ich bekomme sie nicht auf", sagte Silke neben ihm.
„Was? Wie spät ist es denn?" Er rieb sich das Gesicht mit den

Händen.
„Keine Ahnung. Vielleicht neun."
„Dann lass uns morgen weitermachen. Ich kann nicht mehr."
Sie nahm das Handy vom Tisch und ging wieder in Richtung Keller. Dann hörte er sie fluchen. Sie sagte irgendetwas wie „Mist!" und „… geht auch nicht ran".
Armer Knut, hoffentlich weckte sie ihn nicht auch noch. Er seufzte. Aber er war wirklich zu müde für solche Aktionen.

6

Hagen betrat die Baustelle in Slip und T-Shirt und hörte Silke im Keller werkeln. Sie verteilte Schmierfett hinter dem Rad.
„Die Maschinistin schon bei der Schicht?"
Silke drehte sich um und warf die Fettbüchse in seine Richtung. Er fing sie geschickt auf.
„Du sollst mich nicht immer veräppeln! Das weißt du genau", rief sie verärgert.
„Ja, Schatz", sagte er und ging ins Bad.
Gleich nach dem Frühstück verschwand Silke wieder im Keller. Er ging langsam hinterher. Heute würde sich zeigen, ob es den Aufwand wert gewesen war. Gespannt sah er zu, wie Silke an dem Rad zu drehen versuchte. Doch vergeblich. Es dreht sich nicht.
„Warte, ich hole eine Brechstange aus der Werkstatt."
Als er zurückkam, war Silke dazu übergegangen, das Rad mit dem Hammer zu bearbeiten. Er zog sie zur Seite, verklemmte die Stange zwischen den Speichen des Rades und drückte sie nach unten.
Zuerst rührte sich nichts. Doch plötzlich gab die Tür einen lauten Knall von sich und die Stange senkte sich ein paar Zentimeter. Hagen stellte nun einen Fuß auf die Stange und drückte sacht weiter. Immer in der Hoffnung, das Gewinde des Rades und das ganze Gestänge, das die Tür verriegelte, würden durchhalten.
Plötzlich war ein hartes trockenes Knarren zu hören, das in

ein immer höher werdendes Quietschen überging. Er zog die Brechstange heraus und steckte sie ein Stück höher wieder ins Rad. Bereits das Gewicht der Stange genügte jetzt, um es weiter zu drehen. Scheppernd fiel die Brechstange zu Boden. Silke sprang hinzu. Kurz darauf hörte er ein leises Klicken.
„Stopp", rief Hagen. „Nicht weiter öffnen!"
Silke hob den Kopf. „Was ist? Explodiert gleich eine Handgranate oder so etwas?"
„Nein, wir sollten nur vorsichtig sein. Es könnten sich Gase gebildet haben. Lass uns erst die Fenster öffnen und dann machen wir die Tür auf und warten ein wenig. Einverstanden?"
Silke knurrte etwas von *Fluch der Mumie*, ließ aber von dem Rad ab und ging die Treppe hoch. Einen Moment später war sie wieder da. Sie hatte eine Feinstaubmaske aufgesetzt. Er grinste und schaute von der Küche aus zu.
Mochte sie den Sinn eingesehen haben oder nicht, sie öffnete die Tür, schaute kurz hinein und kam die Treppe hoch.
„Da drin ist nichts zu sehen", sagte sie, nachdem sie die Maske abgesetzt hatte. „Als würden die Wände das Licht schlucken. Okay, warten wir. Kaffee?"
Hagen nickte. Als Silke verschwunden war, steckte er sich die erste Zigarette des Tages an. Er lehnte sich mit dem Ellbogen auf das Fensterbrett und schaute nachdenklich zur Kellertür.
Was mochte hinter der geheimnisvollen Tür sein? Dass sie noch warten sollten, war vielleicht eine völlig überflüssige Maßnahme, die Silke nur noch zappeliger machte. Aber er ahnte nicht einmal, was dort versteckt war. Sollten weitere Leichen auf sie warten, war die Zwangspause ganz bestimmt nicht umsonst.
Aber was sollten sie denn finden außer irgendwelcher Nazi-Scheiße? Er warf die Zigarettenkippe aus dem Fenster und ging Silke hinterher. Sie kam ihm mit zwei Tassen Kaffee entgegen und setzte sich draußen auf die Treppe.
„Was werden wir finden?", fragte sie nach einem Schluck.
Hagen zuckte mit der Schulter. „Mir ist nichts eingefallen. Es müsste mit dem Toten zusammenhängen. Vielleicht irgendein

Nazi-Schatz, wenn wir Pech haben.“
„Wieso Pech?“
„Kannst du dir vorstellen, was hier los ist, wenn wir richtig wertvolles Zeug finden? Polizei, Reporter, Touristen ...“
„Hör auf“, rief sie mit einer komischen Verzweiflung. „Ich will ja gar keinen Schatz mehr finden.“ Sie lächelte jetzt. „Darf ich mir Samen von alten Gemüsesorten wünschen?“
Hagen musste jetzt auch lachen. „Ja, natürlich“, gluckste es aus ihm heraus. „Gern auch säckeweise. Aber ehrlich gesagt: Ich bereite mich eher auf die Reporter vor.“
Hagen stellte seine Tasse auf die Stufe, stand auf und drückte den Rücken durch. Ihm war etwas mulmig in der Magengegend. Aber was soll's, dachte er. Es noch länger aufzuschieben, macht es auch nicht besser.
„Wollen wir?“, fragte er. „Aber lass uns vorsichtshalber die Masken aufsetzen.“
In der Küche warf Silke ihm eine Feinstaubmaske zu und eilte die Treppe hinunter. An der Kellertür blieb sie stehen und wartete auf ihn.
„Hier, nimm die Lampe“, sagte er und reichte sie ihr.
Silke leuchtete in einen Gang hinein, der zwei Meter lang und einen knappen Meter breit war. Hinten links erkannte Hagen eine Öffnung, ihr gegenüber führte eine eiserne Leiter nach oben. Im Gang war es recht dunkel, obwohl die Lampe neue Batterien hatte.
„Was ist das hier an den Wänden?“, fragte Silke. Sie strich mit der Hand darüber. „Es ist glatt. Weißt du, wie das aussieht? Es schimmert tief dunkelrot wie, … wie Blut.“
„Red nicht. Das ist kein Blut, das ist Farbe. Ochsenblut eben.“
Sie schaute ihn mit gespielter Verärgerung an. „Jetzt verfolgt mich das Zeug schon bis hierher.“
Leicht gebückt und offenbar etwas ängstlich tastete sie sich vorwärts. Die Taschenlampe trug sie wie ein Messer vor sich her, als fürchtete sie die Bestie, die ihr gleich entgegenspringen würde. Hagen zog sein Smartphone hervor und schaltete ebenfalls die Lampe ein. Dann folgte er ihr.

Kurz vor der Leiter blieb sie stehen und leuchtete nach oben. Irgendwas reflektierte das Licht, doch das meiste wurde einfach geschluckt.
Plötzlich krachte es hinter ihnen laut. Beide lauschten.
„Das war das Küchenfenster", sagte Hagen ruhig. „Merkst du, wie es zieht? Geh weiter."
Silke streckte ihre Taschenlampe vor und schaute vorsichtig nach links in die Öffnung. Sie zuckte zurück.
„Was ist?", flüsterte Hagen. Auch ihm saß die Aufregung im Nacken.
„Da steht jemand", behauptete sie leise.
„Quatsch. Lass mich vor." Seine Stimme hallte leicht nach.
Er drängelte sich an ihr vorbei und leuchtete in den Raum hinein. Ein Hauch von Grusel schien ihm entgegenzuwehen. Ein Hauch aus einer Zeit, die die Menschheit bis heute nicht vergessen hatten. Er fühlte sich nicht willkommen. Er war ein Eindringling!
Nun schob Silke von hinten fand sofort ihre Sprache wieder: „Machen wir einen Sack fertig für die Kleidersammlung. Vielleicht kann noch einer die Lumpen gebrauchen."
Er hätte es nicht so drastisch ausgedrückt, aber Recht hatte sie. Rechts an der Wand stand ein Kleiderständer aus angestrichenem Stahlrohr, auf dessen Querstange drei Militärmäntel hingen. Wintermäntel. Darüber lagen drei Stahlhelme auf dem Regalbrett. Das war es wohl, das Silke vorhin erschreckt hatte. An der hinteren Wand stand ein Regal mit Unterwäsche, Pullovern und Armeestiefeln. Links ein Klapptisch und zwei Stühle. Auf dem Tisch stand eine Kerze, daneben lag eine aufgeschlagene Kladde, ein dickes Heft, vielleicht A4 im Querformat, mit tabellenartigen Eintragungen. So viel zumindest konnte er erkennen.
Während Silke skeptisch das Wäscheregal inspizierte, ging Hagen zum Tisch und zog die Kladde zu sich herum.
8. Juli stand dort als letzte Eintragung, *Waffen gereinigt, sauber gemacht.* Langsam blätterte er nach vorn, ohne dass ihm etwas Besonderes aufgefallen wäre. Vom 10. April 1945 war

die erste Eintragung: *Dienstbetrieb aufgenommen.*
Nichts sagende Zeilen folgten: Wachablösungen, Waffenreinigen, Wäschewaschen. Dazwischen gab es aber auch Eintragungen über die Umgebung: Kanonen in der Ferne, Flüchtlinge auf der Reichsstraße 96.
Hagen klappte die Kladde zu, wandte sich zur Leiter und schaute nach oben. Nichts als Finsternis. Er kletterte ein Stück hoch und spürte einen leichten Luftzug, als es dunkel um ihn wurde. Die Lüftungslöcher, die sie in der Giebelwand gesehen hatten, sollten genau dies bewirken, ging es ihm durch den Kopf. Und die Klappe am Schornstein.
Plötzlich rauschte das Blut in seinen Ohren. Der Kopf schien mit Watte gefüllt, die Knie zitterten. Er hörte Silke von unten rufen, verstand aber ihre Worte nicht. War da etwas in der Luft, das ihn abhalten sollte weiterzuklettern? Quatsch. Nur sein Kopf war es, der ihn aufhalten wollte. Die Angst zu versagen. Die gleiche, die ihn dazu gebracht hatte, bei der Polizei zu kündigen. Nur viel diffuser.
Hagen schaute nach unten. Silke hatte schon einen Fuß auf der Leiter und schaute besorgt zu ihm herauf.
„Es ist alles in Ordnung“, rief er. In seinen Ohren klang es ängstlich und lächerlich zugleich.
Dann erklomm er zwei weitere Sprossen und spürte hinter sich einen zweiten Raum. Er drehte sich um und erkannte Lüftungslöcher, mehr aber auch nicht. Der Fußboden des Raumes befand sich in Hüfthöhe und fühlte sich rau an. Beton. Er hielt sein Smartphone in die Höhe. Der Raum vor ihm war nicht leer, aber ausgeräumt. Rechts stand ein eisernes Feldbett ohne Matratze, links ein leerer Waffenständer. Das war alles.
Für Silke wird es sicherlich enttäuschend, sinnierte Hagen, doch in ihm machte sich Erleichterung breit. Als wäre eine Last von ihm gewichen.
„Kletterst du nun hinauf oder kommst du runter?“, erklangt Silkes Stimme von unten. Gleichzeitig schlug sie mit etwas Metallenem gegen die Leiter.
„Ja, warte. Ich komme runter.“

„Und wie sieht es oben aus? Kein Schatz – oder?“, fragte sie, als er die letzten Sprossen herabstieg.
„Nein, kein Schatz.“
Sie kletterte hinauf und blieb wie er zuvor auf der Leiter stehen.
„Aber nun sag mir mal einer“, rief Silke. Ihre Worte hallten dumpf durch den leeren Raum. „Wozu sich solche Mühe geben für ein Versteck, wenn es dann nicht genutzt wird?“
„Das Skelett hätte es dir sagen können“, antwortete er laut und fügte flüsternd hinzu: „Herr SS-Offizier, du hast deine Rolle bisher gut gespielt.“
„Hagen, was grummelst du da?“ Silke war eine Sprosse heruntergekommen und sah ihn an. „Was sollen diese ungenutzten Räume?“
„Sie waren nicht ungenutzt. Es gab eine Art Dienstbetrieb mit Wachablösungen und Waffenreinigen.“ Er zeigte zum Tisch. „Steht alles hier in der Kladde.“
„Aber wozu?“
„Das weiß ich doch nicht.“ Hagen merkte, wie gereizt er reagierte. Dies alles brachte seinen Alltag durcheinander. Die Tätigkeit als Makler war schon stressig genug, dass er manchmal fürchtete, sie nicht länger ausüben zu können. Die Haussanierung tat ihr übriges. Und nun diese Funde. Er brauchte endlich wieder Ruhe.
Recht hatte Silke natürlich. Wozu soll das gut gewesen sein?
Silke war nun doch oben in den Raum hineingeklettert. Er hörte ihr Tappen an der Decke. Er selbst holte sich nun die Baulampe aus dem Nachbarraum und nahm sich als erstes den Kleiderständer vor.
Die Wintermäntel sahen unbenutzt aus. Im Schützengraben hat damit niemand gelegen, überlegte er und durchsuchte jede einzelne Manteltasche. Nichts. Als nächstes kam das Wäscheregal dran. Mehr oder weniger sorgfältig kramte er in den Pullovern und Unterhosen herum. Aber da war nichts.
Die Regalböden hatte man mit Packpapier ausgelegt. Keine Zeitung, kein Brief. Nichts, das etwas über die Insassen dieses anscheinend selbst gewählten Gefängnisses erzählt hätte.

Er nahm erneut die Kladde in die Hand und klemmte sie sich unter den Arm.
Nachdenklich verließ Hagen das Haus und ging hinunter zur Obstbaumwiese. Sein Blick war in die Ferne gerichtet. Die Äpfel leuchteten grünlich gelb. Einige waren schon heruntergefallen, wahrscheinlich bei dem Regenschauer letzte Nacht. Bei dem Sitzplatz, den sie unter dem Süßkirschenbaum aufgestellt hatten, blieb er stehen und schob sich auf die Bank. Dann legte er die Kladde auf den Tisch und schlug die erste Seite auf.
„Was war am 10. April 1945?", murmelte er, konnte sich aber an kein Ereignis erinnern, das mit diesem Datum zusammenhing, und blätterte weiter. Vor- und Rückseiten waren dicht beschrieben. Am 15. April hatte jemand notiert:
1 LKW. 18 Kisten. Unterschrift ... unleserlich.
Merkwürdig. Warum war gerade diese Eintragung unterschrieben? Er versuchte, die Unterschrift zu entziffern. Es sah aus, als wäre sie mit Bleistift hingekritzelt und nachträglich verwischt worden.
Der Anfangsbuchstabe konnte ein B oder R sein. An einer Stelle gab es noch einen Schwung nach unten im Schriftzug. Der Rest war ein mehr oder weniger gerader Strich.
„Irgend etwas mit Berg, Burg oder Ring", sagte er laut. „Und hinterher hat man dich erschossen?" Blödsinn war das. Wie kam er denn jetzt darauf?
Hagen lehnte sich zurück und schaute der Amsel zu, die von dem Wein an der gegenüberliegenden Scheunenwand naschte. Warum hätte dieser Berg, Burg oder Ring den Tod verdient gehabt? Warum war er erschossen worden? Erst bringt er achtzehn Kisten mit seinem Lkw, dann erschießt man ihn? Vielleicht ein lästiger Zeuge?
Und was waren das für Kisten? Schatzkisten, wie Silke gehofft hatte? Oder Brot und Konserven, die in dieser Zeit knapp waren? Nein, es hatte einfach keinen Zweck, darüber nachzugrübeln. Es gab keine stichhaltigen Anhaltspunkte für irgendeine Theorie. Auch nicht, ob das Skelett überhaupt etwas mit

den Kisten zu tun hatte.
Vielleicht kam die Erklärung ja später. Auf der gegenüberliegenden Seite ein interessanter Eintrag: *28. April: Die Russen durchsuchen jeden Hof. Aber sie werden uns nicht finden!*
Warum nicht, fragte er sich. Wie haben sie den Kellereingang versteckt? Oder wurden sie doch gefunden? Er blätterte um.
Plötzlich stutzte er. Ein doppelter Strich war unter einer Eintragung gezeichnet worden und daneben stand fett und mehrfach überschrieben *1946*. Und dabei war er noch im ersten Viertel der Kladde.
„Mein Gott, wie lange haben die das hier betrieben?“ Er bückte sich, hob ein welkes Blatt auf und legte es als Lesezeichen zwischen die Seiten. Dann blätterte er langsam weiter.
Die Jahreszahlen waren von Anfang an nicht mitgeschrieben worden. Deshalb war es ihm nicht früher aufgefallen, über welch großen Zeitraum dieses Buch geführt wurde.
1947. 1948. 1949. 1950.
In manchen Monaten gab es kaum einen Eintrag, manchmal zwei oder drei.
1951.
Die Handschrift hatte nun gewechselt. Warum? Eine Erklärung wurde nicht geliefert. Aber ab jetzt kamen die Einträge wieder regelmäßiger, wenn manchmal auch nur ein *i.O.* hingeschmiert war. Hagen kam die neue Handschrift vor wie die einer Frau.
Im Juni 1958 endeten die Eintragungen ganz plötzlich und ohne weitere Erklärung. In Hagen Brandt ließ die Kladde ein einziges großes Fragezeichen zurück: Hatte der SS-Mann, dessen Leiche sie gefunden hatten, etwas mit den Kisten zu tun? Und das Merkwürdigste: Erst 1958 konnte er auf die Kellertreppe gelangt sein. Warum trug jemand 1958 eine SS-Uniform? Als Hagen aufschaute, kam Silke gerade um die Ecke. Sie trug ein Tablett vor sich her.
„Mittagessen“, rief sie schon von weitem. „Pellkartoffeln und Quark mit Leinöl – mehr gibt’s heute nicht.“
„Ist doch schön“, antwortete er.

„Und dann habe ich dir noch die neuesten Nachrichten mitgebracht.“ Silke lächelte verschmitzt, dass er sofort einen Scherz vermutete. Und richtig: Es war eine uralte Zeitung.
„Die Märkische Volksstimme. Von 1951“, ergänzte sie.
„Wo hast du die denn her?“
„Sie steckte in einem der Stahlhelme. Die haben anscheinend 1951 hier noch Krieg gespielt.“
„Ja, sogar bis 1958, steht hier in der Kladde. Dann brechen die Eintragungen aber plötzlich ab. Ohne Erklärung.“
„Na komm. Essen wir erst einmal.“ Silke schob die Kladde zur Seite, deckte den Tisch und setzte sich.
Nach dem Essen holte er Kaffee und als er sich wieder zu Silke setzte, blätterte sie in der Kladde.
„Aber was sie hier gemacht haben, wissen wir nicht. Wen interessiert es, wie oft sie ihre Waffen gereinigt haben? Ich hoffe nur, dass wir die nicht auch noch auf dem Hof finden.“
Sie blätterte zurück. „Was ist mit den 18 Kisten?“
„Keine Ahnung. Da hat einer für die Kisten quittiert. Ob er sie gebracht oder in Empfang genommen hat, steht nicht da.“
Silke seufzte: „Also, ich weiß es auch nicht. In dem oberen Raum könnten sie die Kisten gestapelt haben. Aber wozu, wenn unten genug Platz ist?“
Hagen hob die Schultern. „Ich denke, oben haben sie nur geschlafen. Das würde auch die Lüftungslöcher erklären. Willst du die Kladde noch einmal gründlich durchsehen? Vielleicht findest du einen Anhaltspunkt.“
„Wenn wir nach dem Schatz suchen, bin ich ziemlich motiviert.“ Silke zog die Kladde zu sich heran und begann zu lesen.
Später, nach dem Abendessen, saßen sie im Wohnzimmer, der Fernseher lief unbeachtet. Silke hatte in der Kladde nichts Interessantes gefunden und blätterte nun in der neuesten Gartenzeitung, während Hagen die Augen geschlossen hielt. Plötzlich spürte er Silkes Blick auf sich ruhen, wohl schon eine ganze Weile. Er lächelte und sagte: „Fast wie Weihnachten.“
Sie lachte. „Ja, für dich. Mich bringt diese Zeitschrift auf ganz neue Ideen.“

„Aber bitte nicht schon wieder Gras abstechen und einen neuen Garten anlegen.“
Ihr Lächeln erstarb, als hätte er sie aus einen Traum gerissen.
„Entschuldige“, sagte er leise, „ich will dich nicht bevormunden.“ Er wusste, dass sie an dieser Stelle empfindlich war. „Aber die Küche sollte Vorrang haben. Meinst du nicht?“
„Ja, aber viel lieber würde ich mich um den Garten kümmern. Können wir nicht eine Baupause einlegen?“
Hagen setzte sich auf. „Das bringt mich auf die Frage, wie wir weitermachen. Den Raum oben schlagen wir deinem Arbeitszimmer zu, denke ich. Du kannst dir überlegen, ob du eine Tür haben willst oder ob die Wand ganz und gar weg soll.“
„Tür“, unterbrach Silke ihn.
Er nickte. „Klar, Stauraum für deine Sachen. Und was machen wir mit dem Keller?“
Sie hob dann die Schultern. „Ein Keller gleich neben der Küche wäre ja schön, aber die Treppe … Ich weiß nicht.“
„Und wenn wir eine Wendeltreppe mit Stahlrohrgeländer einbauen ließen?“, fragte er nachdenklich. „Das könnte mir gefallen, wenn du die passenden Küchenmöbel aussuchst.“
Silke nickte heftig. „Das wäre toll. Und das geheime Hinterzimmer wird mein Weinlager.“
„Und die Speisekammer bleibt wie sie ist?“
„Ja, klar. Ist doch die Speisekammer.“
Damit war auch das entschieden. Schmunzelnd verfolgte Hagen das Fernsehprogramm. Dann sah er wieder zu ihr hinüber.
Sie lächelte ihn an und fragte: „Zufrieden?“
Hagen nickte. „Ja. Kein Schatz – kein Ärger und kein Stress.“
Und hoffentlich blieb es auch dabei.

7

Sie waren am Abend spät ins Bett gegangen, entsprechend lange hatte Hagen geschlafen. Silke kniete schon zwischen den Beeten als er beim Frühstück saß.
Er würde heute die eingegangenen Mails bearbeiten und eini-

ge ältere Angebote im Internet erneuern, damit die Interessenten sie auch fanden. Schließlich waren es keine Ladenhüter, sondern die schönsten und teuersten Objekte. Vielleicht hatte er ja Glück. Es gab nicht viele Leute, die eine halbe Million Euro oder mehr für eine Immobilie ausgaben.
Hagen kochte sich noch einen Kaffee und ging mit der Tasse ins Büro. Neunundzwanzig neue Mails. Die Hälfte waren neue Interessenten.
Fangen wir mit denen an, beschloss er, und sortierte sie mit einem Klick nach den Objektnummern und klickte eine nach der anderen an. Sofort begann er zu fluchen: „Verdammt. Warum kriegen die das nicht in den Griff? Immer diese verfluchten Spammer!“
Nachdem er die Anfragen von angeblichen Afghanistan-Soldaten gelöscht hatte, blieben fünf Mails übrig. Alle waren gleichermaßen nichtssagend. Leute, meist Berliner, die brav ihre Daten eingetragen hatten. Aber eine Anfrage ragte heraus. Nicht dass mehr darin gestanden hätte, als in den anderen. Aber es war die teuerste Immobilie, die er anbot: ein großes Anwesen in Alleinlage mit Park und eigenem See. Der Zustand war gut, der Preis entsprechend: 890.000 EUR.
Sollte sich wirklich jemand für dieses Objekt interessieren? Die Wahrscheinlichkeit war nicht hoch, zumal er wusste, dass es außerdem von einer großen Berliner Maklerfirma angeboten wurde. Nachdenklich schaute er auf die angegebenen Kontaktdaten. Ein Münchener mit nichtssagendem Namen.
„Dann lassen wir uns mal überraschen“, rief er und klatschte in die Hände. Er beugte sich über die Tastatur und begann zu tippen: „Sehr geehrter Herr Meier ...“ Er dankte für die Anfrage und pries das Objekt mit wenigen Worten. Dann machte er auf die Mail-Anhänge aufmerksam und bat um Terminvorschläge für eine Besichtigung. Ein Textbaustein fügte sich an den nächsten.
Er klickte auf Senden. Dann legte er im E-Mail-Archiv einen neuen Ordner an und speicherte die Anfrage. Nächster Schritt, auch wie immer: Ins Adressbuch kopierte er Name und Tele-

fonnummer zu der E-Mail-Adresse. Als er sich die Wohnanschrift genauer ansah, erstarrte er.
Minutenlang saß er da, während seine Augen immer zwischen dem Namen und der Anschrift hin und her huschten.
Das kann nicht sein!, überlegte er. Aber doch, Name und Anschrift stimmen. Trotzdem.
Mit fahrigen Fingern zog er das Schreibtischschubfach auf. Der Zettel war gleich der oberste. Er musste gar nicht darauf schauen. Trotzdem.
„Meier“, sagte er tonlos und „Prinzregentenstraße.“
Wieder saß er reglos da, ließ die letzten zwei Wochen vor seinem inneren Auge ablaufen.
Der tote SS-Mann. Der Keller. Zuletzt die beiden versteckten Räume, die offenbar nichts bedeuteten, und der unleserliche Name in der Kladde. Doch dazwischen das Auto am Straßenrand mit Münchener Kennzeichen, das jetzt plötzlich Bedeutung erlangte.
Sein Anruf in München. Er versuchte, sich zu erinnern. Nein. Seinen Namen hatte er nicht genannt. So weit war er gar nicht gekommen. Wurden diese Art Anrufe gespeichert? Nein, was für einen Sinn hätte dies?
Schließlich sein Anruf im Granseer Polizeirevier. Er wusste, dass Frank Steinert telefonisch in München nachgefragt hatte, um den Halter des Wagens zu erfahren.
Hagen Brandt stützte den Kopf in die Hände. Woher hatten sie seinen Namen? Wie waren sie auf ihn aufmerksam geworden? Es war nach dem Skelettfund, aber vor seinem Treffen mit Birgit passiert. Woher also? Er verstand es nicht.
„Wen habe ich da bloß geweckt?“
Nachdenklich langte er nach der Kladde. So nichtssagend wie sie ihnen erschienen war, konnte sie nicht sein. Und wenn der Eintrag dieses Berg (oder wie auch immer) das einzig Wichtige sein sollte, dann musste er eben dessen Sinn verstehen.
Er schlug die Kladde auf fand die Seite und las die Stelle noch einmal: *1 Lkw. 18 Kisten.* Nichts weiter. Nur die Unterschrift. Hingekrakelt. Unterschrieb so ein SS-Offizier?

Stopp! Wie kam er darauf, dieser Berg, oder wie auch immer er hieß, sei der SS-Mann, den sie gefunden hatten? Er musste wirklich aufpassen. War er aus der Übung gekommen? So lange war doch seine Kündigung bei der Kripo noch gar nicht her. Ob er Anne bei nächster Gelegenheit befragen sollte, ob sie wegen der Unterschrift etwas unternehmen konnte?
Doch zunächst startete er das Scann-Programm auf dem Laptop. Sollte die Kladde letztlich auch nichts zur Lösung des Rätsels um den SS-Mann beitragen können, dann war es doch ein Stück Heimatgeschichte, das sich hier auf dem Hof abgespielt hatte. Und das war allemal ein Grund, ihren Inhalt wenigstens für die sogenannte Nachwelt zu speichern.
Die PDF-Datei wurde ziemlich groß. Jede einzelne Seite einzuscannen, braucht eben seinen Platz. Und die Datensicherheit auch: Eine Kopie schickte er noch zum Server, der jetzt auf dem Dachboden stand, weil ihn das Brummen des Lüfters immer genervt hatte.
In der nächsten Stunde bemühte sich Hagen, nicht an die Kladde zu denken und den restlichen Geschäftsverkehr zu bearbeiten. Verbissen kämpfte er um Disziplin, musste jedoch letztlich einsehen, dass es keinen Zweck hatte, den Kopf in den Sand zu stecken. Er griff zum Smartphone und wählte die Nummer der Märkischen Allgemeinen. Als er Birgit Freiers Stimme hörte, fragte er: „Hast du etwas herausgefunden?"
„Hagen? Ach, hör mal: Ich muss hier auch arbeiten. Aber gut, ja, ich habe etwas gefunden. Etwas ..."
„Warte!", unterbrach er sie. „Können wir uns treffen?"
„Moment." Sie legte den Hörer auf den Tisch. Dann schlug eine Tür. „Also, ich habe noch eine halbe Stunde zu tun. Dann können wir irgendwo Essen gehen. Aber du bezahlst, das sag ich dir."
„In 40 Minuten im Märkischen Waidmann?"
„Ja, bis dann." Birgit Freier legte auf.
Hagen schaute auf die Uhr. Gleich halb eins. Er ging in den Garten, wo Silke noch immer Unkraut jätete.
„Ich muss weg. Isst du allein?", fragte er.

„Wo willst du denn hin?“
„Da will jemand in Baumgarten sein Haus verkaufen. Ich bin zum Kaffee wieder da“, rief er ihr zu. Dann eilte er zum Auto.
Als Hagen auf den Feldweg nach Kraatz einbog, sah er hinter dem letzten Haus, das Knut gehörte, einen beigefarbenen X-Trail stehen. Hinterm Steuer saß niemand. Hagen gab Gas.
Als er auf die Landstraße nach Kraatz einbog, sah er den X-Trail über den Hügel kommen. Hagen fuhr durch Kraatz und bog dann in Richtung Buberow ab. Der andere immer ein paar hundert Meter zurück.
An der Kurve hinter den Kuhställen trat er heftig auf die Bremse und bog auf das Firmengelände ein. Er war hier schon oft gewesen, um Weizen für seine Hühner zu holen.
Jetzt nahm er gleich die erste Scheunen-Einfahrt. Dort stoppte er und stieg aus. Vom Rücksitz holte er seine Kamera, rannte zurück zum Zaun und hob sie vor die Augen.
Der X-Trail fuhr mit hohem Tempo durch die Kurve. Hagen ließ den Finger auf dem Auslöser.
„Na Jung, will dir jemand ans Leder?“, sagte jemand hinter ihm. Hagen erschrak, senkte die Kamera und drehte sich um.
„Hallo Willi, keine Ahnung. Ich habe das Auto letzte Woche schon hier gesehen. Vielleicht wieder Schrottdiebe. Wir müssen die Augen offen halten. Wirfst du mir einen Sack Weizen in den Kofferraum? Ich geh schnell bezahlen.“
Hagen verschwand, ohne eine Antwort abzuwarten. Er wusste, dass der Alte gern ein Schwätzchen machte. Aber nicht jetzt. Er hatte es eilig.
Kurz darauf fuhr Hagen zurück nach Kraatz und weiter nach Gransee. Am Eingang des Örtchens Keller bremste er scharf und bog links in eine Seitenstraße ein. Dann rollte er langsam den Sandweg zur ehemaligen Hühnerfarm entlang, wendete und hielt an. Gemächlich zündete er sich eine Zigarette an und wartete. Doch niemand war ihm gefolgt.
Wie erwartet kam Birgits Mercedes fünfzehn Minuten später um die Ecke und fuhr weiter nach Baumgarten. Hagen wartete eine weitere viertel Stunde. Außer dem Linienbus kam kein

einziges Fahrzeug.
Er startete den Motor, fuhr nach Baumgarten und parkte seinen Astra hinter dem Backsteingebäude der ehemaligen Dorfschule. Über dem Eingang prangte schon lange das Schild *Märkischer Waidmann.*
Das Ausflugslokal betrat er eine viertel Stunde zu spät. Hinter dem Tresen stand heute der Chef persönlich.
„Hallo, Bäcker", sagte Hagen und reichte ihm die Hand.
„Wie geht's dir, Hagen? Lebst du in Trennung, dass du dich mit dieser Mercedes-Tussi hier treffen musst?" Der wies zum Speisesaal, wo Birgit mit dem Rücken zu ihnen am Fenster saß. Drei weitere Tische waren ebenfalls besetzt.
„Wow", raunte Hagen ihm zu. „Ist ja richtig voll heute. Sag mal, hast du für uns noch einen Platz im Raucherzimmer? Wir haben etwas zu besprechen."
Bäcker nickte. „Ich decke nur schnell ein."
Hagen schlenderte zu Birgit hinüber, die ihn inzwischen entdeckt hatte und einen Schmollmund machte.
„Ich wollte gerade gehen", sagte sie statt einer Begrüßung. Auch ihr Ritual fiel aus – sie schmollte wirklich.
„Ja, entschuldige. Da hatten sich zwei Fahrzeuge in der Innenstadt verkeilt. Es war kein Durchkommen. Wollen wir hinübergehen ins Raucherzimmer?"
Jetzt lächelte sie und steckte die Zigarettenschachtel und das Feuerzeug in ihre Tasche. Galant zog er ihren Stuhl weg und ließ sie vorangehen. Und er war offensichtlich nicht der Einzige im Saal, der genüsslich ihre Rückseite betrachtete.
„Zwei Mal Forelle", raunte er dem Koch zu, als sie an ihm vorbeimarschierten. Bäcker blinzelte zurück. Dann rührte er sich nicht mehr und starrte nur noch.
Sie setzten sich ans Fenster. Hagen hatte gleichermaßen die Straße und die Tür zum Tresen im Blick.
Jetzt, überlegte er, jetzt bin ich unsichtbar.
Entspannt gab er Birgit Feuer, zündete seine eigene Zigarette an und blies den Qualm gegen die Decke. Er bemerkte, wie Birgit Freier ihn über die Speisekarte hinweg beobachtete.

Für eine Frau hielt sie es sehr lange aus. Er schmunzelte. Irgendwann würde sie platzen vor Neugier. Jetzt!
„Was ist los?“, begann sie. „Du siehst nicht so aus, als wärst du so auf meine Informationen gespannt, wie du gesagt hast.“ Ein Zug an der Zigarette. „Was macht dich so zufrieden?“
Ja, sie kannte ihn gut und verstand zu lesen, was sie sah.
„Ich werde beschattet“, sagte er leichthin.
„Was? Wie kommst du darauf?“, fuhr sie förmlich auf.
„Gestern war es ein VW, heute ein X-Trail.“
„Hast du etwas angestellt?“
„Nicht dass ich wüsste. Vielleicht soll ich irgendwelche Makler zu einer meiner Immobilien führen. Oder die Russenmafia. Jedenfalls habe ich sie abgehängt und Schluss. Was hast du herausgefunden?“
„Die Russenmafia, wie? Also gut, du musst es wissen.“ Sie zog einige Blatt Papier aus ihrer Handtasche. „Hier. Das ist alles. Mühlhof ist nicht sehr ergiebig bei Zeitungsmeldungen. Außerdem darfst du nicht zu viel von einer Parteizeitung erwarten. Damals war die „Volksstimme“ nämlich als SED-Blatt gerade neu gegründet worden, nachdem die Nazis sie verboten hatten.“
Sie breitete die einzelnen Blätter vor ihm auf dem Tisch aus.
„Mühlhof hatte die üblichen Probleme mit denen, die nicht in die LPG eintreten wollten. Hier ist ein Artikel über einen gewissen Gericke. Der hat sich erst geweigert und ist dann in den Westen abgehauen.“
„Und das stand damals in der Zeitung?“
Birgit nickte. „Ja, man ließ sie gehen und vereinnahmte Land und Hof für die LPG. Das war Anfang der fünfziger Jahre.“
„Und davor gab es nichts über Mühlhof?“
„Nein, aber etwas habe ich noch: Da gab es zwei Meldungen in recht kurzem Abstand. Beide sind von 1958.“
„Zeig!“
„Nun warte doch. Nimm mir nicht den Spaß“, sagte sie und deckte den Text mit ihren Händen ab. „Die erste Meldung ist kurios. Ein Trecker ist mit Hänger eingebrochen. Das war im

September 1958, also zur Kartoffelernte."
„Was heißt eingebrochen?", fragte Hagen.
„Das weiß ich nicht. Es war nur eine kurzen Bildunterschrift. Das Bild selbst war leider nicht zu finden."
Er nahm ihr das Blatt aus der Hand. Nur fünf kurze Zeilen standen darauf. Er las:
Mühlhof bei Gransee: Die Kartoffelernte kam ins Stocken, als Traktor und Hänger der LPG „Glückliche Scholle" gestern Abend am Welsenweg einsackten und umzukippen drohten. Erst nach drei Stunden konnten die Erntearbeiten wieder aufgenommen werden. Bild: Wendel.
„Hm, gut", bemerkte Hagen. „Weiter. Was hast du noch?"
„Das Spannendste zum Schluss." Birgit grinste, faltete das letzte Blatt und steckte es in die Gesäßtasche ihrer Jeans. „Nach dem Essen und wenn du bezahlt hast."
Bäcker erschien wie auf Bestellung. Doch sie reagierten beide zurückhaltend auf ihn und den köstlichen Duft des Essens. Bäcker zog sich zurück.
Während des Essens sprach keiner ein Wort.
Ein Bauer, der nicht in die LPG will, und ein eingesackter Trecker sind wirklich nichts Besonderes, ging es Hagen durch den Kopf. Was soll ich damit anfangen?
„Also, zeig her, was du noch hast." Entschieden schob er den Teller von sich und kurz darauf vermischten sich der Qualm seiner Zigarette mit dem ihrer.
„Okay, dann halt dich jetzt fest. Diese Meldung ist der Traum eines jeden Journalisten." Sie grinste schon wieder. „Ein Bäuerlein und seine Frau sind von ihrem Hof im Welsenweg 1 verschwunden. Kommt dir die Adresse bekannt vor?"
Hagen merkte nicht, wie seine Zigarette auf das weiße Tischtuch fiel und darauf ein gräulich gelber Fleck entstand. Er starrte auf den Bogen Papier, den Birgit ihm hinhielt, und versuchte zu verstehen, was er gerade gehört hatte.
„Aber was hat das mit dem Skelett zu tun?", dachte er und merkte nicht, dass er es laut gesagt hatte.
„Was für ein Skelett, Hagen?"

Er sah zu, wie sie seine Hand zur Seite zog und die Zigarettenkippe in den Aschenbecher warf. Dann bemerkte er ihren Blick. Es lag etwas Lauerndes darin. Ihm war bisher gar nicht aufgefallen, dass ihre Augen stahlblau waren. Ob sie Kontaktlinsen trug?
„Das Skelett, ach ja“, besann er sich auf ihre Frage. „Wir haben es bei uns unter den Dielen gefunden. Die Kripo war da und hat es geholt.“
Sie schien kaum überrascht zu sein. „Und was hat das mit den vermissten Bauern zu tun?“, fragte sie. Scheinbar desinteressiert. Dabei schaute sie auf den Aschenbecher, als wäre er das eigentlich Spannende. Als sie für einen Moment aufsah, waren ihre Augen nicht nur stahlblau, sondern schienen ihm auch stahlhart. Doch sofort senkte sie den Blick wieder.
„Bestimmt gar nichts“, antwortete Hagen hastig. Was für ein Blödmann war er eigentlich? Erst bat er Birgit um Nachforschungen und dann misstraute er ihr?
„Ich hatte gehofft, dass eine Zeitungsmeldung darunter wäre, aus der man schließen kann, wer das Skelett war.“
Birgit verdiente eine Antwort. Schließlich hatte sie sich seinetwegen die Mühe gemacht, im Archiv herumzustöbern. „Wir haben außerdem zwei Hinterzimmer gefunden und eine Art Wachbuch. Nichts sonderlich Aufregendes. Wollen wir noch einen Nachtisch nehmen?“, fragte er nach kurzem Zögern und musterte Birgit aufmerksam. Wie sie aus dem Fenster schaute. Nachdenklich. Als säße er ihr nicht gegenüber.
Er stand auf und ging zu dem bodentiefen Fenster. Warum ist sie so anders heute?, fragte er sich.
„Einen Weißwein hätte ich gern“, sagte sie plötzlich in seinem Rücken. „Bestellst du uns einen? Schließlich muss ich es auskosten, wenn du schon bezahlst.“
Er schaute sie verwirrt an. Dann verließ er den Raum. Fünf Minuten später stand er wieder auf der Schwelle. Birgit klappte ihr Handy zu und steckte es in die Handtasche.
„Ich habe Bescheid gesagt, dass ich nicht mehr zur Arbeit komme. Sonst warten sie nur unnütz“, erklärte sie lächelnd.

Der Wein kam. Während er die nächste Zigarette anzündete, nahm Birgit sein Glas in die Hand, dann ihres und hielt es ihm entgegen. Ihre Hände berührten sich.
„Hast du noch etwas vor?“, fragte er.
Sie lachte. Die Härte war aus ihren Augen verschwunden. „Ich habe an einen gewissen Ausflug gedacht. Das Wasser ist bestimmt noch schön warm“, sagte sie leise und fügte hinzu: „Hast du Lust?“
„Lust? Immer!“
Sie griff nach ihrer Handtasche und stand auf. Beim Verlassen des Raumes stolperte er über eine Stufe. Sie fing ihn auf und lachte. Als sie vor die Tür traten, taumelte er. Nur mit Mühe konnte er seine Augen offen halten. Was war nur los mit ihm? Jeder Schritt hallte in seinem Kopf wieder. Dann saßen sie in Birgits Mercedes. Die Sonne blendete. Bunte Schlieren.
Er schloss die Augen. Schwärze machte sich breit.

8

Es klopfte laut. Hagen schlug die Augen auf und schaute sich verwirrt um. Es war dunkel und jemand klopfte an die Scheibe. Er saß auf dem Beifahrersitz seines Astras und wusste nicht, wie er hierher gekommen war. Jemand leuchtete mit einer Taschenlampe ins Wageninnere. Hagen blinzelte gequält. Das hatte er schon einmal in einem amerikanischen Film gesehen und glaubte, nun auch die Filmmusik zu hören. *Der 13. Flur.* In seinem Kofferraum steckte eine Leiche. Erschrocken stieß Hagen die Beifahrertür auf. Draußen stand Bäcker.
„Mann, hast du mich erschreckt“, sagte Bäcker. „Was machst du noch hier? Ich habe dich doch bei der Mercedes-Tussi einsteigen sehen.“
„Da musst du dich geirrt haben, Bäcker“, antwortete er nach einer ziemlich langen Zeit des Nachdenkens.
Hagen lehnte sich an den Kotflügel und zog eine Zigarette aus der Tasche. Dann versuchte er eine Erklärung: „Von dem Wein war ich so müde, dass ich ein kleines Schläfchen brauchte. Es

ist wohl etwas später geworden. Wie spät ist es eigentlich?"
„Halb zehn durch", sagte Bäcker.
„Okay. Danke fürs Wecken. Jetzt muss ich mich aber sputen."
Hagen ging um den Astra herum, öffnete die Fahrertür und stieg ein. Während er in den Hosentaschen nach dem Autoschlüssel suchte, überlegte er fieberhaft, was passiert sein konnte. War er in Birgits Auto gestiegen oder nicht? Aber was machte er dann hier? Er schüttelte den Kopf.
Endlich hatte er die Autoschlüssel gefunden. Ins-Schloss-stecken, Starten und Anfahren waren eins. Bäcker sprang erschreckt zur Seite, als Hagen das Gaspedal durchdrückte.
Zu Hause ging Hagen auf schnellstem Weg unter die Dusche und stellte das Wasser an. Eiskalt lief es ihm über die Schultern. Duschen half immer, den Kopf freizubekommen.
Was war nur passiert? Auf dem Weg zum Treffen mit Birgit war er beschattet worden. Suchten sie Birgit? Wozu? Doch das Wichtigste: Was war nach ihrem gemeinsamen Essen passiert? An die alten Zeitungsmeldungen konnte er sich gut erinnern. Aber danach? Er hatte etwas getrunken. Wein. Und dann waren sie in Birgits Mercedes gestiegen. Oder nicht? Da war nichts mehr. Keine Erinnerung bis zum Erwachen im Astra. Er musste Birgit anrufen. Unbedingt!
Schnell stellte er die Dusche ab und ging ins Schlafzimmer, um sich neue Sachen herauszusuchen. Als er noch beim Anziehen war, klingelte das Handy und ließ ihn aufschrecken. Hagen setzte sich auf den Bettrand. Es war Birgits Nummer.
„Bist du inzwischen wach?" Birgits Stimme klang besorgt.
„Ja, was ist denn passiert? Bäcker hat mich geweckt."
„Du wärst beinahe die Treppe hinunter gefallen. Da habe ich dich ins Auto gesetzt. Du bist sofort eingeschlafen. Und jetzt habe ich mir Sorgen gemacht."
„Mir geht's gut. Sag mal, und sonst ist nichts passiert?"
Es entstand eine kurze Pause. Dann wieder ihre ernste Stimme: „Also, Hagen, … schön wäre es ja gewesen, aber ..."
Der Klang ihrer Stimme war merkwürdig. Oder war es nur seine Müdigkeit? Er glaubte, ein leises Schluchzen zu hören.

Nein, das war es nicht. Als versuche sie, ein Zittern zu unterdrücken. Angst lag darin. Warum hatte sie Angst? Vor wem?
„Deine Keuschheit habe nicht angetastet“, sagte sie noch, brach dann aber ab.
„Entschuldige ...“
Er fragte sich noch, ob sie aufgelegt hatte, dann fielen ihm die Augen zu. Das Smartphone rutschte ihm aus der Hand. Langsam sank er zur Seite aufs Bett und war im nächsten Moment eingeschlafen.

Lange konnte er nicht geschlafen haben, als er vom Klingeln seines Smartphones geweckt wurde. Verschlafen tastete er mit Hand über den Fußboden. Als er es endlich gefunden hatte, war das Klingeln verstummt.
Die Granseer Polizeinummer kannte er und dass es 22.30 Uhr war, konnte er mit Mühe auch entziffern. Mist. Er tippte auf die Nummer und richtete sich auf.
„Hast du etwa schon geschlafen?“, fragte Anne Pagels.
„Nein, nein. Hab nur das Handy nicht gleich gefunden. Was gibt’s denn so Dringendes?“
„Eigentlich habe ich nur jemanden gesucht, der zuhört. Und da bist du mir eben eingefallen.“ Sie klang auch nicht viel wacher als er.
„Hast du keinen Mann?“
„Nein. Und was soll ein Buchhalter mit emotionsgeladenen Kriminalfällen anfangen? Dafür bist du besser geeignet.“
„Aha“, war sein Kommentar. „Und worum geht’s?“
„Können wir uns irgendwo treffen auf einen Kaffee?“
„Was, jetzt?“, fragte er nach. „Wo sollte es um diese Zeit in Gransee noch Kaffee geben?“
„Dann komm her. Wo das ist, wirst du ja wohl noch wissen.“
Ehe er antworten konnte, hatte sie aufgelegt. Vielleicht wollte Anne verhindern, dass er ablehnte. Jedenfalls kannte sie ihn noch immer so gut, dass sie wusste, er würde kommen.
Als er sich vom Bett erhob, wurde ihm schwindlig. Er blieb stehen und rieb sich mit den Händen das Gesicht. Der Schwin-

del verging. Er zog ein neues T-Shirt und neue Jeans an und ging ins Wohnzimmer. Der Fernseher lief, aber Silke schlief auf der Couch. Leise schloss er die Tür wieder.

Fünfzehn Minuten später parkte Hagen seinen Astra vor dem Polizeirevier. Die Eingangstür war verschlossen. Im zweiten Stock waren einige Fenster erleuchtet. Als er gerade sein Smartphone aus der Tasche zog, um Anne anzurufen, sah er drinnen ihre zierliche Silhouette auf sich zu kommen. Anne trug eine schlichte Leinenbluse und eine Stoffhose mit Schlag in wildem Rot-lila. Typisch siebziger Jahre. Anne ließ ihn hinein und schloss hinter ihm wieder ab.
„Sicherheit geht doch über alles", sagte er.
„So ist es. Seit die Wache Revier wurde, ist ja hier nachts niemand mehr."
„Und wenn euch so ein Banause die Glastür einwirft?"
Anne versuchte einen Scherz: „Dann kommt die Wachfirma und erstattet Anzeige bei uns." Sie lachte und hauchte ihm einen Kuss auf die Wange. „Danke, dass du gekommen bist. Du siehst müde aus." Sie schaute ihn ernst an.
„Danke, gleichfalls. Was machst du um die Zeit noch hier?"
Sie winkte ab. „Viel Arbeit eben", sagte sie und ging voraus.
„Ja, in der Zeitung stand: Seit sich die Polizei aus dem ländlichen Raum zurückzieht, steigt die Kriminalität. Erst hielten die Einbrüche die Granseer Geschäftswelt in Atem, dann das Gleiche in Zehdenick und zuletzt die Scheunenbrände."
Anne winkte wieder ab, als wollte sie sagen: „Alter Hut."
„Ist doch wahr", schnaufte Hagen auf der Treppe. „Die Ganoven denken doch, hier sei das Selbstbedienungsparadies. Bis die Bürger auf die Idee kommen, sich zu organisieren."
„In einigen Gegenden ist das schon soweit. Man bemüht sich, diese Bürgerwehren an die Polizei zu binden. In der Zeitung steht dann sowas wie: *Sicherheitspartnerschaft besiegelt.* Komm, ich zeige dir, weshalb ich dich angerufen habe."
Es war das gleiche Büro wie damals, in das sie ihn führte. Mit Schreibtisch und Konferenztisch. An den Wänden standen

Aktenschränke. Neu war die Sitzecke am Fenster. Zwei Tassen Türkischer standen bereit. Anne wies auf einen Sessel, ging zu ihrem Schreibtisch und warf sich etwas kleines Weißes ein. Dann spülte sie mit Kaffee nach und spuckte ihn gleich wieder in die Tasse.
„Scheiße", schrie sie. „Heiß!"
„Anne", sagte er sanft, als sie sich setzte, „du ruinierst deine Gesundheit. Wie lange willst du das noch durchhalten?"
„Quatsch nicht. Du warst früher auch nicht besser."
„Ja, bis ich aus den Latschen gekippt bin. Willst du es auch soweit bringen?"
Anne ging nicht weiter darauf ein und erwiderte: „Wie ich höre, bist du nicht schlecht als Makler. Weißt du, dass man über dich spricht in der Stadt?"
„Ja, das hoffe ich." Er lachte und ging auf ihren Ablenkungsversuch ein. „Willst du dein Haus verkaufen?"
„Nein. Ich wohne zur Miete. Es geht um dein Haus."
„Um mein Haus? Du meinst das Skelett?"
Sie nickte. „Ja und darum, was ihr dort noch findet."
„Was sollen wir denn noch finden?"
„Ich weiß es nicht. Nur bitten möchte ich dich: Sei vorsichtig bei deinen Grabungen." Sie hob die Hand, als er sie unterbrechen wollte. „Warte. Lass mich ausreden." Sie angelte zu ihrem Schreibtisch und zog eine Akte heran. „Es gibt einige Widersprüche, die sich nicht erklären lassen."
„Ich dachte, die Akte sei geschlossen: SS-Mann. Lange her."
„Ja, das war sie auch. Aber dann bekam ich Besuch vom Pathologen. Hast du noch Kevin Klein kennengelernt? Der wirklich aussieht wie der Schauspieler Kevin Kline?"
„Ja, wir sind uns kurz begegnet."
„Klein erzählte mir jedenfalls, dass er aus der Lage der Leiche und weiteren Fakten nicht schlau wurde. Er wollte sich bei der Staatsanwaltschaft nicht lächerlich machen."
„Stimmt, schüchtern war er. Was hat er denn gefunden?"
„Du behältst das für dich, ja?", fragte sie rhetorisch. „Nun halt dich fest. Dieser Unbekannte muss die Kugel überlebt haben.

Da waren Folterspuren an den Knien. Die Unterarmknochen waren gebrochen. Woran er letztlich gestorben ist, ließ sich nicht mehr feststellen. Aber das alles hätte zu einem KZ-Häftling gepasst, aber nicht zu einem SS-Offizier."
„Gefoltert? Vielleicht war er gar nicht bei der SS und man hat ihm die Uniform hinterher angezogen, warum auch immer", sagte Hagen dazwischen.
„Nun tu nicht so scheinheilig. Seine Blutgruppentätowierung war B. Du hast Klaus Papst ausgehorcht. Stimmt doch."
Hagen hob die Schultern. „Gut, ich gebe zu, dass ich neugierig war, Euer Ehren." Er grinste.
„Jedenfalls war Klaus ziemlich sauer auf dich."
Beide tranken ihren Kaffee. Hagen zog eine Zigarette aus der Tasche und sah Anne fragend an. Nach dem ersten Zug fragte er: „Und wisst ihr inzwischen, warum er gefoltert wurde?"
„Nein. Aber Klein meinte, er wäre seiner Nase gefolgt und hätte ein Knochenstück zur C14-Analyse gegeben. Das Ergebnis war verblüffend … Willst du noch einen Kaffee?"
„Jetzt spann mich nicht auf die Folter. Was hat er gefunden?"
„Es grenzt sowieso an ein Wunder, dass die Haut gerade dort mumifiziert war und die Tätowierung erhalten geblieben ist. Er hat auch länger gelebt, als wir dachten."
„Wie lange? Wann ist er gestorben?"
„Jedenfalls nicht zum Ende des Krieges, sondern so zwischen 1955 und 1960."
Hagen Brandt versuchte nachzudenken. In seinem Kopf schwirrte es. Doch alles deckte sich mit seinen eigenen Überlegungen. Als er ihren aufmerksamen Blick bemerkte, sagte er: „Okay. Dann hat ihm der Schütze nach der Folter die Uniform angezogen. Ich schätze", sagte er dann und lehnte sich in seinem Sessel zurück, „jetzt bin ich dran mit unverhofften Entdeckungen."
Und dann war es Anne, deren Gesicht nach und nach zu entgleisen drohte.
„Hör zu: Den Kellerraum hast du gesehen. Aber du kanntest unser Haus nicht, sonst hättest du weitergegraben. Wir haben

hinter der Kellerwand noch einen weiteren Raum entdeckt und darüber noch einen. Der untere Raum war eingerichtet wie ein Wachlokal. In dem Raum darüber stand lediglich ein Bett. Es war nichts Aufregendes.
Dann habe ich ein bisschen recherchiert und wurde mit Hilfe einer Freundin im Archiv der Märkischen Allgemeinen fündig: 1958 verschwanden plötzlich die Bewohner meines Hauses, ein Ehepaar. Nun sag mir, ob das Zufall ist."
„1958? Ein verschwundenes Ehepaar? Das ist bestimmt kein Zufall", sagte Anne. „Ich möchte mir die Räume anschauen."
„Kannst gern kommen. Aber tu mir den Gefallen und lass die Blaulichter zu Hause. Ich will nicht noch mehr Neugierige vor dem Haus haben."
„Gut, dann morgen früh. Aber lasst alles, wie es jetzt ist."
Hagen schaute auf die Uhr und erhob sich.

9

Silke schaute verdrossen in die Zeitung, als sei er Luft.
„Aber ich konnte doch wirklich nichts dafür", versuchte Hagen das Eis zu sprengen. „Erst dieser Hauseigentümer, der nicht aufhörte zu reden, dann Birgit Freier und dann noch Annes Anruf. Als ich mit dir reden wollte, hast du schon geschlafen. Hätte ich dich wecken sollen?"
Hagen wusste, dass sie ihm nicht ernsthaft böse war, nur ein wenig mufflig eben, weil sie sich gestern kaum gesehen hatten. Das mit dem Schlafen im Auto ließ er lieber weg, sonst würde sie sich ernsthaft Sorgen machen. Völlig unnütz. Heute fühlte er sich wohl. Der längst fällige Arztbesuch konnte warten.
Er schlürfte seinen Kaffee und dachte über das Gespräch mit Anne nach. Sollte wirklich jemand einen SS-Offizier hier festgehalten und gefoltert haben? Und das womöglich über zehn Jahre lang? Unvorstellbar.
„Musst du denn immer so schlürfen?", fragte Silke plötzlich. „Kannst du deinen Kaffee nicht vernünftig trinken?" Sie schaute ihn streng über ihre Zeitung hinweg an.

„Du meinst, so wie vornehme Leute es tun?“
„Ja. Genau“, antwortete sie. „Und nun hör endlich auf, dich zu entschuldigen. Ich hab nur schlecht geschlafen.“
Typisch Silke. Sie schluckte ihren Ärger immer hinunter.
Hagen stand auf und ging um den Tisch herum. Sie schaute ihm erwartungsvoll entgegen. Er beugte sich über sie und gab ihr einen sanften Kuss.
„Warum gehst du nicht wieder schlafen?“, fragte er dann und richtete sich auf, als er von draußen das Klappen einer Autotür hörte.
„Weil ich sowieso nicht schlafen kann. Und jetzt hau schon ab zu deiner Anne.“ Sie fuchtelte mit der Hand, als wolle sie eine Fliege verscheuchen. Er fuchtelte zurück und ging erleichtert hinaus.
Annes rosaroter VW Käfer stand mitten auf dem Hof. Sie kam ihm schon entgegen, poppig gekleidet wie immer.
„Kann ich dort stehen bleiben?“, fragte sie und gab ihm auf jede Wange einen Kuss. „Du wolltest ja keine Reklame.“
„Klar kannst du dort stehen bleiben. Und wofür fährst du Reklame? Babysachen für Mädchen?“
„Wow“, sagte sie lächelnd. „Wie bist du denn drauf?“
„Es wird ein schöner Tag. Was erwartest du? Wollen wir hineingehen?“ Er wies auf den Hintereingang.
Sie nickte. „Bin gespannt auf deine Geheimgänge.“
Er machte Licht. „Bitte schön“, sagte er, ging die Treppe hinunter und zeigte auf die Stahltür. „Unser U-Boot.“
Anne stellte ihre Tasche auf den Boden und zog den weißen Overall an. Dann streifte sie Latex-Handschuhe über und schob sich eine Stirnlampe über den Kopf.
„Im Kofferraum ist noch ein Anzug“, war ihr einziger Kommentar, dann verschwand sie durch die Stahltür.
„Hier wurde sauber gemacht“, konstatierte Anne, als Hagen im Overall den Keller betrat. Sie hatte auf ihn gewartet.
„Ist uns auch aufgefallen. Das wird zu den Aufgaben der Mannschaft gehört haben. Schließlich haben wir es mit Militärs zu tun. Denkst du nicht?“

„Wahrscheinlich hast du Recht.“ Sie wandte sich der Leiter zu und kletterte nach oben. Hagen blieb am Fuß der Leiter stehen und verfolgte die Lichtreflexe von Annes Stirnlampe.
Hagen wusste, dass dort nichts zu finden war, aber sie ließ sich offenbar Zeit. Die Baulampe, die sie mit hinein genommen hatten, blendete ihn. Er drehte sie zur Seite. Noch einmal inspizierte er die Uniformmäntel, fuhr mit der Hand in jeden einzelnen Stiefel im hinteren Regal.
Er suchte nichts Bestimmtes. Er hätte gar nicht gewusst, wonach er suchen sollte. Mach deinen Kopf frei und öffne die Sinne für die Menschen, die hier gelebt haben, das war seine Maxime, wie er Tätern und Opfern nachspürte.
Dreizehn Jahre lang wurde Buch geführt. Es mussten dreizehn Jahre lang die gleichen Menschen gewesen sein. Da konnte selbst ein leerer Raum etwas über seine Bewohner aussagen. Und sei es nur, dass man ihn aufgegeben und als Letztes noch gereinigt hatte, um bei den Besuchern, die vielleicht später kamen, einen guten Eindruck zu hinterlassen. War das die Handschrift der Bauersfrau? Wer waren dieser Bauer und dessen Frau, die 1958 spurlos verschwanden? Er dachte an den Wechsel der Handschrift in der Kladde. Wer war die Ablösung? Und warum war überhaupt eine nötig gewesen?
Sein Blick fiel erneut auf die Uniformmäntel. Die Kragenspiegel. SS-Runen auf schwarzem Grund auf der einen Seite, ein silberner Stern auf der anderen. Ein Unteroffizier. Den genauen Dienstrang kannte er nicht.
Der zweite Mantel hatte drei silberne Sterne – ein Offizier. Und noch ein Offizier mit vier Sternen. Die Offiziere waren absolut überrepräsentiert. Warum gab es hier keine Mannschaftsgrade? Entweder war dies hier das letzte Versteck von Verlierern oder von etwas Wertvollem, das zu bewachen sich lohnte. Silke fiel ihm wieder ein, wie sie von Schätzen phantasiert hatte. Zumindest eine Möglichkeit, über die man nachdenken konnte. Allerdings gab es hier keine Schätze mehr.
Aber was war mit dem *letzten Versteck der Verlierer*? Hagen nahm den linken Stahlhelm herunter und untersuchte dessen

ledernes Innenleben. Aus seiner eigenen Wehrdienstzeit wusste er, dass die Stahlhelme von den Soldaten quasi als ihr persönliches Eigentum betrachtet wurden. Manche schrieben sogar ihre Namen hinein. Nein, kein Name.

Er stellte sich auf Zehenspitzen und ergriff dann noch den an der Decke befestigten dicken Eisenring, um noch einige Millimeter Höhe zu gewinnen. Er wollte nachsehen, ob etwas auf dem Regalbrett lag. Nein, da war nichts. Er ließ den Ring wieder los und legte den Stahlhelm zurück. Auch der nächste sah nicht so aus, als wäre er jemals getragen worden. Wieder stellte er sich auf Zehenspitzen. Nichts.

Der letzte Helm hatte Kratzspuren auf der Oberseite. Das Lederzeug war von Schweiß dunkel gefärbt. Auf der Stirnseite bemerkte er Reste einer bläulichen Schrift. Doch ein Name? Den Blick auf das Lederzeug geheftet drehte sich Hagen zur Lampe. „Treffer!“, entfuhr es ihm.

„Was hast du?“, fragte Anne, die gerade die Leiter herab kam.

„Schau mal. Vielleicht ein ernsthafter Hinweis, leider etwas verwischt. Ich kann es nicht lesen.“

Wortlos holte Anne ihre Lupe aus der Tasche und wischte sie sorgfältig mit einem Staubtuch ab. Dann beugte sie sich über den Helm, den Hagen ihr hinhielt.

„Vielleicht eine Acht?“, fragte sie, während er nur ihren Hinterkopf sah und die dunkle Haarsträhne, die vorwitzig unter der Kapuze des Overalls hervorlugte. „Dann noch eine Acht?“

„Achtundachtzig? Das heißt bestimmt 66!“

Anne hob den Kopf. „66? Der Teufel, ja? Witzbold.“

Hagen grinste und nahm ihr die Lupe aus der Hand. Dann versuchte er es.

„Achtundachtzig ergibt keinen Sinn“, sagte er nach einem Weilchen. „Oder gab es eine Division – oder wie immer die hießen – mit dieser Nummer?“

„Keine Ahnung. Ich nehme ihn mit ins Labor. Wir werden das schon entziffern. Übrigens, oben haben sie nicht so gründlich sauber gemacht wie hier unten.“

„Ja, wahrscheinlich wurde der Raum zuerst aufgegeben, weil

sie sich nicht mehr zu verstecken brauchten und ein normales Leben im Haus geführt haben." Er unterbrach sich und fuhr dann nachdenklich fort: „Nach dem, was in der Kladde steht, konnte man das auch irgendwie vermuten."
„Hagen?" Anne sah ihn streng an. „Was für eine Kladde?"
„Sie war der Bonus unserer Entdeckung. Ich wollte nicht damit hausieren gehen. Sie lag hier auf dem Tisch und enthält Eintragungen von 1945 bis 1958."
„Und wo hast du sie jetzt?", fragte Anne mit einem bösen Funkeln in den Augen. „Im Panzerschrank oder schon auf einer Versteigerung? Wann wolltest du mir davon erzählen?"
Er hob die Hände vor dem unerwarteten Angriff.
„Nicht böse sein. Ich hab sie auf meinem Schreibtisch liegen. Komm." Hagen ging voraus und öffnete die Bürotür. „Bitte entschuldige die Unordnung. Ich schlafe auch hier, weil wir im Schlafzimmer noch renovieren."
Auf dem Weg zum Schreibtisch blieb er plötzlich stehen.
„Was ist?", fragte Anne, als er einen Schritt zurücktrat.
Er drehte sich zu ihr um. „Holst du bitte deinen Spurenkoffer? Die Kladde und mein Laptop sind weg."
Ihr Gesicht war ernst, als sie fragte: „Du machst mit mir jetzt keine Späße, nein?"
„Nein, verdammt!", blaffte er sie an. „Hier auf dem Schreibtisch stand mein Laptop und auf der Ablage die Kladde. Scheiße, meine ganzen Maklerdaten."
Als er sich auf den Bürostuhl setzen wollte, fuhr Anne dazwischen: „Stopp! Setz dich dort hin." Sie wies auf den Sessel am Fenster. „Und rühr dich nicht."
Sie holte ihren Spurenkoffer, stellte ihn auf dem Flur ab und kam mit der UV-Lampe ins Zimmer. Systematisch leuchtete sie den Parkettfußboden ab. Eine Stelle kreiste sie mit Kreide ein.
„Heb mal deinen Fuß."
Er tat es. Seine alten Latschen hatten ein Rippenprofil.
„Danke."
Er lehnte den Kopf zurück und starrte an die Decke. Woher

sollte er die Daten zurückholen? Die Kladde war ihm egal.
Anne nahm sich jetzt den Schreibtisch vor.
„Hier hängt noch ein Netzwerkkabel. Was war da dran?“, fragte sie.
„Was? Ach ja, das führt zum Server.“
„Ein Backup-Server?“
Richtig! Zumindest die Maklerdaten bis gestern Mittag waren dort ja noch gespeichert. Er sprang auf.
„Ja, ein Backup-Server!“, rief er, als er die Bodentreppe hoch polterte. Kurz darauf atmete erleichtert durch. Das Brummen war Musik in seinen Ohren.
„Er ist da, mein Backup-Server!“, rief er schon von der Treppe her. Im Büro ließ er sich in den Sessel fallen. „Ich muss nachdenken. Denn ich glaube, die Kladde war ihnen wirklich wichtig.“
Anne, die den Schreibtisch mit einem Pinsel nach Fingerabdrücken abgesucht hatte, richtete sich auf. „Logisch. Wo sie doch weg ist. Erzähl mir etwas Neues.“
„Etwas Neues willst du hören, liebe Anne? Gut. Was hältst du von Verfolgungsjagden durch Granseer Straßen?“
„Ich liebe actiongeladenes Kino. Wo gibt es das?“
„Kein Film. Seit ein paar Tagen, zuletzt gestern, wurde ich von irgendwelchen Typen beobachtet.“
„Hast du eine Ahnung, wer sie waren?“ Anne war nun merklich ernst geworden.
Er stand auf und sah dem Kieslaster hinterher, der gerade vorbei donnerte. Es war jetzt wohl sechsundzwanzig Jahre her, dass sie ein Paar waren. Eine schöne Zeit, erinnerte er sich.
Anne stand plötzlich hinter ihm und legte ihren Arm auf seine Schulter. „Woran denkst du? An damals?“
„Das ist lange her.“ Er wollte zurück zu seinem Sessel. Doch sie vertrat ihm den Weg.
„Ich konnte nicht mit dir leben, das stimmt. Aber das heißt noch lange nicht, dass du mir egal bist.“
Er schob diese vorwitzige Haarsträhne unter die Kapuze zurück und sah Anne in die Augen. Verwirrung. Schnell wandte

sie sich ab und ging zum Schreibtisch. Stille breitete sich aus und wurde immer drückender.
„Hast du etwas gefunden?“, fragte er nach einem Weilchen, mit Worten frisch aus dem Kühlschrank. Ihre Antwort ebenso.
„Sieht nach Handschuhen aus.“ Sie nahm die Lampe und beleuchtete die Tischplatte mit UV-Licht. „Ja, Handschuhe.“
„Profis“, entgegnete er. „Alles andere hätte mich auch gewundert. Wie ich sehe, benutzt ihr immer noch das gute alte Argentorat und die schwarze Klebefolie. Damit hat man mir schon beigebracht, Fingerspuren zu sichern.“
Anne nahm die Schere aus der Tasche und schnitt ein Stück von der schwarzen Folie ab.
„Das Pulver schmiert zwar und die Klebefolie klebt mehr an den Fingern, aber ich habe noch nichts Besseres gefunden.“
Sie sah ihn an. „Aber du hast meine Frage nicht beantwortet: Wer ist hinter dir her?“
Er zuckte mit den Achseln. „Weiß ich noch nicht. Aber ich habe zwei Autokennzeichen und den Halter von dem einen.“
Anne warf die Klebefolie mit dem Handschuhabdruck in einen Briefumschlag und schrieb eine Zwei drauf. Dann griff sie nach Notizbuch und Stift. „Sag an. Ich kümmere mich darum.“
Zögernd schob er sich an ihr vorbei und holte den Zettel aus dem Schreibtischfach.
„Jakob Meier, wohnhaft in 98386 München, Prinzregentenstraße. Das Auto war ein VW Tuareg mit dem Kennzeichen M-JM 3000. Ach, schau mal: Ein VW ohne VW im Kennzeichen. Das war mir gar nicht aufgefallen.“
„Gut, und das zweite?“
„Da musst du warten. Ich habe den anderen, einen Nissan X-Trail, fotografiert. Die Fotos sind noch in der Kamera.“
„Okay, wann war die Kladde definitiv noch da?“
Hagen überlegte kurz, bevor er antwortete: „Gestern gegen Mittag habe ich noch darin geblättert und ...“, er hob den Finger und fuhr grinsend fort, „… in meinen Laptop eingescannt. Und die Datei auf meinen Server kopiert.“
„Liest du manchmal auch aus der Hand?“, fragte Anne la-

chend.
„Nur wenn das Honorar stimmt", entgegnete er, wurde aber sofort wieder ernst. „Warte mal, vielleicht habe ich ja irgendwo noch einen Datenstick."

10

„Willst du offiziell Anzeige erstatten?", fragte Anne, als sie in ihr Büro traten. Auf dem Flur waren sie niemandem begegnet und Hagen war froh darüber.
„Nein, wozu? Mein Laptop ist futsch. Apropos, hast du mal einen Computer für mich?"
Sie setzte sich an ihren Laptop und schaltete den Arbeitsplatz frei. Hagen las das Passwort mit.
Anne machte ihm Platz und sagte lächelnd: „Ich traue dir ja. Trotzdem werde ich nachher mein Passwort ändern."
Die Daten vom Stick auf den Laptop zu kopieren, dauerte nur einen Augenblick. Dann verkabelte er die Kamera. Vierzehn Fotos. Er klickte auf das erste: Nur Landschaft.
Das nächste: Ein bisschen Autoschnauze von leicht hinten.
Dann: Kotflügel und Motorhaube.
Dann: Kotflügel und halbe Fahrertür. Ein Lenkrad und ein paar Hände. Gestochen scharf.
Dann: Dunkler Kurzhaarschnitt mit Ohr. Leicht verwischt.
Weiter, weiter, weiter.
Verwischtes Kennzeichen. Er glaubte, OHV zu erkennen.
„Ein Einheimischer", rief er laut und klickte erneut.
Blauer Himmel. Mist. Das war offenbar der Moment, an dem ihn Willi angesprochen hatte.
„Schade, mehr ist nicht."
Anne beugte sich über den Laptop. „Zeig her."
Er klickte alle Fotos noch einmal durch und verharrte bei dem Fahrer, der im Profil von schräg hinten zu sehen war. Irgendwie kam der ihm bekannt vor. Dann weiter zum Kennzeichen.
„OHV." Anne richtete sich auf. „So viele beige oder safarifarbene X-Trails sind im Landkreis Oberhavel bestimmt nicht

zugelassen. Mach dir keine Sorgen – den finden wir."
„Warte mal, da ist noch etwas. Ein Aufkleber." Hagen zoomte das Bild heran. Die Auflösung gab noch einiges her.
„Es sieht aus wie ein Tier."
„Stimmt. Ein Hirsch vielleicht? Nein, bestimmt ein Elch."
Er lehnte sich zurück und dachte nach. Irgendwo hatte er diesen Aufkleber schon gesehen. Nach einer Weile schüttelte er den Kopf. Es gab Hunderte von Autos, die mit einem solchen Aufkleber herumfuhren.
Das Telefon klingelte. „Verdammt." Anne schaute auf die Uhr. „Ich habe die Besprechung vergessen." Sie nahm den Hörer ab, sagte: „Ich komme" und legte wieder auf. „Es wird sicher zwei Stunden dauern. Willst du hier warten?"
„Irgendwie komme ich schon nach Hause."

Vor dem Revier setzte er sich auf die Treppe. Schon 14 Uhr, sagte sein Smartphone. Zögernd drückte er die Anruftaste.
„Wo steckst du?", hörte er sie fragen. Kurz, bündig, wütend.
„Ich sitze vor dem Polizeirevier. Wollen wir den Italiener ausprobieren?"
Er hörte, wie Silke laut ausatmete, und ahnte, dass sie darum kämpfte, ihren Ärger hinunter zu schlucken.
„Gut", sagte sie dann. „Aber mach dich auf eine Abreibung gefasst. Das kann ich dir sagen."
Er machte sich auf den Weg, mit großen Schritten die Oranienburger Straße hinunter. Als er den zweiten Plattenbau passierte, fuhr sie an ihm vorbei und hielt natürlich nicht an. Aber Hauptsache, sie war gekommen.
Sie aß Pizza Napoli, er hatte Calzone. „Streiten ist blöd", war ihr einziger Kommentar gewesen, als er vor der Pizzeria ankam. Nun stopfte sie das Essen mit Appetit in sich hinein, während er noch überlegte, ob ihm Hirschgulasch mit Spätzle nicht besser auf die Sprünge geholfen hätte. Der X-Trail ging ihm nicht aus dem Kopf.
Sein Handy klingelte.
„Bist du zu Hause? Ich habe die Würste bei mir und bin auf

dem Weg zu dir."
„Frank? Jetzt ist schlecht. Wir sitzen gerade in der Pizzeria."
„Am Tor? Bin sofort da."
Es dauerte kaum fünf Minuten, bis Frank Steinert hereinkam und geradewegs auf sie zu steuerte.
„Bitte, der Herr, zwanzig Wildbratwürste." Mit Schwung landete die Tüte auf seinen Knien. „Das macht 24 Euro. Wenn dich das jetzt überfordert, gibst du sie mir später."
„Nun warte doch. Gleich."
Hagen kramte in seiner Hosentasche und zog einen Zwanziger und einen Fünfer hervor. „Der Rest ist für den Service."
Frank Steinert legte zum Gruß zwei Finger an die Stirn und ging genauso schwungvoll, wie er gekommen war.
„Was war das denn?" Silke schüttelte belustigt den Kopf.
„Wie er gesagt hat: zwanzig Wildbratwürste. Wir haben gestern oder vorgestern telefoniert."
„Muss ich ihn kennen?"
„Frank Steinert? Nein. Ein Jäger. Man darf ihn nichts fragen, ihm nichts sagen. Sonst wird man ihn nie wieder los."
Sie lachte und es war schön, ihr Lachen zu hören.
Ein paar Minuten später verließen sie das Restaurant, gingen zum Parkplatz am Ruppiner Tor hinüber und stiegen in seinen Astra. An der Ampel musste er warten. Er beobachtete einen Lieferwagen, der an ihnen vorbeifuhr, und hätte beinahe den beigefarbenen X-Trail mit dem Elch am Heck verpasst, der gleich dahinter kam. Am Steuer saß Frank Steinert.

11

„Herr Brandt? Hagen Brandt?", kam es aus der Freisprechanlage, als sie gerade in den Granseer Kreisverkehr einfuhren.
„Ja, was kann ich für Sie tun? Geht es um eine Immobilie?"
„Ich wollte mich bei Ihnen entschuldigen. Offenbar hat einer meiner Angestellten Ihr Auto beschädigt. Das tut mir Leid."
„Was? Wer spricht denn da?", fragte Hagen etwas verwirrt.
„Mein Name ist Jakob Meier. Und um auch Ihre zweite Frage

zu beantworten: Ja, ich interessiere mich für eine Ihrer Immobilien und würde mich gern mit Ihnen treffen."
„Ach richtig, Sie hatten mir eine E-Mail wegen des Landsitzes geschickt."
„Das wird mein Adjutant gewesen sein. Mit ihm können Sie den Termin abstimmen. Ich werde in den nächsten Tagen in Brandenburg sein und Herr Stein, mein Adjutant, ruft Sie vorher an." Die Verbindung wurde unterbrochen.
Hagen bremste scharf und fuhr auf den Parkstreifen am Granseer Ortsausgang. Kaum stand das Auto, öffnete er die Tür und sprang hinaus. Er brauchte Luft.
„Was ist denn los?" Silke hatte die Beifahrertür geöffnet und schaute ihn verwirrt an.
„Du hast es doch gehört: Herr Meier besucht uns!"
„Aber das ist doch schön. Vielleicht kauft er ja den Landsitz. Ist er teuer?"
Er hob abwehrend die Hand. In seinem Kopf schwirrte es. Mit allem hatte er gerechnet, nur nicht mit einem Anruf von Meier. Das mit dem Landsitz war sicherlich nur eine Finte.
„Und was war mit dem beschädigten Auto? An deiner Kiste ist doch nichts mehr zu verderben", hörte er Silkes Kommentar. Sie kam um das Auto herum. „Gibt es etwas, das ich wissen sollte?", fragte sie.
Er schüttelte nur den Kopf. Doch sie sah ihn unverwandt an.
„Herrgott, da war nichts. Ein Auto hat mich verfolgt, glaubte ich. Da habe ich mich nach dem Halter erkundigt. Das war Herr Meier."
„Und wieso weiß er davon?"
„Genau das frage ich mich auch. Komm, lass uns fahren."
Kaum im Welsenweg angekommen, zog er sich mit Silkes Notebook ins Büro zurück. Nachdem er sich im Internet einen neuen Laptop bestellt und die Antwort erhalten hatte, es würde noch heute Abend geliefert werden, versuchte er, Anne anzurufen. Sie nahm nicht ab.
Dann rief er bei der Märkischen Allgemeinen an: Birgit Freier war nicht zur Arbeit erschienen und hatte sich nicht krankge-

meldet. Ihr Handy klingelte – sie ging nicht ran.
Und nun? Was hatte Frank Steinert mit dem Skelett zu tun? Aber warum beschattete der ihn? Jedenfalls sollte er Anne informieren, dass er den Fahrer gefunden hatte.
Dann ließ er das gestrige Gespräch mit Birgit an sich vorbeiziehen. Abgesehen von seinem Blackout, waren da noch Birgits Blicke und Fragen. Und Bäcker hatte gesagt, dass er, Hagen, in den Mercedes eingestiegen sei.
Hagen stand auf und nahm den Autoschlüssel vom Schreibtisch. Er musste mit Birgit reden.
Zehn Minuten später parkte er den Astra am Kloster. Birgits Mercedes stand vor der Tür. Hagen Brandt klingelte. Nichts rührte sich. Die Haustür war verschlossen. Er sah hoch zu den Fenstern im Hochparterre. Sie waren geschlossen, die Gardinen halb zugezogen. Schlief sie?
Aus dem evangelischen Gemeindehaus gegenüber kamen laut schwatzend einige Frauen heraus. Sie schauten pikiert, als er sich an ihnen vorbeidrückte. Vom Eingang her, der einige Stufen höher lag als die Straße, versuchte er, hinter Birgits Fenstern etwas zu erkennen. Sinnlos. Er stieg wieder ins Auto und wählte Annes Dienstnummer.
„Hagen hier. Ich hab Neuigkeiten."
„Ich auch. Wo bist du?"
„In fünf Minuten bei dir."
Er startete den Motor und während er ganz langsam an Birgits Haus vorbei rollte, schaute er noch einmal nach ihren Fenstern.

„Ich glaube, ich werde langsam paranoid", erklärte Hagen kurz darauf Anne und ließ sich in den Sessel fallen.
„Wieso das denn?" Anne kam mit einem Blatt Papier und zwei Tassen Kaffee hinüber zur Sitzecke.
„Der X-Trail, der mich gestern Nachmittag verfolgt hat, das war Frank Steinert."
„Franky?" Sie schaute ihn verdutzt an. „Wann, sagtest du, war das? Gestern? Richtig, Franky hatte in Mühlhof einen Einsatz. Irgendeine Zeugenaussage. Aber um Viertel zwei war ein Un-

fall auf der B96, nördlich von Gransee. Er war dort. Ich habe es im Rapport gelesen. Er kam sehr spät dort an. Die Streifenbesatzung hat sich aufgeregt."
„Sag ich doch: paranoid." In seinem Kopf dämmerte eine Frage hoch: Aber wieso nördlich von Gransee?
„Hier, dein Kaffee." Sie setzte sich ihm gegenüber, pustete in ihre Tasse und schlürfte dann ganz vorsichtig.
„Du sollst nicht immer schlürfen", sagte er und musste grinsen. Silkes Worte.
„Das gehört sich wohl nicht für vornehme Leute?", erwiderte Anne. Sie las gerade in einem Protokoll und antwortete eindeutig zerstreut.
„Hört ihr uns ab?"
„Wie bitte?" Sie sah verwirrt auf. „Was hast du gesagt?"
„Ach nichts. Ein Spaß. Silke sagt das mit dem Schlürfen immer zu mir. Und das mit den vornehmen Leuten war heute früh meine Antwort. Schon lustig."
„Ja, lustig", sagte sie ernst. Sie war offenbar noch immer abgelenkt. „Ich habe hier das Protokoll vom Stahlhelm. *BR MINUS* stand drin. Offenbar die Blutgruppe des Trägers."
„Also nicht das Skelett?"
„Das ist nicht auszuschließen. Als die SS ihre Tätowierungen bekam, war der Rhesusfaktor gerade erst entdeckt worden. Deshalb ließ man ihn weg. Vielleicht hat unser Toter ihn gerade deshalb nachträglich im Helm vermerkt. Diese Blutgruppe ist übrigens relativ selten."
„So dreckig und verschmiert wie der Ledereinsatz im Helm war, kann man da keine DNA-Spuren finden? Oder aus dem Skelett selbst?"
„Das wäre möglich. Aber was würde es nutzen? Wir könnten nur feststellen, ob der Helm dem Skelett gehört hat."
„Wir wüssten immerhin, ob der Tote zu der Mannschaft des Wachlokals gehörte."
„Dann solltest du vielleicht mit Franky Steinert reden."
„Wieso das?" Hagen schaute auf.
„Es ist sein Fall. Ich bin hier nur die Tatort-Tante, schon ver-

gessen?“
„Na so ein Zufall.“
„Kein Zufall. Hat der Alte angewiesen.“
„Das meine ich nicht. Von Steinert hatte ich die Halteranschrift. Und was soll ich sagen: Vorhin rief der Halter bei mir an. Jemand hat ihm geflüstert, dass ich ihn suche.“
„Und?“
„Keine Ahnung. Zu viele Zufälle.“
Anne schien zu überlegen. „Gut, dann rede ich mit ihm. Ich muss ihm sowieso das Protokoll bringen.“
Es klopfte. „Darf ich … ach, der Herr Sonderermittler.“
Anne wedelte mit dem Protokoll und zog die Tür hinter sich zu. Hagen sah noch ihr schadenfrohe Lächeln. Er stand auf und ging Klaus Papst entgegen.
„Klaus, ich hoffe, du hast mir den Spaß nicht übel genommen.“ Er grinste. „Ich fand es lustig. Wie in alten Zeiten.“
Nun lachte auch Klaus. „Ich hab noch überleecht, ob ich dir noch ein paar Falschmeldungen unterjubel. Da hattest du es plötzlich eilich. Schade. Und was macht dein Gerippe?“
„Ach, keine Ahnung.“ Er tat desinteressiert.
„Ich verstehe“, antwortete Klaus. „Eigentlich müsste ich sauer sein, du Schauspieler. Ich mach ja hier nur die Arbeit.“
„Viel Arbeit?“, fragte Hagen, um etwas zu sagen und irgendwie die Situation zu retten.
„Ziemlich. Wo ist Anne hin?“
„Zu Frank Steinert. Sie ist bestimmt gleich wieder da.“
„Steinert? Das kann dauern.“
„Manchmal denke ich, alle Jäger sind so.“
„Kann sein. Bei dem Umgang, den die so pflegen.“
„Cliquenwirtschaft, oder was?“ Er schaute Klaus fragend an.
„Ich hab ihn vor'jen Winter im Wald getroffen, wie er hohe Herrschaften herumführte. Ich dachte noch, mein lieber Schwan, hab ich gedacht, der Göring ist auferstanden. So richtig mit Jägerhut und Ledermantel mit Pelzkragen dran.“
Als die Tür aufging, drehte Klaus sich um. „Donnerlüttchen, da bist du ja schon wieder!“

„Ja, er hatte Besuch“, antwortete Anne.
Hagen erhob sich. „Dann zieh ich mal Leine. Silke wird schon warten.“ Er verabschiedete sich. Das mit Göring in der Schorfheide war ihm dann doch zu starker Tabak gewesen.
Auf dem Nachhauseweg fuhr er noch einmal durch die Klosterstraße, doch auch diesmal reagierte niemand auf sein Klingeln und Klopfen.
Am Abend saß Hagen ihm Büro, spielte seine Daten vom Server auf den neuen Laptop und dankte dem Erfinder von Backup-Systemen. Dann löschte er das Licht, öffnete die Bürofenster und lauschte nach Grillen und anschleichenden Spionen. Dabei schlief er im Sessel ein. In der Nacht wurde er wach. Mühsam rappelte er sich auf und ließ sich, angezogen wie er war, aufs Bett fallen. Im selben Moment war er wieder eingeschlafen.

12

Irgendwann schreckte Hagen aus dem Schlaf hoch. Es war noch dunkel draußen. Das Klingeln seines Handys hatte ihn geweckt. Schlaftrunken klaubte er es vom Fensterbrett, nahm den Anruf an und ließ sich wieder aufs Kopfkissen sinken.
Elektrisiert setzte er sich auf, als er Birgit Freiers Namen las.
„Birgit?“
Nichts. Niemand antwortete.
„Birgit, nun sag doch was. Wo bist du?“
Er lauschte wieder. Weit entfernt ein Stöhnen, kurzes Röcheln und dann gar nichts mehr. Völlige Ruhe. Nur noch sein eigener Pulsschlag.
Verdammt. Was war da los? Er war jetzt hellwach.
Eilig zog er seine Schuhe an, rannte hinaus und sprang ins Auto. Der Astra schleuderte, als er auf die Landstraße einbog. Mit aufgeblendeten Scheinwerfern raste er auf Gransee zu.
Als er die Klosterstraße erreichte, lag diese vollkommen verlassen da. Eine einzige Lampe brannte an der Straßenecke. Mit quietschenden Reifen hielt er vor Birgits Hauseingang

und sprang aus dem Auto. Oben, in der Wohnung über Birgits, ging das Licht an. Hagen warf sich gegen die Haustür. Doch sie hielt stand. Noch einmal. Wieder erfolglos. Oben wurde ein Fenster geöffnet. Jemand schaute herunter.
„Sie da“, rief Hagen. „Kommen Sie runter. Machen Sie die Tür auf! Polizei.“
„Sie sind aber schnell“, kam die Antwort von oben. Der Kopf verschwand, dann polterte jemand die Treppe herunter.
In der Tür erschien ein großer dicker Mann. Eine starke Alkoholfahne wehte Hagen entgegen. Er drängelte sich an ihm vorbei und rannte zu Birgits Wohnungstür.
„Ich wollte doch gerade erst anrufen“, hörte er den Mann hinter sich keuchen. Und dann noch: „Ruhestörung ...“
Hagen achtete nicht auf ihn. Mit einem kräftigen Tritt gegen das Schloss zersplitterte er den Türrahmen. Die Tür flog auf und knallte gegen eine Wand.
In der Wohnung war es stockdunkel. Hagen tastete zum Lichtschalter. Eine winzige Diele. Links die Küche. Er wandte sich nach rechts und schob die Tür auf. Wohnzimmer. Leer. Er eilte hindurch zu dem nächsten Zimmer, dessen Tür halb offen stand. Auch leer. Er machte kehrt und betrat die Küche.
Als er Licht machte, erstrahlte der Raum gleißend hell. Weiße Steinzeugfliesen, verchromte Einbauküche mit Mittelblock. Dahinter noch eine Tür, die einen Spalt breit offenstand. In dem Spalt klemmte ein Kopf. Birgits Kopf. Eine größer werdende Blutlache breitete sich auf den Fliesen aus und leuchtete in grellem Rot. Ihr fehlendes Auge blutete nicht, ihr Mund war weit aufgerissen. Das Gesicht verzerrt. Schmerz. Er trat noch einen halben Schritt näher und da sah er es: Dicht unter ihrem Kinn klaffte eine blutige Schnittwunde.
Hinter sich hörte er Schritte. Er schaute sich nicht um. Der Trottel von oben. Hagen hatte ihn mehrmals in Gransee gesehen, immer besoffen. Die Schritte verharrten abrupt. Dann kam das laute Poltern, mit dem ein massiger Mann zu Boden geht. Hagen nahm sein Handy und wählte die 110.
„Eine Tote in der Klosterstraße 47 in Gransee. Kehle durchge-

schnitten. Beeilen Sie sich. Es kann keine zehn Minuten her sein. Ich warte vor dem Haus.“ Er beendete das Gespräch und drehte sich nun doch um.
Der dicke Mann lag mitten in der Wohnungstür. Hagen fühlte seinen Puls, rollte ihn auf die Seite und stieg über ihn hinweg. Er brauchte Luft, sonst würde er sich gleich daneben legen.
Draußen setzte er sich auf die Treppe und steckte sich mit zitternden Händen eine Zigarette an. Irgendwo in der Nähe wurde ein Motor gestartet.
Was ist passiert?, überlegte er. Hat sie angerufen, als der Angreifer das Messer wetzte oder danach und vor dem Schuss? Einen Schuss hatte er aber nicht gehört.
Hagen musste nicht lange warten. Drei Züge später hörte er bereits die Sirene des ersten Streifenwagens. Kurz darauf den nächsten und dann noch einen. Er stand auf, steckte die Hände in die Hosentaschen und stellte sich mitten auf die Straße.
Der Streifenwagen hielt direkt vor ihm. Zwei Uniformierte sprangen heraus.
Er zeigte zur Haustür und rief:
„Der Dicke ist nur besoffen. Die Tote liegt in der Küche.“
Sie stürmten hinein. Im zweiten Streifenwagen saß ein alter Bekannter. Der Name fiel ihm nur nicht ein.
„Könnt ihr die Lichter ausmachen“, Hagen zeigte auf die flackernden Blaulichter, „und die Granseer Straßen abfahren? Vielleicht findet ihr ihn noch. In der Nähe habe ich einen Motor starten gehört.“
Der alte Polizist hatte ihn wohl wiedererkannt und schickte auch den dritten Wagen los.
Die beiden vom ersten Streifenwagen kamen aus dem Haus. Zwischen sich trugen sie den Dicken, der wieder zu sich gekommen war, und lehnten ihn an die Hauswand. Während der eine telefonieren ging, kam der andere auf ihn zu.
„Hallo Hagen, da hast du uns ja etwas eingebrockt.“
Hagen sah ihn sich genauer an. „Warst du letztens bei mir zu Hause?“
„Ja, und Olli auch.“ Sein Kopf zuckte zum Streifenwagen.

„Und Anne Pagels. Die wird auch gleich hier sein. Vielleicht sollte ich meine Frau anrufen, dass das heute mit dem Feierabend erst zu Abend wird?“
„Wie heißt du?“, fragte Hagen.
„Na schau mich doch an. Und der andere ist Olli.“
„Stan, der Witzbold. Mir ist jetzt nicht nach Witze reißen.“
„Ist das deine Freundin da drin?“
Hagen nickte.
„Du bleibst hier, ja? Bis die Kripo da ist.“
„Was denkst du?“
Der große dicke Mann lehnte an der Hauswand und starrte auf das Pflaster zu seinen Füßen. Seine strähnigen Haare hingen ihm ins Gesicht. Hagen ging zu ihm hinüber.
Der Dicke brummte etwas wie „Ohren geplatzt“.
„Was ist?“, fragte Hagen. „Was hast du gehört?“
Als er keine Antwort bekam, packte er dessen Doppelkinn und zwang den Kopf des Dicken hoch. Die Augen waren geschlossen. Er verpasste ihm eine schallende Ohrfeige.
„Hey, was soll das?“, protestierte der Dicke und starrte ihn wütend an. Dann sackte sein Kopf erneut ab.
Hagen schlug noch einmal zu. „Was war los, Dicker?“
Böse glasige Augen. „Lass mich doch in Ruhe“, lallte er.
Hagen gab auf.
„Der muss wohl erst ausnüchtern“, sagte Stan hinter ihm. „Und wie ich den Kerl kenne, wird das keine einfache Sache.“
Hagen setzte zu einer harschen Antwort an, doch da sah er einen rosafarbenen Käfer in die Straße einbiegen. Anne war da. Sie parkte auf der linken Straßenseite und kam auf ihn zu.
„Was machst du hier?“, fragte sie, winkte aber gleich darauf ab. „Seit ihr die Einzigen hier?“ Nun schaute sie Stan an.
„Zwei Streifenwagen kreisen im Stadtgebiet. Er sagt“, sein Kopf wies auf Hagen, „es sei erst ein paar Minuten her.“
„Okay, wo ist es?“ Anne ging hinter Stan her. Olli saß noch immer am Funk.
Stan kam raus und ging zum Streifenwagen. „Anne fragt, wo Frank Steinert bleibt.“ Die Antwort verstand Hagen nicht.

Anne erschien in der Tür und ging zu ihrem Auto. Sie winkte ihn heran. Während er hinüberschlurfte, begann sie, ihren Overall überzustreifen.
„Hagen, die Kurzfassung bitte. Steinert ist nicht aufzutreiben."
„Ein Anruf hat mich geweckt. Er kam von Birgits Handy, aber niemand sagte auch nur ein Wort. Ich habe mir Sorgen gemacht. Wir sind … waren gute Freunde. Ich habe mich ins Auto gesetzt und war zehn Minuten später hier. Der Trottel da hat mich hineingelassen."
„Hast du drinnen etwas angefasst?"
„Die Wohnungstür habe ich aufgebrochen. Lichtschalter im Flur und in der Küche. Sonst nichts."
„Danke. Wäre schön, wenn du noch bleibst."
Der Arzt fuhr vor. Zusammen gingen die beiden hinein. Hagen folgte ihnen und blieb an der Wohnungstür stehen. Alle Räume waren hell erleuchtet. Anne fotografierte. Die Tür, die von der Küche abging, stand jetzt offen. Vielleicht Birgits Schlafzimmer, überlegte er, jedenfalls den Gardinen nach.
Der Arzt kniete über Birgits Leiche. Sie war nackt. Halb auf dem Rücken liegend waren beide Arme hinter ihrem Körper verborgen.
Hagen schluckte. Ein dicker Kloß saß ihm in der Kehle. Er dachte daran, wie sie vor ein paar Tagen auf der Terrasse des Altstadtcafés posiert hatte. Ihre wehenden blonden Haare, das vorgereckte Kinn, ihr zarter Körper in Bluse und engen Jeans. Er kannte niemanden, nicht einmal Silke, der so voller Lebenslust und Leidenschaft war. Nun lag sie ausgeblutet in ihrer Küche. Und kurz vor ihrem Tod war ihr nichts anderes eingefallen, als ihn anzurufen. Es konnte nicht mehr als ein letzter Reflex gewesen sein.
Anne kam aus der Küche, schob ihn hinaus ins Treppenhaus und legte den Fotoapparat neben ihren Spurenkoffer. Darin lag bereits ein Handy, verpackt in einer Kunststofftüte. Anne nahm es in die Hand und drückte eine Taste. Plötzlich klingelte sein Smartphone in der Hosentasche. Anne sah ihn an und nickte. Dann schaute sie noch einmal aufs Handy.

„Drei Uhr dreiundvierzig“, sagte sie und legte es zurück in den Koffer. Dann nahm sie eine große Klebefolie für Schuhspuren heraus und ging zurück in die Küche.
Er lehnte sich an die Wand gegenüber der Wohnungstür. Seine Blicke wanderten durch die kleine Diele. Er hätte Birgit eine geräumigere Wohnung zugetraut. Diese hier passte nicht so recht zu ihr. Die Wohnung war modern eingerichtet, sicher, strahlte aber wenig Persönlichkeit aus. Unpersönlich, als wäre sie nur zu Besuch. Fast wie ein Hotelzimmer. In der Diele hingen gerahmte Schwarzweiß-Fotos. Er ging langsam darauf zu. Birgit als Achtjährige. Ein Foto, wie es Eltern früher beim Fotografen machen ließen. Rechts daneben wohl Mama und Papa in süddeutscher Tracht. Unter Birgits Foto hing ein kleineres. Es zeigte zwei zehnjährige Mädchen. Er trat näher heran. Links lächelte ihm Birgit entgegen. Das Mädchen daneben kannte er nicht. Es gab keine Ähnlichkeiten zwischen beiden, abgesehen von den Jungmädchen-Kleidern.
Links neben Birgits Foto musste ein weiteres Bild gehangen haben. Der Bilderhaken war noch da und die Tapete darunter etwas dunkler. Die Tapete empfand er als bieder, altmodisch. Wieso hatte er das Gefühl, gar nicht in Birgits Wohnung zu stehen? Nur, weil die Tapete nicht so selbstbewusst daherkam, wie sich Birgit ihm gegenüber immer gegeben hatte?
Anne kam zurück und schob ihn erneut hinaus ins Treppenhaus. Bevor sie die große Klebefolie in eine weitere Kunststofftüte versenkte, hielt sie sie so ins Licht, dass er den Schuhabdruck darauf deutlich erkennen konnte.
„Stiefel?“
Sie nickte und schon war sie wieder verschwunden. Hinter dem Spurenkoffer, halb unter der Treppe nach oben blinkte etwas. Er bückte sich und streckte den Arm aus.
„Finger weg!“ Anne stand hinter ihm.
Er zog sein Taschentuch hervor und nahm etwas kleines metallenes auf. Dann erhob er sich und zeigte es Anne. Ein Knopf. Jacke oder Weste, mit Verzierungen, die denen ähnelten, welche er gerade auf dem Foto hinter Anne betrachtet hatte.

„Trachtenjacke", sagte er. „Was macht der hier?"
„Der liegt vielleicht schon länger dort", sagte sie. „Trotzdem, lass fallen." Sie hielt ihm eine kleine Kunststofftüte hin.
Natürlich konnte es sein, dass der Knopf nicht mit dem Mord zusammenhing. Schließlich gab es im Umkreis von Gransee inzwischen nicht nur einen Süddeutschen. Er selbst hatte bereits dreien zu einem neuen Heim verholfen.
Anne kehrte ihm wieder den Rücken zu.
„Darf ich mich mal umschauen?"
Sie blieb stehen und sah ihn müde an. „Nichts anfassen."
Das Wohnzimmer lag verwaist. Er achtete darauf, wo er hintrat. Schließlich hatte er jahrelang an Tatorten wie diesem nach Spuren gesucht. Es ging ihm um den Eindruck, den ein solcher Tatort immer vermittelt. Und er wollte von Birgit Abschied zu nehmen. Und zwar hier, wo jemand ihr Leben bestialisch beendet hatte.
Eine wuchtige Ledercouch beherrschte die eine Ecke des Wohnzimmers. Darüber hing ein Stillleben. Gegenüber an der langen Wand stand ein riesiger Plasma-Bildschirm auf einem Messingregal mit einer teuren Kinosoundanlage. Dies passte schon eher zu Birgit. Dagegen gab es hier noch eine Topfpflanze. Eine von denen, die man ins Büro stellt, weil sie kaum Pflege brauchen.
Das kleinere Zimmer dahinter enthielt einen alten Schreibtisch, Jahrhundertwende. Die Wände waren mit Bücherregalen vollgestellt, die das gleiche Dekor hatten wie der Schreibtisch. Langsam schritt er die Regale ab. Jede Menge Sachbücher zu Wissenschaftsthemen und Zeitgeschehen. Ein ganzes Regal war dem Faschismus gewidmet. *Mein Kampf* stand neben der Bibel, was er merkwürdig fand. Gleich daneben Ludwig Reiners *Stilkunst* von 1939, ein Buch, das für eine Journalistin schon eher etwas mit der Bibel zu tun hatte.
Dass die Tischplatte vollkommen leer war, konnte von pedantischer Ordnungsliebe zeugen. Aber wo war ihr Laptop? Im Schlafzimmer? Der Papierkorb war jedenfalls auch leer.
Vom Treppenhaus hörte er Türklappen und trat ans Fenster. Der

Arzt verabschiedete sich von Anne. Der Leichenwagen wartete. Dafür dass inzwischen die Granseer Rushhour eingesetzt hatte, war es extrem still.
Hagen betrachtete sein Spiegelbild in der Doppelscheibe des Fensters. Und für einen Augenblick glaubte er, Birgit stünde hinter ihm. Mit toten Augen und aufgerissenem Mund. Er schüttelte den Kopf, um das Bild loszuwerden. Es wollte ihm nicht gelingen. Abrupt wandte er sich vom Fenster ab und ging zurück ins Wohnzimmer.
Anne stand in der Küche, über den Mittelblock gebeugt. Sie sicherte Fingerabdrücke. Der Mittelblock war zwar recht klein, stand aber im Weg, wenn man ins Schlafzimmer wollte.
Anne sah auf. Sie hatte wohl seinen Blick gespürt. Sie lächelte. Er lächelte.
Sein Blick fiel auf die Kreidestriche und die Blutlache, in der noch die Konturen von Birgits Kopf zu erkennen waren. Sie würde nie wieder lächeln. Die Kreidestriche verschwammen vor seinen Augen und er glaubte wieder, ihren weit aufgerissenen Mund zu sehen.
Anne ging hinaus in den Flur und verstaute die gesicherten Spuren. Er trat an die Kreidestriche heran und machte einen großen Schritt ins Schlafzimmer. Ein Messingbett stand mit dem Kopfende an der Wand. Eine Zudecke lag auf dem Fußboden an der Seite. Das Laken war zerwühlt und blutig. Neben dem Bett Handschellen der Art, wie sie auch die Polizei benutzte. Er rührte nichts an. Starrte nur aufs Bett und die Handschellen und versuchte zu verstehen, was hier vor sich gegangen war.
Gleich neben der Tür stand ein Monstrum von Schrank. Das Fenster mit der Gardine davor war nur angelehnt. Gegenüber befand sich das Bad. Die Tür stand groß offen.
Anne kam herein.
„Wo bleiben denn deine Leute?“, fragte er.
Sie hob die Schultern. „Sind unterwegs hierher.“
„Ist dir die Wohnungseinrichtung aufgefallen? Sie wirkt auf mich wie ein Hotelzimmer. Vielleicht hat es ihr jemand einge-

richtet und sie war noch dabei, es umzugestalten."
Sie nickte. „Ja, so ähnlich habe ich auch vermutet."
„Ein Foto fehlt."
Sie nickte wieder. „Weißt du", fragte sie, „ob sie zu Hause gearbeitet hat?"
„Du meinst den fehlenden Computer? Nein, ich weiß es nicht."
„Dann werden wir uns auch noch darum kümmern müssen."
„Kann ich mal deinen Scheinwerfer haben? Ich will mir den Hof und den Keller anschauen."
„Ich komme mit!"
Sie benutzten die Hintertür, die halb offen stand. Anne schob die Tür ganz auf und ging am Rand die drei Stufen zum Hof hinunter. Ein idealer Fluchtweg.
„Vorsicht, ein Schuheindruck", sagte sie und Hagen folgte ihr dicht auf.
Die Sonne war noch nicht hinter den Häusern hervor gekommen, aber es war hell genug, auch ohne Taschenlampe die einzelnen Gebäude zu unterscheiden. Rechts eine Mauer. Alter Putz bröckelte ab. Am hinteren Ende des Hofes stand ein Werkstattgebäude mit großem, halb offenen Schiebetor, links wieder eine Mauer.
Sie gingen auf das Werkstattgebäude zu. Anne leuchtete hinein. Der Raum war vollkommen leer und erinnerte ihn an die Hinterzimmer, die sie besenrein vorgefunden hatten.
Anne stoppte ihn, als er den ersten Schritt machen wollte.
„Schau", sagte sie und leuchtete auf den Boden.
Frischer Dreck, den jemand vom Hof hereingebracht hatte, führte direkt auf eine Leiter an der Rückseite der Werkstatt zu. Oberhalb der Leiter befand sich eine offene Luke.
„Wollen wir weitergehen?", fragte er.
„Nein, überlassen wir das den anderen. Irgendwann werden sie merken, dass ich hier allein herumwirtschafte."
„Na du hast ja immer noch mich", sagte er im Scherz.
„Und mich", kam plötzlich eine Stimme von der Hintertür her.
„Bernd, na endlich", stieß Anne hervor. „Wieso braucht ihr drei Stunden bis hierher?"

„Soll ich dir eine langweilige Geschichte erzählen oder willst du mich einweisen?“
Der Bernd Genannte drückte Anne die Hand, dann ihm.
„Hagen Brandt“, murmelte er und der andere stellte sich mit Bernd Schimmel vor.
„Wir sind die Echten von Mord und Totschlag.“
„Aus Neuruppin, ich weiß“, sagte Hagen. „Ich kenne dich.“
Jetzt schaltete sich Anne ein.
„Hagen war ein Kollege hier aus Gransee. Wir haben vor langer Zeit mal zusammen bei der Polizei angefangen.“
„Wir waren die Echten von Mord und Totschlag in Frankfurt/Oder. Lange ist's her.“
„Und was machst du hier?“, fragte Schimmel.
„Zeuge. Ich habe die Tote gefunden. Sie war eine gute Bekannte. Ich bin sozusagen der Hauptverdächtige.“
„Und schaffst gerade die Spuren beiseite?“, kam Schimmels prompte Antwort.
„Stopp, Jungs.“ Anne trat zwischen sie. „Jetzt keine Hahnenkämpfe, sonst setze ich mich in die Ecke und weine. Bernd, seine Schuhsohlen passen nicht zu den Schuhabdrücken in der Wohnung. Außerdem ist an ihm kein einziger Spritzer Blut. Ich habe das geprüft. Bin schließlich auch nicht blöd. Jedenfalls konnte ich nun schlecht Spuren sichern und gleichzeitig Zeugen befragen. Da habe ich ihn lieber hier gelassen, statt ihn ins Revier zu bringen. Es war sowieso nur eine Streifenbesatzung hier.“
„Nun reg dich ab. Ich bin ja jetzt da. Und du“, wandte Bernd Schimmel sich an Hagen, „bist jetzt wieder Zeuge. Klar?“
Ja, das war klar. Außerdem hatte Hagen sowieso genug gesehen, um Stoff zum Nachdenken haben. Er nickte und ging zurück zur Hintertür. „Ja, dann geh ich mal nach vorne und lungere noch ein bisschen bei Stan und Olli herum, bis du Zeit für mich hast.“ Er ließ Bernd Schimmel und Anne stehen und setzte sich am Vordereingang auf die Stufen.
Umständlich fingerte er eine Zigarette aus der Schachtel und zündete sie an. Der Dicke von oben war verschwunden. Stan

und Olli saßen in ihrem Streifenwagen. Olli schlief. Der Straßenblock war auf beiden Seiten abgesperrt. Einige Fußgänger und Radfahrer schienen das nicht ganz einzusehen. Immer wieder musste einer zurück gepfiffen werden.
Stan stieg aus und kam herübergeschlendert.
„Und was sollen wir jetzt tun?“, stieß er hervor.
Man sah ihm die Nachtschicht und den Schlafmangel an.
„Stan, das weiß ich nicht. Du solltest den da drinnen fragen.“
Hagen grinste. „Ich würde es aber nicht tun, wenn ich keine Lust hätte, bei den Nachbarn Klinken zu putzen. Andererseits kommst du sowieso nicht drum herum. Also könntet ihr beide auch gleich anfangen.“
„Und da sagt der Kerl, ich sei ein Witzbold“, knurrte Stan, ging zurück zum Wagen und weckte Olli.
Im Treppenhaus der Kirchengemeinde ging gerade ein Fenster auf. Den völlig verstrubbelten Kopf hinter der Kamera kannte er doch. Hansen, die Fotografin der *Märkischen Allgemeinen* hatte der Polizei wieder einmal ein Schnippchen geschlagen und war über den Hof ins Gebäude gelangt.
Hagen setzte sich in seinen Astra, nahm noch einen Schluck von der Apfelschorle, die schon zwei Wochen in der Sonne gekocht hatte und spie sie gleich wieder aus. Zumindest hatte er jetzt einen anderen Geschmack im Mund, auch wenn der um nichts besser war als der vorherige. Er zog die Tür heran, lehnte sich zurück und schloss die Augen. Sofort begannen seine Gedanken zu kreisen.
Birgits Kopf in der Blutlache. Die klaffende Halswunde. Das zerschossene Auge. Wer tat so etwas? Hätte er Birgit retten können, wäre er gestern Nachmittag mit Gewalt bei ihr eingedrungen? Verdammte Selbstvorwürfe, haltet endlich die Schnauze, schrie er sich innerlich an. Doch sie wollten nicht verstummen.
Jemand rüttelte ihn an der Schulter. Sofort war er hellwach. Er schaute in Annes müdes Gesicht.
„Fahr nach Hause“, sagte sie. „Um drei im Revier. Okay?“
Er schaute auf die Uhr. Es war zehn. „Ja, bis dann.“

Gerade wollte er losfahren, als sein Smartphone klingelte. Es war Silke. „Wo steckst du denn? Hier wartet ein Herr auf dich."
„Bin gleich da. Gibt mir zehn Minuten."
Nachdem man für ihn die Straße freigemacht hatte und er Gas geben konnte, war es, als wären auch in seinem Kopf die Barrieren beseitigt worden.
Wofür oder für wen war Birgit gestorben? Warum jetzt, nachdem es eine Unklarheit zwischen ihnen gegeben hatte, die bestimmt ein Gespräch geklärt hätte? Er erwartete keine Antworten. Aber endlich fielen ihm die richtigen Fragen ein, die ihn vorwärts treiben konnten. Die Polizei kümmerte sich zwar jetzt um Birgit, das hieß aber nicht, dass ihn das Ganze nichts mehr anging.

13

Hagen Brandt bog in die Einfahrt zu seinem Hof ein und bremste im letzten Moment. Die Einfahrt war wegen der hohen Hecke, die den Wind abhalten sollte, schlecht einzusehen. Sie wurde von einem großen dunklen BMW blockiert.
Was war das denn? Einen Termin hatte er nicht vereinbart, das wusste er genau. Wem gehörte dieses Monstrum? Er fuhr seinen Astra an die Seite.
Am Tisch unter dem Kirschbaum unterhielt sich Silke mit einen älteren Herrn. An dessen Seite saß ein junger Mann mit dunklen Locken und Sonnenbrille. Beide hatte er noch nie gesehen. Aber je näher er kam, desto mehr kam eine Vorahnung in ihm hoch.
Silke hatte Kaffee und Kuchen aufgetischt. Man unterhielt sich offenbar gut. Silke lachte. Dann sah sie Hagen und stand auf. Der junge Mann drehte sich zu ihm um und war im Begriff aufzustehen. Setzte sich aber wieder, als ob er ihn erkannt hätte. Silke küsste ihn flüchtig und sagte leise: „Ein Herr Meier. Aber warte nur, bis die wieder weg sind."
Silke war sauer. Schon wieder.
Nun waren Herr Meier und der Lockenkopf auch aufgestan-

den und erwarteten ihn. Er setzte sein wärmstes Lächeln auf und ging auf die beiden zu.
„Herr Meier, es tut mir wirklich Leid“, sagte Hagen geschäftsmäßig. „Hoffentlich mussten Sie nicht zu lange warten. Ich wurde leider aufgehalten.“
„Sie müssen sich nicht entschuldigen, Herr Brandt. Schließlich bin ich ohne Vorwarnung hier eingedrungen. Und Ihre Gattin hat mich ganz reizend unterhalten. Sie hatte sicher noch anderes zu tun, als Gastgeberin zu spielen.“
Meier lächelte. Sein Gesicht war so faltig, wie es Menschen haben, die lange unter freiem Himmel gelebt hatten. Das Lächeln verstärkte diese Falten noch.
Er muss um die achtzig sein, vielleicht sogar noch älter, überlegte Hagen. Anwalt? Industrieller? Diese Kategorie etwa.
„Darf ich Ihnen noch einen Kaffee oder etwas Kühles anbieten?“, fragte er, ging um den Tisch herum und setzte sich. Mit der Sonne im Rücken konnte er in jedem Fältchen seines Gegenüber lesen. Da half Meier auch der Hut nicht viel.
„Nein, danke. Mehr als eine Tasse Kaffee vertrage ich nicht.“
„Die lange Fahrt muss Sie angestrengt haben.“
Meier lachte als wollte er sagen: Sie machen das gut, aber es ist unnötig. „Können wir ein Stück laufen?“, fragte er dann und es war genau der Tonfall, der ausdrückte, was Hagen gerade gedacht hatte. „Ein wenig die Beine vertreten, das würde ich mir jetzt wünschen.“
„Aber gern“, antwortete Hagen. Sie erhoben sich. Meier ging voraus auf die Obstbaumwiese zu.
„Wunderschön haben Sie es hier. Wie sind Sie an das Grundstück gekommen? Ach, wie dumm von mir. Einen Makler muss man das nicht fragen – oder?“
„In diesem Fall liegen Sie daneben. Wir haben das Grundstück zufällig durch Freunde gefunden. Aber wie Sie sagten, suchen Sie nun ebenfalls etwas Passendes, um sich im schönen Brandenburg niederzulassen?“
„Ja, ich liebe die Natur und sie sollte möglichst wild und unberührt sein.“

Bist du Birgits Mörder? Die Frage tauchte plötzlich in seinem Kopf auf. Oder Lockenkopf? Später. Konzentriere dich!
„Viele behaupten, in Süddeutschland gäbe es das nicht mehr“, antwortete Hagen zögernd. „Ich kann es mir gar nicht vorstellen. Sie haben doch den Bayerischen Wald.“
„Erwischt.“ Meier nahm seinen Hut in die Hand, als sie in den Schatten eines Birnbaums traten, der voller Früchte hing. Lockenkopf blieb zehn Schritte hinter ihnen.
Meiers Augen schienen die Umgebung förmlich aufzusaugen. Er blickte auf die Wiesen, die sich am Welsengraben entlangzogen. Kühe weideten auf dem saftigen Grün.
Hagen betrachtete den kleinen Mann verstohlen von der Seite. Das graue Haar schien früher dunkel gewesen zu sein. Braune Augen, ausgeprägte Adlernase. Meiers Trachtenjacke spannte über dem Bauch und weckte bei ihm Erinnerungen an den Morgen in der Klosterstraße. Aber der Knopf, den er auf der Treppe gefunden hatte, hätte nicht gepasst. Das Muster war anders und der Knopf kleiner.
Es dauerte lange, bis der Alte sich wieder rührte.
„Ja, Sie sind ein Glückspilz, Herr Brandt. Was machen Sie mit den vielen Äpfeln?“ Meier setzte seinen Hut wieder auf und ging zu dem großen *Kaiser Wilhelm* hinüber. „Machen Sie Most daraus?“
„Nein, bis jetzt nicht. Was wir übrig haben, stellen wir unten an die Dorfstraße. Kasse des Vertrauens?“
Meier schaute ihn belustigt an. „Ich habe sie immer mit Hänsel und Gretel und Rotkäppchen in einen Topf geworfen. Die gibt es also wirklich?“
„Natürlich legt nicht jeder Geld hinein, manche tun nur so als ob. Aber die Unehrlichen kennt jeder im Dorf. Man schaut sich gegenseitig auf die Finger, wenn es sein muss.“
„Wunderbar. Hagen, wenn ich Sie so nennen darf. Sehen Sie, deshalb ist Brandenburg für mich so erstrebenswert. Die Menschen sind noch natürlich. Sie helfen sich und genießen gemeinsam, was ihnen die Natur bietet.“
„Stopp, stopp, da haben Sie etwas falsch verstanden. Das hier

ist nicht das Paradies. Wir haben die höchste Unfallquote Deutschlands und angeblich die höchste Anzahl an Rechten. Hier wird geklaut, geprügelt und gesoffen wie überall. Aber Sie haben Recht, wenn Sie meinen, dass es zwischen den Menschen noch Gemeinsamkeit und gegenseitige Hilfe gibt. Manchmal denke ich, es sind nur die Politiker, die uns Ossis sozusagen den Bach runter reden. Auf jeden Fall sind sie es, mit denen zu geduldig umgegangen wird."

„Das ist Demokratie, junger Mann. Die Weisheit wird hier auf mehrere Köpfe verteilt, statt einem Führer hinterherzulaufen."

„Natürlich. Aber es sind auch genügend Schafsköpfe dabei."

Meier lachte leise. „Hagen, wissen Sie was? Ich möchte, dass Sie das Geschäft für mich vermitteln. Es ist wohltuend, eine ehrliche Antwort zu bekommen. Ich bin es kaum noch gewohnt. Die Einzelheiten des Vertrages und was dazugehört können Sie dann mit meinem Adjutanten besprechen." Der Alte drehte sich zu ihm um und nahm seine Hand. „Und das mit dem Autospiegel ..."

Hagen unterbrach ihn: „Der geht in der Provision unter, Herr Meier."

Der Alte nickte. Nachdenklich, wie es Hagen schien. Er hätte ihn nicht unterbrechen sollen. Er war aus der Übung. Definitiv.

Langsam gingen sie zur Straße zurück. Der Alte blieb im Hof noch einmal stehen. Er betrachtete den ehemaligen Stall, die Hofpumpe, die Toreinfahrt. Dann zog er den Hut tief ins Gesicht und ging zum Auto.

„Herzlichen Dank für Ihre Gastfreundschaft. Grüßen Sie bitte Ihre Frau von mir und bitten Sie für mich um gut Wetter, damit ich wiederkommen darf." Mit einem Ächzen setzte er sich ins Auto und winkte ihm freundlich zu. Hagen winkte zurück. Der BMW hinterließ eine mächtige Staubwolke, als er aus der Einfahrt fuhr.

„Verdammt, Hagen, was war das für ein schräger Typ und vor allem: Wo warst du? Verschwindest mitten in der Nacht, ohne mir Bescheid zu sagen, und dann machst du auch noch Termine und lässt mich mit dem Typen hier allein. Was soll das?"

Hagen stand in der Tür. Silke war offensichtlich beim Packen.
„Ich packe. Schließlich habe ich Urlaub und ein Recht darauf, auch einmal wegzufahren. Außerdem würde sich meine Mutter über meinen Besuch freuen, wogegen du anscheinend zufrieden bist, wenn du kommen und gehen kannst, wann du willst."
Der Reißverschluss surrte. Sie war fertig. Und ihm war es egal, ob sie aus Trotz wegfuhr oder warum sonst. Er fühlte sich wohler, sie aus der Schusslinie zu haben. Er wusste einfach nicht, worauf er sich da eingelassen hatte.
„Schatz", begann er, „du tust das Richtige damit, zu deiner Mutter zu fahren. Mir tut es leid. Aber ich kann jetzt nicht weg, weil ich zur Vernehmung geladen bin."
„Was ist passiert?", fragte sie nun ruhig.
„Kanntest du Birgit Freier, die Journalistin? Sie wurde ermordet."
„Und was hast du damit zu tun?"
„Ich habe sie gefunden."
„Aber ..." Sie wusste nicht weiter.
„Sie war eine gute Bekannte. Heute Nacht klingelte mein Handy. Es war ihre Nummer. Ich hörte nur ein Röcheln. Also bin ich sofort hingefahren."
„Das ist ja schrecklich."
„Ja, das ist es. Und nun fahr zu deiner Mutter. Tu mir den Gefallen. Ich rufe dich an, wenn hier wieder Ruhe eingekehrt ist. Erhole dich ein wenig. Ja?"
Sie nickte. Zögernd griff sie nach der Tasche und stand auf. Draußen gab sie ihm noch einen Kuss.
„In einer Woche bin ich wieder da."

14

„So, Hagen Brandt, nun erzähl uns mal deine Geschichte. Wir werden Sie aufnehmen für die Nachwelt."
Sie saßen im Vernehmungsraum. Bernd Schimmel hatte sein Jackett über die Stuhllehne gehängt. Er war ungefähr Hagens Alter, aber nicht ganz seine Gewichtsklasse. Zwischen ihnen

standen der Schreibtisch und das Mikrofon – und dann noch der Unterschied, dass er, Hagen, nicht mehr dazu gehörte.
„Viel zu erzählen gibt es nicht“, begann er. „Irgendwann in der Nacht wurde ich durch einen Anruf geweckt. Es war Birgit Freiers Nummer. Wir kennen uns seit Jahren und wenn sie anrief, musste es wichtig sein. Also nahm ich den Anruf an. Doch was ich hörte, war nur Röcheln. Nichts weiter. Kein Wort, keine anderen Geräusche, nur dieses sehr leise Röcheln. Ich dachte, dass irgend etwas passiert ist. Vielleicht ein Unfall. So schnell ich konnte, bin ich zu ihrer Wohnung gefahren. Es können seit dem Anruf kaum mehr als zehn Minuten vergangen sein, bis ich dort ankam. Vergeblich versuchte ich, die Haustür einzutreten, da ging in der Wohnung oben ein Fenster auf und der Dicke sah hinaus. Er hat mich reingelassen. Die Wohnungstür war zu. Ich habe sie eingetreten und erst im Flur Licht gemacht und dann noch in der Küche. Dort habe ich sie gefunden. Ohne noch etwas anzurühren, habe ich den Notruf angerufen. Das war es soweit.“
„Wie spät war es, als sie anrief?“, fragte Schimmel.
„Keine Ahnung. Nach drei.“
„Woher wusstest du, dass du zu ihrer Wohnung fahren musst? Sie hätte doch überall sein können.“
„Ich wusste es nicht. Natürlich hätte sie überall sein können. Die Wohnung war mein einziger Anhaltspunkt. Wäre sie dort nicht gewesen, hätte ich auch nicht weitergewusst.“
„Sie hätte in der Redaktion sein können.“
„Unwahrscheinlich.“
Die Fragen kamen jetzt schneller. „Warum?“
„Sie war Redakteurin einer Provinzzeitung. Da arbeitet man nachts in der Regel nicht. Die *Märkische Allgemeine* ist ja kein Sensationsblatt.“
Er sprach jedes Wort langsam und mit Bedacht aus. Einfach um sich nicht überrumpeln zu lassen. Er sah, dass Schimmel es registrierte.
„Hör zu, Bernd, ich habe nichts zu verbergen, aber du solltest auch nicht versuchen, mich zu überrumpeln. Ich will auch,

dass der Mord aufgeklärt wird. Vielleicht mehr als du. Birgit ist für dich nur ein weiterer Fall mit viel Arbeit. Für mich war sie eine wirklich gute Freundin. Verstehen wir uns?"
Schimmel sah ihn einen Moment an, dann grinste er provozierend. „Fand sie deinen Astra so toll oder das Geld, das du jetzt als Makler verdienst?"
Hagen explodierte. Er sprang auf und schlug seine Faust mit aller Kraft auf den Schreibtisch. Sein Stuhl kippte um. Der Schreibtisch hielt stand, das Mikrofon verschwand auf Schimmels Seite.
Schimmel war bleich geworden. Mit einem solch wütenden Angriff hatte er wohl nicht gerechnet. Es fehlte nur noch, dass er anfing zu zittern.
Auf dem Flur knallte eine Tür und die vom Vernehmungsraum flog auf. Anne kam herein. Sie hatte offenbar im Technikraum gesessen. „Was soll das?", rief sie. „Seid ihr jetzt beide übergeschnappt?" Sie war zornesrot im Gesicht. „Was sollen diese Machtspielchen? Sind wir hier im Kindergarten?"
Hagen setzte sich wieder, dachte einen Moment nach und sagte dann: „Nein, meinen Astra fand sie nicht toll. Wie es um ihre Finanzen stand, weiß ich nicht." Dann sah er Anne an. „Bitte entschuldige. Er vernimmt nur seinen einzigen Verdächtigen. Sonst wäre dieser ganze Klamauk mit dem Vernehmungsraum ja nicht nötig. Und ein bisschen Psychologie hatte ich auch irgendwann."
Er lächelte Schimmel an. „Glaub mir oder nicht, aber du bist auf dem Holzweg. Birgit und ich waren gute Freunde. Wir haben uns unterstützt, wenn es nötig war, und zusammen gefeiert, wenn es einen Anlass gab. Mehr nicht."
Schimmel bückte sich und stellte das Mikrofon zurück auf den Schreibtisch. Dann fragte er: „Wusste deine Frau davon?"
„Sie wusste es nicht. Silke und ich haben uns nie den Treueschwur geleistet. Wir sind nicht verheiratet."
„Waren Birgit Freier und du intim?"
„Das geht dich nichts an."
„Okay, ich ziehe die Frage zurück. Habt ihr viel Zeit mitein-

ander verbracht?“
„Nicht wirklich“, sagte Hagen. „Manchen Monat haben wir uns gar nicht gesehen.“
„Wie war das in den letzten Tagen?“
Hagen sah zu Anne hinüber, die an der Tür lehnte. Jederzeit bereit dazwischenzufahren. Dann sagte er: „Ja, nachdem wir in unserem Keller diese Leiche gefunden hatten ...“
„Was? Willst du mich verarschen?“ In Schimmels Augen funkelte es wild. „Jetzt reicht's mir aber.“ Schimmel sprang auf.
„Beruhige dich, Bernd“, sagte Anne von der Tür her. „Es stimmt. Ich war am Tatort. Ein menschliches Skelett unter dem Dielenboden. Seit mehr als fünfzig Jahren tot.“
Schimmel rang sichtlich mit sich. Nach einem Moment rieb er sich das Gesicht mit beiden Händen. Dann schaute er Hagen an. „Okay, entschuldige. Brechen wir hier ab und gehen in Annes Büro.“
„Endlich ein vernünftiges Wort“, antwortete er und erhob sich. Hagen war sicher, dass es damit noch nicht vorbei war. Schimmel wählte nur einen anderen Schauplatz für die nächste Schlacht.

„Du schienst mir vorhin sehr sicher, dass du Birgit Freier in ihrer Wohnung finden würdest. Warum war das so? Kannst du mir darauf eine Antwort geben?“
Schimmel war Vernehmer, ein Profi. Hagen erkannte es an jeder Frage und daran, wie schnell er sich der Situation anpassen konnte. Provozieren gehörte einfach dazu. Er selbst hatte dieselben Methoden angewandt, je nach Situation.
Hagen nickte anerkennend, bevor er ruhig antwortete.
„Nachdem wir gestern Nachmittag hier gesessen und über die Sache mit dem Skelett gesprochen hatten, bin ich noch in der Klosterstraße gewesen. Ich wollte Birgit sprechen, aber niemand öffnete. Ich hatte mich sehr gewundert, dass sie nicht da sein sollte, obwohl ihr Mercedes vor der Tür stand. Birgit ging fast nie zu Fuß.“
„Aber sie war nicht da?“

„Nein. Vielleicht ist sie ja krank, habe ich mir gedacht. Vorher hatte ich versucht, sie telefonisch zu erreichen, auf ihrem Handy und in der Redaktion. Sie nahm den Anruf nicht an. In der Redaktion sagte man mir, sie sei nicht zur Arbeit erschienen."
Anne kam mit Kaffee für alle und setzte sich dazu.
„Und warum wolltest du sie unbedingt sprechen?", fragte Schimmel, griff zur Tasse und trank einen Schluck. Hagen erkannte die Absicht: Die Frage sollte nebensächlich klingen.
„Neugier und Fakten sammeln sind wohl eine nicht anerkannte Berufskrankheit von Kriminalisten. Es ging um das, was wir in unserer Küche gefunden hatten. Da mir das Polizeiarchiv ja nicht mehr zur Verfügung steht, hatte ich Birgit Freier gebeten, das Zeitungsarchiv nach Meldungen über Mühlhof aus der Zeit nach dem Krieg zu durchforsten."
„Und? Hat sie etwas gefunden?"
„Mehr oder weniger. Ein Pärchen, das in den Westen abgehauen ist, ein Trecker, der eingesackt war und die Kartoffelernte behinderte und noch eine dritte Meldung, die dann wirklich interessant war und wegen der ich Birgit Freier noch einmal sprechen wollte. 1958 ist das Pärchen verschwunden, das bis dahin in meinem Haus gewohnt hatte."
Er schaute Anne an. Sie schaute ihn an und runzelte die Stirn.
„Richtig. Du wolltest mir die Meldung zeigen."
„Stimmt. Leider habe ich sie bis jetzt nicht wiedergefunden."
„Ist die etwa auch geklaut?", fragte Anne.
Bernd Schimmel schaute von einem zum andern. Er wusste nicht, wovon sie sprachen. Woher auch?
„Das weiß ich nicht. Ich kann mich nicht erinnern."
Er nahm einen Schluck Kaffee und überlegte. Was durfte er sagen, was sollte er lieber ungesagt lassen?
„Also, wir haben uns im *Waidmann* in Baumgarten getroffen. Dort hat sie mir erzählt, was sie gefunden hatte. Alle Meldungen hatte sie auf Büropapier ausgedruckt und mir gezeigt. Aber ich weiß einfach nicht mehr, ob sie mir das Papier gegeben oder selbst wieder eingesteckt hat. Von der letzten Meldung weiß ich nicht einmal mehr den konkreten Wortlaut. Deshalb

wollte ich sie um die Ausdrucke bitten."
„Wann war das? Das Treffen?", fragte Schimmel.
„Vorgestern?" Er schaute fragend zu Anne. „War ich vorgestern Abend hier?"
Sie nickte.
„Und du hast sie wegen der Berufskrankheit gesucht?"
Schimmel grinste wieder.
„So etwa. Ich interessiere mich für Heimatgeschichte und habe inzwischen eine kleine Sammlung von historischen Dokumenten aus dem ganzen Landkreis. Auch ein paar andere."
„Hagen, weißt du was? Ich glaube dir – fast alles, nur das nicht. Ich weiß noch nicht viel über Birgit Freier, aber so viel schon: Sie war verdammt hübsch! Gib es doch zu. Sie hat dich um den Finger gewickelt, mit dir gespielt."
„Und deshalb habe ich sie umgebracht?" Hagen schüttelte den Kopf.
„Ist sie, ist sie vergewaltigt worden?", fragte er dann zögernd und schaute Anne an.
„Wissen wir nicht genau. Der Autopsie-Bericht fehlt noch."
„Aber misshandelt wurde sie. Ich konnte sie ja schlecht untersuchen und hab nicht alles gesehen. Aber was ich gesehen habe, waren Blutergüsse. Und das hat auch schon der Arzt festgestellt. Richtig?" Sie nickte.
„War sie gefesselt? Es sah so aus."
Wieder nickte Anne.
„Jetzt reicht's aber. Worauf willst du hinaus?", fuhr Schimmel dazwischen.
„Wenn der Kerl über ihr auch meist besoffen ist, vielleicht hat er oder sonst jemand den Täter gesehen. In dieser Nacht oder zu einem früheren Zeitpunkt, als er zu Birgit Freier ging. Wäre ich du, würde ich mich zunächst darauf konzentrieren."
„Danke, Hagen, dass du für mich denkst. Aber das haben wir bereits, leider erfolglos."
„Dann eben noch einmal."
„Schluss jetzt. Willst du mir sagen, wie ich meine Arbeit machen soll?"

„Vielleicht hatte der Dicke einfach einen schlechten Tagesanfang. Kann ja passieren. Auch bei Zeugen.“
„Schluss jetzt! Mach dich vom Acker! VERPISS DICH!“
Hagen stand auf und ging zur Tür. Dort drehte er sich noch einmal um und sagte: „Manchmal ist es auch der Vernehmer, der einen schlechten Tag hat. Und manchmal ist ein Vernehmer allein auch nicht genug.“ Er schloss leise die Tür.

15

Am nächsten Tag fuhr Hagen gegen elf Uhr nach Gransee. Nach einem kurzen Stopp am Getränkeladen rollte er durch die Klosterstraße. Von dem Trubel des gestrigen Tages war nichts mehr zu sehen. Er parkte fünfzig Meter weiter am Kloster und schloss ordentlich ab. Für den Rückweg würde er gezwungenermaßen ein Taxi nehmen müssen.
Er schaute an sich hinunter. T-Shirt und Jeans waren ziemlich zerknittert, als hätte er darin geschlafen. Hatte er ja auch. Und die Papiertüte mit der Flasche Korn sollte ihm das erwartete Entgegenkommen sichern. Als er um die Ecke bog, stand der Dicke im Unterhemd am offenen Fenster und rasierte sich.
Hagen blieb abrupt stehen. Mist, dachte er. Falscher Tag? Nein, Arbeitsamt ist doch immer dienstags, oder? Und nun?
Er machte kehrt und ging zurück zum Auto. Die Flasche warf er kurzerhand auf den Rücksitz und schaute rechtzeitig wieder in Richtung Klosterstraße, dass er den Pritschenwagen der Dachdecker-Firma Franz in die Straße einbiegen sah. Ludwig Franz hatte er schon mehrfach seinen Hausinteressenten empfohlen. Er und Franz verstanden sich gut.
„Moin Ludwig“, rief er, als der Firmeninhaber persönlich aus dem Auto stieg und ihm zuwinkte.
„Moin. Makler müsste man sein“, rief Ludwig Franz zurück. „Dann könnte man am Vormittag schon ein bisschen spazieren gehen.“ Franz beugte sich ins Fahrerhaus und kam mit einigen Papieren wieder zum Vorschein.
„Ja, jedem wie er es braucht.“

Sie gaben sich die Hand. Hagen schaute zum Dach des Hauses, vor dem sie standen. Es war neu und es war das Haus direkt neben dem, das ihn interessierte.
„Ah, du trägst Rechnungen aus? Auch eine schöne Arbeit.“ Hagen zeigte zum Dach. „Sieht gut aus. Wie lange habt ihr gebraucht?“
„Vier Wochen, in der Affenhitze ging es nicht schneller“, antwortete Franz.
„Und jetzt gleich nebenan weiter? Nötig wäre es.“
„Was, bei dem? Niemals!“ Ludwig Franz schüttelte den Kopf. „Da musst du deine arische Abstammung bis ins 13. Jahrhundert zurück nachweisen, bevor du für den arbeiten darfst.“
Hagen zuckte zusammen. Schon wieder führte eine Spur ins sogenannte Dritte Reich. „Ein Nazi?“, fragte er.
„Aber was für einer. Übelste Sorte, sag ich dir. Ich habe ihn ja nur ein Mal getroffen. Das hat mir gereicht.“
„Wohnt der hier im Haus?“
„Baden-Baden. Oder wie er es ausdrückte: Adolf Hermann, Groß-Deutschland! Hat das Haus hier gleich nach der Wende wieder in Besitz genommen.“
Hagen nickte nachdenklich. „Dann wünsche ich dir mal gute Geschäfte. Ich muss los.“
„Ja, dir auch, Hagen. Würde mich freuen, wenn du mir mal wieder einen Kunden schickst.“
Sie gaben sich die Hand. Ludwig Franz verschwand im Haus. Hagen überlegte gerade, was er nun tun sollte, als der Dicke frisch rasiert, aber immer noch im Unterhemd vor die Tür trat. In Latschen und mit einer riesigen sackartigen Hose bekleidet, die von breiten Hosenträgern gehalten wurde, überquerte er die Straße und setzte sich auf die Bank in die Sonne. Dann drehte er sich gemächlich eine Zigarette.
Hagen kam er vollkommen verändert vor. Als sei es sein Zwillingsbruder, der sonst immer besoffen und verlottert durch Gransees Straßen zog.
„Weißt du, ob Knut da ist? Knut, der unten in der Wohnung die Wände verputzt?“, fragte er und trat näher.

Der Dicke ließ sich nicht stören.
„Knut Svenson, der Bauarbeiter, weißt du, ob er da ist?“, versuchte er es noch einmal.
„Bin hier nicht der Hausmeister. Geh doch rein und sieh selbst nach.“ Sorgfältig klopfte der Dicke seine Selbstgedrehte neben sich auf der Bank fest und zündete sie an.
Immerhin eine Antwort.
„Heute keinen Fusel dabei?“, fragte Hagen auf der Suche nach einem gemeinsamen Nenner.
Falls der Dicke verärgert war über Hagens Frage, er ließ es sich nicht anmerken. Aber er hob den Kopf und blinzelte zu ihm hoch. Dann schaute er wieder auf seine Zigarette und klopfte vorsichtig die Asche ab.
„Hab frei heute“, knurrte der Dicke. Dann hob er den Kopf noch einmal und sah ihn an. „Bist du nicht der Kerl, der Birgits Tür eingetreten hat?“
Endlich! Hagen schob sich auf die Bank neben den Dicken und zog ebenfalls eine Zigarette aus der Tasche. „Ja, bin ich.“
„Schade um das Mädel“, sagte der Dicke. „Sie hat es nicht leicht gehabt.“ Dann versiegte sein Gesprächswillen. Sie saßen nebeneinander auf der Bank und rauchten.
„Hast du sie gut gekannt?“, fragte Hagen vorsichtig und sah ihn von der Seite an. Es gab keine Regung in dessen Gesicht.
„Birgit war eine gute Freundin und ich weiß einfach nicht, was passiert ist“, versuchte er es noch einmal.
„Wenn sie wirklich deine Freundin war, hättest du sie retten können.“ Die Antwort kam leise und kaum verständlich. Und noch leiser: „Ich habe sie immer schreien gehört.“ Dann ließ er seine Zigarette fallen und stand auf. Ohne ihn noch eines Blickes zu würdigen, schlurfte er hinüber zum Hauseingang.
„Wie? Hörst du? Wie hätte ich sie denn retten können?“, schrie Hagen dem dicken Kerl hinterher. Doch der drehte sich nicht mehr um und verschwand im Haus.
Hagen hätte noch so viele Fragen gehabt. Doch weder seine Beine noch seine Stimme gehorchten ihm mehr. Er starrte die Gehwegplatten an. In seinem Kopf war ein einziges dumpfes

Brüllen.
Irgendwann, als die Sonne hinter dem Haus verschwand, stand er auf und fuhr nach Hause.

16

Als Hagen Brandt zu sich kam, brummte sein Schädel wie das Umspannwerk einer Überlandleitung. Mann, woher kam das nur? Er versuchte die Augen zu öffnen, die mit irgendwelchem Zeug verklebt zu sein schienen. Und den Kopf zu heben, erschien ihm erst recht vollkommen unmöglich.
Sein Tasten sagte ihm: Er hatte auf der Couch geschlafen. Vorsichtig setzte er die Füße auf den Boden und stieß dabei gegen eine Flasche, die langsam davonrollte. Er stöhnte auf, als die Morgensonne seine Augen traf. Es kam ihm vor, wie der Rachefeldzug des Lichts gegen die Dunkelheit in seinem Kopf. Ihm war übel. Die Welt drehte sich, zusammen mit der leeren Flasche Korn, die er anscheinend gestern Abend allein ausgetrunken hatte, um Birgit aus seinem Kopf zu verbannen. Dieses Saufen war er nicht gewohnt.
Er versuchte aufzustehen. Der Tisch drehte sich noch heftiger. Der Türrahmen schlug zu, als Hagen hindurch wollte. Aber er schaffte es immerhin bis ins Bad, bevor er sich erbrechen musste. Dann Zähne putzen unter der Dusche und anschließend zwei Kopfschmerztabletten. Nachdem er sich angezogen hatte, warf er die Kaffeemaschine an und holte sich einen alten Kanten Brot aus dem Brotkasten.
Langsam beruhigte sich sein Magen. Jetzt noch eine Tasse starken Kaffee, dann würden auch die Kopfschmerzen verschwinden. Und er brauchte Ablenkung, sonst drehte er noch durch. Birgit war nicht aus seinem Kopf verschwunden.
Er rief Knut an. Es sollte mit der Küche weitergehen. Knut versprach, gleich zu kommen, und stand in der Tür, bevor Hagen seinen Kaffee ausgetrunken hatte.
„Ihr habt wirklich einen Keller gefunden?“, fragte Knut. „Das halbe Dorf spricht davon.“

„Hör bloß auf. Die wissen gar nichts. Komm." Er ließ Knut Svenson in die Küche.
„Mein Gott, wo wollt ihr hier noch eine Küche einbauen?" Knut stand da und schüttelte nur den Kopf.
„Wir haben uns das schon überlegt. Später. Komm weiter. Es gab noch mehr Überraschungen. Du wirst gleich den Mund nicht mehr zu kriegen." Hagen machte Licht und zusammen stiegen sie in den Keller hinab.
Knut war begeistert und fragte, als sie den Keller verließen: „Was meinst du? Ob ich bei mir auch mal die Dielen in der Küche anhebe? Da drin ist ja so viel Platz, dass man gut noch eine Gästewohnung unterbringen könnte."
Hagen lachte. Dann besprachen sie die nächsten Schritte.
„Also", sagte Knut, „zuerst die neue Kellertreppe verschalen und die Wände hochmauern. Dann den Unterbeton der Küche, dann die Treppe mauern. Zuletzt Dielen. Soweit klar."
„Wann kannst du anfangen?"
„Am besten jetzt sofort. In der Klosterstraße bin ich vorgestern fertig geworden. Hast du gehört? Sie haben da eine Leiche gefunden."
Hagen sah Knut Svenson an. Dann schüttelte er den Kopf.
Svenson zog seinen Zollstock aus der Tasche und begann mit dem Vermessen der Kellertreppe. Dabei plapperte er weiter.
„Ein hübsches Mädchen. Soll bei der Zeitung gearbeitet haben. Kanntest du sie?" Er zog einen Bleistift hervor und notierte etwas. „Ich hab sie leider nicht gesehen. Andererseits auch gut. Es war vielleicht schade um sie, wenn sie so hübsch ..."
„Jetzt halt aber die Klappe, Knut", explodierte Hagen.
„Ach, du kanntest sie doch? Ich sage ja nichts mehr. Ich mache hier nur meine Arbeit, also schnauz mich nicht an, ja?"
„Entschuldige. Ja, ich kannte sie. Aber so langsam wird es mir zu viel. Erst der Tote hier auf der Kellertreppe, dann das Mädel." Er drehte sich um und flüchtete vor die Tür.
Birgit ging ihn nichts an. Warum sollte er ihm also sagen, wie gut er sie gekannt hatte? Und helfen konnte Knut ihm auch nicht. Außerdem sollte er sich jetzt an seine eigene Arbeit ma-

chen. Noch nicht einmal die E-Mails hatte er geprüft. Aber er wusste, dass er sich jetzt nicht würde konzentrieren können, obwohl die Kopfschmerzen einem leichten Brummen gewichen waren. Ob schon etwas in der Zeitung stand?
Er zog die Zeitung aus der Box am Torpfeiler. Auf der Titelseite starrte ihm sein eigenes Gesicht entgegen. Er saß vor dem Eingang zu dem Haus in der Klosterstraße.
Mord in der Klosterstraße lautete die Überschrift. Er selbst wurde als *ein Freund* bezeichnet. Glück gehabt.
Nun angelte er mit der Hand in den Briefschlitz und zog einen Brief heraus. Sicher von der *Märkischen Allgemeinen.* War er aber nicht. Kein Absender.
Hagen ging zurück in die Küche und riss dabei den Brief auf. Nur ein Kärtchen. Darauf nur ein Satz:
Bitte verzeih mir. Birgit.
Hagen stand mitten im Raum, starrte auf das Kärtchen und verstand gar nichts.
Birgit. Birgit. Was sollte er verzeihen?
Dass das Kärtchen von Birgit Freier stammte, stand außer Frage. Er kannte die runden, sorgfältig gemalten Schriftzüge.
Bitte verzeih mir. Birgit.
Er las es erneut. Und noch einmal. Dann verschwammen die Buchstaben.
„Hey, was ist los? Du heulst ja. Ist etwas passiert?“, fragte Knut vom Keller her.
Hagen schüttelte den Kopf und floh aus der Küche. Er wollte allein sein und er musste nachdenken. In seinem Kopf ging es drunter und drüber.
Im Büro setzte er sich an den Schreibtisch und starrte aus dem Fenster. Irgendwann kam Knut und verabschiedete sich. Und wieder saß er da. Vor seinen Augen stand immer nur Birgits Gesicht. Von Schmerz verzerrt, umrahmt von blutigem, ehemals blondem Haar. Dann ihr Gesicht voll Verlangen, dann in Ekstase, dann weinend, zuletzt wieder tot.
Was war es, das stärker als Freundschaft sein konnte? Wem hatte sie ihr Leben in die Hand gelegt, ohne zu ahnen, dass sie

es damit für immer weggab? *Ich habe sie immer schreien gehört*, hatte der Dicke gesagt. Die Blutergüsse auf ihrem nackten Körper. Wie viele Gründe konnte es geben, sich freiwillig schlagen zu lassen? Sexuelle Lust? Er hatte darüber gelesen, es aber nie nachempfinden können. Irgendeine Abhängigkeit? Wovon und von wem?
Später machte er Licht und schaltete den Laptop an. Er scannte die Karte und den Umschlag ein und schickte eine Kopie an den Backup-Server. Dann löschte er das Licht und legte sich ins Bett.
Mit offenen Augen starrte er an die Decke und fürchtete sich vor den Träumen, die kommen würden. Er wusste, dass er sie nun nicht mehr aufhalten konnte.

17

Anne Pagels saß noch immer in ihrem Büro und wertete die Spuren vom Mord an Birgit Freier aus. Viel war es noch nicht, aber sie standen ja auch noch ganz am Anfang.
Das Telefon klingelte.
„Kommst du rüber? Bernd will uns sehen", hörte sie Frank Steinerts Stimme.
„Ich komme."
Als sie ihr Büro verließ, kam der Revierleiter die Treppe hoch. Sie gaben sich die Hand.
„Bist ja auch noch hier, Jörg. Musst du dich erst umstellen, dass nachts niemand mehr hier sein muss?"
„Wenn es denn so einfach wäre", entgegnete Jörg Butterbrod. „Das Revier muss zwar nicht besetzt sein, aber bei jedem größeren Einsatz kommt einer von Zuhause. Und sei es nur, um die Zellen aufzusperren und wieder abzuschließen."
Sie betraten das Büro, das sie Bernd Schimmel überlassen hatte und setzten sich an den Konferenztisch.
„Also, was gab es heute Neues in Sachen Birgit Freier?", eröffnete Schimmel und schaute in die Runde.
„Ich habe den Hauswirt ausfindig gemacht. Er weiß nichts.

Kennt sie kaum“, begann Frank Steinert.
„Sagt er“, warf Bernd Schimmel ein.
„Sagt er“, bestätigte Steinert. „Adolf Hermann. Wohnhaft Baden-Baden. War in den letzten Tagen nicht in Brandenburg, sagt er. Ich muss das noch prüfen, aber ich glaube nicht, dass da mehr dahinter steckt.“
„Gut. Weiter.“
„Was ist mit der Nachbarschaft?“, fragte sie dazwischen.
„Nichts“, entgegnete Schimmel. „Hat die Streifenbesatzung schon vorgestern erledigt. Bei der Kirchengemeinde gegenüber war über Nacht niemand, ebenso bei der Firma nebenan. Die andern haben nichts mitbekommen.“
„Und der Dicke, der über Birgit Freier wohnt?“ Sie kannte die Antwort und wusste, dass sie Schimmel damit nervte. Doch irgendwer musste seine Ignoranz in Frage stellen.
„Auch erst einmal nichts. Ein chronischer Säufer, stadtbekannt. Was willst du aus dem herausbekommen? Ich habe ihn mir vorgestern in der Ausnüchterung vorgenommen. Mann, hat der gestunken. Okay, weiter. Die Spuren.“
„Schuhspuren von einem Stiefel, Armeestiefel, Größe 45. Die gibt es im Internet. Da werden jährlich viele Hundert von verkauft. Zwei Fingerabdrücke, eigentlich Teilabdrücke. Nicht beim BKA registriert. Haare gab es genug. Von drei verschiedenen Menschen auf dem Bett und auf dem Teppich ebenfalls drei verschiedene Spurenverursacher. Die von Birgit Freier waren sowohl auf dem Teppich als auch im Bett. Dann welche von Hagen Brandt. Sie lagen nur auf dem Teppich. Die anderen Haare konnten wir niemandem zuordnen. Den Autopsie-Bericht habe ich noch nicht.“
„Aber ich“, unterbrach Schimmel. Er zog einen Packen Papier zu sich heran und blätterte darin. „Dass sie verblutet ist und ihr danach noch eine Kugel in den Kopf gejagt wurde, konnte ich selbst erkennen“, kommentierte er und blätterte weiter.
„Sie war gefesselt und wurde zumindest über mehrere Tage misshandelt. Die Blutergüsse sind sowohl frisch als auch älter. Also, ich weiß wirklich nicht, wie diese Pathologen heut-

zutage ihre Arbeit machen. Bis zu drei Wochen alt sollen die Blutergüsse sein. Das müsste doch jemandem aufgefallen sein. Sie war doch schließlich nicht drei Wochen in ihrer Wohnung. Der Rest ist Unfug." Er warf ihr den Bericht über den Tisch.

„Also, das Einzige was wir haben, ist Hagen Brandt. So sehe ich das. Und jetzt kommst du ins Spiel", sagte Schimmel und zeigte mit dem Finger auf Jörg Butterbrod.

„Ich habe endlich den Durchsuchungsbeschluss für Brandts Haus in Mühlhof. Und dem Brandt werden wir am Montagmorgen einen Besuch abstatten."

„Wie kommst du darauf, dass Hagen Brandt etwas mit dem Mord zu tun hat?", fragte Anne und bemühte sich, sachlich zu bleiben.

„Wie kommst du darauf, dass er *nichts* mit dem Mord zu tun hat? Abgesehen davon, dass er die Leiche angeblich nur gefunden hat und sie seine Freundin war. Hast du nicht gerade erst gesagt, dass du seine Haare gesichert hast?"

„Ein Messer oder eine Pistole hast du aber nicht gefunden – oder?", fragte Anne aufgebracht zurück.

„Nein, leider hast du ja sein Auto nicht durchsucht, sondern ihn einfach fahren lassen."

„Richtig, ich habe ihn fahren lassen." Sie sprang auf. „Pass auf: Ich kenne Hagen Brandt seit Ewigkeiten und er hätte heute diese Besprechung geleitet ohne seine gesundheitlichen Probleme. Was du hier von dir gibst, ist einfach lächerlich."

„Lächerlich, ja? Wir werden ja sehen."

Das letzte, was Anne sah, bevor sie die Tür hinter sich zuknallte, war das hämische Grinsen dieses aufgeblasenen Truthahns namens Schimmel.

Auch zwei Stunden später saß sie noch an ihrem Schreibtisch und schrieb am Tatortbericht und der Spurenauswertung.

Nein, es gab keine Spuren, die eindeutig auf Hagen wiesen. Die Haare auf dem Teppich? Die waren da, sicher, aber er war schließlich durch die Zimmer gerannt, als er Birgit Freier gefunden hatte. Schimmels Verdächtigungen waren doch Blödsinn!

Sie überlegte, ob sie Hagen anrufen sollte, entschied sich dann aber dagegen. Sie konnte jetzt nichts für ihn tun. Schimmel würde sofort wissen, wer dahinter steckte.

18

Wolf Stein schreckte auf, als am anderen Dorfende ein zuckendes blaues Licht auftauchte. Da hat Meier also doch den richtigen Riecher gehabt, überlegte er und klatschte innerlich Beifall. Trotz seiner Skepsis war er nach Mühlhof gefahren und hatte sich einen abgelegenen Platz am Ende des Dorfes gesucht, wo er durch eine Lücke zwischen zwei Häusern den Hof von Hagen Brandt beobachten konnte. Mit der rechten Hand langte er nach dem Fernglas.
Warum machen die nicht noch ihre Sirenen an?, fragte er sich kopfschüttelnd. Die drei Polizeiwagen bogen zu Brandts Gehöft ein. Wolf Stein öffnete die Seitenscheibe einen Spalt und hörte Türen klappen. Kurz darauf Gebrüll, das wie „Polizei“ klang und Gewummer gegen eine Tür. Gut so. Sie würden Brandt also mitnehmen und ihm selbst den Weg freiräumen. Noch war es dunkel und ein Leichtes, seinen Auftrag auszuführen. Aber spätestens in einer Stunde musste er hier verschwunden sein.
Zwei Uniformierte setzten Brandt in ein Auto und blieben bei ihm. Weitere zwei Uniformierte und zwei Beamte in Zivil befanden sich noch im Haus. Wahrscheinlich durchsuchten sie es. Diese Kripo-Leute mussten ihrer Sache sicher sein, wenn sie hier mit großem Brimborium vorfuhren. Eine Frau war getötet worden, hatte er in der Zeitung gelesen. Aber sollte Brandt der Mörder sein? Der hatte überhaupt nicht den Eindruck gemacht, er sei zu so etwas fähig. Aber am wichtigsten war, dass Brandt zunächst außer Gefecht wäre, denn der versetzte Jakob Meier so sehr in Unruhe, dass dieser offenbar seine Fähigkeit klar zu denken verloren hatte. Welchen Sinn sollte es haben, diesen Makler zu hofieren? Und wozu ihn jetzt auch noch abhören? Wo war der Sinn?

Wolf Stein schaute zum Himmel, dann startete er den Motor und rollte beinahe geräuschlos aus dem Dorf. Der Feldweg führte leicht bergan. Hinter dem Hügel parkte den Tuareg. Dann nahm er Rucksack und Fernglas und marschierte den Weg zurück, den er gekommen war. Kurz vor der Hügelkuppe verließ er den Feldweg und hielt sich links. Der Zaun zur Brandtschen Obstbaumwiese war niedrig. Er hockte sich ins Gras und lauschte. Dann setzte er das Fernglas an. Nichts. Lautlos rollte er sich über den Zaun. Es knackte ohrenbetäubend, als er auf der überwucherten Trockenholzhecke landete. Er verfluchte seine Nachlässigkeit und robbte hinter den Stamm eines riesigen Birnbaums.
Der Himmel hinter den Gebäuden wurde langsam heller. Vom Dorf her bellte ein Hund. Der Makler hatte ihm die Annäherung leicht gemacht. Auf der Wiese waren immer wieder Grasinseln stehen geblieben, zwischen denen er in Deckung gehen konnte. Langsam arbeitete er sich vor.
Plötzlich leuchtete neben der großen Scheune eine Taschenlampe auf. Wolf Stein glitt hinter den nächstbesten Baum. Jemand rüttelte am Scheunentor. Dann hüpfte der Lichtkegel übers Gras und blieb am Holzschuppen haften. Er war das hinterste Gebäude des Hofes, kaum zehn Meter von Stein entfernt. Das Licht huschte im Schuppen hin und her. Dann schepperte es metallen, Wolf Stein hörte ein unterdrücktes Fluchen und ein großer dunkler Schatten schwebte davon. Das Licht kam wieder nach draußen und umrundete die Scheune. Stein rührte sich nicht. Ein Scheunentor quietschte, dann Stimmen. Vorsichtig lugte er hinter dem Stamm hervor und schlich leise zum Holzschuppen.
Eine Stunde später wurde das Licht in dem Nebengebäude gelöscht. Es war inzwischen hell geworden. Doch Stein blieb, wo er war, und lauschte. Kurz darauf klappten Autotüren. Sollten die Kripo-Leute wirklich schon fertig sein? Die Durchsuchung hatte gerade zwei Stunden gedauert. Besonders gründlich war das nicht. Sie kamen sicherlich wieder. Aber für seinen Auftrag würde er auch nicht lange brauchen.

Wolf Stein huschte zur Hintertür. Das Sicherheitsschloss war ein Witz. Er zückte seine Kamera.
Jakob Meier hatte von einem kleinen Kellerraum gesprochen, aber nicht von den Räumen, die dahinter lagen. Vielleicht hatte er Glück und konnte seinen Meister mit Neuigkeiten überraschen. Nun noch die Mikrofone platzieren.
Wenig später war er auf dem Rückweg zu seinem Auto.

19

In Hagen Brandt kochte die Wut, seit Schimmel ihn unsanft aus dem Bett geholt hatte. Jetzt saß er im Vernehmungsraum und wartete. Nein, er würde es Schimmel nicht leicht machen. Schließlich hatte er sich nichts vorzuwerfen. Der junge Polizist, den man zu seiner Bewachung an die Tür gestellt hatte, war nervös. Immer wieder ging dessen Blick zum Spiegel, als erhoffe er sich von dort Erlösung. Die würde aber nicht so schnell kommen. Denn entweder brütete Schimmel noch über seiner Vernehmungstaktik oder über den Haftantrag. Beides dürfte nicht so einfach sein.
„Ich habe Hunger und Durst", sagte Hagen laut in den Raum hinein. „Und ich hätte gern meine Zigaretten."
Das waren die Dinge, die Schimmel ihm nicht verwehren durfte, wenn es ihn auch wurmte.
Frank Steinert war es, der zehn Minuten später die Tür öffnete und den Uniformierten von seinen Pflichten enthob. Er brachte Bockwurst mit Brot, einen Becher Kaffee und seine Zigaretten, stellte alles auf den Tisch und setzte sich.
„Mit besten Grüßen von Anne", sagte er und grinste. „Jetzt macht sie Kantinendienst statt Kriminaltechnik. Schimmel hat sie vor die Tür gesetzt, weil sie dich gewarnt hat."
„Solchen Quatsch habe ich lange nicht gehört. Was hattet ihr gehofft zu finden? Eine Pistole und ein Messer mit Blut? Selbst der dämlichste Mörder hätte die Tatwaffe nicht mit nach Hause genommen und sich dann schlafen gelegt."
Er biss kräftig in die Bockwurst.

„Da ist was dran." Steinert grinste immer noch. „Aber dein Kellergewölbe mit den Geheimzimmern war auch nicht zu verachten. Trägst du die Mäntel mit den SS-Runen nur sonntags?"
Hagen legte die Wurst auf den Teller und lehnte sich zurück. Er wartete. Wollte Steinert ihn provozieren? Das musste doch einfach in die Hosen gehen.
„Ein Scherz, Hagen. Du kannst ruhig weiteressen. Ich weiß selbst, dass Anne den Keller freigelegt hat. Aber wie bist du auf die Hinterzimmer gekommen?"
„Wie schon? Schließlich musste es einen Grund geben, warum ein SS-Mann auf meiner Kellertreppe starb."
„Aha. Und diese Hinterzimmer waren der Grund. Schon klar."
Waren die Hinterzimmer wirklich ein Grund? Hagen glaubte es auf einmal nicht mehr. Aber warum dann?
„Wie bitte?", fragte Hagen.
„Ich habe gefragt, ob Birgit Freier die Hinterzimmer gekannt hat", wiederholte Steinert.
„Birgit? Nein. Wie kommst du darauf?"
„Nun, sie bat dich um Verzeihung. Hat sie dich verraten?"
„Ach, ihr habt das Kärtchen gefunden und nun glaubt ihr, ein Motiv für den Mord in der Hand zu haben? Sehr witzig."
„Wieso witzig? Ist es kein Motiv, verraten worden zu sein?"
„Nein!"
„Nein? Wieso nicht? Ihr habt dort irgendwas gefunden, wolltet es teilen. Doch sie ist damit abgehauen."
„Hat sich Schimmel das ausgedacht? Ja, es wäre witzig, wenn es nicht um den Tod eines Menschen ginge. Einmal abgesehen davon, dass sie eine gute Freundin war, verdammt noch mal! Statt mich hier festzuhalten, solltet ihr mit aller Kraft nach dem Mörder suchen."
„Ja, du bringst es auf den Punkt: Wir suchen den Mörder. Da wäre zum Beispiel dieses Kärtchen hier", sagte Steinert und zog eine Kunststofftüte aus der Jackentasche, „das du mir mal erklären solltest." Er hielt ihm die Tüte entgegen.
Hagen musste nicht genauer hinschauen. Er wusste, dass es das Kärtchen von Birgit war.

„Das kann ich nicht“, gab er zu.
„Du kannst es nicht erklären?“
„Nein, verdammt!“
„Kann es vielleicht sein, dass wir nun doch ein Motiv für die Tat haben? Und wir sind gerade noch rechtzeitig gekommen, bevor du es vernichten konntest?“
„Was für einen Blödsinn erzählst du da? Hast du auf den Poststempel geschaut?“
Steinert hob das Tütchen hoch und wendete es hin und her.
„Siehst du einen Poststempel? Ich nicht. Da musst du dir schon etwas Besseres einfallen lassen.“
Hagen starrte Steinert an. Sollte es möglich sein, dass sie sogar zu Mitteln griffen, die man aus alten Filmen mit korrupten Bullen kannte? Kärtchen und Umschlag hatten auf seinem Schreibtisch gelegen, mit einer Heftklammer zusammengeklammert. Einer von beiden musste den Umschlag unter den Tisch gekehrt haben.
„Ich denke, ab jetzt sollte ich kein Wort mehr sagen.“
„Ist auch nicht nötig. Schimmel ist sowieso gleich mit dem Haftbefehl zurück.“
Steinert erhob sich und verließ den Raum. Es dauerte beinahe fünf Minuten, bis Jörg Butterbrod dessen Platz einnahm. Jörg, den er schon eine Ewigkeit kannte, schloss hinter sich die Tür. Er schaute demonstrativ zu Boden und zeigte ihm deutlich, dass jetzt nicht die Zeit für einen Plausch war.
Hagen verstand ihn. Außerdem brauchte er Zeit zum Nachdenken. Sie hatten garantiert den Umschlag gefunden. Die Frage war, wer von beiden hatte ihn verschwinden lassen? Er tippte auf Schimmel, diesem Dickschädel. Steinert hatte nichts gegen ihn. Sie waren zwar nie Freunde gewesen, aber doch Kollegen. Und als solche hatten sie sich gegenseitig geachtet. Aber der Umschlag war ja nicht verloren. Sowohl auf seinem Laptop war er gespeichert, als auch auf dem Server. Alles war also nur eine Frage der Zeit.
Eine halbe Stunde später krachten auf dem Flur Türen.
Da war aber jemand übel gelaunt. Nach Steinert wurde geru-

fen, dann nach Anne Pagels. Das klang nach Kriegsrat. Auch Jörg Butterbrod hatte den Kopf gehoben und lauschte.
„Dann wird das ja bald ein Ende haben. Hoffentlich“, sagte Hagen leise. Butterbrod sah ihn an und nickte verstohlen. Die Situation war ihm noch immer peinlich, wie es schien.
„Keine Sorge. Du hast das hier nicht verbockt. Das haben andere zu verantworten.“
Jörg schüttelte den Kopf. Nicht reden? Er wollte vielleicht nicht hineingezogen werden. Wenigstens war Anne doch noch da. So einfach, wie Steinert es dargestellt hatte, war es wohl doch nicht gegangen, sie auszubooten.
Anne war es dann auch, die die Tür öffnete und ihren Pagenkopf hereinsteckte. „Du kannst gehen, Hagen“, sagte sie. Ihr Gesicht war blass. Doch sie lächelte, als sie erst ihn und dann Jörg Butterbrod anschaute. „Jörg, fährst du ihn bitte nach Hause?“
Als sie an Annes offener Bürotür vorbeigingen, sah er Schimmel mit hochrotem Kopf am Tisch sitzen. Halb verdeckt von einem kleinen Mann mit kurzen grauen Haaren.
Donnerwetter! Der Alte war da. Das war ja mal ein Hammer. Hagen ging weiter, als wäre nichts gewesen. Aber im Stillen überlegte er, ob er seine Freiheit dem Kripo-Chef persönlich zu verdanken hatte. Johann Paul war eine Legende in der Kripo, und nicht erst seit der Wende. Er war einer der wenigen höheren Dienstgrade aus der ehemaligen DDR, die die politische Wende in Amt und Würden überlebt hatten.
Kaum saßen sie im Streifenwagen, sah Jörg ihn prüfend an.
„Was ist?“, fragte Hagen. „Glaubst du auch, dass ich es war?“
„Nein, das habe ich nie geglaubt“, antwortete Jörg kopfschüttelnd. „Ich habe mich nur gefragt, was an dir so besonders ist. Erst lässt Anne es zu, vor die Tür gesetzt zu werden ...“
„Hat er sie wirklich rausgeworfen? Das ist ja nicht zu fassen.“
„Ja, klar hat er das. Angeblich hat Anne dich vor der Durchsuchung gewarnt. Okay, das hätte ich ja noch verstanden. Ihr kennt euch ja schließlich ziemlich gut. Aber was dann folgte, ging über meinen Horizont. Die Meldung lief über den Funk:

Anne hat ihr Büro am Kaffeetisch der Tankstelle aufgeschlagen und über Handy alle möglichen Leute angerufen. Hast du gesehen, wer bei ihr im Büro saß? - Der Alte!"
Hagen nickte.
„Noch bevor Schimmel beim Staatsanwalt ankam, hatte der Alte den schon angerufen und den Haftantrag zurückgenommen, ehe er gestellt werden konnte. Weißt du was? Ich hoffe, der Alte geht nicht so bald in Rente – nur falls ich mal in eine ähnliche Situation gerate."
„Okay, und ich bete für Anne", sagte Hagen schmunzelnd. „Und für dich natürlich."
„Ach, wir kommen schon klar. Schimmel fährt wieder nach Neuruppin. Die Neuruppiner haben eine Mordserie am Hals. Da ist niemand abkömmlich. Wir werden eben immer weniger. Willst du wirklich nicht zurückkommen?"
Hagen schüttelte den Kopf. Kurz darauf hielt der Wagen vor seinem Haus.
„Weißt du, was ich dachte, als ich meine Kündigung abgegeben habe? Nie wieder Leichen. Ich hatte es wirklich satt."
Er stieg aus, bevor Jörg antworten konnte, winkte noch kurz und ging hinein. Er musste duschen nach all dem Schmutz, dem er gerade entronnen war.
Als Hagen eine halbe Stunde später frisch geduscht und gekleidet ins Büro kam, konnte er ein Stöhnen nicht unterdrücken. Die kleine Rache der nicht so Erfolgreichen hatte ihn erwischt. Wer hier gehaust hatte, er hatte es auf dem Fußboden getan. Sämtliche Bücher und Akten aus dem Regal und dem kleinen Schränkchen lagen wahllos verstreut.
Seufzend schob er sich mit dem Fuß einen Gang zum Regal frei und begann, die Bücher wieder einzusortieren. Sogar den Briefumschlag von Birgit fand er wieder. Bitter war nur, dass sie seinen neuen, gerade erst eingerichteten Laptop mitgenommen hatten. Ob er bei Anne anrufen sollte? Nein. Er ließ es bleiben. Die hatten jetzt bestimmt andere Sorgen. Er würde ihn schon zurückbekommen. Und der Server?
Hagen stieg unters Dach. Der Server stand noch an seinem

Platz. Die Herren Beamten wollten sich wahrscheinlich nicht schmutzig machen, dachte Hagen, während er den Monitor anschaltete und sich an die Tastatur setzte. Beim Anschauen der historischen Dokumente hatte er immer am besten entspannen können. Er startete den Dateimanager und hangelte sich durch die Ordner. Mit den Jahren hatte er einiges zusammengetragen, was in seinen Augen das Prädikat *Historisches Dokument* verdiente. Wenn es auch nur Kopien waren. Manches von Google war wirklich nicht schlecht. Leider nahmen sie es mit dem Urheberrecht nicht so genau.
Da war zum Beispiel der Auszug aus dem königlich-preußischen Archiv in Altruppin über den Neubau einer Bockwindmühle oberhalb des Dorfes Mühlhof aus dem Jahre 1848. Dies war ein absoluter Zufallsfund gewesen. Andere Dokumente lagen noch unter *Sonstige*. Sie wollte er noch sichten und katalogisieren. Warum also nicht jetzt? Eins nach dem anderen sah er durch. Manche löschte er einfach, andere erhielten ihren neuen Platz im Jahresordner.
Ein Fahndungsblatt kam als nächstes. Aus der Nachkriegszeit. Hagen vergrößerte den unteren Teil. Da stand *Berlin, 17. Juni 1946*. Ein junger Mann von vielleicht fünfunddreißig Jahren mit kurz geschnittenen blonden Haaren, in SS-Uniform. Lächelnd zeigte er dem Fotografen einen Goldzahn. Dass es wirklich einer war, stand in der Beschreibung. Und ganz unten: KZ Ravensbrück, Wachmannschaft.
Woran erinnerte ihn dieses Bild?
„SS-Sturmbannführer Friedrich Bergmann, Blutgruppe B negativ“, murmelte Hagen vor sich hin. „Wer war?“ Er schlug sich mit der flachen Hand vor den Kopf. „Das ist nicht wahr!“ In seinem Kopf schrillten sämtliche Sirenen. Gab es solche Zufälle?
„Ich muss Anne anrufen. Egal, was sie sagt.“
Hagen schickte einen Druckauftrag an den neu erstandenen WLAN-Drucker, der im Büro stand, und war schon auf dem Weg nach unten, als draußen jemand hupte.
Er rannte die Treppe hinunter und riss die Haustür auf. Es war

Jörg, der sich gerade über den Rücksitz beugte.
„Du schon wieder?“, rief Hagen ihn an.
„Ja, ich, der Kurierdienst.“ Jörg strahlte über das ganze Gesicht. „Mit schönem Gruß von Anne.“ Auf dem Arm balancierte er die beiden beschlagnahmten Computer.
„Da geht mir ja das Herz auf“, antwortete Hagen fröhlich und machte auf der Stelle kehrt. „Warte“, rief er, „du kannst gleich noch etwas mitnehmen.“
Er sprintete ins Büro und holte den Ausdruck.
„Hier“, sagte Hagen, als er wieder draußen ankam. „Gib das bitte Anne. Ich hoffe, dass wir damit zumindest in einem Fall ein Stück weiter kommen.“
Während Jörg interessiert das Fahndungsblatt studierte, nahm Hagen ihm die Computer aus der Hand und unterschrieb das Übernahmeprotokoll.
Jörg sah ihn fragend an. „Der Skelett-Fall?“
Hagen nickte. „Er könnte es sein.“
„Na dann bis später“, verabschiedete sich Jörg Butterbrod und fuhr hupend davon.
Es ging schon auf acht zu, als Anne anrief.
„Ich wollte jetzt Feierabend machen und dachte, ich hätte mir ein Abendessen verdient. Meinst du nicht auch?“
„Ja, das meine ich auch“, antwortete Hagen. „Aber was wird dein Buchhalter dazu sagen? Oder macht er nur einen weiteren Strich auf der Liste *Silke ist zu spät gekommen*?“
„Nichts sagt er oder tut er. Hab ihn in die Wüste geschickt. Soll er dort seine Inventuren machen.“
„Sehr gut. Bleib, wo du bist. Ich hole dich ab.“

Erst vier Tage waren vergangen, seit er mit Birgit Freier im *Märkischen Waidmann* gespeist hatte. Und nun saß er wieder hier, diesmal mit Anne. Bäcker machte große Augen.
Sie waren die einzigen Gäste. Während Anne die Forelle wählte, aß er Rumpsteak. Ihr Gespräch plätscherte dahin, als hätten sie ein Abkommen: keine ernsten Gespräche während des Essens. Er hatte irgendwo gelesen, dass die Japaner dies ge-

nerell so hielten. Kluge Japaner. Sich beim Essen zügeln, um beim anschließenden Gespräch nicht einzuschlafen. Als Anne ihre Gabel auf den Teller legte und die Serviette dazuwarf, hielt er es nicht mehr aus.
„Anne, würde es dir viel ausmachen, mich ins Raucherzimmer zu begleiten? Ich *muss* jetzt rauchen, aber ich will dir auch unbedingt den Rest von Birgits Geschichte erzählen. Bitte."
Als sie nickte, ging er voraus und bestellte bei Bäcker zwei Kaffee. Der gleiche Tisch, die gleiche Sitzverteilung. Bäcker brachte den Kaffee, der, wie Hagen wusste, diesen Namen nicht verdiente. Dann begann er zu erzählen.
„Genau hier auf diesen beiden Stühlen haben wir gesessen und hinterm Haus auf dem Parkplatz bin ich aufgewacht und weiß von nichts", endete er und steckte sich eine neue Zigarette an. „Und das Schlimmste ist, ich habe keine Ahnung, was Birgits Brief bedeutet. Den Umschlag habe ich im Büro wiedergefunden. Ich hatte ihn und das Kärtchen eingescannt und mehrere Kopien archiviert. Ich weiß, dass er erst mittags abgestempelt wurde. Da war sie seit mehreren Stunden tot. Sie kann ihn also frühestens einen Tag vorher in den Briefkasten geworfen haben."
Er schwieg. Jetzt war wirklich alles gesagt. Annes Stirn lag in Falten. Sie starrte auf ihren Kaffee, der sich in der Tasse drehte. Nach einem Weilchen hob sie den Kopf.
„Und du hast sie an dem Abend nicht mehr gesehen?"
Er schüttelte den Kopf.
„Und auch nicht noch einmal gesprochen?"
Er schüttelte wieder den Kopf, hielt dann aber abrupt inne.
„Doch. Zu Hause habe ich geduscht und wollte Birgit dann anrufen, um sie zu fragen, was passiert sei. Sie kam mir zuvor. Ich fragte sie, ob wir etwas getan haben, an das ich mich nicht mehr erinnerte. Sie hat ziemlich wütend aufgelegt. Und als ich darüber nachsann, bin ich wohl eingeschlafen."
„Wann war das ungefähr?"
Er hob die Schultern. „Warte mal. Mein Smartphone muss die Uhrzeit gespeichert haben." Nach kurzem Suchen fand er den

Anruf. „20. August, 21.53 Uhr.“ Er zeigte ihr die entsprechende Zeile.
Sie notierte sich die Uhrzeit auf einem Bierdeckel und fragte dann: „Und sie war bei eurem Treffen wie immer?“
„Eigentlich schon. Wir haben gescherzt, gegessen, ein Gläschen Wein getrunken. Zwischendurch schien sie mir irgendwie abwesend zu sein. Aber das war schnell vorbei.“
„Und äußerlich? Ist dir an ihr etwas aufgefallen?“
Er hob die Schultern. „Was meinst du? Gekleidet? Enge Jeans, dünne Bluse. Wie immer.“
„Blutergüsse?“
„Jedenfalls nicht im Gesicht, am Hals oder im Ausschnitt. Das weiß ich genau. Warum fragst du das?“
„Du hast die Blutergüsse gesehen, als sie tot war?“
Er nickte.
„Viele davon waren wesentlich älter als einen Tag.“
„Sie ist schon tage- oder wochenlang vorher verdroschen worden? Ist das dein Ernst?“
Anne nickte.
„Davon habe ich nichts gewusst. Sie hat nie geklagt oder sich Schmerzen anmerken lassen. Das kann ich beschwören. Ach ja, und Bäcker kann dazu sicherlich auch etwas sagen. Er konnte die Augen nicht von ihr lassen.“
„Gut. Warte hier.“ Anne stand auf. Wahrscheinlich befragte sie jetzt Bäcker. Ein paar Minuten später kam sie wieder herein. „Bäcker behauptet steif und fest, du seist in Birgit Freiers Mercedes gestiegen. Wie du dann in deinen Astra gekommen bist, weiß er nicht. Das ist schon merkwürdig.“
„Ja, ziemlich verworren. Nur eins weiß ich: Am Ende waren die Kladde und mein Laptop weg … Falls du dich erinnerst.“
„Sicher erinnere ich mich. Aber dafür hast du ja jetzt das Fahndungsblatt von SS-Sturmbannführer Friedrich Bergmann gefunden, was ich noch viel erstaunlicher finde. Wo hast du das denn aufgegabelt?“
„Ehrlich gesagt: So genau weiß ich das nicht mehr. Ich habe eine Zeit lang regelmäßig im Internet gesurft. Dabei muss es

mir in die Hände gefallen sein. Ich fand es interessant, weil ich ja selbst an Fahndungsblättern mitgearbeitet habe. Heute, als ich mein Büro wieder aufgeräumt hatte, bin ich an den Server gegangen, um meine Datenbank in Ordnung bringen. Dabei ist mir dieser Friedrich Bergmann in die Hände gefallen. Konntet ihr damit etwas anfangen?"
„Kevin Klein war er ganz aus dem Häuschen, als ich es ihm gemailt habe. Aber bis zum Feierabend hat er sich noch nicht zurückgemeldet."
„Schade. Und was machen wir jetzt mit dem angefangenen Abend?"
Anne sah ihn verdutzt an. Dann lachte sie. „Nichts da. Ich muss nachdenken."
„Dann fahren wir jetzt?"
Sie nickte.
„Silke wäre stolz auf mich, wenn sie wüsste, dass ich so früh schlafen gehe."
„Dann grüß sie von mir, wenn du nach Hause kommst."
„Sie hat sich abgeseilt zu ihrer Mama. Sie hätte dem Schimmel heute früh aber ganz schön in die Eier getreten, wäre sie zu Hause gewesen."
Anne kicherte.
„Jedenfalls danke", sagte er nach einer Weile.
„Wofür?"
„Dass du mich heute Vormittag rausgeboxt hast. Das meine ich im Ernst. Du hast deinen Job für mich aufs Spiel gesetzt."

20

Nach dem Frühstück in der Gästeküche rannte Hagen über den Hof zum Hintereingang. Es regnete in Strömen und er wollte nach Knut sehen. Der war mit der Kellertreppe beschäftigt.
„Hallo Knut. Du kommst ja gut voran. Das freut mich."
„Ja, mich auch." Er grinste. „Hört es heute noch auf zu regnen? Ich wollte anfangen mit dem Unterbeton."
„Keine Ahnung. Aber das mit dem Unterbeton klingt bei dir

so, als wäre die Küche morgen fertig.“
„Kann sein, kann nicht sein. Hängt vom Wetter ab. Sag mal, was war denn gestern hier los? Ich hab mich nicht her getraut. Zu viel Blaulicht.“
„Ja, Sturm war angesagt. Jetzt geht's wieder.“
„Aha.“ Knut schippte weiter.
„Ich will mich noch mal im Keller umsehen. Heute ist endlich Zeit.“ Vorsichtig kletterte er über die Verschalung in den Keller. Im hinteren Raum ging gerade das Licht der Baulampe an.
„Danke“, rief er. Knut hatte mitgedacht.
„Bitte“, kam es von draußen.
Der Keller war unveränderte leer. Auch der hintere Raum sah genauso aus, wie er ihn in Erinnerung hatte. Und doch war da ein Gefühl, das er nicht einordnen konnte.
Blödsinn, dachte er, wer klaut schon solch alten Kram?
„Knut? Warst du heute schon hier hinten drin?“, rief er laut nach draußen.
„Nein. Zu warm für lange Pullover“, kam es zurück.
Hagen Brandt setzte sich auf einen der beiden Klappstühle. Hier hatten sie die Kladde gefunden, die nun verschwunden war. Wer hatte sie geholt und wozu? Wegen der Eintragung, die Bergmann gemacht hatte?
Und plötzlich wusste er, was anders war als vor einer Woche: Er hatte jetzt Angst, wo vorher nur Neugier war. Bergmann, wenn er es war, den sie gefunden hatten, konnte ihnen nichts mehr tun, aber irgendwer hatte die Kladde geholt und seinen Laptop mitgenommen. Vielleicht Birgit? Ihr hatte er schließlich von der Kladde erzählt. Er selbst war vorübergehend außer Gefecht – aber Silke hatten sie nicht angerührt und ihn überkam im Nachhinein ein Zittern.
Und gleich die nächste Frage: Was war eigentlich aus Bergmanns Frau geworden? In dem Artikel war die Rede gewesen von einem Bauern und seiner Frau. Wenn das Gerippe Bergmann gewesen ist, musste dann nicht auch dessen Frau getötet worden sein? Wo ist sie verscharrt worden? Oder hatte sie fliehen können? Im Artikel hatte nichts darüber gestanden.

Was war eigentlich aus Birgits Ausdrucken geworden? Hatte er sie eingesteckt? Vielleicht lagen sie noch im Auto? Dort musste er nachsehen. Später.
Er konzentrierte sich wieder auf den Raum. Es gab Augenblicke in seiner Vergangenheit, an die er sich ganz genau erinnerte. Bilder. Manchmal ganze Filmsequenzen. Seine Mitarbeiter bei der Kripo hatten manchmal geunkt, er habe ein fotografisches Gedächtnis. Aber dem war nicht so, das wusste er genau. Und trotzdem fielen ihm Veränderungen auf, wenn ein Bild aus der Vergangenheit nicht mit dem gegenwärtigen übereinstimmte. Oft, und diesmal eben auch, war es einfach ein Gefühl, dem er nachgehen musste.
Ein bisschen war es wie beim Verstecke spielen in der Kindheit. Seine Spielkameraden hatten immer schnell die Lust verloren. Denn er fand sie alle. Und weil er nie genug hatte, war zuletzt Oma eingesprungen. Oma hatte ihm dann die wirklich kniffligen Rätsel aufgegeben. Sie hatte mit ihm trainiert, wie man solchen Veränderungen auf den Grund kam.
Hagen stand auf und stellte die Baulampe in eine andere Ecke. Dann setzte er sich wieder und starrte erneut in den Raum. Die Pullover lagen anders. Er nahm jeden einzelnen in die Hand, fand aber nichts Aufregendes darin. Der eine Stahlhelm war verrückt worden und das eine Stiefelpaar stand zu dicht neben dem anderen. Alles Kleinigkeiten, die nicht von Bedeutung waren. Die konnte auch Knut verursacht haben.
Eine Mausefalle stand jetzt dort, wo vorher der Stiefel gestanden hatte. Hagen bückte sich und da sah er das Detail, nach dem er gesucht hatte: Die Mausefalle! Vollkommen nebensächlich und doch so wichtig. Denn die Mausefalle stand auf einer flachen schwarzen Schachtel. Er hob die Mausefalle an. Hier hatte jemand gekonnt improvisiert. Als er ein Stück zur Seite trat, lag die Schachtel im vollen Licht und er erkannte den stecknadelkopfgroßen Punkt auf der Vorderseite. Ganz vorsichtig legte er die Mausefalle wieder auf die Schachtel und erhob sich. Als er den Raum verließ, lag ein Schmunzeln auf seinem Gesicht.

„Der Lauscher an der Wand ...“, brummte er zufrieden.
In seinem Büro gestaltete sich die Suche ungleich schwerer, denn die meisten Veränderungen hatte er selbst beim Aufräumen verursacht. Aber letztlich fand er auch dieses Mikrofon und kontrollierte der Vollständigkeit halber dann auch gleich noch seinen Astra.
Als Erstes fand er die Ausdrucke von Birgit. Sie steckten zusammen mit einem Briefumschlag in der Beifahrertür, wo er sie selber niemals deponiert hätte. Dagegen fühlte sich der Briefumschlag nach einem Schlüsselbund mit zwei Schlüsseln an. Er steckte ihn in die Hosentasche und suchte weiter. Und als er gerade mit einem „Hoppla“ das nächste Mikrofon gefunden hatte, stand Knut plötzlich neben ihm.
„Sag mal, wolltest du mir nicht helfen? Wie du sicher bemerkt hast, regnet es nicht mehr. Wir können Beton machen.“
„Ja, das machen wir jetzt. Bin gerade fertig hier.“

Es war später Nachmittag geworden, als sie den Betonmischer und die Werkzeuge reinigten. Knut machte Feierabend.
„Warte, Knut, ich komme mit. Muss mir die Beine vertreten.“
Langsam schlenderten sie den Welsenweg hinunter.
„Wann machen die denn endlich die Kiesgrube dicht?“, fragte Knut. „Viel kann doch da nicht mehr zu holen sein.“
„Zum Ende des Jahres, habe ich gehört. Aber wer weiß. Bei Kraatz fangen sie jetzt erst richtig an mit dem Abbau.“
„In der Zeitung stand, dass sie dort noch dreißig Jahre lang Kies ernten? Du als Makler hast dir doch bestimmt schon ein Wassergrundstück gesichert.“
„Hör auf. Den Witz mit dem Luisensee, der dort in dreißig Jahren entstehen soll, kenne ich schon. Mir tun nur die Kraatzer Leid, die die Lkws so lange ertragen müssen. Dagegen haben wir es hier richtig ruhig.“
„Auch wieder wahr. Aber gestern früh bin ich wach geworden, als deine ehemaligen Kollegen mit Blaulicht durchs Dorf fuhren. Spannend war es ja. Und nicht nur für mich. Unter meinem Schlafzimmerfenster“, er zeigte auf den Feldweg

zum Welsengraben, „saß so ein Dussel in seinem Auto und hat beobachtet, was bei dir so los war." Knut lachte. „Ich hätte ihm auf den Kopf pinkeln können."
„Was war's denn für ein Auto? Da stand nämlich letztens auch schon einer. Du solltest langsam Parkgebühren erheben."
„Stimmt, muss ich das bei der Ortschefin beantragen?" Er lachte wieder. „Jedenfalls, den hatte ich dort noch nicht gesehen. Es war so ein großer VW. Weiß nicht, wie der heißt, aber in der Werbung fährt der immer durch die Wüste. Tumaneck?"
„Tuareg."
„Genau, Tuareg. Aber wie ein Wüstenfuchs sah er nicht aus, eher wie ein Wollschwein."
„Was? Wer?"
„Der Fahrer mit seinem Lockenköpfchen."
„Was du so alles siehst, wenn du schläfst. Solltest Nachtwächter werden."
„Hab ich probiert. Niemand stellt mehr Nachtwächter ein, höchstens als Minijob. Wer will sich dafür schon die Nacht um die Ohren schlagen? Das Lockenköpfchen hat bestimmt keinen Minijob. Der ist dann nämlich den Feldweg nach Kraatz hochgedüst und ein paar Minuten später sah ich ihn zurückkommen. Zu Fuß ist er bei dir rüber zur Obstbaumwiese. Dann war Nitschkes Haus im Weg und ich konnte ihn nicht mehr sehen."
„Da hast du ja wirklich eine spannende Nacht gehabt. Jedenfalls danke für den Tipp mit dem Besucher. Ich glaube, in der Werkstatt habe ich noch einen Bewegungsmelder. Den Apfeldieb kriege ich schon."
Hagen dehnte seinen Abendspaziergang noch etwas aus, während Knut nach Hause ging. Erst den Feldweg entlang in Richtung Kraatz. An den Büschen fand er die Reifenspuren vom Vortag. Und auf dem Rückweg sah er auch die vom Regen schon etwas ausgewaschenen Schuhspuren auf dem Stoppelacker. Ziemlich glatte Sohle, gar nicht für eine solche Wanderung gedacht, höchstens zum Autofahren.
Sollte er Anne zum Spurensichern rufen? Nein. Wozu? Wer

Lockenköpfchen war, wusste er schon. Und dass sich Herr Meier nicht nur für eine Immobilie interessierte, war auch längst klar.

Er konnte nur abwarten, wie sich das weiter entwickelte.

Wieder zu Hause angekommen, machte Hagen sich sein Lieblingsabendessen: ein Pärchen Wiener mit viel Senf und zwei dünne Butterstullen. Dazu legte er zwei Äpfel auf den Tisch, die er im Vorbeigehen aufgelesen hatte.

Er setzte sich an den Tisch in der Gästeküche und zog mit spitzen Fingern die Ausdrucke und den Briefumschlag zu sich heran. Dann suchte er den Briefumschlag zwischen den Ausdrucken hervor und während er ihn neugierig betrachtete, begann er zu essen. Es gelang ihm wirklich, seine Ungeduld in Zaum zu halten, bis das letzte Stück Apfel verspeist war. Dann hielt ihn nichts mehr. Mit einer Zeitung ging er hinaus zur Scheune, wo noch ein Haufen Kohlen von den Vorbesitzern des Hofes übrig geblieben war. Er fegte Kohlenstaub auf die Zeitung und ging wieder in die Küche. Dort zog er ein paar Küchenhandschuhe über. Mit einem scharfen Messer öffnete er den Umschlag. Heraus fielen zwei Schlüssel.

Er war darauf vorbereitet, trotzdem schreckte er zurück. Da hatte ihm jemand ernsthaft eine Falle stellen wollen. Zum Glück war die nicht zugeschnappt. Hätte Schimmel seinen Astra durchsucht, wäre er noch nicht auf freiem Fuß. Gegen dieses Indiz wären Anne und der Alte nicht angekommen. Beim besten Willen nicht.

Entschlossen zog Hagen nun den Umschlag auf die ausgebreitete Zeitung. Schade, dass er keinen ordentlichen Spurenkoffer hatte. Aber es ging auch so. Allerdings würde er mit dem Vergleichen der Spuren einige Probleme haben. Doch immer schön der Reihe nach, dachte er und schnitt noch zwei Seiten des Umschlags auf. Dann riss er vom Rand der Zeitung ein Stück ab, das er als Löffel benutzte, nahm ein wenig Kohlenstaub auf und verteilte ihn möglichst gleichmäßig auf den Außenseiten des Umschlags. Er nahm ihn hoch und bewegte ihn hin und her, dass der Kohlenstaub sich überall darauf verteil-

te. Den Rest schüttete er zurück auf die Zeitung. Er holte sich eine Lupe, das Stativ und seine Canon aus dem Büro. Drei Fingerabdrücke, davon ein Stück Daumen. Er konnte einen Doppelwirbel erkennen. Wow, keine Handschuhe.
„Vielleicht Birgits?“ Wahrscheinlich nicht. Jedenfalls musste ihm etwas einfallen, wie er den Verursacher dieser Abdrücke fand. Schließlich konnte er nicht einfach mit dem Umschlag bei Anne hineinschneien und rufen: „Ich habe noch die Schlüssel vom Tatort“.
Seufzend stand er auf, schraubte die Kamera aufs Stativ und machte mit der Makro-Funktion einige Fotos. Dann schob er den Umschlag vorsichtig in eine Klarsichtfolie, packte alles zusammen und zog um ins Büro.
Ein McGyver war er nicht, aber die Fingerabdrücke hatte er ganz ordentlich sichtbar gemacht, stellte er dann am Laptop fest. Zufrieden lehnte er sich zurück. Er musste nachdenken. Die Miss-Marple-Methode kam nicht infrage. Schließlich konnte er nicht alle Verdächtigen einladen und dann jedes einzelne Sektglas abpinseln. Vielleicht doch über Anne? Die Frage war, wie weit ging das Vertrauen zwischen Anne und ihm. Aber hatte er eine Wahl?
Er konnte den Kopf in seine Immobilien stecken und sein Heim schön machen und so tun, als gäbe es keine Probleme auf der Welt. Birgit begraben und Schluss? Nein, das hatte sie nicht verdient.
Außerdem war da noch Herr Meier, der bei ihm eingedrungen war, ihn abhören ließ und wiederkommen würde. Hatte er Birgit auf dem Gewissen? Und was war mit der Frau von Bergmann? Zu viele Baustellen. Einfach zu viele offene Fragen. Er konnte sie nicht einfach ignorieren, aber auch nicht allein so weitermachen. Also? Ja. Die Entscheidung war gefallen.
Er machte noch schnell Sicherheitskopien, klemmte sich den Laptop unter den Arm und ging zum Auto.

21

Anne öffnete nach dem dritten Klingeln. Sie trug einen geblümten Schlafanzug, konnte aber noch nicht geschlafen haben, so frisch wie sie aussah. Deshalb schluckte Hagen die Entschuldigung hinunter und fragte: „Können wir reden?"
Sie trat zur Seite und ließ ihn ein.
Das Einfamilienhaus schien ihm so geräumig, dass es für eine vierköpfige Familie ausreichend gewesen wäre. Er schaute die Treppe zum Obergeschoss hinauf, als sie ihn ins Wohnzimmer lotste.
„Kaffee?", fragte sie und verschwand in der Küche, ohne auf seine Antwort zu warten.
Mit den Händen in den Taschen schaute Hagen sich im Wohnzimmer um: eine gemütliche Couch, Fernseher, Essecke. Neben der Couch stand ein Cello. Dass Anne Cello spielte, war ihm neu. Er trat an die Terrassentür. Die Lichter von Gransee und die beiden angestrahlten Türme der Marienkirche boten eine eindrucksvolle Kulisse. Irgendwo dort drüben bei der Kirche lag die Klosterstraße, wo Birgit gestorben war.
Anne kam mit den Tassen und setzte sich an den Esstisch. Er verstand die Geste: Anderswo wäre er in die Küche gebeten worden, dem Raum für Kommunikation. Hier war es die Essecke. Und ihm oblag es nun, den Platz gegenüber oder den Platz über Eck einzunehmen. Er quetschte sich an die Stirnseite. Anne bewegte den Löffel in ihrer Tasse und sah ihn abwartend an.
„Es sind einige Dinge geschehen und ich habe lange überlegt. Ich denke, ich komme ohne dich nicht weiter und ich vertraue dir. Deshalb bin ich hier."
Ihr Gesicht blieb unbewegt. Eine ähnliche Eröffnung mochte sie erwartet haben und blieb in Deckung.
Er zog die Schlüssel zu Birgits Wohnung aus der Hosentasche und legte sie auf den Tisch. Dann begann er zu erzählen:
„Ich habe dir von dem Mittagessen im *Waidmann* erzählt und von den Zeitungsartikeln. Erst heute habe ich die Ausdrucke wiedergefunden. Sie steckten in der Beifahrertür meines Astra,

und zwar zusammen mit einem Briefumschlag, in dem diese Schlüssel steckten. Ich habe sie nicht ausprobiert, nehme aber an, dass sie zu Birgit Freiers Wohnung gehören."
Anne runzelte die Stirn, griff aber nicht nach den Schlüsseln.
„Entweder hat Birgit sie mir in die Beifahrertür gesteckt oder es war jemand anders, der damit rechnete, dass die Polizei mein Auto durchsucht. Ich glaube, es war eine Falle, die nur wegen Schimmels Nachlässigkeit nicht zuschnappte."
Anne nickte, als wäre sie auch zu diesem Schluss gekommen.
„Wo sind die Papiere und der Umschlag?", fragte sie sachlich.
Hagen zog den Laptop zu sich heran, öffnete ihn und drehte ihn dann zu ihr um. Oben drauf lag die Klarsichtfolie mit dem Umschlag, darunter die ebenso verpackten Ausdrucke.
Endlich schaute sie nicht mehr so ernst. Ihre Augen blitzten belustigt auf. „Kohlenstaub? Oder was ist das?" Sie zog die Folien zu sich hinüber.
Er nickte. „Ja, ich konnte nicht widerstehen. Leider fehlten mir dann die Vergleichsmöglichkeiten, aber ich wüsste zu gern, von wem die Fingerabdrücke sind."
„Gut, ich werde mir das ansehen. Und du kommst morgen in mein Büro zur Vernehmung."
„Muss ja wohl sein", entgegnete er und startete den Laptop. „Ich will dir noch was zeigen." Er öffnete die erste Bilddatei und drehte den Laptop wieder zu ihr. „Was hältst du davon?"
Sie beugte sich vor und betrachtete das Foto.
„Was ist das unter der Mausefalle?"
„Ich denke, es ist ein Mikrofon. Und es war noch nicht da, als du das Hinterzimmer gesehen hast." Er klickte wieder. „Und hier noch eins in meinem Büro." Nächstes Foto. „Und hier in meinem Astra. Nachdem ich das erste gefunden hatte, habe ich systematisch weiter gesucht."
Anne sah ihn jetzt sehr nachdenklich an.
„Hagen", sagte sie nach einer Weile, „wo bist du da nur hineingeraten? Wozu die Mikrofone? Wer hört dich ab?" Sie legte ihre Hand auf seine. „Muss ich Angst um dich haben?"
„Im Moment will er noch Informationen von mir. Außerdem

weiß ich, wer es ist."
Den letzten Satz hatte er eher geflüstert.
„Du weißt, wer dich abhört?"
Er nickte ernsthaft und zog den Zettel aus der Hosentasche, auf dem er sich die Kontaktdaten von Jakob Meier notiert hatte.
„Erinnerst du dich? Ich habe dir von dem VW Tuareg erzählt, der mir in der Breitscheid-Straße aufgefallen war. Die Halterdaten habe ich von Steinert bekommen. Der Halter heißt Jakob Meier und wohnt in München. Und jetzt wird es spannend: Herr Meier meldete sich per E-Mail und zeigte Interesse an einer meiner Immobilien. An dem Tag, an dem Birgit Freier starb, tauchte er unangemeldet mit einem lockenköpfigen jungen Assistenten bei mir auf. Purer Zufall? Ich glaube nicht. Denn es geht noch weiter: Heute erzählte mir mein Hausmeister von einem VW Tuareg, der während der Durchsuchung bei mir neben seinem Haus parkte. Der Fahrer hatte einen Lockenkopf und war jung. Er fuhr dann sein Auto weg, kam, laut Hausmeister, zu Fuß zurück und schlich angeblich hinter den Häusern zu meinem Hof. Was hältst du davon?"
Sie lachte auf. „Entweder hat dein Hausmeister tolle Träume oder wir wissen tatsächlich, wer dir die Mikrofone untergejubelt hat."
„Was mir im Moment die meisten Kopfschmerzen bereitet, ist aber die Frage nach dem Warum. Immerhin gibt es mindestens zwei Möglichkeiten. Hängt es mit dem Skelett zusammen oder mit Birgit Freier? Oder anders ausgedrückt: Was verbindet Birgit Freier mit dem Toten in meiner Küche?"
„Die Ermittlungen haben bisher keine Verbindung ergeben."
„Aber wenn du davon ausgehst", erwiderte Hagen, „dass es in Gransee in den vergangenen 50 Jahren nicht viele Morde gab, kann man eine solche Verbindung nicht von vorn herein ausschließen – oder?"
„Damit hast du wohl Recht", sagte Anne.
„Jedenfalls will ich einer solchen Verbindung nachgehen und brauche dabei deine Hilfe. Seid ihr mit Birgit Freiers Wohnung fertig? Ich würde sie mir gern noch einmal ansehen."

„Was suchst du dort?"
„Ich weiß es nicht. Eine Verbindung."
„Gut. Ja, wir sind dort fertig und forschen jetzt nach Verwandten, denen wir die Wohnung übergeben können. Bisher hat sich keiner gemeldet. Hier, nimm die Schlüssel zurück. Morgen Vormittag wird dir niemand in die Quere kommen. Ich kümmere mich inzwischen um die Fingerabdrücke, die du so schön sichtbar gemacht hast."
„Und dann war da noch etwas: Dieser Friedrich Bergmann soll doch laut Zeitungsmeldung mit seiner Frau verschwunden sein. Wo ist die Frau geblieben? Kannst du die Polizeiakten durchschauen? Außerdem wissen wir noch immer nicht, ob der verschwundene Bauer und das Skelett identisch sind. Was sagt denn der Pathologe?"
„Kevin Klein? Der ist sich absolut sicher, dass das Skelett dieser Friedrich Bergmann ist. Und du glaubst, er ist der verschwundene Bauer. Also ist der verschwundene Bauer ein untergetauchter SS-Mann?"
„Genau das denke ich. Und ich hoffe, dass nichts davon an die Presse vordringt. Nicht so lange wir das nicht sicher wissen."
„Da fällt mir ein", sagte Anne, „der Alte war gestern nicht zufällig in Gransee. Jedenfalls nicht direkt wegen dir, falls du das glaubst."
„Nicht? Ich hatte es mir so ausgemalt." Er lachte unsicher.
„Nein, er kam wegen des Skeletts. Er hat offenbar so seine Verbindungen. Ich soll ihn auf dem Laufenden halten und er will dich kennenlernen."
Hagen nickte nachdenklich. Aber er wusste noch nicht, ob er sich freuen sollte.
„So, lieber Hagen, ich weiß, dass niemand auf dich wartet, aber jetzt will ich schlafen. Scher dich raus. Wir sehen uns morgen."
Er erhob sich und drückte ihr die Hand.
„Danke, Anne, dass du mir zugehört hast."

22

Der Vormittag war trübe. Es regnete schon wieder. Kein einziges Auto parkte vor der Klosterstraße 47. Hagen Brandt fuhr trotzdem vorbei und stellte den Astra vor dem Kloster ab.
Als er die Haustür erreichte, klebte ihm die Windjacke auf der Haut und das Wasser tropfte aus seinen Haaren. Er zog die beiden Schlüssel aus der Hosentasche. Gleich der Erste passte. Die Tür schabte über den gefliesten Fußboden. Er schloss sie hinter sich und blieb mit dem Rücken dagegengelehnt stehen. Oben bei dem Dicken war alles still. Zu hören war nur das Gurgeln des Regenwassers im Fallrohr.
Er streifte die Latex-Handschuhe über. Dann putzte er sich die Schuhe ab und öffnete die Wohnungstür. Es roch feucht und nach kaltem Rauch. Es war nicht der Geruch, den er inzwischen mit Birgit Freier verband, nicht süßlich nach Blut, weil er immer wieder ihr verzerrtes Gesicht und die durchgeschnittene Kehle vor sich sah. Sein Blick ging wie von selbst nach links zu den Kreidestrichen auf dem Küchenboden. Ein Kreislauf. Das gebrochene Auge. Blutgeruch. Der nach hinten gedrückte Kopf, als würde sie Hilfe von der Wohnungstür her erhoffen. Blutgeruch. Der weit offene Mund mit den blutleeren Lippen. Eingerahmt von weiß-blonden Haaren, die in einer dunkelroten Lache aus Blut schwammen. Die auseinanderklaffende Wunde am Hals. Blutgeruch.
Schluss! Aufhören!
Entsetzt wandte er sich ab. Er musste sich auf das konzentrieren, weshalb er gekommen war – auf die Verbindung zwischen Birgits Tod in ihrer und dem Toten in seiner Küche. Eine Verbindung über mehr als fünfzig Jahre hinweg.
Mit der Küche begann er. Hagen öffnete jede Schranktür, zog jede Schublade heraus, schaute auf und unter jeden Schrank. Zwischen dem Besteck fand er einen Schlüssel. Vielleicht ein Vorhängeschloss. Er steckte ihn ein.
Weiter im Schlafzimmer. Im Kleiderschrank hatte jedes seinen Platz. Vor dem großen Messingbett blieb er lange stehen. Sah die abgeschabten Stellen an den Bettpfosten. Spuren von

Hand- und Fußfesseln. Das Bettzeug mit den Blutspritzern hatten sie mitgenommen zur Untersuchung, ebenso die Bekleidung und den Bettvorleger.

Das Bad war leer. Hier gab es nichts zu finden. Trotzdem öffnete er den altmodischen Wasserkasten hinter der Toilette. In der Diele blieb er wieder vor den alten Fotos stehen. Eins fehlte noch immer. Welches? Keine Antwort.

Im Wohnzimmer untersuchte er die Ledercouch. Kein Bettkasten. Die CD-Hüllen enthielten auch nur CDs, meist klassische Musik. Wagner. Der Ring der Nibelungen.

Auf das Arbeitszimmer hatte er hingearbeitet. Der Schreibtisch war leer, sowohl die Arbeitsplatte, als auch die Fächer, in denen war Staub gewischt worden. Es blieben noch die Regale voller Bücher, die er gründlich durchsuchte. Ergebnislos. Wenn es eine Verbindung gegeben hatte, war sie beseitigt worden. Selbst die drei Bücher, die Dreifaltigkeit – *Mein Kampf*, die Bibel und Reiners' *Stilkunst* – enthielten nichts, was ihm weitergeholfen hätte. Kein Zettel zwischen den Seiten, keine Randnotizen. Nichts. Deprimierend.

Und doch musste es eine Verbindung geben. Er roch sie förmlich. Sie war da. Wahrscheinlich gab es sogar mehrere Verbindungen. Denn zumindest eine war so offensichtlich, dass sie zur Nebensache geworden und bisher weitestgehend unbeachtet geblieben war: der Faschismus.

Da waren das Skelett und die Staffage der Hinterzimmer auf seinem Hof. Und hier in Birgits Wohnung stand das Regal voller Bücher über diese Zeit. Selbst der Ring der Nibelungen schaffte plötzlich eine Verbindung der besonderen Art.

Hagen setzte sich in den Bürosessel hinter dem Schreibtisch und lehnte sich zurück. Sein Blick ging ins Leere, dann schloss er die Augen. Die Dreifaltigkeit war gar kein so schlechter Gedanke, überlegte er. Sollte Birgit an einem Buch gearbeitet haben über die Nazis und die Kirche? Konnte dies ein Grund für ihren Tod gewesen sein? Jedes für sich enthielt schon genug Sprengstoff für ein Verbrechen, jedenfalls wenn man gewissen Thriller-Autoren glauben wollte.

Dagegen sprach das fehlende Bild in der Diele eine andere Sprache, eine von zerrissener Familienbande. Ein noch viel häufigerer Grund für einen Mord. Doch wie passte dort die Folter hinein? Die Blutergüsse, die ihr über einen längeren Zeitraum beigebracht worden waren? Warum hatte sich Birgit nicht gewehrt, warum keine Hilfe geholt? Warum hatte sie ihn sogar noch um Verzeihung gebeten? Hatte sie ihren Tod vorausgesehen? Hatte sie ihn gewollt und erwartet?
Hagen schlug die Augen auf. Ein Kratzen vor der Tür hatte ihn erschreckt.
Der Dicke aus der oberen Wohnung schaute ihm aus klaren Augen entgegen, als Hagen die Tür öffnete. Erstaunlich. Er ist nüchtern. „Hast du wieder frei heute?“
Der Kopf des Dicken nickte, sein riesiges Doppelkinn nickte mit. Die fleischigen Lippen blieben unbewegt. Jetzt stand er von der Treppe auf und stemmte seinen Körper mühsam die Stufen hoch. Auf dem Treppenabsatz blieb er stehen und verschnaufte. Dann drehte er sich zu ihm um. Seine Augen winkten, ihm zu folgen.
Hagen zog die Wohnungstür hinter sich zu und schloss sorgfältig ab. Dann folgte er ihm.
„Tee?“, fragte der Dicke.
„Lieber Kaffee“, antwortete Hagen.
„Hab ich nicht. Tee?“
„Ja, gern. Mein Name ist übrigens Hagen.“
„Roland“, brummelte der Dicke und setzte Wasser auf. Die Küche schien Hagen schmaler als Birgits. Denn dort, wo es unten in Birgits Schlafzimmer ging, stand hier ein Küchenschrank. Vor der Spüle war kaum Platz für jemanden mit Überbreite. Roland hatte wohl seinen Blick bemerkt und nickte zum Küchenschrank. „Mein Bad ist größer als Birgits. Dafür habe ich ein Zimmer weniger.“
„Du kennst also Birgits Wohnung. Warst schon mal drin.“
Roland brummte zustimmend, während er schwarzen Tee in ein altes Tee-Ei schüttete. Dann zog er sich ein schwarz lackiertes Tablett heran und nahm eine Teekanne, zwei Tassen

und Untertassen aus dem Schrank. Großblumiges Dekor und schon angeschlagen, aber immerhin ein Teeservice. Nach kurzem Überlegen nahm er eine weitere Untertasse aus dem Schrank und drapierte genau vier Kekse darauf. Das Wasser kochte. Rolands Kopf wies zur Tür gegenüber. „Wohnzimmer“, brummte er.
Hagen öffnete die Tür und ließ Roland vorbei. Was ihm sofort auffiel, weil sein Vorurteil es ihm anders gesagt hatte, war die Sauberkeit des Zimmers. Die Möbel waren alt und verwohnt: eine Couch mit durchscheinendem Stoffbezug, ein alter Sessel, ein antikes Buffet, Anfang 20. Jahrhundert.
Es roch nach Möbelpolitur und Bohnerwachs. Seit seiner Kindheit hatte er diesen Geruch nicht mehr wahrgenommen. Roland, der sich gerade zur Couch durchdrängelte, wurde ihm dadurch noch einen Deut sympathischer. Auf der Couch war kein Platz mehr für einen Gast. Also setzte sich Hagen in den Ohrensessel und unterdrückte mühsam den Impuls, in dem fadenscheinigen Bezug der Armlehne herumzupolken.
Roland goss ein und nahm das Tee-Ei aus der Kanne, das er nach kurzem Suchen auf seine Untertasse legte. Dann griff er nach seiner Tasse. Dass Zitrone oder Milch und Zucker fehlten, schien ihm gar nicht einzufallen. Das war offensichtlich genau der Tee, den er immer trank. Tee von Muttern eben.
„Besuch bekommst du nicht oft“, stellte Hagen fest.
Roland schüttelte zustimmend den Kopf. Beide pusteten in ihre Tassen und tranken.
„Bist du ein Bulle?“, fragte Roland zwischen zwei Schlucken.
„Nein, seit sechs Jahren nicht mehr.“
„Man riecht es noch.“ Roland lächelte. Wohlwollend. Melancholisch. „Papa war Bulle. Er ist tot, Mutter auch.“
„Und jetzt lebst du hier allein.“
Roland nickte. „Wollte auch Bulle werden. Zu dick. Bin Gärtner geworden, jetzt zu alt, zu dick und überflüssig.“
Hagen hielt jetzt die Klappe. Manchmal muss man die Leute einfach das sagen lassen, was sie loswerden wollen. Er schlürfte seinen Tee und der war gut.

„Hast du die Bücherregale bei Birgit gesehen?“, fragte Roland. „Ich habe sie repariert und gebeizt.“
Hagen nickte anerkennend.
„Sie hätte auch neue kaufen können. Kanntest sie ja. Aber die Wohnung hat der Kerl eingerichtet. Ist ungefähr vier Jahre her, als er mit dem Mercedes vorfuhr und Birgit in die Wohnung setzte. Das Auto ist von ihm.“
Hagen rechnete zurück. Es konnte stimmen. Vier Jahre.
„Vier Jahre Martyrium“, fuhr Roland fort. „Ich bin in dieser Zeit fast zum Alkoholiker geworden. Die Granseer kennen mich nur noch besoffen, stinkend und verwahrlost. Es war nicht Birgits Schuld, es war Birgits Leid. Und ich musste es mit ansehen. Anhören!“ Anhören!
Hagen hörte den verzweifelten Schrei in ihm und sah Tränen die feisten Wangen hinab laufen.
„Warum hast du gesagt, ich hätte sie retten können?“
„Warum? Weil ich es selbst nicht gekonnt habe. Ich war zu feige, hab mich lieber besoffen, wenn er zu ihr kam. Und später, als ich es trotz Alkohol nicht mehr aushielt, habe ich versagt. Bin die Treppe hinunter gefallen. Aber du hast gesagt, sie sei deine Freundin gewesen. Warum hast du ihr nicht geholfen? Verdammt!“
„Ja, verdammt“, sagte Hagen leise zu sich selbst, „warum bin ich nicht zu ihr gefahren an jenem Abend? Ich glaube, sie wollte sich für etwas entschuldigen, für das sie gar nichts konnte. Aber ich verstand sie nicht. Sie legte auf und ich habe es nicht verstanden. Und tue es noch immer nicht.“
„In ihrer Welt gab es keine Freunde“, sagte Roland auf einmal. „Es gab nur die Qual und den, der sie brachte. Ein langer, sehniger Kerl mit weißen Haaren. Ich habe ihn nur dieses eine Mal gesehen, als er sie unten einquartierte.“
„Was ist dann passiert?“, fragte er, als Roland verstummte. „Was hat dich so fertig gemacht?“
„Ihre Schreie.“
„Was?“
„Ihre Schreie“, wiederholte er mit kräftiger Betonung. „Ihr

Wimmern, Weinen, Flehen aufzuhören. Und ihr Brüllen, als sie keine Kraft mehr fand, sich zu widersetzen.“ Roland hielt inne. Seine Schultern zuckten. „Verstehst du jetzt? Er kam, sie zu quälen. Jeden zweiten oder dritten Tag. Mehrere Wochen lang. Dann verschwand er für ein halbes Jahr. Plötzlich ging alles von vorne los. Diese achtzig Jahre alte Bestie mit ihrem Jägerhut.“

„Und die Polizei?“, fragte Hagen dazwischen.

„Oh, sie kamen immer am nächsten Tag. Birgit in Jeans und schicker Bluse lachte und schickte sie weg. Dann kamen sie nicht mehr. Nachts lasen sie mich betrunken auf und lachten nur noch, wenn ich anrief. Oder sie drohten mir mit einer Anzeige. Ich war ihnen nicht böse. Ich verstand, warum sie mir nicht glaubten. Hättest du mir geglaubt? Bestimmt nicht. Auch du kanntest mich nur als den Besoffenen, ich habe es deinen Augen angesehen. Streite es nicht ab.“

Roland, der weinende Dicke, schwieg. Und Roland hatte Recht: Er hätte ihm nicht geglaubt. Birgit war für ihn die stolze lebensfrohe Journalistin gewesen. Eine Frau, die sich zu wehren weiß – hatte er gedacht.

Es war still geworden im Wohnzimmer des dicken Mannes, der Roland hieß und nicht nur Säufer, sondern Mensch war. Hagen hob den Kopf und sah Roland an. Roland sah ihn an. Sein dickes Kinn schwabbelte. Es dauerte ein Weilchen bis er erkannte, dass Roland ihm zunickte. Und als der Dicke versuchte aufzustehen, hätte er beinahe gelacht. Nicht aus Gehässigkeit, sondern weil er plötzlich das Gefühl hatte, mit Roland lachen zu können.

„Weißt du, Hagen, als ich sah, mit welcher Wucht du Birgits Tür eingetreten und wie du hinterher um sie geweint hast, da habe ich gehofft, dass wir uns hier oben treffen werden.“

Rolands Stimme nahm jetzt etwas Feierliches an.

„Da ist etwas, das ich dir geben möchte. Es kann sie nicht ins Leben zurückbringen ...“

Er ließ seine massige Gestalt auf ein Knie hinunter, öffnete die linke Schranktür und holte eine kleine Kiste heraus. Dann

stemmte er sich wieder hoch und drehte sich zu ihm um.
„… aber es sollte dir helfen, den Mörder zu finden. Er ist auf dem Foto. Ich bin zu schwach, doch du wirst es schaffen.“
In seinen fleischigen Händen hielt Roland eine Zigarrenkiste. In einer solchen Kiste hatte Hagen selbst als Kind seine Briefmarkenschätze aufbewahrt. Was sollte er damit?
„Ich habe diese Kiste von Birgit bekommen. Sie bat mich, sie aufzubewahren und niemandem zu zeigen. Niemandem, solange sie nicht tot ist.“
Hagen schluckte. So viel Pathos reizte ihn immer zum Lachen. Diesmal nicht. Roland war es Ernst. Todernst.
Er nahm die Kiste entgegen.
„Und jetzt bitte ich dich, Hagen, nur noch um eines: Sei schnell. Ich werde ihn nicht aufhalten können.“
Sie gaben sich die Hand und verabschiedeten sich wortlos.
Ich werde ihn nicht aufhalten können, hallte es in ihm nach …
Hagen trat vor die Tür. Der Regen hatte nachgelassen. Trotzdem rannte er zum Astra, sprang hinein und knallte die Tür hinter sich zu. Sein Atem ging heftig. Er schloss die Augen, legte die Schläfe gegen die Seitenscheibe und atmete tief durch. Die alte Angst war wieder da. Hatte er sie bisher auf Distanz halten können, das war vorbei. Der Tanz hatte begonnen.
Er öffnete die Augen und startete den Motor. Zuerst nach Hause, dann zu Anne.

23

Als Hagen in den Welsenweg einbog, sah er den Tuareg unter Knuts Schlafzimmerfenster stehen. Mausefalle, dachte er und brüllte: „Ratte!“ Nun war Lockenköpfchen bestimmt wach, sollte das Mikrofon seinen Wutausbruch überlebt haben. Es war an der Zeit, die Hosen herunterzulassen.
Hagen fuhr auf den Hof, holte Kamera und Laptop und eilte zurück zum Auto. Und da er befürchtete, dass das Mikrofon auch einen Peilsender enthielt, holte er es unter dem Fahrersitz hervor und warf es auf die Ladepritsche des vorbeifahren-

den Kieslasters. Vielleicht half es ja. Er sprang ins Auto und fuhr dem Laster hinterher, der wenig später auf die Landstraße nach Gransee einbog. Hagen nutzte die erste Lücke im Gegenverkehr zum Überholen und bog hinter der Bahnschranke auf den großen Parkplatz ein. Dort quetschte er sich zwischen zwei andere Fahrzeuge und schaltete den Motor ab. Von dem Tuareg war nichts mehr zu sehen.

Zögernd nahm er die Zigarrenschachtel in die Hand und betrachtete sie von allen Seiten. Für Leute, die solche Sachen mögen, mochte sie ein kleines Kunstwerk sein. Der Deckel war mit Scharnieren versehen und auf der Vorderseite mit einem Haken. Eine Zigarrenbanderole klebte wie ein Siegel über dem Haken. Hagen legte die Schachtel auf den Laptop und fotografierte sie von allen Seiten. Dann brach er das Siegel und klappte den Deckel auf. In seiner noch immer feuchten Windjacke fand er die Handschuhe wieder und zog sie über.

Zu oberst lag ein Foto, quadratisch, schwarz-weiß und mit wellenförmigem Rand. Es zeigte zwei Kinder von drei oder vier Jahren, zwei Mädchen. Er nahm es heraus. Das nächste Foto zeigte die Kinder mit ihrer Mutter. Eine junge lachende Frau. Das eine Mädchen hatte viel Ähnlichkeit mit der Frau. Das letzte Foto war doppelt so groß und im Hochformat. Darauf posierte ein reifer Herr in Trachtenjacke. Zwischen seinen Knien stand das andere Mädchen, Birgit. Der Herr wahrscheinlich ihr Vater. Jedenfalls war Birgit ihm wie aus dem Gesicht geschnitten. Und wenn er Roland richtig verstanden hatte, war er Birgits Peiniger und Mörder.

Lange betrachtete Hagen das Gesicht des Mannes. Er glaubte, darin eine gewisse Grausamkeit zu erkennen. Doch vielleicht wollte er dies auch nur sehen, weil er es einfach erwartete. Nur in einem Punkt war Hagen sicher: Dieses Gesicht würde er nie wieder vergessen.

Und noch etwas war wichtig: Der Mann war nicht Meier aus München. Und das machte die Sache eher noch verwirrender.

Hagen drehte das Foto um. Auf der Rückseite stand eine Jahreszahl: *1961* hatte jemand mit Bleistift in die rechte untere

Ecke geschrieben.
Er legte das Foto zur Seite und schaute in die Schachtel. Auf dem Grund hatte sich noch ein Blatt liniertes Papier festgeklemmt. Mit Hilfe des Autoschlüssels fummelte er es heraus. Es war ein Brief, datiert auf den 17. März 1977.
Hagen las ihn. Und noch einmal und noch einmal. Bis er es nicht mehr aushielt. Alles war genau so geschehen, wie es im Brief stand.
Er sprang aus dem Auto. Wollte wegrennen und lief. Bahnhof, Friedhof, Innenstadt. Er merkte nicht, wohin er ging, und hörte nicht das gelegentliche Hupen, wenn er unachtsam eine Straße überquerte. Es scherte ihn nicht. Ebenso wenig der Regen oder das Kopfschütteln der Passanten, denen er begegnete. Er hätte nicht sagen können, ob darunter jemand war, den er kannte. Doch irgendwann wurde er gestoppt. Jemand hielt ihn an der Schulter fest.
„Bleib stehen, Mann. Hagen. Ich bin es, Jörg Butterbrod."
„Ja?"
„Hey, bist du jetzt völlig durchgedreht? Erkennst du mich? Brauchst du einen Arzt?"
„Was? Nein, keinen Arzt."
„Los, steig ein. Hier kannst du nicht bleiben."
Jörgs Gesicht sah besorgt aus. Dann schaute Hagen sich um. Der Kreisverkehr. Er stand mitten drauf. Jörg zog ihn mit sich zum Streifenwagen.
Als sie auf den Hof des Reviers rollten, wartete Anne schon.
„Was ist los mit dir. Hast du getrunken?", empfing sie ihn.
Hagen blieb einfach sitzen und schüttelte den Kopf. „Nein, ich weiß auch nicht. Es hat mich einfach niedergehauen."
„Komm mit nach oben. Dann kannst du alles erklären."
Er sah Anne an, dann Jörg Butterbrod und erklärte mit fester Stimme: „Wir müssen meinen Astra holen."
„Was?"
„Bitte, holt meinen Astra. Es ist wichtig. Er steht vor dem Penny-Laden."
Als Hagen die Hand hob und zeigen wollte, in welcher Rich-

tung der Penny-Laden lag, sah er erst, dass er noch immer die weißen Latex-Handschuhe trug. Verwundert betrachtete er sie. „Ach ja", ergänzte er dann, „seid vorsichtig mit den Sachen. Unwiederbringliche Beweismittel", murmelte er noch und schlief ein, bevor sie losgefahren waren.

17. März 1977.
Birgit, Liebes,
wenn du dies liest, ist es deinem Vater gelungen, mich zu finden. Ich hoffe nur, dass ich wenigstens dich gut genug verstecken konnte. Denn er wird mich töten, wenn er mich findet. Und dich ebenfalls. Wir sind die letzten, die ihm noch schaden können, und er hat alles in Bewegung gesetzt, um dies zu verhindern.
Ich lege ein Foto von ihm bei, damit du wenigstens weißt, wie der Teufel aussieht. Denn Namen sind Schall und Rauch – er wechselt sie wie sein Hemd. Als Arthur Freier wurde er nur geboren. Aber der Nazi und Sadist, der er war, ist er geblieben. Als das Konzentrationslager Ravensbrück evakuiert wurde, wie es hieß, hat er sich aus dem Staub gemacht, zusammen mit seinem Spießgesellen Friedrich Bergmann, aber auch diesem Namen wirst du wohl nie mehr begegnen, und etlichen Kisten mit Gold und Platin. Diesen Schmuck haben sie den Juden gestohlen und die Kisten irgendwo versteckt. Dies ist ihr Geheimnis.
Bitte, Liebes, sei äußerst vorsichtig. Behalte den Kopf unten, sonst wird er dich finden. Und dann Gnade dir Gott!
In herzlicher Liebe.
Deine Mutter."

Anne ließ den Brief sinken. Hagen, der noch immer diese Handschuhe trug, griff nach dem Foto, das Birgit und ihren Vater zeigte.
„Dieses Monster müssen wir erwischen", sagte er heiser. „Und wir werden ihn erwischen. Ich schwöre es!"
Er spürte Annes Blick auf sich ruhen und lächelte sie an.

„Ich glaube", sagte er, „ich war vorhin kurz vor dem Durchdrehen. Es gibt da noch einiges, was ich erzählen muss. Und jetzt würde ich freiwillig mit dir in den Vernehmungsraum gehen. Dann muss ich es nicht so oft wiederholen."

Hagen erzählte von Roland, der einmal Polizist werden wollte und dessen Nachnamen er nicht einmal kannte. Vier Jahre lang war Birgit gefoltert worden. In diesen vier langen Jahren war Roland dem Peiniger erlegen und hatte sich dem Alkohol ergeben, weil er keine andere Möglichkeit sah. Niemand glaubte ihm, niemand half Birgit. Vier unendlich lange Jahre.
Als Hagen geendet hatte, schaute er vor sich auf den Tisch. Er versuchte, in die Gegenwart zurückzufinden und bemerkte den alten Mann neben sich erst, als der ihm die Hand auf die Schulter legte.
„Hagen, alter Freund, ich danke dir für deine Offenheit und dass du es bis hierher geschafft hast."
Hagen sah auf. Der Alte stand neben ihm und lächelte warm. So hatte er den Alten immer gekannt, obwohl er damals noch gar nicht so alt war. Nur weise, weise war er wohl schon immer. Als Hagen aufstehen wollte, wie es schon das Alter gebot, winkte der Alte nur ab.
„Ich glaube, wir sollten jetzt einen Tee zusammen trinken. Kommt, ihr Lieben, bei Anne ist es gemütlicher als hier oder nebenan im Technikraum."
Während Anne sich beeilte, Teewasser aufzusetzen, zog der Alte das Telefon zu sich heran. „Na, Jüngelchen, dann setzt dich mal ins Auto und komm her."
Hagen hatte keine Ahnung, mit wem er da telefonierte. Und das nächste Telefonat beendete der Alte mit genau denselben Worten. Zuletzt wählte er eine dreistellige Hausnummer.
„Ist Jörg noch im Haus? Schick ihn bitte hoch zu Anne. Sei so gut. Danke."
Diese Ansage war zumindest verständlich gewesen. Hagen schaute auf die Uhr. Feierabend. Normalerweise.

Als Anne die zweite Tasse Tee einschenkte, ging die Tür einen Spalt breit auf. „Störe ich?“ Kevin Klein, der Pathologe, steckte den Kopf herein, spazierte zum Konferenztisch und warf sich auf einen Stuhl. Drei Minuten später klopfte es höflich. Staatsanwalt Freigang trat ein. Und der war nun wirklich kein Jüngelchen mehr. Hagen grinste innerlich. Das war eine wirklich ausgesuchte Runde.
Auch der Alte schaute zufrieden in die Gesichter am Tisch.
„Nun komm endlich, Anne. Deine Talente als Gastgeberin haben wir jetzt lange genug genossen.“
Anne wurde wirklich rot und setzte sich schnell.
„Ich habe euch zusammengerufen, weil wir spätestens ab jetzt einen ernsthaften Schlachtplan brauchen. Jeder von euch hatte schon in der einen oder anderen Weise mit unserem Problem zu tun und ich möchte, dass der Kreis der … ich nenne sie mal Mitwisser … nicht größer wird.
Es gibt noch weitere sogenannte Mitwisser: Schimmel habe ich zurück nach Neuruppin geschickt, das er in den nächsten Wochen nicht verlassen wird. Die haben dort Arbeit genug. Der zweite ist Steinert. Da wird es komplizierter und weshalb er nicht dabei ist, hängt in erster Linie mit seinen Freizeitaktivitäten als Jäger und sozusagen *Zuhälter* zusammen.“
Hagen lehnte sich auf seinem Stuhl zurück. Er genoss es, irgendwie wieder dazuzugehören. Der Alte verlor kein Wort darüber, dass er ein Außenstehender war. Er nahm es auf seine Kappe und gut war es. Erledigt. Arbeiten. So war er, der Alte.
„Wir haben mehrere Spuren, die verfolgt werden müssen: Um die Vermissten-Akten von 1958 kümmerst du dich bitte, Jörg. Kevin, wir brauchen Material aus Ravensbrück. Bitte nimm auch Kontakt auf zu den professionellen Nazi-Jägern beim Simon-Wiesenthal-Archiv in Wien. Vielleicht haben die Hinweise oder aktuellere Fotos. Anne ist mit den bisherigen und den neuen Spuren ausgelastet. Und bei ihr soll auch künftig alles zusammenlaufen. Bernd“, er sah Staatsanwalt Freigang an, „dich werden wir ständig auf dem Laufenden halten. Aber du würdest uns sehr helfen, könntest du dir deine Rapporte

zum Feierabend selbst abholen.“
Freigang nickte. Kein Problem.
Hagen wurde nun unruhig.
„Und du, lieber Hagen, du bist unsere Mausefalle.“
„Aber ...“, versuchte er zu protestieren.
Der Alte hob die Hand. „Warte. Da ist noch etwas. Was deinen Freund, den Lockenkopf, und seinen werten Mentor angeht, da habe ich eine ganz starke Vermutung. Deshalb, lieber Hagen, bekommst du jetzt noch einige Mikrofone mehr ins Haus. Einverstanden?“
„Was bleibt mir übrig?“
„Richtig.“ Der Alte lächelte versöhnlich. „Denn die Kollegen von Bundesnachrichtendienst und Verfassungsschutz möchte ich im Moment noch nicht belästigen. Die werden noch früh genug aus ihren Wolken fallen. Gut, Fragen?“
Der Alte schaute in die Runde.
„Dann biete ich jetzt allen, die noch nicht das Vergnügen hatten, ein exzellentes Hörspiel. So kann Hagen Brandt Feierabend machen und ihr könnt euch auf den nun wirklich allerneuesten Stand bringen. Auf geht’s.“
Ringsum wurde mit Stühlen gescharrt. Man unterhielt sich. Es war ihre Arbeit, als sie nach nebenan gingen und sich anhörten, was er Anne erzählt hatte. Er fühlte sich deshalb zwar nicht besser, denn er hatte ihr nicht nur die Fakten auf den Tisch gelegt, sondern auch sein Innerstes nach außen gekehrt. Er hatte gelitten. Und diese Menschen schauten in sein Herz.
Anne kam wieder herein. Sie räumte auf ihrem Schreibtisch herum, zerstreut, wie ihm schien. Dann ging sie zum Fenster und schaute in die Abenddämmerung.
„Willst du bei mir schlafen?“, fragte sie, noch immer dem Fenster zugewandt. Sie hatte mit sich gerungen.
Er stand auf und stellte sich neben sie.
„Der Alte meint, du solltest heute nicht nach Hause fahren. Er braucht noch einen Tag für seine Vorbereitungen.“
Hagen nickte, als sie ihn ansah. Ja, er würde bei ihr schlafen. Wie auch immer das ausgehen sollte.

Zögernd zog er sein Handy aus der Tasche und wählte Silkes Nummer. Als sie sich meldete, hörte er Lachen.
„Wie ich höre, geht's dir gut bei Muttern."
„Klar doch. Ich nehme an, du willst wissen, wann ich nach Hause komme. Die Antwort lautet: noch nicht."
„Gut. Wann musst du eigentlich wieder zur Arbeit?"
„Ein paar Wochen habe ich noch. Und vorher werde ich auch nicht wiederkommen. Wenn du mich also sehen willst, musst du herkommen."
„Nein, ich kann nicht kommen. Nicht jetzt."
„Okay, dann schlaf schön."
„Du auch." Er legte auf.
„Silke bleibt noch bei ihrer Mutter. So ist sie aus der Schusslinie", sagte er zu Anne, „und ich bin viel ruhiger."
„Ja, das verstehe ich", antwortete sie. Aber was in ihrem Kopf vorging, vermochte er nicht zu erraten.

Hagen lag seit zwei Stunden auf Annes Gästebett und starrte an die Decke. Die Regentropfen klopften ans Dachfenster und erinnerten ihn an den Vormittag bei Roland, der mit Nachnamen Bergener hieß, wie er inzwischen wusste. Später schweiften seine Gedanken zu Silke, dann zu Birgit. Letztlich landete er bei Anne.
Er lag nicht in ihrem Bett, aber doch in ihrem Haus. Trotzdem gelang es ihm nicht, sich Anne neben ihm vorzustellen. Die Bilder, die er sah, waren solche von Arbeit und Vertrauen. Liebe und Lust kamen nicht mehr vor. Ihre Beziehung stammte aus der Jungerwachsenenzeit und hatte ziemlich lange gedauert. Aber zwei Jahre vor Silke war sie beendet gewesen. Annes Liebesleben hatte er danach nicht sehr intensiv verfolgt, aber es war anscheinend viel schief gelaufen.
Er seufzte und drehte sich auf die Seite.
Das Trommeln des Regens hörte plötzlich auf und er schlief ein. Im Hinüberdämmern hörte er noch tapsende Schritte auf dem Flur.

24

„Guten Morgen. Ihr beide seht aber nicht sehr ausgeschlafen aus“, begrüßte sie Jörg Butterbrod, als sie gegen halb neun das Polizeirevier betraten.
Bevor Hagen sich eine passende Antwort überlegt hatte, hörte er schon Anne sagen: „Eins sag ich dir, Jörg, bei der miserablen Bezahlung verlange ich mindestens, dass der Kerl nicht schnarcht, der bei mir schläft. Kümmere dich darum, ja?“
Jörg lachte, Hagen rang sich ein Schmunzeln ab.
„Gibt es etwas Neues?“, fragte Hagen stattdessen.
Jörg nickte. „Ich habe die Vermissten-Akten von 1958 gefunden. Bin aber noch nicht zum Lesen gekommen.“
„Das ist ja mal ein Anfang. Zeig her. Du hast bestimmt noch mehr zu tun.“ Er klemmte sich die Akten unter den Arm und folgte Anne in ihr Büro.
„Darf ich es mir bei dir ein wenig gemütlich machen?“, fragte er und schloss die Tür hinter sich.
„Klar, ich gewöhne mich langsam dran“, antwortete sie schnippisch. Dann sah sie ihn erschrocken an. „Entschuldige bitte, aber diese Erfahrung, mit einem Mann im gleichen Haus zu schlafen und doch nicht im gleichen Bett, muss ich erst verdauen. Lass mir Zeit.“
Er ging auf sie zu. „Ich habe heute Nacht auch lange wach gelegen und an uns, an früher gedacht.“
Die Akten ließ er auf den Schreibtisch gleiten und fasste Anne an beiden Schultern. „Ich glaube, das von damals wieder aufleben zu lassen, würde mir nicht so einfach gelingen. So gesehen brauche ich auch Zeit. Aber ich freue mich, dass ich dich nun wieder öfter sehen darf. Ist das so Okay für dich?“
Sie nickte zögernd und er drückte sie an sich.
Sie schob ihn von sich. „Hör auf mit der Gefühlsduselei. Wolltest du nicht Akten studieren? Und ich muss zum Rapport.“ Sie wandte sich ab, suchte einige Unterlagen auf dem Schreibtisch zusammen und weg war sie.
Hagen Brandt setzte sich mit einem Automaten-Kaffee an den Konferenztisch. Als er die erste Akte aufklappte, verschwand

das flaue Gefühl, das Anne hinterlassen hatte. Ihm blickte das Schwarz-Weiß-Foto von Friedrich Bergmann entgegen. Sie waren also doch auf der richtigen Spur.

Es gab eine Vermissten-Anzeige, erstattet vom Vorsitzenden der LPG *Glückliche Scholle* aus Mühlhof. Vermisst wurde Frieder Berg, 57 Jahre, LPG-Mitglied der ersten Stunde, verheiratet mit Renate Berg, geborene Krause, verwitwete Rufmüller, 56 Jahre.

Vermisst wurden sie seit dem 31. Oktober 1958, 4 Uhr, weil sie nach drei Tagen Urlaub nicht im Stall erschienen waren. Zuletzt gesehen hatte man sie am 28. Oktober 1958.

Das nächste Blatt enthielt einen kurzen Lebenslauf. Wahrscheinlich beruhte dieser ausschließlich auf dem, was Bergmann von sich gegeben hatte.

Zugezogen 1945 aus Berlin-Weißensee, keine Straße, als Reichsbahner unabkömmlich, deshalb kein Wehrdienst, keine Partei, kein Nazi. Dann kamen einige Informationen, die man wirklich als Fakten gelten lassen konnte: 1946 heiratete er die verwitwete Renate, deren Mann an der Ostfront gefallen war. Sie brachte Hof und Land in die Ehe. Beide waren geachtet im Dorf, schon deshalb, weil sie 1952 zu den Gründungsmitgliedern der LPG *Glückliche Scholle* gehört hatten.

Blatt drei war die Einstellung der Ermittlungen. Man hatte ihn nicht gefunden. Die Unterschrift war unleserlich.

Nachdenklich klappte er die Akte zu. Hatte sie Neuigkeiten ergeben? Ein klares Ja: Frieder Berg war Friedrich Bergmann.

Er zog sich die andere Akte heran. *Renate Berg, Az. V173/58* stand auf dem Aktendeckel und darunter noch ein zweites Aktenzeichen. Das war ungewöhnlich. Er schlug die Akte auf. Das Foto einer lächelnden reifen Frau im Brautkleid. Hagen hob das Foto an, um die Vermissten-Anzeige lesen zu können. Doch es gab keine, nur einen dreizeiligen Vermerk:

Die Vermissten-Sache Renate Berg, Az. V173/58, wurde der Strafakte M36/59 einverleibt.

Krempe. 18. Mai 1959.

Eine Strafakte? Das konnte alles bedeuten: Täter und Opfer.

Er ließ sich von Jörg Butterbrod den Archivschlüssel geben.
„Ich glaube aber nicht, dass die Akte dort ist", sagte Jörg nachdenklich. „Sieht nach einer Mord-Akte aus. Die sind in Neuruppin, im Keller des Gerichtsgebäudes."
„Bist du sicher?"
„Ich denke schon. Wenn du sie dringend brauchst, kannst du bloß hinfahren. Aber warte. Ich rufe an und lasse sie heraussuchen. Ich kenne da jemanden."

Die Akte, die Hagen Brandt von einer freundlichen jungen Frau, Butterbrods Tochter, entgegen nahm, war ziemlich dick. Er bedankte sich höflich, schwang sich sofort wieder in seinen Astra und brauste zurück nach Gransee.
Als er ins Büro trat, sah Anne ihn nach einem Blick auf die dicke Akte erstaunt an. „Was hast du denn da ausgegraben? Wie eine Vermissten-Akte sieht das nicht aus."
„Eine Morduntersuchung." Er warf die Akte auf den Tisch und ging zum Kaffeeautomaten. Während er zusah, wie die schwarze Brühe in den Kunststoffbecher tröpfelte, kam ihm in den Sinn, wie oft er bereits an genau dieser Stelle gestanden hatte. Selbst bei seiner Kündigungsparty war gewitzelt worden, dass die Automatenfirma nun wohl Pleite gehen würde. Er schüttelte noch immer den Kopf, als er ins Büro zurück kam.
„Was hast du?", fragte Anne.
„Ich war sechs Jahre weg, aber der Kaffeeautomat ist noch der selbe." Er setzte sich wieder auf seinen Platz am Tisch.
„Ja, nur dass er jetzt noch seltener genutzt wird. Nur Klaus Papst trinkt das Zeug hin und wieder."
„Wo steckt der eigentlich."
Sie winkte ab. „Klaus und Wilfried wurden nach Neuruppin abgezogen zu dem Serienmörder. Aber die werden wohl bald wieder hier sein. Der Fall ist geklärt."
„Ein Psychopath?"
„Nein, eigentlich nicht. Ein insolventer Bauhandwerker, der keinen anderen Weg gesehen hat, sich an den Geschäftspartnern zu rächen, als den, sie umzubringen. Alles Leute, die ihn

beauftragt und dann nicht bezahlt haben. Siebenundfünfzig Jahre alt.“
„Hoffentlich macht das nicht Schule.“
„Stimmt. Unser Ministerpräsident stand auch auf seiner Liste.“
„Der Deichgraf? Ach ja, Großflughafen BER.“
Sie nickte und Hagen kommentierte: „Ich sage ja immer: Leute, bezahlt eure Rechnungen. Wer weiß, wofür das noch mal gut ist.“

„Sie wurde erschlagen“, sagte Hagen und klappte die Akte zu.
„Wer?“ Annes Kopf ruckte hoch. Sie war wohl in ihre Arbeit vertieft gewesen.
„Sie hieß nach ihrer Hochzeit Renate Berg und war die Frau von Friedrich Bergmann.“ Hagen wandte sich zu Anne um. „Man hat sie ein halbes Jahr nach ihrem und ihres Mannes Verschwinden in der Kiesgrube ausgegraben. Der Bagger hatte sie ziemlich übel zugerichtet. Deshalb konnte man damals die Todesursache nur schwer festzustellen.“
„Aber sie ist erschlagen worden?“
„Ja. Wahrscheinlich. Täter unbekannt bis heute. Auch die Tatwaffe war nicht mehr zu finden. Jedenfalls hatte sie einen Trümmerbruch am Hinterkopf und ist wohl daran gestorben.“
„Tragisch.“
Wahrscheinlich starben beide am gleichen Tag, überlegte er und spann den Faden weiter: Zuerst wurde Bergmann angeschossen. Bergmanns Frau hörte den Schuss und lief weg auf die Kiesgrube zu. Der Täter rannte ihr hinterher und erschlug sie. Dann hat er sie an Ort und Stelle vergraben und ist zum Hof zurückgekehrt. Bergmann wurde gefoltert, Knie zertrümmert, Unterarme gebrochen. Woran er letztlich starb, ließ sich nicht mehr feststellen. Und warum er starb, das wissen wir noch viel weniger.
Warum also starb Friedrich Bergmann? Warum?
Er stand auf und nahm sich einen Notizblock von Annes Schreibtisch. Dann notierte er:
1.: Der Täter wollte etwas von Bergmann (Lkw mit 18 Kisten).

2.: Der Täter wollte sich an Bergmann rächen (SS-Sturmbannführer, KZ Ravensbrück).

Es gab sicher noch ein Dutzend weiterer Möglichkeiten, wie das alles zusammenhing, aber diese beiden waren mit Abstand die wahrscheinlichsten.

Hagen stand erneut auf und holte sich ein Päckchen Klebezettel vom Schreibtisch. Damit ging er zu der Tafel, die für strategische Überlegungen an der Wand angebracht war.

Auf den ersten Zettel schrieb er *18 Kisten (Gier)* und klebte ihn auf die linke Seite. Auf den zweiten Zettel schrieb er *Wachmannschaft (Rache)* und klebte ihn auf die rechte Seite. Dann trat er von der Tafel zurück und ging zum Konferenztisch. Dabei bemerkte er, wie Anne reglos an seine Tafel starrte.

„Was ist?“, fragte er.

Als sie nicht antwortete, wandte er sich zur Tafel um und schrieb zwei weitere Klebezettel. Er heftete sie untereinander. Auf einem stand *Bergmann*, auf dem anderen *Arthur Freier.*

Anne räusperte sich. „Der Schatz vom Stolpsee, die achtzehn Kisten sind der Schatz vom Stolpsee.“

„Da will uns doch einer an der Nase herumführen“, rief Anne aufgebracht. „Der Brief muss ein Fake sein. Schaut euch das doch an. Sogar der Inhalt stimmt! Gold und Platin stand im Brief. Und Gold und Platin in achtzehn Kisten steht in sämtlichen Artikeln, die wir auftreiben konnten.“

„Immer mit der Ruhe, meine Liebe“, unterbrach sie der Alte. „Das hat noch gar nichts zu sagen.“

Es war wieder Abend geworden und die Ermittlungsgruppe saß in Annes Büro am Konferenztisch. Selbst Staatsanwalt Freigang war wieder erschienen.

„Hagen, wie weit bist du gekommen?“, fragte ihn der Alte, während Anne sichtlich bemüht war, sich zu beruhigen.

„Also, ich habe die Vermissten-Akten von 1958 gesichtet und dabei festgestellt, dass es eine Mord-Akte von 1959 gab. Bergmanns Frau wurde in der Kiesgrube oberhalb unseres Hofes gefunden. Trümmerbruch am Hinterkopf. Der unbekannte Täter hatte sie verscharrt. Außerdem konnte mit Sicherheit festgestellt werden, dass der Vermisste Frieder Berg und der in meiner Küche gefundene Tote und Friedrich Bergmann ein und dieselbe Person sind.“

Er erhob sich und ging zur Tafel.

„Aus unseren bisherigen Ermittlungen ergibt sich folgendes Bild: Wir haben zwei unabhängige Hinweise auf achtzehn Kisten, nämlich die Kladde und den Brief von Bergener. Außerdem haben wir ein Fahndungsblatt der Berliner Polizei von 1946 und eben diesen Brief, die beide behaupten, Bergmann sei ein SS-Mann gewesen, der zur Wachmannschaft des Konzentrationslagers Ravensbrück gehört hatte.

Die Blutgruppen-Kennung wurde gesichert. Außerdem wird in diesem Brief behauptet, ein Arthur Freier gehörte ebenfalls zu dieser Wachmannschaft. Ich erkenne daraus zwei mögliche Motive: erstens Gier, zweitens Rache.

Der Mord an Birgit Freier gehört jedoch in eine andere Kategorie. Auffällig ist natürlich, dass Arthur Freier in dem Brief und von Roland Bergener selbst sowohl als Mörder an Birgit bzw. ihrer Mutter belastet wird, als auch mit dem ermordeten Friedrich Bergmann bekannt war.

Arthur Freier ist also eine zentrale Figur, in mindestens zwei Mordfällen. Aber wir dürfen das Rache-Motiv nicht außer Acht lassen, das sicherlich in hohem Maße auf ehemalige Insassen des Konzentrationslagers hinweist. Soweit erst einmal.“

Hagen kehrte zu seinem Platz zurück. Als er sich setzen wollte, hielt ihm der Alte ein mehrseitiges Papier entgegen.

„Hier nimm das und unterschreib.“

„Was ist das?“ Hagen griff zögernd danach.

„Dein befristeter Einstellungsvertrag. Glaubst du, in Deutschland kann man so einfach bei der Polizei herumschnüffeln?“

Hagen setzte sich, überflog den Vertrag und unterschrieb. So einfach geht das. Ehe man sich's versieht, ist man wieder eingestellt. So hatte er sich das eigentlich nicht gedacht.

Der Alte hielt schon wieder ein Papierchen in der Hand und sah ihn an. Was kommt denn nun noch?

„Ja, und der Richter hat auch unsere Mikrofone bei dir genehmigt und wir müssen nicht noch eine Nachtschicht dranhängen, um sie wieder zu demontieren. Schön. Wer hat noch Neuigkeiten? Kevin?“
Kevin Klein schüttelte den Kopf. „Nein, noch keine Ergebnisse. Die Wiener wollen sich morgen melden. In Ravensbrück bin ich auch erst für morgen angemeldet.“
„Anne?“
„Der Schatz vom Stolpsee. Wenn wir das wirklich ernsthaft in Betracht ziehen wollen, muss einer von uns nach Fürstenberg. Es gibt dort einen Pensionär, ein Amateurhistoriker, der sich mit dem Schatz auskennen soll. Er wird immer zitiert, wenn das Thema aufkommt. Es stand gerade erst wieder etwas in den Zeitungen: Nachdem die Stasi den Schatz nicht finden konnte, will jetzt irgendein Israeli danach tauchen. Ehrlich: Ich halte nichts davon, dafür meine Zeit zu verplempern. Vielleicht unser neuer Mitarbeiter?“ Sie sah Hagen verschmitzt an.
„Nein“, kam sofort die Entscheidung vom Alten. „Mit Hagen habe ich etwas Anderes vor. Er muss jetzt wieder sein Haus beziehen und *normales Leben* spielen, wenn die ganze Abhöraktion etwas bringen soll. Den Rentner übernimmt Jörg. Einverstanden?“
Jörg Butterbrod nickte.
„Und dann wäre da noch etwas, Jörg. Sag mal, bist du nicht passionierter Jäger? Was hältst du von Frank Steinert? Heraus mit der Sprache, offen und ehrlich.“
„Offen und ehrlich? Damit hab ich es nicht so.“ Er griente und fuhr fort. „Also als Jäger ganz passabel, ansonsten … Jedenfalls mag ich ihn nicht. Mir ist er zu schleimig, katzbuckelt bei jedem, von dem er sich Vorteile erhofft. Da fahre ich, ehrlich gesagt, lieber zum pensionierten Hüter des Schatzes.“
Der Alte dachte kurz nach. „Sehr schön, meine Lieben, so soll es geschehen“, sagte er dann und entließ die Runde.

25

Missmutig warf sich Hagen Brandt auf die andere Seite und kniff die Augen zu. Gern hätte er noch länger geschlafen, aber die Morgensonne schien durchs Fenster und wurde an der hellen Wand so sehr reflektiert, dass er meinte, von Scheinwerfern angestrahlt zu werden. Er zog sich die Decke über den Kopf. Da donnerte der erste Kieslaster am Fenster vorbei.

Herrgott nochmal. Er setzte sich auf. Soll sich doch die Erde auftun und diese Kieslaster verschlingen! Wenigstens einer.

Genau, das war es: Um den eingesackten Trecker sollte er sich kümmern. Irgendjemand hatte ihn fotografiert und an die Zeitung geschickt. Wie hieß der gleich? Es fiel ihm nicht ein. Aber er konnte ja nachschauen. Jetzt gleich. Er schlug die Bettdecke zurück und tapste barfuß zum Schreibtisch.

Wendel. Wendel hieß der Mann, der das Foto geschossen hatte. Und ganz weit im Hinterkopf hatte er das Gefühl, dem Namen schon begegnet zu sein. Aber Grübeln war noch nichts für seinen Kopf, nicht vor dem Frühstück. Er setzte sich wieder aufs Bett und zog sich eine Hose an. Dann stolperte er müde über den Hof zum Gästebad.

Wenig später, beim Kaffee, hörte Hagen den nächsten Kieslaster, und es war noch nicht einmal sieben. Beim Toast schon wieder einer. Er merkte, wie er langsam in Rage kam. Irgendwas musste er unternehmen.

Unschlüssig zog er seine Schuhe an. Dann hängte er sich die Kamera um und ging los in Richtung Kiesgrube. Auf den Fotos in der Mord-Akte sah die Kiesgrube völlig anders aus. Aber er hatte natürlich nicht erwartet, auch nur ein einziges Detail von den Fotos wiederzuerkennen. Er war einfach nur zum Wachwerden hier. Und vielleicht hatte er ja Glück und jemand versuchte, ihn von hier zu vertreiben. Dann könnte er endlich seinen Frust abbauen.

Nein, es kam niemand. Auch gut.

Hagen kletterte den nächsten Hang hoch und blieb dann dicht an der Kante stehen. Ein wirklich schöner Ausblick. Im Vordergrund Brachland, dort hatte jemand versucht, Hanf anzubau-

en, war erzählt worden. Knut hatten sie als vermeintlichen Übeltäter festgenommen. Schuldlos natürlich.
Hagens Hof lag friedlich da zwischen den Stoppelfeldern. In Mühlhof war niemand auf der Straße zu sehen. Manchmal hatte man den Eindruck, dort würden nur Hunde wohnen, denn die hörte man immer.
Jetzt fiel ihm auch ein, wer Wendel war. Gleich das zweite Haus von der Landstraße her. Dort wohnte der alte Mann zur Miete. Knut hatte erzählt, Wendel sei früher Lehrer im Dorf gewesen. Hagen Brandt hielt die Kamera vor das Auge und zoomte Wendels Haus heran. Im Garten hinterm Haus bewegte sich etwas. Wendel war schon auf.
Hagen rutschte den Abhang hinunter und lief quer über das Brachland direkt auf Wendels Garten zu. Vor dem Zaun blieb er stehen. Wendel war plötzlich verschwunden. Hagen wollte sich gerade bemerkbar machen, als Wendel ein paar Meter neben ihm auftauchte, mit einem Knüppel in der Hand.
„Habe ich endlich den Apfeldieb erwischt“, rief er und kam drohend näher.
„Nein, nein“, antwortete Hagen lachend. „Nicht schlagen. Gut Freund!“
Wendel stutzte und blinzelte kurzsichtig. „Bist du der Neue vom Krause-Hof?“, fragte er dann.
„Ja, richtig. Wir haben dieses Jahr auch viele Äpfel. Ich muss nur den Zaun reparieren. Die Rehe springen einfach drüber.“
„Die Rehe, ja. Leider kann ich nicht mehr so gut sehen. Aber früher habe ich Rehe beobachtet und fotografiert. Jetzt bin ich froh, wenn ich die Äpfel vor meiner Nase sehe.“
„Das ist ja schade. Da haben Sie bestimmt noch viele schöne Fotos“, versuchte Hagen, das Gespräch in die richtige Richtung zu lenken. „Und Geschichten über Mühlhof kennen Sie bestimmt auch viele, stimmt's?“
Wendel schaute ihn misstrauisch an. Dann hellte sich sein Gesicht wieder auf. „Soll ich dir etwas über die Renate erzählen? Sie ist nämlich ermordet worden. Oben in der Kiesgrube. Wann war das gleich? 1959 oder 60. Mein Gott, hier war der Teufel

los. Ihr hat der Hof gehört, in dem du jetzt wohnst."
„Was ist denn passiert? Hat sie einen Einbrecher ertappt?"
„Wer es war, ist nie herausgekommen. Der Mann kann es aber nicht gewesen sein. Der wurde ein Jahr vorher erschossen."
„Erschossen? Auch in der Kiesgrube?"
„Quatsch, Kiesgrube. Auf dem Hof. Ich habe den Schuss gehört. Zu sehen war ja nichts wegen des Nebels. Aber man hat es vertuscht. Der Mörder hat ein paar Wochen hier im Haus gewohnt. Er schlich abends hinaus und später, als ich im Garten Wasser lassen war, habe ich den Schuss gehört."
„Und den Mörder hat man laufen lassen?"
„Im Morgengrauen habe ich gesehen, wie er vom Krause-Hof kommend über das Feld schlich. Eine halbe Stunde später kam er nach Hause und mittags ist er abgereist." Wendel nickte gedankenvoll. „Ja, so war das. Ich habe alles ausgesagt."
„Aber Fotos haben Sie nicht gemacht vom Mörder?"
Wendel wackelte mit dem Kopf, als wäre er nicht sicher. „Ich will ja keine Scherereien. Das ist auch lange her."
„Darf ich es sehen? Irgendwie gehört es ja zur Geschichte meines Hofes. Deshalb interessiert es mich natürlich sehr."
Der alte Mann sah ihn prüfend an. Dann nickte er. „Aber ich will keine Scherereien, hörst du?" Er wandte sich zum Hintereingang. „Gehen wir ins Wohnzimmer. Dann muss ich die Fotokisten nicht so weit schleppen."
Im Flur öffnete Wendel die letzte Tür. Die Sonne spiegelte sich in der Glasscheibe eines staubigen Bücherschranks. Unterm Fenster ein Schreibtisch. Vor dem anderen Fenster war der Esstisch platziert und im Vordergrund zwei Sessel mit winzigem Rauchtisch. Der Fernseher hatte wahrscheinlich auch schon *Rumpelkammer mit Willi Schwabe* gezeigt.
„Bitte, setz dich." Wendel wies auf den Esstisch, öffnete die Schranktür und zog zwei Schuhkartons heraus.
„So, dann wollen wir mal schauen." Wendel stellte die Kartons auf den Tisch und setzte sich schnaufend ihm gegenüber. Dann angelte er noch seine Brille vom Schreibtisch und las die Vorderseite des Kartons: 1946 bis 1955. Er schob ihn zur

Seite und nahm sich den anderen vor: 1956 bis 1965. Zwischen den Fotos standen Karteikarten mit den Jahreszahlen.
„Ja, wenn man Ordnung hält, ist das Suchen ein Kinderspiel."
Wendel zog den ersten Packen Fotos von 1958 heraus. Hagen nahm seinen Stuhl und rutschte an die Stirnseite.
Zuerst kamen Fotos mit Schneepflug. Viel Schnee. Dann die Aussaat-Kampagne zu Ostern. Ein Schulfest zu Pfingsten. Einige Klassenfotos mit Schulabgängern. Getreideernte. Erstklässler. Ein Traktor mit Hänger, voll beladen mit Kartoffeln.
Hagen griff danach. „Was ist das denn?", fragte er. „Ist das mein Hof im Hintergrund?"
Wendel hielt sich das Foto dicht vor die Augen.
„Ja, natürlich. Das war vielleicht ein Aufstand, kann ich dir sagen. Der Trecker kam gerade vom Feld und sackte einfach ein. Direkt neben dem Hof. Siehst du, wie schräg er steht? Alle hatten Angst, dass der Hänger umkippt."
„Ein tolles Foto. Darf ich es mir abfotografieren? Ich hätte es auch gern in meinem Album."
„Steck es ein. Bei mir verstauben die sowieso."
„Sehr gern, vielen Dank." Hagen legte das Foto an die Seite.
Wendel machte nun einen langen Hals. „Aber eine schöne Kamera hast du da. Digital, was? Das hätte ich mir auch gewünscht. Mit den Filmen war das immer ein Heidenaufwand. Aber das Foto mit dem Trecker ist berühmt geworden. Es war in der Zeitung. Hier, das Negativ kannst du auch haben."
Hagen bedankte sich noch einmal. Wendel nahm die nächsten Fotos vom Stapel und hielt jedes dicht vor die Brille. Plötzlich stutzte er. „Hier, das ist er, der Mörder." Er tippte mit dem Zeigefinger auf das Foto. „Das habe ich unter meinem Apfelbaum fotografiert, als er ankam und wir einen Begrüßungstee getrunken haben." Er betrachtete es noch einmal genau. „Ja, das ist der Hundsfott."
Hagen zitterte innerlich, als er sich das Foto reichen ließ.
Es war entweder nachgedunkelt oder die Kamera war mit den Lichtverhältnisse nicht klargekommen. Jedenfalls saß dort ein Mann unter einem Apfelbaum. Den größten Teil des Bildes

nahm der Apfelbaum ein. Der Mann, etwa dreißig Jahre alt, trug eine dunkle Hose und ein zweireihiges Jackett. Die Haare waren glatt nach hinten gekämmt und brachten die kräftige Hakennase so richtig zur Geltung.
„So sieht also der Mörder des Mannes aus, dem einmal mein Hof gehörte. Eigentlich unglaublich."
„Ja, nicht wahr?"
Hagen schaute Wendel an. „Ich trau mich gar nicht zu fragen, ob ich auch dieses Foto behalten darf. Schließlich hat nicht jeder ein selbst geschossenes Foto eines Mörders."
„Steck es ruhig ein. Und hier", er kramte noch einmal im Schuhkarton, „ist auch das Negativ. Was soll ich noch damit? Niemand kommt, um sich alte Fotos anzuschauen."
An dem Negativ war ein Zettel mit einer Büroklammer befestigt. Das Wort *Mörder!* prangte darauf. Hagen raffte die Bilder zusammen und steckte sie ein. Es war mehr, viel mehr, als er sich erhofft hatte.
Wendel strahlte ihn an. Man konnte sehen, wie sehr er sich darüber freute, Besuch zu haben. Hagen lehnte sich entspannt zurück. Er würde noch ein bisschen bleiben, dem Alten zuliebe. „Kommen denn Ihre früheren Schüler gar nicht mehr zu Besuch?", fragte er.
Wendel schüttelte den Kopf. „Nein, die kamen auch damals nicht. Ich bin als Junglehrer ins Dorf gekommen. Im Blauhemd[2]. Und die Bauern hier waren wohl wie viele Bauern: reaktionär und nur auf ihren Acker bedacht. Später, in den 60ern und 70ern änderte sich das etwas. Aber da wurde die Schule in Mühlhof geschlossen und ich unterrichtete in Gransee. Nein, nein, ich habe ein einsames Leben geführt. Hatte nur meinen Garten, meine Bücher und meinen Fotoapparat. Zum Lesen habe ich jetzt eine Lupe, aber das strengt mich sehr an. Also pussel ich den ganzen Tag im Garten herum, so lange

2 Blauhemd mit Emblem der aufgehenden Sonne auf dem Ärmel: Uniformhemd der Freien Deutschen Jugend (FDJ) der DDR. Wegen Verfassungsfeindlichkeit (in Westdeutschland seit 1951) in der BRD verboten.

das Wetter es zulässt."
Wendel stand auf. „So, jetzt muss ich aber raus an die Straße. Das Mittagessen wird gleich geliefert. Und der junge Mann, der das Auto fährt, ist auch immer für ein Schwätzchen gut."
Hagen hängte die Kamera um und verabschiedete sich.
Er fühlte sich wie ein erfolgreicher Schatzjäger, als er die Fotos zu Hause auf seinem Schreibtisch ausbreitete.
Ein Mörder, der auf Hagens Hof gemordet hatte, ob es nun stimmte oder nicht, und ein eingesackter Traktor gleich neben seinem Hof. Selbst wenn er nur die Chronik des Hofes hätte schreiben wollen; diese Fotos wären die Sensation der Chronik gewesen. Ob mehr daraus wurde, musste sich noch zeigen.
Doch zuerst kam die Sicherheit. Bedächtig baute er sein Stativ auf und befestigte die Kamera daran. Zwei Schreibtischlampen gaben das passende Licht. Diese alten Fotos waren sehr grobkörnig und meist mit wenig Kontrast. Aber wenn er sie nachbearbeiten wollte, sollte doch das Ausgangsmaterial so gut wie möglich sein.
An der Kamera stellte er die höchstmögliche Qualität ein. So wurde die anschließende Bildbearbeitung leichter. Dann ging es los. Immer wieder änderte er Winkel, Entfernung und Beleuchtung und drückte den Auslöser. Dann das zweite Foto und die Prozedur begann von vorn. Anschließend importierte er die Bilder in seinen Laptop und speicherte die Sicherheitskopien. Nun konnte er sich zurücklehnen und in Ruhe eine Zigarette rauchen. Doch er fand keine Ruhe, drückte die Zigarette aus und verstaute die Fotos in einem Briefumschlag. Dann schaute er sich um. Sein Blick fiel auf *Maria – die Herausforderung*, ein selbst gemalter Akt, den Silke so hasste. Der Akt hatte eine so exponierte Stellung gegenüber dem Schreibtisch, dass man einfach hinschauen musste. Und genau deshalb gab es keinen sichereren Platz für die Fotos als dort.
Er klemmte den Umschlag einfach hinter den Rahmen. Fertig.
Und jetzt Kaffee kochen und vielleicht eine Tütensuppe.

Eine halbe Stunde später saß Hagen Brandt wieder am Lap-

top. Die Zigarette qualmte unbeachtet im Aschenbecher. Vom Monitor schaute ihm ein blasses grobkörniges Gesicht entgegen, über das sich diagonal eine Schattenlinie zog. Die untere Gesichtshälfte war hell, die obere dunkel.
Er teilte das Bild entlang der Schattenlinie und bearbeitete zuerst die dunklere Hälfte: mehr Helligkeit, mehr Kontrast. Dann die Effekte: Er wählte *Falschfarben*. Nun konnte man gar nichts mehr vom Gesicht erkennen, aber die Konturen waren wunderbar kontrastreich. Nun die untere Bildhälfte auf *Falschfarben* umgestellt und beide Bildhälften wieder aneinander gelegt. Helligkeit und Kontrast noch einmal nachkorrigieren. Und zurück auf schwarz-weiß. Schon viel besser, aber noch zu grob. Er lehnte sich vom Bildschirm zurück und erhöhte Schritt für Schritt die Pixelzahl, während er den Zoom verkleinerte. Das Ergebnis war unglaublich, jedenfalls für einen Amateur. Er betrachtete das Bild in aller Ruhe.
Dunkle, ein wenig belustigt wirkende Augen. Harter Mund mit dünnen Lippen. Dunkle, glatt zurück gekämmte Haare. Die Adlernase war mordsmäßig. Irgendwo hatte er vor kurzem eine solche Adlernase gesehen. Nur wo? Er war sicher, dass es ihm noch einfallen würde. Er musste sich einfach Zeit lassen, bis die Gehirnbahnen von selbst den richtigen Weg fanden.
Das Thermometer am Fenster zeigte zwölf Grad. Ziemlich kühl, aber es regnete nicht. Er zog Schuhe und Jacke an und ging nach draußen. Die Abenddämmerung stand kurz bevor, ein lauer Wind kam von Westen. Und der Horizont stand in Flammen, dass man nicht wusste, ob die untergehende Sonne die Ursache war oder ob wieder eine Scheune brannte.
Am Ende des Hofes, dort, wo die Obstbaumwiese anfing, war ihr Feuerplatz. Hagen liebte es, abends am Feuer zu sitzen und der Sonne zuzusehen, wie sie mit den Wolken am Horizont um die Vorherrschaft kämpfte.
Er holte trockenes Holz aus dem Schuppen und kurz darauf brannte ein kleines Feuer. Kaum fünfzehn Minuten nachdem er sich ins Gras gesetzt hatte, war das Rot am Horizont erloschen. Die schwarzen Arme von Walnuss und Birne streckten

sich dem helleren Himmel entgegen. Erste Sterne flammten auf. So schwach wie billige Energiesparlampen. Eine Fledermaus huschte über ihn hinweg und das Brummen eines Nachtfalters erstarb.
Er musste an den alten Wendel denken, der ihm so viel erzählt hatte, nachdem er überzeugt gewesen war, er sei nicht der Apfeldieb. Sein Hirn schloss die nächste Verbindung zu Knut, der von dem Lockenkopf erzählt hatte, wie der zu seiner Obstbaumwiese geschlichen war. Und hier drüben unter dem Birnbaum hatte er selbst gestanden mit dem Alten aus München. Dem Alten mit seiner Adlernase und den grauen, glatt nach hinten gekämmten Haaren. Der Kreis vom Foto eines angeblichen Mörders zu Jakob Meier hatte sich geschlossen.
Die Frage war, inwieweit er diesem Kreis trauen durfte. In kriminalistischem Sinn überhaupt nicht. So viel stand fest. Selbst wenn man Wendel als vollkommen zurechnungsfähig und absolut glaubwürdig ansehen würde – es blieb eine Vermutung. Einige Fakten mochten dafür sprechen, dass Wendels damaliger Nachbar den Nazi Friedrich Bergmann erschossen hatte. Trotzdem blieb nur der Wert, dass das Foto ihn selbst und die Ermittlungsgruppe auf eine bestimmte Fährte lockte.
Irgendwie hing alles zusammen, Birgits Tod und Bergmanns Tod. Die Frage war: Wie?
Gestern hatten sie ein Ende entdeckt. Birgit war vermutlich durch die Hand ihres Vaters gestorben. Dieser Freier, der weit über achtzig sein musste, wurde zusammen mit Bergmann im Brief von Birgits Mutter erwähnt. Bergmann wäre heute auch weit über achtzig und wurde (vielleicht) getötet durch einen Mann, der ebenfalls vom Alter her in diese Kategorie gehörte. War Meier auch Nazi? War hier eine Bande am Werk, die sich entzweit hatte? Eine Bande, die irgendwas mit dem Schatz im Stolpsee zu tun hatte? Das alles klang so unglaublich. Und nichts war wirklich bewiesen.
Hagen Brandt ließ sein Feuerzeug aufflammen und steckte sich die nächste Zigarette an. Als er seine Sitzposition wechselte, merkte er, wie feucht das Gras inzwischen war. Er holte

sich einen Stuhl aus der Scheune, saß wieder minutenlang da und starrte ins Feuer. Manchmal warf er einen neuen Ast hinein. Er begann, eine Melodie zu summen, die er vor Jahren einmal gehört hatte. Irgendeine Filmmusik. Ein Western? Ach ja, *Schatz im Silbersee*.
So ein Quatsch, dachte er.

26

Samstag. Auf dem Weg zum Hintereingang des Reviers klingelte Hagens Handy. Es war die Nummer von Wolf Stein. Er nahm das Gespräch an.
Am Montag würde Herr Meier wieder in Brandenburg sein. Ob eine Besichtigung des Anwesens möglich sei. Hagen sagte zu. Die Treppen zu Annes Büro nahm er im Laufschritt. Trotzdem kam er als Letzter. Alle saßen schon.
„Schön, der junge Mann hat offenbar Neuigkeiten", begrüßte ihn der Alte. „Dann setz dich erst einmal und sortiere. Kevin, wie sieht es aus im Alpenland? Hat sich was getan?"
„Ja, sie haben alte Fotos geschickt, aber wirklich Neuigkeiten gibt es nicht. Sie haben keine Erkenntnisse seit 1945. Es mutet seltsam an, dass es sowohl Bergmann als auch Freier gelungen sein soll, in Deutschland unterzutauchen, während man andere sogar in Brasilien aufgespürt hat."
Kevin legte die Fotos auf den Tisch und schob sie weiter.
„Geringfügig besser ist die Ausbeute im Archiv von Ravensbrück ausgefallen. Sie hatten nicht nur bessere Fotos, sondern auch Aussagen von Insassen des Konzentrationslagers. Bergmann und Freier galten seit 1945 als verschollen. Sie sollen Suizid begangen haben, weshalb die Suche nach ihnen eingestellt wurde. Wie sagt man? Totgesagte leben länger!"
„Ich denke, es ist vernünftig, wenn du dich zusammen mit Jörg intensiv einliest. Vielleicht kommt noch mehr heraus über die beiden. Jörg, was macht der Pensionär vom Stolpsee?"
„Wir müssen warten. Er liegt im Krankenhaus."
„Nun, dann zu Hagen."

„Ich will mal der Reihe nach vorgehen: Ich bin gestern mehr oder weniger zufällig auf etwas gestoßen.“
Hagen erzählte von dem Foto über den eingesackten Traktor und wie er mit dem alten Wendel ins Gespräch gekommen war. Dann zog er das Originalfoto des angeblichen Mörders und einen Ausdruck seiner Bildbearbeitungsversuche aus der Klarsichtfolie und reichte sie dem Alten.
„Mir ist klar, dass an Wendels Geschichte nichts dran sein muss. Denn sie taucht nicht in den Akten auf. Aber immerhin haben wir einen Anhaltspunkt, wie wir weitermachen können. Ich weiß nämlich, wer das auf dem Foto ist.“
Das leise Gemurmel, das das Betrachten der Fotos begleitet hatte, verstummte. Der Alte runzelte die Stirn und sah ihn an.
„Er heißt Jakob Meier und ist mein Immobilieninteressent. Außerdem ist er noch derjenige, der mir die Mikrofone untergejubelt hat.“
„Du bist sicher?“, fragte Anne dazwischen.
„Ganz sicher. Absolut sicher. Und wir werden am Montag die Gelegenheit haben, dies zu prüfen. Er kommt nämlich, um sich mit mir eine Immobilie anzuschauen.“
Es entstand eine Pause. Jeder dachte nach und versuchte, die neuen Informationen in das bisherige Bild einzupassen.
„Nun, meine Lieben, dann lasst uns einen Plan ausarbeiten, wie wir dieses Treffen zu unserem Vorteil nutzen können. Ich komme auf jeden Fall mit, habe mich schon immer für alte ländliche Anwesen interessiert.“

27

Hagen Brandt fuhr eine Stunde vor dem mit Stein vereinbarten Termin auf das Grundstück. Das große, schmiedeeiserne Tor ließ er offen. Das Anwesen war von einem reich gewordenen Industriellen errichtet worden. Seine Nachfahren waren dann weniger erfolgreich gewesen, sowohl im Reichtum anhäufen als auch im Vergrößern der Familie. Der letzte, nun schon in die Jahre gekommene Abkömmling hatte sich zum

Verkauf entschlossen.
Hagen parkte vor dem Herrenhaus, dessen Zustand noch ganz passabel war. Wogegen die Gartenanlagen kaum noch als solche zu erkennen waren. Hopfen und Efeu überwucherten, was vor einhundertfünfzig Jahren liebevoll angelegt wurde.
Auf der breiten Treppe zum Haupteingang blieb er stehen und sah sich noch einmal um. Alles war ruhig, nur er selbst nicht. Er fühlte sich wie auf dem Präsentierteller, als würde irgendwo hinter einem Strauch jemand hocken und ihn beobachten. Und das stimmte ja auch. Anne hatte auf Fotos von Meier bestanden, um mit den alten Fotos vergleichen zu können.
Er holte das Schlüsselbund aus seiner Aktentasche. Im Innern des Hauses roch es muffig, aber deshalb war er ja früher gekommen. Er ging von Zimmer zu Zimmer und öffnete die Fenster. Jedes Mal blieb er einen Moment stehen und genoss den Ausblick auf das wilde Grün rundum. Die Zimmer waren spärlich möbliert. Meist Jahrhundertwende. Jemand hätte noch Staub wischen müssen. Mit dem Staubmopp aus der Kammer nahm er sich zumindest die repräsentativen Möbelstücke vor.
Gerade war er im Obergeschoss angelangt, als er hörte, wie ein Auto vorfuhr. Hagen rannte die Treppe hinunter, warf den Mopp in die Kammer und langte gerade rechtzeitig auf der Empfangstreppe an, um zu beobachten, wie Lockenkopf seinem Chef die Wagentür öffnete.
Meier war gekleidet, wie es sich für einen Ausflug aufs Land geziemte: Hose, Weste und Jackett in braun gehalten. Dazu trug er eine Tweedmütze, wie Hagen sie in Filmen über das England des 19. Jahrhunderts gesehen hatte.
Hagen strich sein dunkelblaues Jackett glatt, das er mit einer neuen Jeans kombiniert hatte. Das weiße Hemd passte mit seinem leichten Stich ins Bläuliche gut dazu und gab ihm, wie er selbst fand, etwas Edles. Er konnte zumindest mithalten.
Als Meier sich zu ihm umwandte, schritt er los die Treppe hinunter. Ein bisschen fühlte er sich wie der Hausherr und das kam wohl auch bei Meier so an. Der lächelte breit und kam ihm entgegen.

Sie gaben sich die Hand.
„Ich hoffe", sagte Hagen geschäftsmäßig, „Sie haben gut hergefunden. Die Einfahrt ist ja ein wenig versteckt und natürlich nicht ausgeschildert."
„Ja, natürlich. Alles bestens und der Verkehr war weniger stark, als Herr Stein befürchtet hatte. Ich bitte also um Entschuldigung, dass wir so früh dran sind."
„Kein Problem, natürlich nicht. So haben wir mehr Zeit, das wundervoll wild romantische Anwesen zu besichtigen, das Ihnen in seinem jetzigen Zustand eigentlich entgegen kommen müsste. Darf ich Sie zu einem kleinen Nachmittagsspaziergang einladen, bevor wir uns dem Haus selbst widmen?"
„Sehr gern. Darum wollte ich gerade bitten. Ich muss mir die Füße vertreten. Man wird ganz steif vom langen Sitzen."
„Dann gestatten Sie mir bitte einige erklärende Worte: Wir haben vor uns das 1856 erbaute Herrenhaus eines Industriellen, flankiert von Nutzgebäuden, in denen früher das Personal und gelegentliche Sommergäste wohnten." Er wandte sich nun dem Wald zu. „Dieser Waldstreifen verläuft entlang der Grundstücksgrenze und öffnet sich gegenüber der Rückseite des Hauses, um den Blick über die Wiesen und den zum Grundstück gehörenden See freizugeben. Um Pilzsammler und neugierige Blicke draußen zu halten, ist das Grundstück mit einer drei Meter hohen Mauer umfriedet, die allerdings an einigen Stellen ausgebessert werden muss. Bitte hier entlang."
Sie folgten einem befestigten Weg durch die Gartenanlagen, der nach hundert Metern in den Wald hinein führte. Aber bevor sie im Wald verschwanden, fuhr ein dunkler, gediegen wirkender Mercedes vor. Der Alte war da, das Timing perfekt.
„Darf ich die Herren bekannt machen?", fragte Hagen, als der Alte in schnellem Schritt näher kam. „Dies ist Herr Rechtsanwalt Haupt von Haupt, Keller und Partner, der vom Eigentümer mit dem Verkauf der Immobilie beauftragt ist. Und dies ist Herr Meier, der die Immobilie zu besichtigen wünscht."
Hagen zog sich zwei Schritte zurück.
Die beiden alten Herren standen sich gegenüber, schüttelten

sich die Hand und taxierten einander, als wollten sie anschließend in den Ringkampf einsteigen.
Der Alte hatte sich und die Situation im Griff. Natürlich, denn er war darauf vorbereitet. Dagegen schien Meier aus dem Konzept gebracht. Nachdem sie Begrüßungsfloskeln ausgetauscht hatten, trat Stille ein, die einen Moment zu lange dauerte. Doch bevor er selbst eingreifen konnte, kam ihm der Alte zuvor.
„Herr Brandt, bitte führen Sie jetzt unseren Gast herum. Ich werde sozusagen nicht anwesend sein."
„Dann schlage ich vor, dass wir unseren unterbrochenen Spaziergang fortsetzen und uns der wundervollen Natur widmen."
Hagen ging ein Stück voraus, wie sie es besprochen hatten, und schwärmte von alten Laubbäumen. Wenig später erreichten sie die Rückseite des Herrenhauses und der Wald öffnete sich zu einer Wiese mit herrlichem Fernblick. Hinter ihm nur Schweigen zwischen den beiden alten Männern. Auch Hagen verstummte nun.
„Ein beeindruckender Ausblick, Herr Brandt", nahm Meier den Faden wieder auf. „Wirklich sehr schön. Jetzt würde ich gern noch einen Blick ins Haus wagen. Können wir?"
„Sehr gern. Bitte folgen Sie mir."
Die Luft schien eisiger zu werden mit jedem Schritt, mit jedem Wort. Nicht wirklich die Luft, aber das Klima zwischen seinem Klienten und dem Alten. Letzterer legte es offenbar darauf an.
Sie umrundeten das Gebäude und schritten die Treppe hinauf. Hagen pries an, lobte den baulichen Zustand und die gediegene Möblierung. Wies auf die reizenden Stuckdecken hin und auf die breite, geschwungene Eichenholztreppe, die ins Obergeschoss führte. Für den abschließenden Ausblick geleitete er Meier auf den Balkon. Meier dankte für die Führung. Alles habe ihm ausgezeichnet gefallen. Eine verbindliche Zusage bekam Hagen jedoch nicht zu hören, was er auch nicht erwartet hatte. Schließlich waren sie hier nicht beim Fernsehen, obwohl sie fotografiert und gefilmt worden waren.
Lockenkopf half beim Einsteigen, Meier winkte und fort wa-

ren sie. Der Alte blieb oben auf der Treppe zurück. Nun schien er die Rolle des Hausherrn übernommen zu haben. Hagen fröstelte es beim bloßen Anblick seines Chefs. Und der bewegte sich auch erst, als es in seiner Hosentasche piepte. Das vereinbarte Zeichen, dass Meier und Lockenkopf wirklich das Tor passiert hatten.

„Wunderbar, Hagen." Der Alte klatschte in die Hände.

„Überhaupt nicht wunderbar. Den Abschluss kann ich vergessen. Nie im Leben kauft Meier das Anwesen. Dazu haben Sie ihm viel zu sehr zugesetzt."

„Darauf würde ich nicht wetten. Vielleicht kauft er dieses wirklich schöne Anwesen nur, um seine Legende aufrechtzuerhalten. Ich weiß nicht, ob der MOSSAD dahintersteckt oder eine andere Organisation, aber Herr Meier ist nicht hier, um Immobilien zu kaufen. Er kauft Informationen und tut alles, um sie zu bekommen."

„Ihr Wort in Gottes Ohr."

„In Jahwes Ohr, bitte schön. Wenn schon, dann in Jahwes Ohr. Herr Meier ist israelischer Staatsbürger und es grenzt an ein Wunder, dass du beim Einwohnermeldeamt in München überhaupt eine Auskunft erhalten hast."

„Ich habe ja keine erhalten. Das war Frank Steinert. Er hat dort angerufen, nachdem ich abgeblitzt war."

„Der liebe Franky-Boy scheint das Unmögliche möglich machen zu können. Um ihn werden wir uns kümmern müssen, fürchte ich. Er hat mir bei zu vielen Sachen die Finger im Spiel. Also gut, mach du jetzt Feierabend. Ich habe noch eine Kleinigkeit zu erledigen."

„Und die Aktion heute, glauben Sie, dass sie irgendwas gebracht hat, abgesehen davon, dass er jetzt gewarnt ist und wir ein paar Fotos haben?"

„Er wusste es vorher. Glaub mir. Er wollte nur sein Spiel bis zum Ende spielen."

„Das bringt mich auf die Mikrofone. Sie müssen weg sein, bevor Silke zurück ist. Sie würde dem nie zustimmen, nicht einmal, wenn es nur mein Büro und den Keller beträfe."

„Gebracht haben sie bis jetzt ja nichts“, sagte der Alte nachdenklich. „Also, lassen wir sie noch bis Donnerstag. Nur zur Sicherheit.“
Der Alte setzte sich ins Auto. Hagen sah ihm hinterher und machte sich dann ans Abschließen. Eine halbe Stunde später verließ er das Anwesen mit dem sicheren Gefühl, es heute verpatzt zu haben. Egal, was der Alte sagte.

28

Eine Nacht voller Selbstvorwürfe und übler Gedanken lag hinter ihm. Und auch der Morgen war nicht besser. Hagen Brandt lief rastlos umher. Er pflückte Äpfel und las Birnen auf. Essen konnte er die nicht alle, also entschloss er sich, sie an die Straße zu stellen. Was konnten schließlich die Äpfel dafür, dass er schlechte Laune hatte.
Als er wieder den Welsenweg zum Hof zurückging, fühlte er sich besser, weil er etwas Sinnvolles erledigt hatte, wie er fand.
Knut war seit dem frühen Morgen pfeifend bei der Arbeit. Er mauerte die Kellertreppe und das schien nach seinem Geschmack zu sein. Hagen stellte sich daneben und schaute zu.
„Was ist los, Chef? Du guckst, als wolltest du mich erwürgen.“ Knut sah zu ihm auf.
„Nicht dich, keine Sorge“, antwortete er und versuchte mit seiner Antwort, auf Knuts scherzhaften Ton einzugehen. Es gelang ihm nur unvollkommen.
Knut griff wieder zur Kelle, hielt dann aber nochmals inne. „Heute Nacht war Lockenkopf mit seinem VW wieder da.“
„Ach ja? Hast du ihm einen Kaffee gebracht?“
Knut schüttelte den Kopf. „Worauf du wieder kommst. Aber wenn er dir Ärger macht, sag mir Bescheid. Dann lasse ich meinen Nachttopf hinunterfallen.“
„Hey, du brauchst mich nicht aufheitern. Außerdem wird das wohl die letzte Nacht gewesen sein, denke ich.“ Ihm war gerade das Mikrofon im Keller eingefallen. Lockenkopf hatte bestimmt mitgehört, dass über ihn gesprochen wurde. Pech

gehabt. Nun würden die Mikrofone gar nichts mehr bringen.
„Sieht übrigens gut aus, was du da machst." Er senkte seine Stimme. „Wie lange braucht denn der Mörtel eigentlich, bis er ausgehärtet ist?"
„Nicht vor morgen drauflatschen, sonst muss ich von vorne anfangen", antwortete Knut, zog den Wassereimer zu sich heran und bespritzte die fertigen Stufen noch ein letztes Mal.
„So, Chef, ich mach Feierabend für heute. Muss einkaufen. Morgen geht's dann mit den Wänden weiter, nächste Woche bringen wir das Geländer an und verlegen die Dielen. Dann könnt ihr wieder einziehen. Hat ja lange genug gedauert."
Knut hatte gerade das Haus verlassen und Hagen grübelte darüber nach, wie er die neue Treppe vor nächtlicher Begängnis schützen konnte, da klingelte sein Smartphone.
„Hagen Brandt Immobilien", meldete er sich.
„Wolf Stein. Ich rufe im Auftrag von Herrn Meier an. Der Landsitz hat ihm außerordentlich gut gefallen, darf ich Ihnen ausrichten."
„Das freut mich natürlich sehr. Es ist auch ein wundervolles Anwesen."
„Ja, da haben Sie Recht. Und deshalb hat sich Herr Meier auch entschlossen, diese Immobilie zu erwerben."
Jetzt war er sprachlos.
„Moment, Herr Stein, was sagen Sie da? Hier ist gerade wieder ein Kieslaster vorbei gefahren."
„Ich lasse Ihnen noch heute eine Erklärung faxen, in der Ihnen Herrn Meiers Kaufgebot zugeht. Allerdings unter der Bedingung, dass Herr Meier nicht mit diesem Rechtsanwalt verhandeln muss. Er bittet Sie, Herr Brandt, die Vorbereitung des Kaufvertrages selbst in die Hand zu nehmen. Das müsste doch zu machen sein – oder?"
„Natürlich lässt sich das machen. Sicherlich wird Herr Haupt den Vertrag prüfen, aber ich werde mich persönlich um die Angelegenheiten Ihres Arbeitgebers kümmern."
„Vielen Dank für Ihr Entgegenkommen. Unter diesen Umständen und bei erfolgreichem Abschluss fühlt sich Herr Meier ver-

pflichtet, Ihnen zusätzlich zur geforderten Provision eine Aufwandsentschädigung in Höhe von 20.000 Euro zu zahlen."
„Dagegen werde ich mich natürlich nicht wehren. Doch zuerst benötige ich das schriftliche Gebot. Außerdem bitte ich um Verständnis, dass ich auf die Vorlage von Unterlagen bestehen muss, die mir eine Bonitätsprüfung gestatten."
„Natürlich. Das dürfte kein Problem sein. Vielleicht können wir gleich einen entsprechenden Termin vereinbaren. Das Fax bekommen Sie in einer Stunde. Mit den Unterlagen könnte ich Sie morgen Vormittag aufsuchen. Passt Ihnen das?"
„Morgen, gegen 11 Uhr, würde mir gut passen."
„Dann also bis morgen. Servus, Herr Brandt."
Hagen beendete das Gespräch. Seine Hände zitterten so sehr, dass ihm beinahe das Smartphone herunter gefallen wäre.
„Jetzt muss ich mich erst einmal setzen", sagte er laut zu sich selbst und setzte sich auf die Bank unterm Apfelbaum. Doch im selben Moment sprang er wieder auf und tanzte wie wild über den Hof. Dann ließ er sich wieder auf die Bank fallen.
Woher hat der Alte das wieder gewusst? Und die Aufwandsentschädigung war ja auch nicht von Pappe. Zusammen mit der Provision waren das 28.900 Euro, abzüglich Steuern natürlich – dafür musste Oma wirklich lange stricken.
Aber der Reihe nach. Zuerst musste er den Eigentümer des Landsitzes informieren und dessen Einverständnis einholen, dass er mit Herrn Meier weiter verhandeln durfte. Und die anderen Makler sollten ihm ja auch nicht zuvor kommen.
Er schaute auf die Uhr. Es waren noch zwei Stunden Zeit bis zum Rapport im Revier. Aber er musste Zeit für Umwege einplanen. Das Fax wollte er auf jeden Fall abwarten. Und dann musste er telefonieren.

Hagen fühlte sich noch immer reichlich aufgekratzt, als er um 17 Uhr Annes Büro betrat. Nur sie und der Alte waren anwesend. Hagen bemühte sich, dass man ihm seine Erregung nicht ansah. Aber weiß der Teufel, wie er das machte, der Alte begann schon nach zwei Minuten zu grinsen.

„Na komm schon, sag es! Du platzt ja gleich."
„Ja, also, er kauft die Immobilie. Lockenkopf hat vor zwei Stunden angerufen."
„Sehr gut. Dann meinen herzlichen Glückwunsch zu deinem Geschäftserfolg. Ich habe ja alles getan, um ihn zu verhindern. Und dir kann niemand einen Vorwurf machen, eine Polizeiaktion zum Geld verdienen benutzt zu haben. Wenn dich nun noch meine ganz private Meinung interessiert; ich hätte den Landsitz auch gekauft. Leider kann ich ihn mir nicht leisten."
Nun kam auch Anne an den Tisch und setzte sich.
„Dann auch von mir herzlichen Glückwunsch", sagte sie und schlürfte ihren Kaffee.
„Danke. Kommen die anderen noch?", fragte Hagen. „Sonst hätte ich gleich eine Frage."
„Nur zu", sagte der Alte. „Wir bleiben heute unter uns."
„Ich frage mich, was uns diese Aktion eigentlich gebracht hat."
„Nun, ich gebe zu, für euch muss es ausgesehen haben, als hätte ich wirklich alles getan, um Herrn Meier zu vergraulen. Und als hätte sich ein alter Gockel eine eigene Bühne für seinen Auftritt organisiert. Ihr liegt damit gar nicht so falsch."
Donnerwetter, dachte Hagen, der Alte gibt es wirklich zu.
Anne prustete in ihren Kaffee.
„Ich hatte zwei Gründe: Ich wollte unseren vermeintlichen Gegenspieler kennenlernen und ich wollte sehen, wie wichtig wir ihm sind. Und ihr könnt mir ruhig glauben: Wir sind sehr wichtig, wirklich sehr, sehr wichtig für ihn."
„Diesen Eindruck hatte ich allerdings auch", stimmte Hagen zu. „Ein normaler Interessent wäre davon gelaufen. Das passiert oft, wenn die Chemie nicht stimmt zwischen Interessent und Makler. Kaufverträge sind Vertrauenssache."
„Richtig. Geschäftsverhandlungen sind immer Vertrauenssache. Man kann noch so ausgeklügelte Verträge aufsetzen mit noch so vielen Sicherheitsnetzen und doppelten Böden – sie ersetzen niemals den vertrauensvollen Händedruck. Um so erstaunlicher ist die Tatsache, dass Herr Meier geblieben ist und sogar den Kaufvertrag anstrebt. Er vertraut. Wenn nicht uns,

dann hat er zumindest genug Vertrauen in seine eigenen Fähigkeiten. Wenn er sich da nur nicht in sein koscheres Fleisch schneidet. Also, du triffst dich morgen mit Herrn Stein? Gut. Sieh zu, dass du ihn zur Verhandlung in dein Büro dirigierst."
„Das ist kein Problem, da wir Unterlagen prüfen müssen."
„Gut. Gefasst sein solltest du darauf, dass Stein nicht alleine kommt. Meier betreibt den Kauf nur, weil er unter allen Umständen mit dir im Gespräch bleiben will. Mir ist nicht klar, wie er dahinter gekommen ist, aber es ist definitiv der Keller mit seinen geheimen Räumen, der ihn dazu treibt. Doch die Räume sind nicht alles. Er ist noch nicht am Ziel. Es gibt bei euch irgendwo auf dem Grundstück noch etwas anderes, etwas Wichtigeres zu entdecken. Hinter diesem Anderen ist er her."
„Ich muss mich mit dem Kaufvertrag also beeilen", überlegte Hagen laut. „Aber was sollte bei uns noch zu entdecken sein? Ist es nicht möglich, dass er einfach nicht als Mörder entlarvt werden will?"
Der Alte dachte einen Moment nach.
„Nein, dann hätte er einfach nur in Deckung bleiben müssen. Er wäre nie ins Visier geraten. Da ist irgendwas, das er zu gern wüsste. Ich denke dabei zuerst an Arthur Freier. Möglich, dass er jetzt hinter ihm her ist. Freier und Bergmann waren in der Wachmannschaft im KZ Ravensbrück. Meier hat Bergmann aufgestöbert, der angeblich Suizid begangen haben soll. Ebenso Freier. Wir glauben zu wissen, dass Freier noch lebt und seine Tochter ermordet hat. Freier weiß das vermutlich nicht, kramt aber in Bergmanns Umfeld. Arthur Freier wäre also eine Möglichkeit. In diesem Fall wäre Meier unser Verbündeter. Und wenn man das Ganze zu Ende denkt, sollte Freier um sein Leben fürchten."
Anne und Hagen nickten fast synchron.
„Aber es gibt noch eine zweite, wenn auch sehr unwahrscheinliche Möglichkeit. Nämlich die des Schatzsuchers Meier. Der Schatz im Stolpsee klang ja letztens schon an und wir dürfen ihn nicht außer Acht lassen."
„Kann das für Hagen nicht gefährlich werden?", fragte Anne.

„Immerhin hat Meier schon einen Menschen getötet. Sollte nicht wenigstens eine Absicherung dabei sein? Ich könnte ja als Hagens Frau auftreten.“
Hagen schüttelte den Kopf. „Geht nicht. Er hat Silke schon kennengelernt und für ganz blöd dürfen wir ihn auch nicht hinstellen. Außerdem denke ich, dass er jetzt zur Sache kommen will, wenn er wirklich mit bei mir aufkreuzt. Eine zweite Person würde ihn bestimmt davon abhalten.“
„Trotzdem möchte ich Hagen nicht allein lassen“, sagte Anne, an den Alten gewandt.
„Gut, dann müssen wir einen Mittelweg finden. Wir haben doch Monatsanfang. Hagen, musst du nicht deine Buchhaltung machen?“, schaltete sich der Alte wieder ein.
Hagen nickte.
„Eine Buchhalterin, die um zwölf zur Arbeit kommt, fällt nicht weiter auf und Meier hätte Zeit, das Gespräch dorthin zu lenken, wo er es haben will. Wie gesagt, bitte sie ins Büro. Wir hören mit. Und sollte es für dich gefährlich werden, kommt die berittene Artillerie zu Hilfe. Können wir das so machen?“
Anne nickte zögernd. Hagen war auch einverstanden.
„Weiter. Wie weit bist du mit den Ermittlungen in der Klosterstraße?“, wandte sich der Alte an Anne.
„Mit der Befragung der Nachbarn sind wir fast durch. Jörg und ich haben uns die Lauferei geteilt. Drei Wohnungen fehlen noch. Da will ich jetzt anschließend hin. Bisher gab es jedenfalls noch keine brauchbaren Hinweise.
Jörg ist seit gestern bei der Zeitung und befragt die Kollegen. Bisher scheint es, als hätte Birgit Freier keine Interessen gehabt, außer der Arbeit. Keine Freunde, kein Verein oder ähnliches. Roland Bergener konnte sich nur noch erinnern, dass sie in unregelmäßigen Abständen übers Wochenende verreiste. Wohin, das wusste er auch nicht.“
„Vielleicht kann die Bußgeldstelle behilflich sein“, sagte Hagen. „Birgit war eine rasante Fahrerin. Es könnte doch etwas bringen, da anzufragen. Ich kann mich irren, aber ich glaube nicht, dass sie weit weggefahren ist.“

„Wird erledigt, Chef.“ Anne schien ihre Krise überwunden zu haben und lächelte.
„Und was macht die Spurenauswertung?“, fragte der Alte.
„Die Schuhabdrücke waren wie vermutet Armeestiefel. Herkunft? Keine Chance. Bring mir den Stiefel, dann kann ich dir weiterhelfen. Das Blut war ausschließlich von Birgit Freier. Aber vom Täter haben wir einige eindeutige Spuren: Sperma, Haare, zwei Finger-Teilabdrücke vom Messingbett. Was fehlt, sind die Vergleichsmöglichkeiten. Nichts davon hat uns in den Datenbanken des BKA weiter geholfen. Ebenso bei Interpol.“
Der Alte sah ganz zufrieden aus, obwohl sie mit Birgit Freiers Tod eigentlich kein Stück weiter gekommen waren. Jedenfalls fand Hagen das. Aber was konnten sie noch unternehmen?
„Ich trau mich das gar nicht zu fragen“, sagte er dann. „Aber wer hat die Streifenwagenbesatzungen befragt? Was ist bei ihrer Suche in der Stadt heraus gekommen? Ich meine den Morgen, an dem Birgit Freier ermordet wurde. Ich hatte zwei der drei Streifenwagen durch die Stadt gescheucht.“
Er sah erst zum Alten, dann zu Anne. Die schauten sich gegenseitig an. Dann seufzte der Alte. „Das ist wohl untergegangen“, sagte er und schüttelte den Kopf.
„Olli war im Dienst, als ich gekommen bin“, erklärte Anne. „Ich geh runter und sehe nach, wer noch da ist.“
Hagen nickte. „Wir werden alle befragen, die in der Nacht Dienst hatten. Und da fällt mir ein: Können wir die Nachtschicht dazu einsetzen, dass sie registrieren, wen sie zwischen drei und vier auf der Straße antreffen? Zeitungsausträger und Bäcker zum Beispiel. Es muss doch herauszubekommen sein, wer in der fraglichen Nacht unterwegs war.“
Der Alte wandte sich an Hagen: „Ich habe den Aufwand unterschätzt. Hagen, wer hat dich damals nur gehen lassen? Jedenfalls brauchen wir Personal, wir schaffen das nicht allein. Es sollte jemand von außerhalb sein, nicht aus der Granseer Umgebung. Ich werde bei der Landeseinsatzeinheit nachfragen.“

Als Hagen mit Anne in den Pausenraum kam, sahen ihn vier

Polizeibeamte abwartend an. Einen erkannte er wieder:
„Hallo Stan, Pause?“
Stan nickte. Die anderen rührten sich nicht.
„Kennt mich irgendwer hier nicht? Dann also: Ich bin Hagen Brandt. Stan habe ich kennengelernt bei dem Mord in der Klosterstraße. Wer von euch war denn in der Nacht noch im Dienst? Du, stimmt's? Dich erkenne ich wieder.“
Es war der ältere Kollege, den er selbst weggeschickt hatte, die Straßen abzusuchen. Und jetzt fiel ihm auch der Name wieder ein. „Herbert, richtig?“
Der nickte wieder.
„Und ihr?“ Er sah die anderen beiden an. „Hattet ihr auch Nachtdienst?“
Sie schüttelten die Köpfe, als hingen sie an einer Schnur. Er setzte sich zu Herbert und ließ sich die Namen der anderen Kollegen diktieren, die in den Streifenwagen gesessen hatten. Dann sagte er: „Ich weiß, dass ihr an dem Morgen niemanden festgenommen habt. Aber mich interessiert, wem ihr bei eurer Fahrt durch Gransee noch alles begegnet seid. Denk in Ruhe nach. Es ist sehr wichtig.“
Herbert schälte seinen Apfel und begann kauend zu sprechen: „Da war der Junge, der die Märkische austrägt. Ich habe ihn in der Breitscheid-Straße gesehen, Höhe Schinkelplatz. Als wir die Rosenstraße passierten, kam ein Auto aus der Kreuzstraße und preschte über die Breitscheid-Straße hinweg. Ich gab Gas, aber wir haben ihn nicht wiedergefunden.“
„Hast du den Fahrzeugtyp erkannt?“
„Nein, das ging zu schnell. Aber es war eine Art Jeep, Geländewagen oder so. Kein ganz großer, mehr so mittelgroß.“
Anne schrieb mit und sagte dann: „Den finden wir. Ich habe einen Katalog mit Fahrzeugen, den du dir anschauen kannst.“
Herbert nickte.
„Gab es noch mehr? Autos, Mopeds, Fußgänger, Radfahrer?“
Herbert sah Hagen an. Dann schüttelte er den Kopf und erklärte: „Niemanden, außer einer Frau mit Koffer in der Baustraße. Aber die wollte sicherlich nur zum Bahnhof. Sonst wa-

ren die Straßen wie leer gefegt.“
„Dann danke ich erst einmal. Kommst du bitte nach deiner Pause nach oben und schaust dir den Katalog an?“
Herbert nickte, dann kaute er weiter, als wäre Hagen Luft.
Fünf Minuten später erschien Herbert im Büro. Anne winkte ihn heran. Zusammen gingen sie den Katalog durch. Hagen trat an den Granseer Stadtplan, den Anne mit Stecknadeln an der Tapete befestigt hatte.
Der Alte kam heran. „Drei junge Kollegen kommen“, sagte er. „In einer knappen Stunde sind sie da.“
„Wir sollten uns auf diesen Bereich konzentrieren.“ Hagen fuhr mit dem Finger über den Stadtplan. „Da können die Kollegen anfangen und nach dem Jeep oder etwaigen Passanten fragen. Anschließend die gesamte Baustraße und die Klosterstraße zurück. Ich schätze, dafür brauchen sie bestimmt zwei Tage.“
„Das hier könnte er gewesen sein“, sagte Herbert hinter ihm.
Hagen ging zu Herbert. Sein Finger zeigte auf einen Nissan.
Während Herbert weiterblätterte, ging Hagen zum Fenster. Er zwang sich, ruhig zu bleiben, war sich aber absolut sicher, dass der erste Treffer der richtige war. Es gab sicherlich Zufälle, aber dies hier war bestimmt keiner.
Es dauerte ganze zehn Minuten, bis Anne den Katalog zuklappte. Es klopfte an der Tür und Stan steckte den Kopf herein. „Kommst du, Herbert? Wir haben einen Einsatz.“
Anne bedankte sich. Herbert tippte an seine nicht vorhandene Mütze und weg war er. Hagen sah Anne fragend an.
„Ein X-Trail“, sagte sie, „wie Frank Steinert ihn fährt.“
„Das muss nichts bedeuten“, sagte er gegen seine Überzeugung. „Wir sollten bei unserem Plan bleiben und Klinken putzen. Wir brauchen jeden Zeugen, den wir kriegen können.“
Der Alte nickte zustimmend.
„Und wir sollten das sogar noch ausweiten“, fuhr Hagen fort. „Wir sollten mit der Presse nach Zeugen fahnden.“
„Ausgezeichnet, ich kläre das über die Pressestelle. Anne, du weist die Leute ein, wenn sie kommen. Sie können sich unten im Pausenraum breit machen. Und du, Hagen, fährst jetzt nach

Hause und spielst Makler beim Feierabend."
Hagen nickte. „Ist mir ganz recht. Ich fürchte um meine neue Kellertreppe, wenn niemand zu Hause ist. Anne, du kannst mich ruhig anrufen, wenn du mich brauchst."

29

Als Hagen müde wie jeden Morgen die Kellertreppe kontrollierte, war er enttäuscht, sie unbeschädigt vorzufinden. Aber wenigstens war Knuts Arbeit nicht umsonst gewesen.
Beim Frühstück überlegte er, was er für seine Gäste vorbereiten musste. Das Wetter kam ihrem Plan entgegen, das Gespräch im Büro zu führen. Niemand würde sich freiwillig draußen in den Nieselregen setzen. Aber außer aufzuräumen und ein gewisses Foto auszudrucken war alles getan. Er würde improvisieren müssen, wenn Lockenkopf nicht allein kam.
Ein paar Minuten später ratterte der Drucker. Dann machte sich Hagen ans Aufräumen. Zuletzt platzierte er die drei Sessel, wie er sie haben wollte.
Als er aufsah, radelte Knut auf seinem Fahrrad in die Einfahrt. Den hatte er ganz vergessen. Heute waren ja die Wände dran. Er schaute auf die Uhr. Noch zwei Stunden bis elf.
„Hagen, wo steckst du?", tönte Knuts Stimme über den Hof.
Und als Hagen hinaustrat, ließ Knut ihn gar nicht zu Wort kommen. „Bevor ich anfange, muss ich noch Kies holen. Kann ich dein Auto nehmen?"
„Sicher. Und wenn du zurück bist, fährst du zum Baumarkt und holst Balken, Dielen und was du sonst noch brauchst."
Er gab Knut Geld für den Einkauf. Der zählte die Scheine in aller Ruhe, grinste ihn an und ging gemächlich zum Auto.
Mit der Zeit müsste es hinkommen, überlegte Hagen und ging zurück ins Büro.

Knut war eben zum Baumarkt aufgebrochen und Hagen noch im Büro beschäftigt, als Meiers BMW auf den Hof rollte. Durch die getönten Autoscheiben ließ sich nicht erkennen, ob

im Fond jemand saß. Doch nur Wolf Stein stieg aus.
Hagen Brandt bat Stein ins Büro. Sie setzten sich in die Sessel und tauschten Höflichkeiten aus.
„Wie verkraftet denn Herr Meier die lange Fahrt nach Brandenburg? Ich hoffe, es geht ihm gut."
„Er wollte eigentlich mitkommen, aber das Alter setzt manchmal Grenzen. Schloss Liebenberg ist ja dafür wie geschaffen, sich ein bisschen Erholung zu gönnen."
„Sie sind auf Schloss Liebenberg abgestiegen? Wunderbar. Wollen wir nun zum Geschäftlichen kommen? Zunächst vielen Dank für das Fax."
„Herr Meier hatte auf das Fax bestanden. Ich weiß, es ist unklug für die Verhandlungsführung, schon vor Vertragsabschluss so zu schwärmen, aber Herr Meier ist so unvernünftig, nicht verhandeln zu wollen. Es soll ihm niemand den Landsitz vor der Nase wegschnappen, sagt er."
Stein schlug seine Mappe auf und entnahm ihr ein Blatt. „Hier habe ich das Original, das ich Ihnen als Fax geschickt hatte."
„Vielen Dank. Darf ich nun fragen, in welcher Weise Herr Meier den Erwerb der Immobilie abzuwickeln gedenkt? Haben Sie Dokumente dabei, die zum Prüfen seiner Bonität geeignet sind?"
„Natürlich. Zum einen habe ich hier den Geschäftsbericht 2011 seiner Firmenniederlassung in Deutschland."
Hagen nahm die 200-Seiten-Broschüre entgegen, dessen Einband auf den ersten Blick schlicht aussah. Doch als er sie in der Hand hielt, bemerkte er den feinen Prägedruck. Außerdem war in der rechten unteren Ecke ein Hologramm eingearbeitet, das die Buchstaben JM erkennen ließ. Nun gut, es kam auf den Inhalt an, nicht auf das Äußere. Hagen legte die Broschüre auf seinen Schoß und sah Stein abwartend an.
„Hier habe ich außerdem den Kontoauszug eines speziell für den Kauf eingerichteten Kontos bei der Commerzbank." Stein reichte ihm den Auszug. „Wie sie sehen, ist er auf den gestrigen Tag datiert. Die Verfügungsberechtigung erfolgt über ein Codewort, das ich gestern bei Notarin Vogelsang in Zehde-

nick – Sie kennen sie sicherlich – hinterlegt habe. Ein Rückgängigmachen dieser Verfügung ist nur möglich, wenn der Vertrag nicht zustande kommt. Herr Meier geht damit sozusagen in Vorleistung."
„Ich verstehe. Dann danke ich Ihnen für Ihr Vertrauen. Ich werde dies prüfen lassen. Den Kaufvertragsentwurf ..."
„... habe ich bereits bei Frau Vogelsang in Auftrag gegeben. Sie müssen nur noch die Grundstücksdaten und den Verkäufer eintragen. Und dann habe ich noch eine Kleinigkeit für Sie."
Stein zog einen dicken Umschlag aus seinem Aktenkoffer und reichte ihn herüber. Hagen nahm ihn wortlos entgegen und legte ihn zu der Broschüre.
„Ich benötige dafür eine Quittung", erklärte Stein. „Die Steuer, Sie verstehen das sicherlich."
Hagen nickte und ging zum Schreibtisch. Es dauerte nur wenige Minuten, bis die Rechnung erstellt war. „Welchen Betrag darf ich eintragen?" Er sah Stein an.
„In dem Umschlag befinden sich die zugesagten 20.000 Euro Aufwandsentschädigung sowie 8.900 Euro Provision."
„Sie wollen mir bereits jetzt die volle Summe zahlen? Das ist nicht üblich und auch nicht erforderlich."
„Ich weiß. Herr Meier hat das so angewiesen."
„Dann will ich mich nicht sträuben." Hagen lachte und merkte selber, dass sein Lachen nervös klang. „Und natürlich werde ich mein Möglichstes tun, dass der Kaufvertrag reibungslos über die Bühne geht." Er lächelte nach Kräften.
„Selbstverständlich werden Sie das", stellte Stein fest und lächelte ebenfalls. „Und nun habe ich noch ein Anliegen an Sie: Herr Meier würde sich geehrt fühlen, Sie und Ihre Gattin am Sonntag zu einem kleinen Abendessen auf Schloss Liebenberg begrüßen zu dürfen. Bitte schlagen Sie die Einladung nicht aus. Er möchte sich bedanken und sich für den Schrecken entschuldigen, den wir Ihrer Gattin mit unserem unangemeldeten Besuch eingejagt haben."
„Ich nehme gern an. Richten Sie das bitte Herrn Meier aus, auch im Namen meiner Partnerin."

Er begleitete Stein hinaus. Sie verabschiedeten sich, Stein stieg ins Auto und fuhr davon. Unten am Ende der Straße bog gerade Annes rosaroter VW Käfer in den Welsenweg ein, direkt gefolgt von seinem eigenen Astra mit Anhänger. Als hätten sie dort gewartet, dass der BMW verschwindet, dachte er amüsiert. Und zumindest bei Anne stimmte das ja auch.
Er winkte Anne an die Seite, so dass Knut auf den Hof fahren konnte. Annes Käfer stand kaum, als sie schon die Fahrertür aufriss und ihm am Hals hing.
„Hey, was ist denn los mit dir?“, fragte er lachend.
Sie schmiegte sich übertrieben an ihn. „Na, du bist doch jetzt ein reicher Mann. Da konnte ich nicht widerstehen“, erklärte sie mit einem spitzbübischen Glitzern in den Augen.
Er schob sie entrüstet von sich. Doch bevor er etwas sagen konnte, tippte ihm Knut von hinten auf die Schulter. „Chef, darf ich auch? Hab gehört, du bist jetzt reich.“
„Okay, das muss jetzt aber gut organisiert sein. Also, Knut, du bekommst eine Prämie in Form eines Päckchens Kaffee und du“, er schaute Anne von oben bis unten an, „darfst hier übernachten. Abgemacht?“
„Ja gut“, sagte Anne, „wenn das dazu gehört.“ Sie blinzelte.
„Nein, wirklich zufrieden bin ich damit nicht. Ich würde gern tauschen“, sagte Knut.
„Wieso willst du tauschen? Ist dein Bett feucht?“, fragte jetzt Anne. Alle lachten und Knut ging kopfschüttelnd an seine Arbeit, während Hagen mit Anne nach hinten in den Garten ging.
„Ich habe alles mit angehört und die ganze Zeit dachte ich, da kommt doch noch irgendwas. Woran lag das?“, fragte sie.
Er holte ein altes Handtuch aus der Scheune und wischte die Bank unter dem Kirschbaum trocken. Dann setzten sie sich.
„Ich habe die ganze Zeit darüber nachgedacht, ob ich dem Lockenkopf ein uraltes Foto seines Chefs mitgebe.“
„Jawohl, genau das hat der Alte auch gesagt. Gut, dass du es nicht getan hast. Es war der falsche Zeitpunkt.“
„Eben. Ich war zuerst enttäuscht, dass Meier nicht mitgekommen ist, aber der meinte wohl, es sei besser, mich erst mit

dem Geld zu ködern und dann zuzuschlagen."
„Wann kommt denn Silke zurück? Ich frage wegen Sonntag."
„Ich muss sie anrufen", antwortete Hagen und zog sein Handy aus der Hosentasche. „Sie hat den genauen Tag nicht gesagt. Warte, ich mach das am besten gleich."
Es dauerte ziemlich lange, bis Silke den Anruf entgegennahm. Und als sie sich meldete, war sie ganz außer Atem.
„Hallo Schatz, bin gerade mit dem Rad unterwegs. Weißt du, wie schön es ist, Urlaub zu haben?"
„Freut mich, dass du dich ein bisschen erholst. Ich bin hier ziemlich im Stress und wollte nur wissen, wie es dir geht und wann du zurückkommst."
„Gut. Ich komme Sonntagabend. Spricht etwas dagegen?"
„Ja und nein. Das hängt von dir ab. Ich habe eine Einladung zum Abendessen mit dem älteren Herrn von letztens angenommen und hoffte, du wärst dann zurück. Er hat nach Schloss Liebenberg eingeladen, um den Geschäftsabschluss zu feiern."
„Du hast ein Geschäft abgeschlossen?"
„Noch nicht ganz, aber Herr Meier hat mich schon bezahlt. Hat sich gelohnt. Wirklich. Also, was ist: Kommst du oder soll ich alleine hinfahren?"
„Wärst du sehr enttäuscht, wenn ich erst spät am Abend komme? Mama hat mich auch zum Abendessen eingeladen. Eine Überraschung. Ich kann ihr den Spaß nicht verderben."
„Schade. Dann muss ich mir wohl eine andere suchen, die sich ausführen lässt. Es wird sich schon eine finden." Er schaute dabei Anne an, die heftig nickte. „Eine Bewerberin sitzt gerade neben mir und nickt, dass man Angst haben muss."
Jetzt lachte Anne laut und schlug ihm auf die Schulter.
„Jedenfalls scheinst du dich ja nicht zu langweilen", kam es aus dem Telefon. „Und grüß Anne von mir. Ich gönne ihr das Abendessen."
„Dann wünsche ich dir noch ein paar schöne Tage. Grüß deine Mama." Er legte auf und schaute auf die Uhr.
„Und jetzt, liebe Anne, bitte ich um mehr Ernsthaftigkeit. Also, ich fahre jetzt nach Zehdenick zur Notarin. In zwei oder drei

Stunden komme ich ins Revier. Dann können wir unser weiteres Vorgehen besprechen. Einverstanden?“
Sie nickte und sah ziemlich müde dabei aus.
„Willst du dich so lange bei mir hinlegen? Du siehst aus, als würdest du es brauchen. Ich wecke dich nachher. Hast du letzte Nacht überhaupt geschlafen?“
„Nein, hab ich nicht. Wo kann ich mich hinlegen?“
„Komm, ich mach dir schnell ein Bett zurecht.“
Zehn Minuten später lag Anne in Silkes Bett und Hagen hatte sich bei Notarin Vogelsang angemeldet, die all ihre anderen Termine einfach nach hinten schob. Schnell suchte er alle Papiere zusammen, die er für den Vertrag brauchte. Dann ermahnte er noch Knut, die Dame in Silkes Zimmer nicht mit Lärm oder Zärtlichkeiten zu belästigen, und sprang ins Auto.

Notarin Vogelsang empfing ihn mit einem warmen Lächeln.
„Herr Brandt, mit solchen Kaufverträgen können Sie jederzeit kommen. Eine hoch erfreuliche Angelegenheit“, trällerte sie.
„An mir soll es nicht liegen“, entgegnete er steif. „Hier sind der Grundbuchauszug und die aktuellen Daten des Verkäufers sowie seines Rechtsanwalts. Bitte schicken Sie den Vertragsentwurf umgehend an den Rechtsanwalt, zusammen mit der Bestätigung, dass die Angaben das Konto betreffend auch stimmen. Hatte Herr Stein schon einen Termin für die Vertragsunterzeichnung vereinbart?“
Sie nickte. „Ja, für übermorgen, Freitag, 16 Uhr.“
„Was, so schnell? Das wird aber knapp. Haben Sie ein Büro für mich, wo ich ungestört telefonieren kann?“
„Ja, bitte kommen Sie.“ Sie führte ihn ins Nachbarbüro und schickte ihre Bürovorsteherin hinaus. Dann ließ sie ihn allein.
Der Rechtsanwalt wurde vom Mittagstisch geholt.
Hagen erklärte ihm die Lage. Der Entwurf sei in einer halben Stunde bei ihm und müsse sofort geprüft werden. Der Rechtsanwalt selbst würde zur Unterzeichnung erscheinen. Die beglaubigte Vollmacht liege vor.
Hagen legte auf und lehnte sich zurück. Die Situation hatte für

ihn etwas Unwirkliches. Schließlich schlug er sich sonst mit Immobilien herum, die meist nur ein Zehntel der Kaufsumme dieses Landsitzes ausmachten. Und die waren oft wesentlich arbeitsaufwändiger. Er hätte nie gedacht, dass es in diesen oberen Regionen so einfach zugehen würde. Nun konnten sie für Sonntagabend wirklich einen Plan erarbeiten, der Hand und Fuß hatte. Und niemand musste mehr Rücksicht nehmen auf seine geschäftlichen Interessen.

30

Hagen rollte früher auf den Hof, als er gedacht hatte. Er ging an der Schlafzimmertür vorbei. Knut pfiff bei der Arbeit in der Küche. Es war, als gehöre er zum Hof.

Im Büro setzte Hagen sich ans Fenster und rauchte. Doch als er dem aufsteigenden Zigarettenqualm hinterherschaute, sah ihn daraus plötzlich Birgit aus traurigen Augen an. Ob er sie jemals vergessen konnte? An ihn hatte sie ihren Hilfeschrei gerichtet, obwohl ihr klar gewesen sein musste, dass er sie nicht retten konnte. Nicht einmal für den geringsten Hinweis auf den Mörder hatte ihre Zeit gereicht. Oder sie alle zusammen hatten den Hinweis nicht als solchen erkannt.

Ich sollte mir die Tatortfotos noch einmal anschauen, überlegte er, denn er glaubte nicht daran, dass Birgit sich nur auf die Zigarrenkiste bei Roland Bergener verlassen hatte. Die zeigte vierzig Jahre in die Vergangenheit, wie viel hatte sie noch mit dem jetzigen Geschehen zu tun? Die Tatortfotos würden eine ganz andere Geschichte erzählen, als es die Zigarrenkiste jemals könnte, eine Geschichte der Gegenwart.

Draußen tauchte Lätzchen, seine Hofkatze, am Fenster auf. Er ließ sie herein. „Na, du hast wohl Hunger? Schmusen ist doch sonst nicht deine Sache. Und eigentlich müsste ich dich Birgit nennen. Sie war auch eine Einzelgängerin wie du und kam nur, wenn sie Lust dazu hatte."

Vorsichtig kraulte er Lätzchens Nacken. Warum hatte Birgit eigentlich keine Katze gehabt? Hatte sie Angst vor Bindun-

gen? War es die Verantwortung für andere, die sie scheute? Lätzchen stieß mit dem Kopf gegen seinen Bauch und trippelte auf seinen Oberschenkeln hin und her.
„Ungeduldig? Dann komm.“ Hagen erhob sich und Lätzchen sprang auf den Boden. Gibt es jetzt Fressen, schien sie zu fragen, als sie zu ihm hoch blickte. Er öffnete die Tür und ging den Flur entlang. Sie blieb immer auf Tuchfühlung. Er wurde erst uninteressant, als sie ihren gefüllten Futternapf vor sich hatte. Katzen wussten nicht nur, was sie wollten. Sie wussten auch, wie sie es bekommen konnten. Auch wie Birgit.
Leise öffnete Hagen die Tür zum Schlafzimmer. Anne lag zusammengerollt im Bett und sah ihn an. Sie lächelte.
„Ausgeschlafen?“ Er blieb in der Tür stehen.
Sie rückte zur Wand und klopfte auf das Bett vor sich.
„Komm her“, sagte sie leise. „Das gehört zu deinen Pflichten als Gastgeber.“
Er schloss die Tür und näherte sich zögernd. Dann setzte er sich mit dem Rücken zu ihr auf die Bettkante. Sie richtete sich halb auf, umschlang seinen Hals und zog Hagen mit sich hinunter. „Nun komm schon. Hab dich nicht so.“
Er legte sich neben sie auf den Rücken und verschränkte die Hände hinter dem Kopf.
„Hat dir Silke nie gesagt, dass Frauen nach dem Schlaf Sex brauchen, um richtig in den Tag zu starten?“ Sie legte Ihren Kopf auf seinen Oberarm. „Ich habe jetzt niemand anderen.“
„Doch“, antwortete er, „Silke hat das auch oft gesagt. Bei mir hilft eigentlich nur Kaffee.“
Sie strich irgendwie selbstvergessen über seine Brust.
„Ihr Männer seit schon komisch. Da bekommst du eine Frau in deinem Bett serviert und du redest von Kaffee.“
„Anne, es ist nicht so, aber ich kenne Knut. Der platzt immer im unpassendsten Augenblick herein.“
Was er gesagt hatte, entsprach nicht annähernd der Wahrheit. Birgit war es, die ihm nicht aus den Kopf gehen wollte. Warum er es ihr nicht sagte, wusste er auch nicht.
Sie seufzte und fragte dann: „Ist er gut?“

„Wer, Knut?"
„Nein, dein Kaffee." Sie kicherte. „Dein Kaffee wäre jetzt das Zweitliebste, was ich gern hätte."
Und gerade ihr Scherzen war es, das ihn für das Andere aufschloss. Doch jetzt war es zu spät.

Hagen öffnete die Tür zu dem Büro, das er inzwischen fast als sein eigenes betrachtete. Schwatzen und Gelächter empfing ihn. Volles Haus, dachte er, und ließ Anne vorgehen.
Heute war die Ermittlungsgruppe vollzählig versammelt, zusätzlich die drei jungen Kollegen von der Landeseinsatzeinheit. Anne holte sich ihren Schreibtischstuhl. Er ging um den Tisch herum und begrüßte jeden mit Handschlag.
Bei der jungen uniformierten Frau zögerte er. Sie war noch keine dreißig. Schlank, mittelgroß, blondes Haar. Die Frisur ähnelte der von Anne. Das schien jetzt modern zu sein.
Sie hatte sein Zögern bemerkt und wartete ab. Dann fiel es ihm ein: „Wiebke, richtig?"
Sie nickte. „Stimmt. Und du bist Hagen Brandt. Wegen dir bin ich zur Polizei gegangen, weißt du das?"
„Nein, das wusste ich nicht. Warst du nicht das Mädchen, das man immer gewaltsam vom Pferd herunterholen musste?"
„Ich fürchte, das ist noch heute so."
„Und Jägerin bist du inzwischen auch. Hab dich vor ein paar Wochen in Gransee mit Frank Steinert gesehen. Auf dem Hänger hattet ihr ein Wildschwein."
„Frank Steinert ist mein Onkel."
„Da hast du sicherlich einen guten Lehrer. Ich würde ja gern mal mitkommen. Muss furchtbar romantisch sein, so bei Vollmond auf dem Hochsitz."
„Kannst ja mal ..."
Der Alte klopfte mit dem Löffel an sein Teeglas und rief: „Können wir anfangen? Bitte alle setzen."
Hagen nahm gleich neben Wiebke Platz.
Der Alte begann mit einer kurzen Einleitung und ließ dann die drei jungen Polizisten berichten, was sie erfahren hatten. Bis-

her hatten sie keinen Erfolg gehabt, doch es gab noch reichlich Arbeit. Sie würden wohl noch zwei Tage brauchen, bis sie an jeder Wohnung wenigstens einmal geklingelt oder geklopft hatten. Der Alte entließ sie mit aufmunternden Worten.
Kaum war die Tür hinter ihnen zugefallen, sagte der Alte: „Zunächst meinen herzlichen Glückwunsch zu deinem Geschäftserfolg und danke für die Lektion in Sachen Personalauswahl."
„Ja, schade. Wiebke ist ein aufgewecktes Mädchen und sehr gewissenhaft, aber für uns momentan denkbar ungeeignet."
„Wir ziehen sie morgen ab. Und damit sie den Braten nicht riecht und weil ich deiner Einschätzung zustimme, werde ich ihr eine Aufgabe in Neuruppin anbieten. Aber kommen wir zu unserem Fall.
An den Befragungen müssen wir dranbleiben. Der Zeugenaufruf ist morgen in den Lokalzeitungen."
Hagen hob die Hand. „Mein Gefühl sagt mir, mit Meier sind wir auf dem Holzweg, wenn es um Birgit Freier geht. Deshalb wäre mein Vorschlag, unsere Aktivitäten in dieser Richtung abzutrennen. Am Sonntag werden wir sicherlich die Karten auf den Tisch legen und ihn zur Rede stellen. Doch unser Hauptaugenmerk sollte definitiv auf den Befragungen und der operativen Spurenauswertung liegen. Wo ich schon davon rede: Ich würde mir sehr gern die Tatortfotos anschauen. Vielleicht gibt es Hinweise, die wir übersehen haben oder noch nicht richtig deuten konnten."
„Da du Birgit Freier offenbar besser kanntest als jeder andere hier, kann ich nicht widersprechen. Was hoffst du zu finden? Den Tipp auf Zwei-Finger-Joe?", fragte Anne.
„O ha, du kennst meinen Lieblingsfilm." Hagen grinste.
Gelächter ringsum. Auch der Alte lachte. „Gut, Hagen", sagte er dann, „kommen wir von deinen Vorbildern zurück zu unserm Fall. Mach weiter. Was hast du noch?"
„Also, bisher haben wir nur zwei Spuren: Eine richtig fette führt zu Birgit Freiers Vater Arthur Freier, der seit 1945 als verschollen galt und, wenn er noch lebt, heute ungefähr 82 Jahre alt sein müsste. Die sehr viel feinere und noch ziemlich

verwischte Spur führt zu Frank Steinert. Wenn man sie überhaupt als Spur bezeichnen kann."
„Wie kommen Sie darauf, Hauptkommissar Steinert könnte etwas mit dem Tod von Birgit Freier zu tun haben", unterbrach ihn Staatsanwalt Freigang.
„Wie ich schon sagte: Ich weiß nicht, ob es überhaupt eine Spur ist. Deshalb sollten wir versuchen, möglichst bald jeglichen Verdacht gegen Frank Steinert zu beseitigen oder ihn zu erhärten. Für die meisten von uns ist ein solcher Verdacht gegen einen Kollegen ein Ding der Unmöglichkeit. Und ich weiß, dass mir viele Kollegen schon deshalb nicht wohlgesonnen wären, weil ich ihn ausgesprochen habe. Denn ich gefährde den Zusammenhalt der Ermittlungsgruppe und die Unterstützung der anderen Kollegen, wenn sie davon erfahren."
„Aber wie kommst du darauf?" hakte Jörg Butterbrod nach.
„Wie ich darauf komme? Es gibt zwei wage Anhaltspunkte: Nachdem wir das Skelett von Friedrich Bergmann gefunden hatten, wurde ich von Frank Steinert beschattet, verfolgt. Nenn es, wie du willst, Jörg. Wenige Minuten nach meinem Eintreffen bei Birgit Freier hörte ich, wie ein Motor gestartet wurde. Die eine Streifenwagenbesatzung, die ich sofort losgeschickt hatte, sah einen Nissan X-Trail durch die Kreuzstraße rasen, konnte ihn aber nicht stellen. Im Amtsbereich Gransee gibt es nicht so viele X-Trail, noch weniger mit einer hellen Farbe. Einen, um genau zu sein. Und der gehört Frank Steinert."
„Das ist aber sehr dünn", sagte der Staatsanwalt.
„Nun, mein lieber Bernd, du hast natürlich recht. Und ich glaube, du hast auch das Recht, danach zu fragen. Aber es gibt noch weitere Anhaltspunkte, über die es einfach noch nicht zu reden lohnt. Ein paar Tage werden wir noch brauchen."
„Sag, was du willst, aber ich halte nichts von eurer sogenannten Spur Frank Steinert. Konzentriert euch auf diesen Greis. Da ist wenigstens ein Motiv erkennbar. Konzentriert euch darauf."
Staatsanwalt Freigang stand auf und zog die Bürotür hinter sich zu. Hagen sah ihm erstaunt hinterher. Er registrierte dessen wütenden Blick zum Alten und ahnte, dass es zu Unstim-

migkeiten zwischen ihnen gekommen war. Vielleicht ging es um die geringen Fortschritte in den Ermittlungen. Oder es schmeckte Freigang nicht, dass der Alte sich selbst derart intensiv in die Ermittlung einband und damit die Rolle des Staatsanwalts auf die eines Zuhörers reduzierte. Freigang tänzelte auf dem Sprungbrett zum Oberstaatsanwalt, hatte dafür seine Heimat in Dortmund verlassen. Hier musste er nun mit ansehen, wie ein alter Kriminalist aus dem früheren Ost-Berlin seine *sowjetischen Methoden* durchsetzte. Immer wenn der Alte sein *Ihr Lieben* vorbrachte, musste Hagen innerlich schmunzeln, da ihn diese Ausdrucksweise so sehr an die Krimis von Arkadi Adamov erinnerte, die er selbst als junger Kriminalist verschlungen hatte.
Der Alte klatschte in die Hände. „Nun, meine Lieben, wir lassen uns nicht einschüchtern – oder? Ihr seit alle ein wenig müde, denke ich. Aber schlafen können wir nächste Woche.
Jörg und Kevin kümmern sich um das KZ Ravensbrück, den Schatz im Stolpsee und natürlich Arthur Freier. Anne und Hagen koordinieren zunächst die Befragungen, werten die Spuren aus und bereiten sich auf das Sonntagstreffen vor."
Nachdem Jörg und Kevin gegangen waren, setzte sich Hagen vor Annes polizeiinternen Computer und begann, sich die Fotos vom Tatort anzusehen. Doch weit kam er nicht, als ihm etwas einfiel.
„Anne, gib es Neuigkeiten zu den Fingerabdrücken vom Bett?"
Sie drehte sich nun zu ihm um. „Nein, keine Treffer. In keiner Datenbank der Welt, die ich erreichen konnte."
„Hast du auch die Datenbank unserer Kollegen geprüft?"
„Ja, sie waren nicht dabei."
„Hast du mal Frank Steinerts Fingerabdrücke genauer angesehen? Nur zur Sicherheit."
„Dann musst du mich mal kurz an den PC lassen."
Er rutschte zur Seite.
Zehn Sekunden später schaute sie ihn verblüfft an. „Er ist gar nicht drin. Merkwürdig. Und es fehlen noch mehr Kollegen."
Sie überlegte einen Moment. „Aber ich denke, zumindest das

Problem mit Steinerts Fingerabdrücken kann ich schnell beheben. In seinem Büro müssten hunderte sein."
Sie eilte mit ihrem Spurenkoffer davon und Hagen widmete sich wieder den Fotos: Das zersplitterte Türschloss hatte er selbst verursacht. Dann kam die Küche als Übersichtsfoto. Er starrte ein ganzes Weilchen darauf, bis der Groschen fiel.
Hatte er nicht bei seinem Alleingang einen Schlüssel gefunden und eingesteckt? Natürlich. Er kramte in seiner Hosentasche, aber da war er nicht. Richtig, gestern hatte er die Hose gewechselt. Der Schlüssel musste zu Hause liegen. Er zog sich den Notizblock heran: *Schlüssel suchen!*
Das nächste Foto zeigte den Schuhabdruck. Dann kam Birgits Kopf in der Blutlache, eingeklemmt zwischen Tür und Türrahmen. Eine sehr merkwürdige Stellung. Birgit war entweder aus dem Schlafzimmer heraus oder hinein gegangen. Hatte sich ihr Mörder in der Küche befunden oder im Schlafzimmer? Hagen versuchte, sich die Szene vorzustellen, aber es gelang ihm nicht. Vielleicht war die Tür von allein wieder zugegangen. Er würde das ausprobieren müssen. Es konnte wichtig sein. Er notierte: *Schlafzimmertür!*
Das nächste Foto zeigte Birgits nackten Körper. Sie lag halb auf der Seite mit dem Rücken zum Schrank. Die Arme auf dem Rücken, als wäre sie gefesselt. Oberkörper, Oberarme und Oberschenkel waren übersät mit Blutergüsse. Auf dem nächsten Foto hatte man sie auf den Bauch gedreht. Sie war mit Handschellen gefesselt, wie sie auch die Polizei verwendet.
Auf seinem Notizblock notierte er: *Neue Handschellen?*
Hagen blickte wieder zum Monitor. Warum hatte man ihr die Hände auf dem Rücken gefesselt, wenn der oder die Täter Birgit vergewaltigen wollten? Nein, da war Sperma. Sie ist hinterher auf dem Rücken gefesselt worden. Außerdem soll sich dieses Martyrium in Abständen wiederholt haben? Für ihn sah das definitiv nach Folter aus. Folter zur sexuellen Befriedigung? Ja, es gab solche Menschen und man sollte sie für alle Zeiten wegsperren.
Dann fiel ihm ein, dass eine zweite Handfessel neben dem Bett

gelegen hatte. Also war sie erst am Bett gefesselt gewesen. Ein Liebesspiel vielleicht. Konnte es sein, dass ihre Gegenwehr unerwartet und plötzlich erwachte? Doch warum? Vielleicht fühlte der Täter sich deshalb gezwungen, sie zu fesseln, und zwar auf dem Rücken. Diese Art des Fesselns verwendete die Polizei auch.

Noch einmal: Zuerst hatten sie Sex. Sie ließ sich freiwillig am Bett fesseln. Und dann? Vielleicht war es zwischen ihr und dem Mann üblich, dass sie dabei geschlagen wurde. Vielleicht war bis dahin alles *normal* gelaufen, auch wenn sie dabei immer geschrien hatte. Das mit dem Schreien hatte Roland Bergener gesagt. Der hatte wahrhaftig keinen Grund zu lügen, sondern mitgelitten, für Hagen gab es daran keinen Zweifel. Gehörte dieses Schreien und Betteln zu einer Rolle, die Birgit spielte? Wenn ja, musste es dieses Mal anders verlaufen sein als gewöhnlich. Aber was? Und warum?

Weitere Fotos: Das Bett, die Zudecke und ihre Bekleidung am Boden, die Handfessel neben dem Bett, das Bad, die Diele, das Wohnzimmer. Beim Arbeitszimmer stutzte er erneut.

Der Notizblock füllte sich mit Fragen.

Wo war Birgits Laptop und warum hatte sie so viele Bücher über den Faschismus? Hat sie an einem Artikel oder Buch zu diesem Thema gearbeitet – oder hing das nur mit ihrem Vater zusammen?

Dann kamen Fotos vom Hof und dem Nebengebäude. Eine Schmutzspur auf Beton. Man konnte nicht einmal erkennen, wie viele Leute dort entlanggegangen waren. Dann eine Leiter, ein geteertes Dach, Spuren im Nachbargarten. Davon hatte er nichts gewusst. Da waren Schuhspuren. Der bekannte Stiefel. Ein Mensch war davongelaufen, aber dem Tathergang nach hätten es auch zwei sein können. Der zweite Täter hatte dann die Gegenwehr erzeugt. Möglich? Ja.

Er musste aufhören. Es hatte keinen Sinn, ins Blaue hinein zu spekulieren. Das brachte gar nichts. Hagen schaute zum Alten hinüber. Der saß im Sessel und schien nachzudenken. Vor sich hatte er ebenfalls einen Notizblock und kritzelte darin herum.

Hagen zog sein Smartphone aus der Tasche und suchte Jörg Butterbrods Handynummer heraus.
„Hallo Jörg, du warst doch gestern bei der Zeitung. Wir vermissen noch Birgit Freiers Laptop. Weißt du irgendwas darüber?“ - „Nicht? Hast nicht nachgefragt. Warst du an ihrem Schreibtisch?“ - „Danke dir. Schönen Feierabend.“
Er legte auf und machte sich eine weitere Notiz. Es war zum Verrücktwerden. Jede Frage ergab nur eine neue.
„Chef?“ Hagen hob die Hand. Der Alte schaute auf. „Jemand muss prüfen, wer aus dem Bereich Gransee in letzter Zeit neue Handfesseln empfangen hat. Am Tatort wurden zwei gefunden, die aus Polizeibeständen stammen könnten.“
„Ja, Hagen, ich kümmere mich darum.“
„Danke. Und da ist noch etwas: Birgit muss eine Schwester haben. Ist die schon bekannt?“
Der Alte zog eine Mappe heran und blätterte darin.
„Ja, die Schwester haben wir, wohnt auch hier im nördlichen Brandenburg. Moment, ich habe es gleich. Ja, hier ist es: Elke Frisch, geborene Freier. Sie wohnt in Schulzendorf. Wo liegt denn das?“
„Keine zehn Kilometer von hier. War schon jemand da?“
Der Alte schüttelte den Kopf.
Hagen seufzte vernehmlich. „Es wurden noch keine Verwandten informiert?“
Wieder schüttelte der Alte den Kopf.
Hagen ging zum Kaffeeautomaten. Am Flurende brannte Licht, da lag Steinerts Büro. Mit dem Kaffeebecher in der Hand trat ins Zimmer. Annes Kopf ruckte hoch.
„Mensch, Hagen, hast du mich erschreckt.“
„Schlechtes Gewissen?“ Er lachte. „Wie weit bist du?“
„Fertig.“ Sie zog eine schwarze Klebefolie vom Monitor ab. Dann nahm sie einen Putzlappen und wischte Monitor und Schreibtisch komplett ab. „Steinert hatte noch nie einen so sauberen Schreibtisch. Ob das nicht auffällt?“, fragte Anne.
„Dann putzt du am besten auch die anderen Büros und sagst, die Putzfrau hat eine Standpauke bekommen und sich deshalb

besonders Mühe gegeben."
„Ein Witz? Nein. Nicht schlecht. Mach ich."
Sie klappte ihren Spurenkoffer zu. Mit einem Putzlappen und einem Schlüsselbund rannte sie zur Toilette und machte sich dann ans Beseitigen ihrer Spuren.
„So, fertig", erklärte Anne kaum zehn Minuten später.
„Sag mal", Hagen sah Anne an, „ist bei dem Umschlag eigentlich etwas herausgekommen? Du weißt schon: Der, in dem Birgit Freiers Wohnungsschlüssel waren."
„Ja, die Fingerabdrücke waren von Birgit Freier. Sie hat sie dir offenbar selbst ins Auto gelegt."
Schon wieder ein Rätsel. Warum hatte sie das getan? Er war verwirrt. Wie war das? Birgit fuhr mit ihm in ihrem Mercedes irgendwohin. Irgendwann wurde er wahrscheinlich betäubt. Der Wein? Dann setzte sie ihn in seinen Astra und stopfte die Zeitungsmeldungen und den Umschlag mit ihren Schlüsseln in die Beifahrertür. Wozu das alles? War dieser Umschlag ihr Hilferuf? Jedenfalls war das eine denkbare Erklärung. Wie stichhaltig sie war, musste sich zeigen. Und er sah deutlich die Lücke in seinem Fragen-Gespinst: Warum hatte sie ihn betäubt und was war am Nachmittag passiert? Mit dieser Hilferuf-Theorie machte er sich bestimmt nur selbst etwas vor.
„Weißt du schon, wie wir weitermachen?", fragte Anne und setzte sich neben ihn. Der Alte verließ das Büro.
„Wir müssen nach Schulzendorf. Anscheinend hatten wir bisher Glück, dass nur wenige Fakten in der Zeitung standen. Birgits Namen habt ihr ja der Presse vorenthalten. Aber morgen erscheint der Zeugenaufruf und wir sollten vorher die Angehörigen informieren."
„Wir haben Angehörige?"
„Jetzt sag bloß, du weißt auch nichts davon. Wird der Alte langsam vergesslich?"
Sie sah ihn groß an. „Es fällt mir schwer, das einzusehen, aber er wird alt, der Alte. Warum fragst du?"
„Er war immer mein Vorbild. Zwanzig Jahre lang und mehr. Laut Akten wohnt Birgits Schwester in Schulzendorf."

Der Alte kam wieder.
„Gut. Lass uns also fahren“, sagte Anne und erhob sich.

31

Hagen schaute auf die Uhr, als sie Schulzendorf erreichten. Sechs durch. Am Ende des Dorfes bog er rechts ein und fuhr am Bäcker vorbei, der gerade abschloss. Gleich an der Feuerwehr stellte er seinen Astra ab. Aus dem Backsteinbau gegenüber drang Musik. Zu sehen war niemand. Sie gingen durch die Einfahrt, Hagen klopfte an der Hintertür.
„Moment“, kam es von drinnen. Kurz darauf stand vor ihnen ein breitschultriger Hüne. Noch ein Lockenkopf.
„Tut mir leid, dass Sie warten mussten, ich habe mir gerade einen Tee aufgebrüht. Was gibt’s denn?“
Die Stimme des Mannes war tief, aber nicht böse. Es war eher der Typ Mann, der als Brummbär durchging.
„Guten Abend. Sind Sie Herr Frisch?“
Sein Gegenüber lächelte. „Ja. Und lassen Sie mich raten: Sie suchen meine Frau.“
„Richtig“, sagte Anne, schob sich vor und zeigte ihren Ausweis. „Anne Pagels und das ist mein Kollege Hagen Brandt. Ist Ihre Frau denn zu Hause?“
„Nein. Sie ist vor einem viertel Jahr abgehauen. Hat sie was angestellt, dass laufend nach ihr gefragt wird?“
Hagen schaltete sich wieder ein. „Können wir uns vielleicht irgendwo in Ruhe unterhalten, Herr Frisch? Es wäre wichtig.“
„Dann willkommen auf meiner Baustelle. Kommen Sie rein“, antwortete Frisch und ging vor in seine Küche.
„Bitte, nehmen Sie Platz.“ Frisch wies zum Küchentisch. „Möchten Sie auch einen Tee? Oder lieber Apfelsaft?“
Hagen setzte sich und zuckte mit den Schultern. Anne sprang ein: „Einen Apfelsaft, wenn es Ihnen nichts ausmacht.“
„Der ist wirklich gut. Habe ich bei Gräfin Daisy abfüllen lassen. Aus eigener Ernte“, rief Frisch und kam schon aus der Kammer zurück. Er schenkte ihnen ein. Während Frisch sei-

nen Tee probierte, kam Hagen gleich zur Sache.
„Warum meinten Sie, jeder frage nach Ihrer Frau?“
„Vorige Woche war schon einer hier.“
„Hat er sich vorgestellt?“
Frisch schüttelte den Kopf. „Nein. Er sei ein Bekannter. Nicht ganz Ihr Alter, Herr Brandt. Schlank, kurze dunkle Haare. Als er in seinen X-Trail stieg, hatte ich sein Gesicht schon wieder vergessen. Also, warum sind Sie hier?“
„Nun, es geht eigentlich nicht um Ihre Frau, sondern um die Schwester von Frau Frisch“, sagte Anne.
Frisch runzelte die Stirn. „Sie hat eine Schwester?“
„Birgit Freier hieß sie und sie ist tot. Wir müssen Ihrer Frau die Nachricht überbringen. Wissen Sie nicht, wo wir sie finden können?“
Er dachte ein Weilchen nach. „Wenn sie mir Zeit geben, finde ich es wahrscheinlich heraus. Manchmal ist sie bei gemeinsamen Freunden.“
„Das wäre wirklich wichtig“, sagte Hagen jetzt. „Ich will Ihnen die Wahrheit sagen: Birgit Freier ist nicht freiwillig aus dem Leben geschieden und wir können ausschließen, dass es ein Unfall war. Verstehen Sie mich?“
Frischs Nicken kam langsam, erschreckt.
„Ich sehe zu, was ich machen kann. Bitte warten Sie hier. Ich muss telefonieren.“
Frisch ging ins Nachbarzimmer. Kurz darauf hörte Hagen ihn telefonieren, verstand aber kein Wort. Er steckte sich eine Zigarette an und wartete. Anne ging nach draußen.
Plötzlich stand Frisch in der Tür und sagte ins Handy: „Augenblick, Olaf, ich gebe dir den Kommissar.“
Dann hielt Frisch ihm das Handy hin. „Sie will nicht mit mir reden und sie will auch nicht ihre Adresse sagen. Aber sie ist gerade bei unseren Freunden. Sie können mit ihr sprechen.“
„Hagen Brandt hier.“
„Ja, was wollen Sie?“
„Haben Sie eine Schwester mit Namen Birgit Freier?“
„Ja. Wozu wollen Sie das wissen? Ich habe sie seit zwanzig

Jahren nicht gesehen."
„Können wir uns vielleicht irgendwo treffen? Ihre Schwester lebt nicht mehr."
„Und was geht mich das an? Die Prinzessin wollte mich ja nicht mal auf der Straße erkennen. Ich will nichts damit zu tun haben und ihren Scheiß-Mercedes kann sie mit ins Grab nehmen."
„Aber ..."
Sie hatte aufgelegt. Verwundert sah Hagen das Handy an.
„Da haben Sie gesehen, was sie für eine ist." Frisch hob die Schultern. „War sie wieder besoffen?"
Er hob ebenfalls die Schultern. „Jedenfalls danke ich Ihnen für Ihre Hilfe. Wir wollen auch nicht weiter stören."
„Wieso sollten Sie beim Tee trinken stören? Wäre da nicht meine Arbeit, hätte ich in den letzten zwei Wochen mit überhaupt niemandem geredet."
Hagen reichte Frisch die Hand und draußen war er. Anne blickte ihm verwundert entgegen.
„Komm", sagte er nur und zog sie mit zum Auto.
„Was war denn los?", fragte Anne, als sie im Auto saßen. Er fuhr los und berichtete ihr von dem Telefonat mit Elke Frisch.
„Das ist ja eine schöne Schwester. Dann lieber keine", kommentierte Anne. „Und was machen wir jetzt?"
„Ich muss kurz nach Hause, etwas suchen. Danach fahren wir in die Klosterstraße."
„Was suchst du?"
Er antwortete nicht.
„Was wollen wir in der Klosterstraße?"
Er überhörte die Frage einfach. Er war in Gedanken bei der nächsten Frage: Was werden wir finden?

Als sie in der Klosterstraße ankamen, war es fast dunkel. Anne schloss die Haustür auf. „Was hättest du jetzt ohne mich gemacht?", fragte sie.
„Geklingelt. Aber ich wollte ja nicht ohne dich herfahren und Klingeln müssen wir trotzdem oder weißt du, ob Birgit Freier

einen eigenen Raum auf dem Boden hatte?"
„Nein, auf dem Boden waren wir nicht."
Er blieb stehen und schaute auf Birgit Freiers Wohnungstür.
„Was ist?", fragte Anne, die schon auf der Treppe stand.
„Mir ist noch etwas eingefallen. Mach mal bitte auf."
Sie kam wieder hinunter und schloss auf.
Er machte Licht und trat in die Küche. Die Tür zum Schlafzimmer stand einen Spalt breit offen. Er öffnete sie ganz, hielt sie fest und ließ dann los. Dann beobachtete die Tür und rührte sich nicht..
„Was machst du da?"
Er antwortete nicht, sondern schaute die Tür an. Sie begann erst nach mehreren Minuten, sich wieder in Bewegung zu setzen. Ganz langsam ging sie von alleine zu.
„Jetzt weiß ich wenigstens das. Komm, schließ wieder zu", sagte er und ging zurück zur Wohnungstür.
Sie stampften die Treppe hinauf. Roland Bergener stand in der Tür. Nüchtern, wie Hagen feststellte.
„Guten Abend. Schön, dass du zu Hause bist, Roland."
„Wo brennt es denn?"
„Nur eine Frage: Hatte Birgit auf dem Boden noch Sachen?"
Bergener nickte. „Ich zeige es dir. Aber da ist abgeschlossen."
Hagen zeigte triumphierend seinen Schlüssel und ging voran. Bergener griff ans Schlüsselbrett und stapfte hinterher. Anne murmelte etwas, das klang wie: „Bin ich denn hier der Hausmeister, oder was?", und folgte ebenfalls.
Hagen schob die Tür zum Dachboden auf.
„Links hinter der Ecke ist der Lichtschalter", keuchte Bergener hinter ihm.
Hagen machte Licht. Rechts am Hausgiebel gab es drei Bretterverschläge. Der mittlere war offenbar mit weiteren Brettern nachgebessert worden, damit niemand hineinsehen konnte. Auf diesen Verschlag ging er zu. Hinter sich hörte er Bergeners Keuchen, als der den Boden erreichte.
„Der Mittlere", hörte Hagen ihn hervorwürgen.
Anne kam mit schnellen Schritten auf Hagen zu.

„Hey, wenn das hier vorbei ist, wird dir die Kripo ganz bestimmt einen Gedenkstein setzen. Aber sicherlich nicht für deine Geschwätzigkeit. Sagst du mir endlich, was du suchst?"
„Erst einmal einen passenden Schlüssel für diese Tür."
Noch immer schwer atmend kam Bergener näher.
„Ich habe ihn. Er war in der Zigarrenkiste. Ich war unsicher, ob ich dir wirklich trauen kann." Bergener fischte einen goldglänzenden Schlüssel aus der Hosentasche. „In dem Verschlag steht eine verschlossene Kiste. Ich weiß nicht, was drin ist."
Bergener fummelte an dem Schloss herum.
Hagen schob ihn zur Seite und zog die Tür auf. Der Verschlag war leer bis auf eine Kiste, die ganz hinten stand.
„Was ist das?", fragte Anne hinter ihm. „Eine Munitionskiste?"
„Eine Waffenkiste. Damit hat man Langwaffen transportiert, und zwar zu Nazi-Zeiten."
Hagen zeigte auf das große Hakenkreuz auf dem Deckel. Dann bückte er sich und untersuchte das Schloss.
„Wenn das nun eine Falle ist. Sei bloß vorsichtig", warnte Bergener von der Tür.
Hagen drehte sich um und sah ihn an. „Da könntest du Recht haben. Vielleicht ist der Deckel mit einem Sprengsatz gesichert. Du solltest besser nach unten gehen und drüben auf der anderen Straßenseite warten."
Bergener nickte und polterte kurz darauf die Treppe hinunter.
Hagen steckte den Schlüssel ins Vorhängeschloss und schloss auf. Er wusste nicht, was er erwartete, als er den Deckel anhob. Aber Anne kreischte hinter ihm auf. Er schaute in die Kiste, dann in Annes kreidebleiches Gesicht. Sein eigenes fühlte sich heiß an. Was sie vor sich hatten, war nicht einfach nur eine Kiste Gold.
„Scheiße!", sagte er und setzte sich auf den Bretterboden.
Das Erste, was Hagen durch den Kopf schoss: Wie kriegen wir die hier weg? Und gleich danach: Jetzt können wir all unsere Theorien über den Haufen werfen. Oder doch nicht?
Nein, wohl nicht. Von Anfang an gehörte alles zusammen. Sie hatten nur länger gebraucht, das richtige Puzzle-Teil zu fin-

den, um die Zusammenhänge zu verstehen.
Mühsam erhob er sich und versuchte, die Kiste anzuheben. Zwecklos. „Was machen wir jetzt?“
„Ich denke“, sagte Anne nach einer Weile, „wir sollten zuerst den Alten informieren und Jörg und Kevin herbeordern. Sie müssen stabile Säcke mitbringen. Dann schaffen alles ins Revier. Und ich brauche zumindest meine Kamera.“
„Ja, die wirst du wohl brauchen.“
„Dann fahre ich am besten selbst. Bleibst du so lange hier?“
Er warf ihr seinen Autoschlüssel zu.
„Mach schnell, bitte. Ich warne inzwischen den Alten vor.“

„Sag das noch mal. Was habt ihr gefunden? Eine Kiste voller Goldzähne? Wirklich Goldzähne?“
„So ist es. Und jetzt brauchen wir Verstärkung, um sie abzutransportieren. Würden Sie bitte Jörg und Kevin anrufen? Anne kommt und holt ihre Ausrüstung. Säcke brauchen wir auch.“
„Wo soll ich jetzt Säcke hernehmen? Ach, ich weiß schon: UPS. Ich kümmere mich darum.“
Hagen beendete das Gespräch, klappte den Deckel der Kiste zu und setzte sich darauf.
Das Smartphone zeigte 20.36 Uhr. Er zog seinen Notizblock hervor und ging Frage für Frage durch. Einige konnte er inzwischen streichen, aber es würde noch ein langer Abend werden. Denn andere Fragen gewannen zunehmend an Bedeutung.
Sie hatten einen weiteren Hinweis auf Frank Steinert erhalten und mussten das Problem angehen, und zwar bald. Sie wussten einfach zu wenig über Steinert. Außerdem war er ein Kollege. Hagen hatte noch gut Jörgs Reaktion vor Augen. Und wenn er ernsthaft darüber nachdachte, gab es nur zwei Möglichkeiten: Entweder übernahm er selbst diese Sache oder sie forderten ein Überwachungsteam von der Spezialeinheit an. Die würden die Überwachung sehr professionell aufziehen und er selbst hatte Zeit, sich um andere Probleme zu kümmern. Doch der Nachteil war, dass die Informationswege länger wurden und er nur noch mittelbar die Möglichkeit hatte,

Einfluss zu nehmen. Sollte das der Alte entscheiden.
Und jetzt tauchte diese Kiste auf, der Schatz vom Stolpsee, jedenfalls ein Teil davon. Anne hatte diesen Schatz als Lacher abgetan. Das ging nun nicht mehr. Sie brauchten dringend genauere Informationen über diesen sogenannten Schatz. Dass er im Stolpsee lag, glaubte Hagen nicht. Aber er schien wirklich zu existieren. Also mussten sie in Erfahrung bringen, was er enthielt, wie er zustande gekommen war. Am wichtigsten schien ihm aber die Frage zu sein, woher dieses Gerücht kam.
Das Handy klingelte. Es war der Alte.
„Jörg und Kevin sind auf dem Weg", kam es aus dem Handy. „Säcke habe ich auch besorgt. Die bringen sie mit. Und bevor ich es vergesse: Steinert hat vorgestern eine neue Handfessel in Empfang genommen."
Hagen bedankte sich, als er Gepolter auf der Treppe hörte. Anne schleppte ihren Spurenkoffer. Entrüstet blieb sie vor ihm stehen.
„Da schleppt man sich ab mit den ganzen Utensilien und der Herr sitzt auf meiner Spur. Das ist ja ein dicker Hund."
Er stand schnell auf. „Ich dachte, du wolltest nur fotografieren", entschuldigte er sich.
Sie winkte ab und begann mit ihrer Arbeit.
„Deinen Freund Bergener habe ich in seine Wohnung zurückgeschickt", erzählte sie nebenbei. „Er lungerte auf der Straße herum. Und bevor er noch die Nachbarschaft mit einer Bombenentschärfung rebellisch macht, hab ich ihm etwas von einem toten Hund erzählt."
„Das hat er dir nie im Leben abgenommen. So dämlich wie er aussieht, ist er nämlich nicht."
„Mag sein. Aber er ist hineingegangen."
Sie machte ihre Fotos. Dann polterten wieder Schritte die Treppe hoch. Hagen rief: „Hier oben. Auf dem Boden."
Als Jörg und Kevin in sein Blickfeld kamen, musste er laut lachen. Jeder hatte einen Packen Zentnersäcke auf den Schultern. Kevin sah ihn zerknirscht an. „Warum lachst du? Weißt du, wie die Dinger kratzen? Außerdem bin ich allergisch ge-

gen solches Zeug."
„Das sind ja Riesensäcke. Müssten aber gehen."
„Das hoffe ich doch. Und jetzt zeig uns deine Schatzkiste! Der Alte hat gesagt, ihr braucht einen Pathologen hier."
Anne, die den Eingang versperrt hatte, trat zur Seite. „Dann schau mal dort hinein."
„Jesus ..." Kevin hockte sich vor die Kiste und sagte minutenlang kein Wort. Jörg, der ihm über die Schulter schaute, ging es nicht anders. Und es war offensichtlich, dass nicht der Geldwert sie erschütterte. Hagen selbst war es noch immer flau im Magen, wenn er an die vielen Tausend Menschen dachte.
Kevin sah zu ihm hoch. „Was wird damit, Hagen?"
Er zuckte mit den Schultern. „Asservatenkammer. Das sind Beweismittel. Und was dann damit geschieht, darüber wird sich wahrscheinlich zuerst der Polizeipräsident mit dem Innenminister streiten und dann der Innenminister mit dem Finanzminister und so weiter. Mit anderen Worten: Wir müssen uns beeilen. Wenn wir bis jetzt in Ruhe arbeiten konnten – das ist vorbei. Also, an die Arbeit."
Es war fast Mitternacht, als sie in Annes Büro zurückkehrten. Der Alte saß am Schreibtisch und telefonierte.
„Augenblick bitte, Herr Minister." Der Alte hielt die Sprechmuschel zu. „Macht Feierabend. Wir sehen uns morgen früh um acht." Und schon wandte er sich wieder dem Telefon zu.
„Da bin ich wieder. Ja, Herr Minister, die ganze Kiste voll, mindestens 150 Kilo." - „Was meinen Sie? Wir sollen was damit tun? Das sind Beweismittel bei einem Tötungsdelikt. Ja, wahrscheinlich Mord. Die Kiste samt Inhalt ist beschlagnahmt. Darüber können Sie nicht einfach ..."
Sie verließen das Büro. Draußen verabschiedete er sich hastig von Anne, sprang ins Auto und fuhr nach Hause.

32

Es war erst kurz nach sieben, als Hagen auf den Hof des Reviers fuhr. Er hatte sich beeilt, um mit dem Alten sprechen zu

können, bevor die anderen kamen.
Als er die Tür zu Annes Büro öffnete, saß der Alte im Sessel, als hätte er sich seit gestern nicht wegbewegt. Aber auch Anne saß bereits an ihrem Schreibtisch. Hagen ging zuerst zu ihr. Annes Blick war zurückhaltend.
„Guten Morgen", sagte er leise und hauchte ihr einen Kuss auf die Wange. „Gut geschlafen?"
Sie schüttelte nur den Kopf, sagte aber nichts.
„Moin, Chef", sagte er dann und setzte sich zu ihm.
„Guten Morgen, mein Lieber. Schön, dass du so früh hier bist." Er reichte ihm einen Zettel. „Hier, das muss sein. Kannst du gleich bei Jörg abholen."
Hagen las. „Waffenempfangskarte? Was soll ich damit?"
„Zu deiner Sicherheit. Wir suchen einen Mörder und ich fühle mich wohler, wenn du dich im Notfall verteidigen kannst."
Zögernd steckte Hagen den Zettel ein. „Ich wollte mit Ihnen über Steinert reden. Wir müssen ihn im Auge behalten."
Der Alte runzelte die Stirn. „Irgendwas Neues?"
„Steinert sucht Elke Frisch, Birgits Schwester. So kommt eins zum anderen. Wir müssen wissen, was Steinert treibt und mit wem er verkehrt. Kurz, wir brauchen eine Überwachung."
Nachdenkliches Nicken war zunächst alles. Dann fragte der Alte: „Gibt es eine greifbare Gefährdung für Elke Frisch?"
„Kann ich nicht sagen. Wir wissen zu wenig. Über Steinert oder ein eventuelles Motiv, auch über den Tathergang."
Anne gesellte sich zu ihnen. „Vielleicht kann ich eine Kleinigkeit beitragen: Die Teilabdrücke am Pfosten des Messingbetts stammen wahrscheinlich von Steinert."
„Was sagst du da? Steinert war am Tatort?"
„*Wahrscheinlich.* Für eine eindeutige Identifizierung reicht es nicht. Wir müssen auf die Haaranalyse warten."
„Dann warten wir auf die Haare", entschied der Alte. „Für eine offizielle Überwachung ist die Beweislage zu dünn."
„Trotzdem wäre es gut zu wissen, wo er sich aufhält und was er treibt", erklärte Hagen. „Chef, können Sie herausfinden, was bei Steinert heute dienstlich anliegt?"

„Das ist kein Problem."
„Dann nutze ich jetzt die Zeit und fahre zur Zeitung. Wir brauchen Birgit Freiers Laptop. Ich beeile mich."
„Hole dir deine Pistole ab!", rief der Alte ihm hinterher.
Hagen sprang ins Auto. Unterwegs bemerkte er, wie seine Hände zitterten. Es war wieder so weit. Er hetzte nur noch von einer Spur zur nächsten. Und jetzt trug er auch noch die schwere Pistole unter den Achseln, die ungewohnt drückte und ihn ständig daran erinnern würde, dass er auf der Jagd war. Er sollte das Auto stehen lassen und den kurzen Weg laufen. War er auf der Jagd? „Wir werden ja sehen!", schrie er und schlug mit dem Handballen aufs Lenkrad. Erschrocken drehte sich ein Fußgänger um, als die Hupe ansprang.
Auf der linken Straßenseite sah er eine Lücke zwischen den parkenden Autos und zog rüber. Hagen schaltete den Motor aus und sank mit dem Kopf nach vorn. Das Lenkrad fühlte sich kühl auf seiner Stirn an. War er jetzt dabei, vollkommen durchzudrehen? Er hob den Kopf und sah auf seine Hände. Die Finger zitterten. Ach ja, der typische Waffenträger, dachte er sarkastisch und lehnte sich zurück. Mit geschlossenen Augen saß er einige Minuten da und atmete tief durch, bis er ruhiger wurde. Dann stieg er aus und machte sich auf den Weg.
Das Telefonat mit Elke Frisch ging ihm nicht aus dem Kopf. Den halben Weg grübelte er darüber, wie sich Schwestern so sehr auseinanderleben konnten, dass der Tod der einen die andere völlig kalt ließ.
Hinter den Plattenbauten kam er ins kulinarische Westend der Stadt. Am Döner-Imbiss überquerte er die Straße. Da war noch nichts los. Zu früh. Links lag die ehemalige Tankstelle, die zu einem Imbiss umgebaut worden war. Der Betreiber hatte Humor: Aus dem Esso-Schild war ein Essen-Schild geworden. Der Unterschied fiel kaum auf. Irgend jemand rief ihn und winkte. Er winkte zurück. Hundert Meter weiter der Italiener, den man – angeblich mit zu hohen Mieten – aus der Innenstadt vergrault hatte.
Hagen bog rechts ab zum Ruppiner Tor. Das Gebäude der

Märkischen Allgemeinen lag davor. Ein für seinen Geschmack hässlicher Klotz. Hagen ging durch die Glastür und die Treppe hoch in die erste Etage. Dort sah er sich suchend um, bis ihm ein dunkelblonder Wuschelkopf zuwinkte.
„Hallo Hagen, was treibt dich denn so früh in meine Arme?"
„Hansen!", rief er laut. „Lass deine Hände unten und halt sie so, dass ich sie sehen kann. Will mich nicht wieder in deiner Zeitung sehen müssen. Das letzte Mal hat gereicht."
„Warum das denn? War doch ein tolles Foto."
„Ja, ich sah aus, als hätte ich eine Nacht im Vollrausch hinter mir gehabt. Sag mal, ist die Chefin schon da?"
„Die haben ihre Morgenbesprechung. Das dauert."
„Dann kannst du mir vielleicht helfen."
„Vielleicht. Worum geht's denn?"
„Zeigst du mir Birgit Freiers Schreibtisch?"
„Das ist leicht. Wir haben uns einen Schreibtisch geteilt. Ich bin ja meist unterwegs, um den Leuten aufzulauern."
„Ich suche ihren Laptop. In der Wohnung war er nicht."
Sie öffnete die Tür auf der rechten Schreibtischseite und zog einen Laptop heraus. „Den ließ sie meist hier und nahm ihn nur mit nach Hause, wenn sie an ihrem Buch weiterschrieb. Das ist in den letzten Wochen allerdings nicht mehr vorgekommen. Sie war ein wenig merkwürdig in letzter Zeit. Geheimniskrämerei mag ich nicht so. Aber von euren gelegentlichen Treffen hab ich gewusst."
„Von einem Buch, an dem sie schrieb, hab ich nichts gewusst. Wovon handelt es denn?"
„Faschismus. Eine Familiengeschichte. Sie tat damit *sehr* geheimnisvoll. Und ich hatte nur einmal Gelegenheit, eine halbe Seite zu lesen, als sie zur Toilette musste."
„Gehörte der Laptop Birgit oder ist er Eigentum der Zeitung?"
„Es war ihr eigener. Warum?"
„Ich muss ihn mitnehmen."
„Hast du einen Durchsuchungsbeschluss?"
„Gute Frage. Nein. Aber ich müsste dich fesseln und knebeln, wenn du ihn nicht herausgibst."

Sie lachte. „Nein, nein, ist schon in Ordnung. Ich sag der Chefin, du hättest ihn mir gezeigt.“
Er schüttelte den Kopf. „Nein, wenn sie es will, reiche ich ihn nach. Kein Problem.“
„Aber eins musst du mir noch verraten: Bist du nun Makler oder wieder bei der Polizei?“
„Frag nicht.“
„Doch!“
„Ich habe einen befristeten Beratervertrag. Das Personal ist knapp und so müssen sie nun schon auf Greise wie mich zurückgreifen.“
„Ich würde ja mit solchen Greisen ausgehen. Wie sieht es denn damit aus? Hätte ich mir doch verdient – oder?“
Sie zeigte auf den Laptop.
„Tja, da muss ich Silke fragen, ob ich darf.“
Sie lachte wieder. Es stand ihr gut.
„Aber wo ich schon mal hier bin: Ist da noch mehr Privates in ihrer Schreibtischhälfte?“
Er zeigte auf die Tür, die sie gerade wieder geschlossen hatte.
„Bitte schön, bedien dich“, sagte sie und machte ihm Platz.
Im oberen Fach hatte der Laptop gestanden, im unteren lag ein dicker brauner Umschlag. Hagen nahm ihn heraus. Im Adressfenster stand *Birgit Freier, privat*. Es war ihre eigene Handschrift. Er klemmte sich beides unter den Arm.
„Sei mir nicht böse, aber ich muss los. Meine Besprechung wartet. Du hast ein Mittagessen bei mir gut. Beim besten Döner-Imbiss dieser Stadt.“
Sie lachte wieder. „Hau bloß ab, Mensch.“
Und er machte, dass er raus kam.

Natürlich kam Hagen zu spät. Es war fast neun, als er am Konferenztisch Platz nahm.
„Erfolgreich gewesen?“, fragte Jörg.
„Ja, und jetzt weiß ich auch, warum bei Birgit Freier so viele Bücher über den Faschismus im Regal standen. Sie hat an einem Buch gearbeitet. Irgendjemand muss das hier also durchar-

beiten. Ihre Kollegin meinte, es hätte mit ihrer Familiengeschichte zu tun. Kevin, hast du Zeit? Du interessierst dich doch für Geschichte."
Kevin Klein nickte. „Ja, gerne. Gib her."
„Jörg kannst du zum Feierabend noch mal bei der Zeitung anhalten und das Herausgabe-Protokoll unterschreiben lassen? Ich hatte es vergessen."
„Klar, großer Meister."
„Nächste Frage: Was ist mit diesem Pensionär in Fürstenberg? Wir brauchen jetzt Antworten. Vor allem müssen wir wissen, wie dieses Gerücht von dem Schatz im Stolpsee entstanden ist oder ob man es zurückverfolgen kann."
„In einer Stunde habe ich meinen Termin in Fürstenberg."
„Wunderbar. Das passt ja. Und lass nicht locker."
„Nein, Chef."
„Chef sitzt da. Danke, Jörg."
„Nun, meine Lieben", schaltete sich der Alte wieder ein, „haben wir alles besprochen? Dann an die Arbeit."
Ins Stühlescharren hinein klingelte Annes Telefon. Sie ging ran und lauschte.
„Bringst du sie hoch? Danke, Stan." Sie legte auf.
„Elke Frisch ist da und will dich sprechen."
Kurz darauf schob Stan eine Mitfünfzigerin herein, die sich irritiert umschaute. „Was soll ich hier? Ich will den Brandt sprechen, der gestern angerufen hat."
Hagen stand auf und ging auf sie zu. „Ich bin Brandt. Wir haben gestern telefoniert."
„Aber eins sag ich dir gleich: Kein Kreuzverhör. Die andern sollen verschwinden."
„Klar doch. Geht ja niemand etwas an, was wir zu bereden haben. Komm, wir gehen in ein anderes Zimmer. Dort sind wir ungestört." Er wies zur Tür und blieb instinktiv auf Abstand.
„Aber nicht antatschen, sonst setzt es was", sagte sie ernst.
„Ach, wo werde ich denn. Du bist ja kein Mädchen mehr."
Ihr Lachen klang wie Meckern. Sie sah ihn aus glasigen Augen an, schob die Ärmel ihres Pullovers hoch und zeigte ihm

ihre fleischigen Unterarme und Fäuste. „Ich meine es ernst“, sagte sie.
Nüchtern mochte Hagen sie aber auch nicht erleben. Er lächelte. „Ich auch.“
Sie drehte sich um und trat auf den Flur hinaus. So verbraucht ihr Gesicht aussah, so strähnig angeklebt hingen ihre schwarz gefärbten Haar herab. Ihr rechtes Ohr war von oben bis unten gepearct und mit geschmacklosem Modetand behängt. Das machte sie ihm nicht sympathischer. Er wies nach rechts und sie stampfte voraus. Hagen öffnete die Tür zum Vernehmungsraum. So konnte Anne die Vernehmung mitverfolgen.
„Dann setzt dich mal. Zigarette?“ Er reichte ihr die Schachtel über den Tisch.
„Klar. Aber jetzt keinen Schnaps. Ich will wissen, was mit Birgit passiert ist.“ Sie schob ihm die Schachtel wieder zurück.
Er gab ihr und sich Feuer. So richtig schlau wurde er noch nicht aus der Frau. Der letzte Satz hatte geklungen, als sei sie wirklich betroffen. Sie blies den Rauch des ersten Zugs aus und stierte vor sich auf den Tisch.
Hagen wartete. Ihre ganze Erscheinung wirkte, als wäre Alkohol ihr Lebenszweck, zumindest in den letzten zwanzig Jahren.
Ein kurzer Blick. „Was ist los? Warum starrst du mich so an? Sag mir endlich, was mit Birgit passiert ist.“
„Jemand hat sie in ihrer Wohnung umgebracht.“
Wieder senkte sie den Blick zur Tischplatte.
„Sie muss ihn gekannt haben“, fuhr er fort, „und hat ihn eingelassen. Der Nachbar hat Schreie gehört.“
Sie saß da, schwieg und rührte sich nicht. Nur hin und wieder zog sie an ihrer Zigarette. Seine Worte hatten getroffen. Er sah, wie sie immer hastiger rauchte. Nun kamen die Tränen. Endlich.
Sie legte den Kopf auf die Unterarme. Hagen sah ihre Schultern zucken. Vorsichtig lehnte er sich zurück und wartete. Sie brauchte Zeit. Er ließ sie in Ruhe.
Irgendwann ging die Tür auf. Hagen stand auf und nahm Anne das Glas Wasser und das Taschentuch ab. Als er sich wieder

umdrehte, hatte sie den Kopf gehoben und starrte geradeaus an die Wand. Er reichte ihr das Taschentuch und stellte das Glas vor ihr ab. Sie putzte sich die Nase und trank einen Schluck. Dann starrte sie wieder vor sich hin.
„Ihr wisst nicht, wer es war." Eine Feststellung, keine Frage.
Sie war soweit. Hagen spürte, dass sie nun reden würde und unterdrückte alle Fragen, die er so gern gestellt hätte.
„Er hat sie immer gefesselt und sie grün und blau geschlagen."
Er erstarrte. Was? Was sagte sie da?
„Ich war ja noch klein. Aber ich hab durchs Schlüsselloch geschaut. Mutter hat so sehr geschrien, dass ich sie heute noch in der Nacht höre. Verstehst du? Ich war acht oder neun, als ich von zu Hause weggelaufen bin, weil ich es nicht mehr aushielt. Sie haben mich eingefangen und zurückgebracht. Immer wieder. Mit zwölf kamen Birgit und ich in ein Kinderheim. Ich bin wieder weggelaufen. Birgit blieb. Ich bin bei einem alten Bauern untergekrochen. Er hat mich versteckt, dafür hab ich die Beine breit gemacht und die Ställe ausgemistet.
Erst nach vielen Jahren sah ich Birgit hier in Gransee wieder und habe sie gleich erkannt. So weit weg von Zuhause. Sie ging auf der anderen Straßenseite. Birgit erkannte mich nicht, so schmuddelig und fett, wie ich geworden bin. Ich ging ihr hinterher bis zu ihrer Wohnung.
Manchmal, wenn ich mich wieder selbst bemitleidete, bin ich hingegangen und habe durch die Fenster geschaut. Meist saß sie am Fenster und las oder arbeitete. Hinter ihr an der Wand standen viele Bücher. Ich habe sie beneidet um ihr Zuhause, weil ich immer nur bei irgendwelchen Kerlen war."
Sie verstummte und schaute bittend auf die Zigarettenschachtel. Hagen schob sie ihr hin und gab ihr Feuer. Sie rauchte und starrte dabei auf einen imaginären Fleck an der Wand.
„Es muss im Frühjahr gewesen sein. Es war zeitig dunkel. Ich war besoffen und der Katzenjammer hatte mich wieder auf die Bank gegenüber von Birgits Zuhause getrieben. Das Zimmer mit den Büchern war erleuchtet und ich konnte sehen, dass das Geheimfach im Bücherregal herausgezogen war. Sie

saß davor und arbeitete. Dann kam ein alter Kerl und schloss die Tür auf. Sie hat hastig das Geheimfach zugeschoben und das Zimmer verlassen. Sie machte im Wohnzimmer Licht.
Zuerst habe ich ihn gar nicht erkannt. Viel anders als früher sah er zwar nicht aus, nur älter eben, aber er trug einen grauen Vollbart. Doch als ich sah, dass er die Hand hob und Birgit schlug, wusste ich, dass es der Teufel aller Teufel war: unser Vater. Birgit stand nur da und weinte, während er ihr die Bluse vom Leib riss. Dann stieß er sie vorwärts in eins der hinteren Zimmer, so dass ich sie nicht mehr sehen konnte. Aber ich musste auch nicht mehr sehen. Ich wusste, dass er sie verprügeln würde. Und dass er sie missbrauchte und dabei drohte sie umzubringen, wenn sie nicht endlich mit der Wahrheit herauskam. Genauso hat er es mit Mutter gemacht."
„War er öfter bei Birgit?"
„Ich weiß es nicht. Ich bin davongelaufen, soweit ich mich erinnere, und nie wieder hingegangen. Verstehst du?"
Er verstand. Sie war ihrem Alptraum wieder begegnet.
„Ein halbes Jahr davor hatte mich ein Mann bei sich aufgenommen und wir hatten geheiratet. Ich bin nicht wieder zu ihm gegangen und war nur noch besoffen. Bis gestern."
„Und weißt du, worum es ging? Warum hat er ihr gedroht und sie geschlagen und vergewaltigt?"
Elke Frisch explodierte förmlich, sprang auf und schlug mit der Hand auf den Tisch. „Verstehst du denn gar nichts?", schrie sie. „Ich weiß es doch nicht! Herrgott, ich weiß es nicht." Schluchzend brach sie zusammen. „Ich weiß es doch nicht", wiederholte sie.
Plötzlich hob sie den Kopf. „Hast du einen Schnaps? Los, gib mir einen." Sie fing an zu zittern. Elke Frisch war offenbar ein ganzes Stück unter ihrem Alkohol-Pegel. „Gib mir einen Schnaps. Kannst mich auch ficken, wenn du willst."
Kaum hatte Hagen die Hand gehoben, kamen Anne und eine junge Kollegin vom Streifendienst herein. Er stand auf und verließ wortlos den Vernehmungsraum. Nur weg hier, hämmerte es in seinem Kopf. Nur weg!

Er rannte die Treppe hinunter. Auf dem Hof hinter der Kantine gab es jetzt eine Raucherinsel. Dorthin ging er und setzte sich auf einen alten Stuhl, den jemand hier entsorgt hatte.
Hagen suchte nach seiner Zigarettenschachtel, doch die lag noch im Vernehmungszimmer. Egal, aber eins war klar: Er konnte nicht mehr. Es war vor sechs Jahren richtig gewesen, einen Schlussstrich zu ziehen. Er hatte es nicht mehr ausgehalten, ständig solchen Menschen wie Elke Frisch zu begegnen, sie dazu zu bringen, ihr Innerstes nach außen zu kehren. Seien es Opfer oder Täter.
Natürlich, er hatte diese Fähigkeit entwickelt, auf Menschen einzugehen. Aber als jungem Mann war es ihm wenigstens gelungen, diese Gefühle nicht in sein Innerstes dringen zu lassen. Auch als Makler bemühte er sich, die Menschen aufzuschließen. Aber das war eine ganz andere Sache, bei der es einfach darum ging zu erfahren, welche Wünsche und Sehnsüchte sie für ihr künftiges Leben hatten. Manchmal versuchte er auch, für sich eine günstige Verhandlungsbasis zu schaffen. Doch es ging nie um Elend und Leid, sondern immer um Lebensträume, die er zu verwirklichen half.
Er war nicht der Ritter für Gerechtigkeit. Gab es das überhaupt, was man Gerechtigkeit nennt? Konnte irgendjemand von sich behaupten, für die Gerechtigkeit einzutreten. War es nicht immer nur eine Form von Rache, die man meinte?
Birgit war tot! Rache oder Gerechtigkeit – sie würde es bleiben. Er trauerte um sie, weil sie wie jeder andere Mensch ein Recht auf ein lebenswertes Leben hatte. Und nun war es beendet worden. Wäre es gerecht, jetzt das Leben dessen zu zerstören, der Birgits Leben beendet hatte? Dieser Fremde hatte Birgit auf dem Gewissen. Und genau dieses *Gewissen* sollte Ziel einer Gesellschaft sein. Nicht Gerechtigkeit. Nicht staatliche Rache. Es genügt einfach nicht, Birgits Mörder zu fangen und wegzuschließen und hinauszuschreien: „Bürger, Euch ist Unrecht widerfahren – jetzt habt ihr Gerechtigkeit. Der Unhold ist bestraft".
Er sah das Bild der schluchzenden Elke Frisch wieder vor sich.

Gerechtigkeit für Elke Frisch; war es das, weshalb er hier saß und grübelte? Hagen lächelte still. Doch es war nicht die Gerechtigkeit, um die es ihm ging. Elke Frisch war in Gefahr, in Lebensgefahr. Und dagegen lohnte es zu kämpfen.
Warum, zum Teufel, sucht Steinert nach Elke Frisch?, fragte er sich. Was treibt ihn? Was hatte er am Tatort gesucht und nicht gefunden? Ging es einfach um diese Kiste voller Gold? Die stand doch auf dem Dachboden. Der Schlüssel lag in der Küche. Steinert hätte ihn nur zu nehmen brauchen. Wozu sollte jemand Birgit foltern, sie laufen lassen und wieder foltern? Immer und immer wieder. Rache an Birgit oder ihrer Mutter? Auch Steinert war am Tatort gewesen. Jedenfalls beim letzen Mal. Hatte sich der Teufel mit dem Beelzebub verbündet, um reich zu werden? War diese simple Goldkiste der Schlüssel?
Er wehrte sich mit aller Macht gegen die Gedanken, doch sie waren stärker. Er war schon wieder mitten in der Ermittlung, die er gerade noch hinwerfen wollte. Aber das gleiche Gefühl der Sinnlosigkeit seines Tuns, das ihn hier hinauskatapultiert hatte, zog ihn nun mit Macht zurück. Wäre nicht sein eigenes Leben vergeudet, wenn er nicht alles unternahm, um einen Menschen vor Schaden zu bewahren? Und sei es Elke Frisch?
Als er aufstand um zu seiner Arbeit zurückzukehren, hörte er vom Hof her jemanden rufen: „Hagen?“ Es war Anne. „Alles in Ordnung?“, fragte sie, als er um die Ecke bog.
„Ja, und bei dir?“
„Ich hab dich bewundert. Nie im Leben hätte ich es ausgehalten, so lange dazusitzen und zu warten, bis sie erzählt.“
„Warum? Sie ist doch deshalb hierher gekommen. Es war keine Kunst, das zu erkennen.“
„Trotzdem, ich hätte es vermasselt.“

33

„Ich versuche seit Tagen, den Tathergang zu rekonstruieren“, erklärte Hagen dem Alten. Sie saßen mit Anne in den Sesseln und tranken Tee. „Die Frage ist doch: Warum hat sich Birgit

Freier die Folter immer wieder gefallen lassen? Und plötzlich wehrt sie sich! Was hat sie dazu veranlasst?“

„Es gibt Studien über Tochter-Vater-Beziehungen, die zu dem Schluss kommen“, warf Anne ein, „dass fehlende Vaterliebe sich verheerend auf das Selbstwertgefühl von Töchtern auswirkt. Manche ziehen sich angeblich hinter einen Panzer zurück und werden zur Amazone, andere weigern sich, erwachsen zu werden. Sie bleiben das süße Püppchen. Vielleicht versuchte Birgit Freier, die Liebe ihres Vaters durch bedingungslose Unterwerfung zu erlangen.“

„Unser Psychiater ist erst in zwei Wochen wieder verfügbar. Urlaub“, warf der Alte ein.

„Anne, mach weiter. Woher kam die Wandlung? Warum hat sie sich plötzlich gewehrt?“, fragte Hagen.

„Vielleicht“, sagte Anne nachdenklich, „kam ein zweiter Mann dazu, der in dieser Beziehung nichts zu suchen hatte. Er war zumindest bei ihr nicht willkommen.“

Alle schwiegen und grübelten vor sich hin.

„Mein Gefühl sagt mir, wir sind einer ganz wichtigen Erkenntnis auf der Spur“, sagte Hagen nach einer Weile. „Und sei es nur, weil wir dieses Eine akzeptiert haben: Es gibt – vielleicht – zwei Täter!“ Wieder allgemeines Schweigen, in das Hagen sich räusperte. „Gut. Was wissen wir noch? Was ist mit dem Motiv?“

Anne assistierte erneut: „Sexuelle Befriedigung ist Nummer eins. Bereicherung um eine Kiste Goldzähne ist Nummer zwei. Und dann gibt es noch eine Mischung aus beidem.“

„Es kann noch viel mehr sein“, schaltete der Alte sich ein. „Rache zum Beispiel: Die Mutter flieht vor ihm mit den Töchtern.“

„Gut, dann hätten wir Nummer drei. Angst vor Entdeckung seiner Vergangenheit kommt wohl nicht mehr infrage. Dann hätte er sie bereits beim ersten Treffen töten müssen“, ergänzte er selbst und fuhr dann fort: „Lasst uns nun unsere nächsten Schritte besprechen. Ich denke, über den Anfangsverdacht gegen Steinert sind wir inzwischen hinaus.“

„Stopp!“, unterbrach ihn der Alte. „Nicht so voreilig. Du vergisst, dass es nur Teilabdrücke sind, die am Tatort gefunden wurden. Sie weisen auf einen Menschen hin, den wir zufällig benennen können, aber das sind keine Beweise. Damit brauche ich bei Staatsanwalt Freigang nicht ankommen wegen einer Anordnung zur Telefonüberwachung oder ähnliches.“
„Dann komme ich auf meine Frage von heute Morgen zurück: Was hat Steinert heute dienstlich zu erledigen?“
Der Alte zog einen Zettel hervor und las: „Ab zehn, also ab jetzt, hat er bis Mittag drei Zeugenvernehmungen geplant. Ab 14 Uhr gehört er zu dem Dreierteam, das die Beschuldigtenvernehmung bei dem Serientäter durchführt. Sie haben acht Stunden veranschlagt. Er ist also ausgebucht für heute.“
„Dann nehme ich an“, hakte Hagen ein, „dass er morgen frei hat. Da werden wir uns um ihn kümmern müssen. Das ganze Wochenende, rund um die Uhr. Und ich sage euch eins: Nur mit Anne und mir wird das nichts.“
„Stimmt“, sagte Anne.
„Ich denke, ich rede mit Jörg Butterbrod“, fuhr Hagen fort. „Für ihn kommt zwar Korpsgeist an erster Stelle, aber gleich dahinter folgt sein gesunder Menschenverstand. Jörg wird uns nicht im Stich lassen. Sind die jungen Kollegen mit den Befragungen fertig? Können wir sie einsetzen?“
„Sie sind zwar fast durch“, sagte der Alte. „Das Ergebnis war gleich Null. Aber heute ist der Zeugenaufruf in der Zeitung. Unten am Telefon sitzen heute Stan und Olli. Wenn Hinweise kommen, könnten wir also mit den beiden Jungen schnell reagieren. Und das sollten wir auch. Seit der Tat sind nun zwei Wochen vergangen. Wir dürfen einfach nicht noch mehr Zeit vertrödeln. Wir lassen sie hier. Einverstanden?“
Hagen nickte. „Gut. Also gehen wir das morgen zu dritt an“, sagte er nachdenklich.
„Da du morgen um 16 Uhr deinen Notartermin hast“, übernahm jetzt Anne, „bei dem du natürlich nicht fehlen darfst, machst du ab früh um sechs die erste Schicht. Ablösung um 15 Uhr durch Jörg und mich. Du stößt später wieder dazu,

und dann so lange es nötig ist. Einverstanden?"
„Gut, aber vorher muss ich noch Jörg erwischen. Anne, fragst du mal nach, was mit den Haarproben ist?"
„Geht seinen Gang."
„Und dann fahren wir beide zu Birgits Wohnung. Mich interessiert dieses Geheimfach."

Hagen saß auf dem Beifahrersitz des Dienstwagens und rollte eine Zigarette in der Hand.
Ich bekomme Entzugserscheinungen, wenn das so weitergeht, überlegte er. In den Büros, auf den Fluren und Toiletten, sogar in den Dienstwagen – überall Rauchverbot. Auf Bahnhöfen, in Restaurants und Kneipen. Er hatte mal davon geträumt, mit anderen Rauchern in einem Bunker eingesperrt zu sein, weil die Welt draußen rauchfrei sein sollte.
„Warum grinst du so böse?", fragte Anne plötzlich.
„Ach nichts Lustiges."
Anne bog in die Klosterstraße ein. Roland Bergener saß wieder auf seiner Bank und rauchte. Hagen sprang aus dem Wagen und steckte sich seine Zigarette an.
„Geh schon hinein", sagte er. „Ich komme gleich nach."
Anne nickte und war kurz darauf verschwunden. Er setzte sich zu Bergener. „Hallo, wie geht's?"
„Es ist still geworden im Haus. Früher hörte ich immer Birgits Musik, wenn sie zu Hause war."
„Sag mal, hat inzwischen jemand nach Birgit gefragt? Hat einer versucht dich auszuhorchen?"
„Mich horcht niemand aus, merk dir das."
„Aber es kann ja einer versucht haben – oder nicht?"
„Einer von der Kripo wollte den Keller sehen." Bergener lachte sein sattes Lachen. „Ich habe ihm den Keller gezeigt. Du kennst ja das schwarze Kohlenloch. Da hat er versucht, mit einem Feuerzeug Licht zu machen und sich mörderisch den Kopf gestoßen. Das war lustig."
„Weißt du, wie er hieß?", fragte Hagen.
„Nein, seinen Namen hat er nicht genannt. Den Ausweis habe

ich auch nur von weitem gesehen. Aber du erkennst ihn bestimmt wieder: kurze dunkle Haare und ein riesiges Horn auf dem Kopf."
„Und wann war er hier?"
„Einen Tag bevor ihr die Säcke und die Kiste vom Boden geholt habt."
„Dann denke ich, du hast was gut bei mir."
„Ach, hör auf, Hagen. Sobald das hier vorbei ist, hast du mich vergessen. Ich vergesse auch vieles. Aber manches fällt mir später wieder ein, zum Beispiel, dass das Einhorn schon mal hier war, als Birgit Freier noch lebte. Eine oder zwei Wochen vor ihrem Tod."
Hagen hob erstaunt den Kopf und sah Roland Bergener an.
„Was hat er denn gewollt?"
„Spioniert hat er. In Birgits Wohnung war wieder der Besuch. Ich wollte gerade das Fenster zum Hof schließen, da sah ich ihn aus dem Schuppen kommen. Einhorn schlich über den Hof und kletterte auf die Sandkiste, die unter Birgits Fenster steht. Er hat gelauscht, obwohl sicherlich nicht viel zu hören war. Das Fenster war immer geschlossen, wenn er zu Birgit kam. Sollte wohl niemand hören, wie sie schrie."
„Und weiter?"
„Nichts weiter. Ich hab mir meinen Klaren eingeholfen. Er blieb wahrscheinlich auf seiner Sandkiste hocken, bis es drinnen still wurde, und ist dann auf dem gleichen Weg zurück."
„Noch eine Zigarette?" Er hielt Bergener die Schachtel hin.
„Jetzt nicht. Aber wenn ich eine mit nach oben nehmen darf?"
Hagen zog sich zwei Zigaretten aus der Schachtel und gab ihm den Rest.
„Hier, behalte sie." Hagen stand auf. „Bis dann." Er beeilte sich, zu Anne in die Wohnung zu kommen.
„Das hat aber gedauert", zeterte sie aus dem Arbeitszimmer.
„Ja, stimmt. Aber es ist erstaunlich, was die Menschen alles zu erzählen haben, wenn man sich die Zeit nimmt zuzuhören."
Anne nahm Buch für Buch aus dem Regal und blätterte darin.
„Komm, wir müssen dieses Geheimfach finden. Zwar könnte

uns Bergener helfen; er hat mir erzählt, dass er die Regale repariert hat; aber lass es uns erst einmal allein versuchen."
Hagen blieb vor dem rechten Regal stehen. In Hüfthöhe war eine zehn Zentimeter hohe Zierleiste eingearbeitet. Eigentlich konnte ein Geheimfach nur dort versteckt sein. Zuerst untersuchte er das Ornament in der Mitte der Leiste. Er kniete sich hin und strich mit der Hand darüber. Es war wie eine Tulpe geformt und aufgeklebt. Da ließ sich nichts drehen oder hineindrücken. Nun tastete er unter dem Regalbrett entlang. In der rechten Ecke war irgendwas. Eine Unebenheit. Er drückte vorsichtig, dann kräftiger. Nichts passierte.
„Was ist, Mister Steed? Irgendwas gefunden?", fragte Anne.
„Ja, aber es geht nicht auf. Darf ich Sie um eine Haarnadel bitten, Miss Peel?"
„Tut es auch eine Büroklammer?" Sie reichte sie ihm und er versuchte sein Glück.
„Nicht stilecht, aber … Hoppla."
Das ganze Brett mit dem Ornament klappte auf.
„Es funktioniert. Sie sind unersetzlich mit Ihrem Equipment."
Er trat zur Seite und überließ Anne das Geheimfach. Während sie den Inhalt nach und nach ausräumte und auf dem Schreibtisch ausbreitete, öffnete er die Fächer der anderen Regale. Doch die waren leer.
„Hier ist nichts mehr. Was hast du?"
„Ja, was hab ich? Da wäre zuoberst dieser Goldbarren." Sie drehte und wendete ihn. „Und dann sind hier noch Papiere, persönliche Unterlagen, wie Geburtsurkunde, Pass, ein Bündel 50-Euro-Scheine. Was man halt so braucht."
„Und was ist das?" Er zog einen Umschlag aus dem Stapel und öffnete ihn.
„Fotos", stellte er fest und nahm sie aus dem Umschlag. Nachdem er Foto für Foto angesehen hatte, ließ er die Hände sinken. Nachdenklich starrte er zum Fenster hinaus.
„Was ist?" Sie nahm ihm die Fotos aus der Hand. „Ist das nicht dein Keller? Die Geheimzimmer? Wie kommt sie dazu?"
„Schau mal auf das Datum. 20. August, das ist der Tag, an

dem ich mit ihr Essen war und meinen Filmriss hatte. Ich verstehe es nicht. Sie war so sehr an dem Keller interessiert, dass sie mich betäubte und bei mir zu Hause diese Fotos machte."
„Jedenfalls erklären die Fotos, warum sie dir das Kärtchen geschickt hat mit der Entschuldigung. Sie muss es als Verrat an dir aufgefasst haben."
„Pack ein. Jörg wird zurück sein und du musst dir noch die Sachen anschauen, die ich bei der Zeitung kassiert habe."

Jörg Butterbrod und der Alte saßen in ihren Sesseln und blickten Anne und Hagen erwartungsvoll entgegen.
„Ihr beide seht ja aus, wie Schatzgräber. Was gefunden?", begrüßte Jörg sie.
„Und hier sieht's aus wie bei einem Herrenabend. Aber Bier und Zigarren fehlen", entgegnete Anne und stellte den Aktenkoffer auf ihrem Schreibtisch ab. „Das Geheimfach haben wir jedenfalls gefunden und darin wieder Arbeit für mich."
„Chef", sprach Hagen den Alten an. „Wir könnten noch einen Auswerter brauchen. Anne schafft das nicht allein. Kann sich da vielleicht einer beteiligen?"
„Ich kümmere mich drum", lautete die übliche Antwort.
„Es wäre wirklich wichtig. In den Umschlag, den ich aus dem Schreibtisch bei der Zeitung habe, hat überhaupt noch niemand hineingeschaut. Vielleicht ist ja Jörg oder einer der jungen Polizisten oder ein Kriminaltechniker abkömmlich."
„Wie gesagt: Ich kümmere mich drum."
Wieder diese Antwort, als wäre es selbstverständlich, rumorte es in Hagens Kopf. Was macht der Alte eigentlich hier? Hatte der nichts Wichtigeres zu tun, als hier die Arbeit am Laufen zu halten?
Hagen würde ihn fragen. Später. Wenn sie allein waren.
„Danke, Chef. So, ich glaube, ich brauche jetzt frische Luft. Ein kleiner Spaziergang würde mir gut tun. Jörg, wie ist das mit dir? Kommst du mit?"
Butterbrod sah ihn verdutzt an. Dann nickte er.
„Ja, etwas Bewegung wäre jetzt wirklich gut. Ich komme."

Sie gingen am Funkturm vorbei und bogen in die Straße dahinter ein, die nach ein paar Häusern zum Feldweg wurde und durch Wiesen weiterführte. Jörg blieb neben ihm stehen, als Hagen sich nach einem Grashalm bückte.
„Wie ist es gelaufen bei dem Rentner vom Stolpsee? Konntest du irgendwas erfahren?“, fragte er.
„Sehr gesprächig war der alte Mann nicht“, antwortete Jörg Butterbrod. „Ob er mir das Wichtigste verschwiegen hat, weiß ich nicht. Jedenfalls gibt es keine wirkliche Spur, woher das Gerücht kam. Es war eben ein Gerücht, dass die SS-Wachmannschaft einen Lkw mit achtzehn Kisten belud und diese Kisten an einer geheimen Stelle im See versenkte. Die Kisten sollen Gold und Platin enthalten haben. Ob das nun Goldzähne oder Schmuck ermordeter KZ-Insassen war, darüber gab es immer schon die wildesten Spekulationen. Also, letztlich hätten wir das alles auch im Internet nachlesen können.“
„Aber wir haben es immerhin versucht. Ich glaube, wir haben inzwischen so viele Spuren, dass es immer schwieriger wird, die Übersicht zu behalten. Wir sammeln nur Informationen, aber wir schaffen es nicht, sie zusammenzusetzen.“
„Ich schätze, du hast Recht.“ Jörg sah ihn an. „Sag mal, Hagen, was macht eigentlich der Alte hier?“
„Gute Frage. Ich weiß, was du meinst. Er müsste eigentlich die Kripo leiten und nicht hier die Ermittlung organisieren.“
Jörg nickte.
„Ich will mit ihm reden, wenn wir zurück sind. Lass uns über etwas anderes sprechen, Jörg.“
Hagen setzte sich an den Wegrand und wartete, bis Butterbrod sich ebenfalls einen Platz gesucht hatte. Er sah ihm ernst ins Gesicht. „Jörg, wie lange kennen wir uns eigentlich schon? Zwanzig Jahre?“
Butterbrod zuckte die Schultern. „Ich schätze, das reicht nicht. Aber worauf willst du mich einstimmen? Auf Steinert?“
Hagen nickte. „So lange wir uns kennen, habe ich immer an dir geschätzt, dass der Zusammenhalt der Kollegen untereinander für dich das Wichtigste war. Du hast nie einen fallen lassen.“

„Das ist wahr. Und ich denke noch heute so."
„Aber was ist, wenn wir einen Mörder in unserer Mitte haben? Einen, der außerhalb des Dienstes und aus Rache, Gier oder auch Mordlust gemordet hat. Und der drauf und dran ist, damit weiterzumachen. Jörg, wir wissen, dass er das nächste Opfer ausgewählt hat. Wir wissen, dass er es sucht und dass er es finden wird. Elke Frisch ist das nächste Opfer. Er ist ihr auf der Spur." Hagen hielt inne, sah auf seine Füße und drehte die Grashalme in seiner Hand.
„Hagen, dieses Gespräch ist unnötig. Wenn wir wirklich über einen Mörder reden, hat das nichts mit Kollegialität zu tun. Wir sind hier nicht in einem dieser amerikanischen Filme. Was du wissen willst, ist selbstverständlich. Du kannst dich auf mich verlassen. Und ich glaube, du weißt das."
„Ja, ich weiß es. Deshalb sitzen wir hier. Ansonsten hätte es ein solches Gespräch gar nicht gegeben. Ich möchte dir sagen, wie wir vorgehen wollen. Und da die Granseer Welt ziemlich klein ist, soll es unter uns bleiben. Und wir werden unbedingt darauf achten, dass wir uns hinterher noch selbst und den Kollegen in die Augen schauen können."

34

Als sie wieder ins Büro kamen, saß Kevin an Birgits Laptop.
„Hallo Kevin", rief Hagen. „Und? Schon etwas gefunden?"
„In dem braunen Umschlag waren Kontoauszüge der letzten Jahre. Der Kontostand ist zu hoch für eine Redakteurin, aber für Details hatte ich noch keine Zeit. Auf dem Laptop habe ich viele Artikel gefunden, die sie für die MAZ geschrieben hat, und ein angefangenes Buchmanuskript. Eine Art Autobiographie. Leider nur die ersten zwanzig Seiten. Nichts Tiefgreifendes, das uns weiterhilft."
„Schade. Von dem Manuskript hatte ich mir einiges versprochen. Dann erst einmal danke fürs Lesen."
Hagen setzte sich zu dem Alten. Der saß still in seinem Sessel und schien über irgendwas zu grübeln. Hagen beobachtete ihn

eine Weile, ohne etwas zu sagen.
„Ja, Hagen, so sieht es aus, wenn man alt wird. Du wirst es auch bald merken“, sagte der Alte, ohne den Kopf zu heben.
Hagen goss sich von dem Tee ein, der auf dem Tisch stand und schon halb kalt war. Wieder sah er den Alten an. „Und wie steht es mit der Pension? Sind Sie nicht längst dran?“
„In zwei Monaten werde ich siebzig. Ja, ich gehe in Pension. Aber ein letztes Mal wollte ich teilhaben an einer Ermittlung und merke nun, dass ich es nicht mehr schaffe. Ich bin reif für den Schrebergarten.“
„Und der Nachwuchs? Ich hoffe, in Neuruppin sitzen nicht nur Schimmels.“
„Ach wo, es sind gute Leute darunter. Darum fällt es mir ja so schwer loszulassen. Und Schimmel, der ist nicht so schlecht. Setz ihn in ein Vernehmungszimmer und er leistet gute Arbeit. Man darf ihn nur keine Ermittlung leiten lassen.“
Er merkte dem Alten die Müdigkeit an.
„Wollen Sie nicht Schluss machen für heute? Morgen wollen wir uns um Steinert kümmern. Das wird ein langer Tag.“
„Recht hast du. Machen wir Schluss. Geh du auch nach Hause. Kannst ja Anne mitnehmen“, fügte er flüsternd hinzu und lächelte merkwürdig. „Sie langweilt sich allein.“
Der Alte stand auf. „Schluss, meine Lieben, Feierabend“, rief er laut. „Haut euch in die Falle. Morgen wird’s hart.“
„Ich habe keine Lust, nach Hause zu fahren“, sagte Anne, die hinter ihm die Treppe hinunterging. Hagen blieb stehen und drehte sich zu ihr um.
„Dann lass dein Auto stehen und komm mit. Ich will noch nach Gramzow, mir die Situation dort ansehen. Ich fürchte, es wird nicht einfach. Es gibt zwei Ausfahrten aus dem Dorf.“
Sie nickte, sagte aber nichts.
„Und anschließend“, erklärte Hagen, „lade ich dich zum Italiener ein. Einverstanden?“
„Nein, ich lade dich ein. Ich will endlich wieder für Zwei kochen.“
Sie stiegen in seinen Astra. Als er losfuhr, merkte er erst, dass

er auf Annes Angebot gar nicht reagiert hatte. Also, ja. Und er freute sich auf den Abend mit Anne. Er hätte sowieso nur herumgegrübelt. Es wurde Zeit, dass Silke zurückkam.
Zehn Minuten später bogen sie in die Buchholzer Straße ein. Links an der Ecke stand ein saniertes Haus, rechts eine längst aufgegebene Ruine. Dann links Brachland, rechts ein altes Haus, dem man den Schimmel schon von außen ansah. Und so ging es weiter. Links ein Herrenhaus, unbewohnt, Putz bröckelte, dann ein aufgegebener Kuhstall.
Hagen kannte Steinerts Haus, ein ehemaliger Pferdestall mit je einer Wohnung an jedem Giebel. Der Pferdestall stand zwischen Herrenhaus und Kuhstall, die zusammen einen Hof bildeten. Steinert hatte das ganze Areal gekauft, mit Hagens Hilfe. Er hatte ihn nicht verstanden: Wozu brauchte der für sich allein einen solchen Hof? Das Areal umfasste fünf Hektar. Einmal abgesehen von der Frage, woher ein Kriminalbeamter die nötigen Mittel hatte. Allein konnte er vielleicht den Kauf stemmen, aber niemals die Sanierung des Herrenhauses.
Rechts folgten nun einige Bauernhäuser, sogar ein Neubau stand am Dorfrand. Das Dorf lag da wie tot. Von den Nadelwäldern ringsum beschattet, fast erdrückt.
Hinter dem letzten Haus führte eine sanierte Straße in den Wald hinein. Zwei Kilometer weiter kamen sie an einen versumpften Waldsee. Und noch ein paar Kilometer weiter würde der Wald aufhören. Da kam Buchholz und eine Heidelandschaft, die ihm viel mehr zusagte.
Er wendete und fuhr langsam zurück. Als das erste Haus in Sichtweite kam, fuhr er auf den Randstreifen und hielt an.
„Komm", sagte er. „Laufen wir ein Stück."
Er nahm den Fotoapparat von der Rückbank, dann schlenderten sie ins Dorf. Dort, wo der Bus immer wendete, bogen sie nach rechts ab auf einen Feldweg, der an Steinerts Hof vorbeiführte. Durch eine Lücke zwischen den Ställen konnte man das Herrenhaus erkennen.
„Von weitem sieht das Herrenhaus richtig romantisch aus", nahm Anne das Gespräch auf.

„Finde ich auch, aber näher heran darf man nicht gehen“, antwortete er. „Sonst sieht man, wie marode es ist.“
Die Sonne des Spätnachmittags ließ die Backsteinwände des Pferdestalls rötlich erstrahlen. Der Hof lag still da.
„Niemand zu Hause“, kommentierte Anne.
Das alte Wiegehäuschen, das die früheren Eigentümer als Garage genutzt hatten, war einem größeren Gebäude gewichen, in dem mindestens zwei Pkws Platz fanden.
„Komm weiter“, sagte er leise. „Da beobachtet uns jemand. So leer, wie es aussieht, ist der Hof gar nicht.“
Sie gingen spazieren, ganz zwanglos. Der Weg führte über Brachland, zehn Meter vom Zaun entfernt, der die Grenze zu Steinerts Reich markierte. Zwischen den Ästen eines eingegangenen Birnbaums konnte Hagen erkennen, dass man die Terrasse erweitert hatte, die sich hinten an den Pferdestall anschloss. Ein alter Mann saß im Liegestuhl, das Gesicht der Abendsonne zugewandt.
Zu schade, dass man sie entdeckt hatte. Hagen wagte es nicht, die Kamera auch nur anzufassen.
„Langsam gehen. Nicht rennen“, raunte er Anne zu. Sie hatten das Ende des Grundstücks erreicht. Der Zaun bog nach links ab, während der Weg geradeaus weiterführte. „Wir gehen spazieren, suchen die Natur. Schau doch mal, ein Storch.“
Als sie den Waldrand erreichten, drehte Anne sich noch einmal um. Dann verschwanden sie im Wald. „Oben am Fenster hat wirklich jemand gestanden“, sagte sie.
„Kanntest du ihn?“
„Nein, ich glaube nicht. War zu weit weg. Aber Steinert war es nicht. Klein und ziemlich muskulös. Schwarzeneggers kleiner Bruder mit Glatze. Vielleicht ein Bodyguard.“
„Könnte sein. Trug er ein Pistolenhalfter über dem T-Shirt?“
„Witzbold!“ Sie stieß ihm in die Seite.
„Ich hoffe, wir waren harmlos genug. Wenn er uns fotografiert hat, können wir unsere Aktion morgen vergessen. Dann weiß Steinert heute Abend, wer ihn besucht hat.“
Sie gingen weiter. In einem Bogen würden sie wieder zur

Straße und zum Auto zurückkehren.
„Hast du den Alten auf der Terrasse erkannt?“
Anne sah ihn an und schüttelte dann den Kopf.
„Das war Arthur Freier, Birgits Vater.“
„Echt? Bist du sicher?“
„Ganz sicher. So sicher, wie man nur sein kann.“
„Und dieser Nazi sitzt hier seelenruhig in der Sonne und lässt sich den Bauch braten.“
Kurz darauf trafen sie wieder auf die Straße und hundert Meter weiter stand der Astra.

Anne fuhr ihren Käfer aufs Grundstück, Hagen parkte davor. Die Sonne war hinter dem Wald verschwunden und die Dunkelheit schien nach den einsamen Häusern zu greifen. Ihn fröstelte. Mit schnellen Schritten war er an Annes Seite.
„Komm rein.“ Sie öffnete die Tür. „Jetzt ist Feierabend.“
„Noch nicht ganz. Ich will noch Jörg anrufen. Er muss die Frühschicht übernehmen, am besten mit dir zusammen.“
„Warum das denn?“
„Wir brauchen schnellstens Fotos von Freier. Mehr als das Wochenende bleibt uns nicht. Der Verfassungsschutz wird den Fall bestimmt übernehmen. Allerdings hoffe ich nicht, dass wir das Feld ganz räumen müssen, denn der Mord an Birgit Freier fällt sicher nicht in deren Zuständigkeit.“
Er wählte Jörg an und erklärte ihm die Situation.
„Lass dich auf keinen Fall sehen. Die haben eine Wache auf dem Dach. Du übernimmst den Waldweg nach Buchholz. Anne steht auf der anderen Seite der Bundesstraße unter der Eisenbahnbrücke. Ihre Handynummer hast du? Gut. Bis morgen.“
„So, jetzt ist aber wirklich Feierabend – ja?“, bat Anne. „Ich will jetzt nichts mehr von Arbeit hören. Jetzt wird gekocht.“
„Wunderbar, was isst du denn am liebsten?“, fragte Hagen.
„Das verrate ich nicht. Und du?“
Er lachte und schüttelte den Kopf. „Dann kochen wir beide. Spionieren verboten. Absprechen verboten“, schlug er vor.
„Au ja, das klingt spannend. So machen wir es. Was brauchst

du an Zutaten?“
„Nicht viel. Bisschen Speck, Zwiebeln, gekochte Pellkartoffeln, zwei Eier, Salz, Pfeffer, Majoran, halben Liter Milch, Grieß, Zimtstange, Zucker. Einen Milchtopf und eine Pfanne.“
„Echt mal, und das kann man dann Essen?“
„Wirst schon sehen. Hast du einen Zutaten-Engpass?“
„Nein. Alles da, sogar gekochte Kartoffeln von gestern. Aber meine Zutaten verrate ich nicht.“
„Musst ja nicht. Aber ich bin ziemlich verwöhnt, was das Essen angeht. Das sag ich dir gleich.“
Sie streckte ihm die Zunge raus.
Anne stapelte seine Zutaten vor ihm auf, dann legte sie ihre ans andere Ende der Kochinsel. Und los.
Hagen füllte zuerst die Milch in den Milchtopf und stellte sie aufs Feuer. Dann pellte er Kartoffeln. Zwischendurch schaute er zu Annes Aktivitäten hinüber. Wer in seinem Gesicht lesen konnte, sah offene Skepsis. Glasnudeln, Bambussprossen und solch Zeugs. Der einzige Lichtblick waren noch die klein geschnittenen Hühnerbrüstchen. Mit seinem eigenen Gericht kam er gut voran. Die Milch war heiß. Er schüttete Grieß hinein, gab Zucker und eine Zimtstange hinzu und rührte um. Dann briet er Speck an und kippte die Kartoffelscheiben dazu. Grieß umrühren, Kartoffeln wenden. Salzen, pfeffern, Zwiebeln dazu tun und zum Schluss den Majoran – alles an die Kartoffeln. Oh, das würde lecker werden!
Sie waren fast gleichzeitig fertig. Er schaute zu Anne, sie zu ihm. Heftiges Misstrauen in beiden Gesichtern.
„Ich habe hier leckeres chinesisches Nummer 23“, sagte Anne stolz und wies mit der Hand auf die beiden gut gefüllten Teller. „Was hast du gezaubert?“
„Mit deinem leckeren Nummer 23 komme ich natürlich nicht mit. Mein Gericht nennt sich Grießbrei mit Bratkartoffeln und ich habe es von Uroma.“ Er zeigte auf die beiden tiefen Teller, in die er bereits je eine Kelle Grießbrei geklickt hatte. Nun nahm er die Pfanne und gab die Bratkartoffeln über den Grießbrei.

Annes „Nicht!“ kam viel zu spät.
Er grinste. „Da musst du jetzt durch.“
Jeder nahm zwei Teller mit zum Tisch. Dann setzten sie sich.
„Essen wir zuerst die 23 und dann den leckeren Grießbrei?“, fragte er charmant und fügte hinzu: „Aber halt dich nicht mit der 23 auf. Das Beste kommt zum Schluss! Und du sollst bei Tisch nicht immer die Zunge herausstrecken.“
Er aß mit Appetit. Und Anne schmeckte sogar Uromas Grießbrei mit Bratkartoffeln, was er im Stillen angezweifelt hatte.
Das dreckige Geschirr blieb stehen, die Töpfe ebenfalls. Anne dimmte das Licht und warf eine CD ein. Blues. Uralt. Toll. Sie warfen sich jeder in einen Sessel.
Hagen schloss die Augen und lauschte der Musik, er versuchte es jedenfalls. Nach einer Weile schaute er zu Anne hinüber. Sie sah ihn an und streckte ihre Hand nach ihm aus.
Ja, er wusste, dass Anne es wollte. Warum zögerte er? Langsam streckte Hagen die Hand aus. Doch da stand sie bereits vor ihm in ihrer dünnen Stoffhose, die den Slip erkennen ließ, und dem lose herabhängenden T-Shirt in unmöglichen Farben. Mit den Händen schob sie störende Haare hinter die Ohren.
Er rutschte in seinem Sessel nach vorn, aber sie hinderte ihn am Aufstehen. Ganz nah trat sie an ihn heran und drückte ihren flachen Bauch gegen sein Gesicht. Das T-Shirt war hochgerutscht. Noch immer hatte sie die Hände über dem Kopf. Ganz sacht wiegte sie ihre Hüften zur Musik. Er wollte ihre Haut schmecken. Seine Hände legten sich wie von selbst um ihre Taille und strichen den Rücken hinauf. Am BH zögerte er kurz und öffnete ihn dann. Nur mit den Fingerspitzen berührte er ihren Rücken, ließ sie abwärts gleiten und an den Seiten wieder nach oben. Er spürte, wie ihr Atem heftiger wurde. Sie zog sich das T-Shirt samt BH über den Kopf. Ihre Brüste waren klein und sie zitterten leicht, als seine Hände an ihnen vorbei glitten hoch zu den Achseln. Ihr Knie rieb über seinen Oberschenkel nach vorn. Er spürte es an seinem Penis. Sie zuckte erschreckt zurück.
Er drückte sich aus dem Sessel hoch. Anne drehte ihm nun

den Rücken zu. Sie stand da und wartete auf ihn. Er trat an sie heran, küsste ihren Nacken und strich sanft über ihre Schultern. Sie nahm ihre Arme herunter und gleich darauf spürte er ihre Hand im Schritt. Anne drehte sich zu ihm um.
Ihre Lippen waren weich und ihr Körper fordernd. Knospen sprangen auf und erblühten. Haare zwischen seinen Lippen, dann schmeckte er sie, roch sie. Lippen saugten. Beine umschlangen seine Hüften, Körper erbebten und stießen. Wieder lustvolle Küsse. Sturmfluten brandeten ineinander. Dann flaute der Wind ab und wurde zu Hecheln und Stöhnen.

35

Es war kurz vor acht, als Hagen im Laufschritt die Treppe ins Obergeschoss nahm. Er wollte im Büro sein, wenn der erste Anruf kam. Sie hatten vereinbart, dass Jörg ab 8 Uhr stündlich anrief. Anne sollte jeweils fünfzehn Minuten später anrufen, wenn nichts Ernstes geschah.
Als Hagen die Bürotür hinter sich zuschlug, klingelte das Handy. Jörg hatte sich am Waldrand mit einem Fernglas postiert. Aber es war alles ruhig. Man schlief noch, vermutete Jörg.
Hagen holte sich einen Becher Kaffee. Wieder das Handy.
„Guten Morgen." Anne war fünf Minuten zu früh. „Ich hoffe, du hast besser geschlafen als ich. Du hast mordsmäßig geschnarcht. Ich bin es nicht mehr gewöhnt, nicht allein zu schlafen. Schade, dass wir nicht noch zusammen frühstücken konnten. Hast du den Kaffee und die Brötchen gefunden?"
Er wartete, dass sie Luft holte. „Ja, dir auch einen guten Morgen. Ich habe tief und fest geschlafen. Es war aber auch toll mit dir. Ich fühle mich heute völlig ausgesaugt."
Sie lachte. Ihr Lachen hörte sich offen und ungehemmt an.
„Wenn ich dich so höre", sagte sie, „bist du allein im Büro."
„Stimmt. Der …", er unterbrach sich, als die Tür aufging. „Chef kommt gerade zur Tür herein. Aber sonst gab es bisher nichts?"
„Nein, alles ruhig. Nur eins nicht. Ich bin wund, glaube ich."

Sie lachte wieder. Er lachte auch und legte auf.
„Ach ja, die Turteltäubchen. Kam ich ungelegen?“ Der Alte schmunzelte. „Jedenfalls guten Morgen.“
„Moin, Chef. Es gibt einige Neuigkeiten. Wir haben ...“
„Warte. Ich brauche erst meinen Tee, dann kannst du erzählen.“
Hagen bemühte sich, seinen Elan zu zügeln. Herr je, da wird Silke aber zu tun haben, diese Nacht wieder wettzumachen, spukte es in seinem Kopf. Sie wird merken, was mit mir los ist. Wie der Alte. Sie riechen so etwas. Beide.
Hagen ging hinüber zu den Sesseln, kehrte dann noch einmal um, als das Teewasser brodelte, und goss die Kanne voll. Der Alte klapperte schon mit seiner Tasse.
„Nun sag schon, was es für dringende Neuigkeiten gibt.“
„Ach, nichts Besonderes. Wir haben Arthur Freier gefunden.“
Die Teetasse des Alten ging zu Bruch. Er fluchte und Hagen lachte lauthals. Selbst Schuld.
„Was sagst du da? Arthur Freier? Den verschollenen SS-Mann habt ihr gefunden? Wo?“
Hagen sammelte die Scherben auf, warf sie in den Papierkorb und erzählte von Annes und seinem Ausflug nach Gramzow. Er musste mehrfach versichern, dass er sich nicht getäuscht und Freier wiedererkannt habe. Ja, er habe ein besonderes Gedächtnis für Gesichter und so weiter.
„Ja, Freier und einen Bodyguard“, wiederholte Hagen. „Von Steinert war nichts zu sehen. Aber der sollte ja auch bei der Vernehmung in Neuruppin sein.“
„Und woher weißt du das alles mit dem Hof?“
„Nun, bei der Polizei hat man immer Angst, dass polizeiliche Kenntnisse für den Nebenerwerb verwendet werden. Aber es ist auch anders herum möglich. *Ich* habe Steinert diese Immobilie vermittelt. Ein fünf Hektar großes Areal mit Herrenhaus, Pferdestall und noch mehr. Mir war nicht klar, wofür er dies alles brauchte und wovon er die Sanierung bezahlen wollte.“
„Und du meinst, der Verfassungsschutz würde sich dafür interessieren? Damit wirst du wohl Recht haben.“
„Werden wir den Fall damit los, Chef?“

„Schaff du ein brauchbares Foto herbei, dann informiere ich die Kollegen in Eberswalde, um das weitere Vorgehen abzusprechen. Mit der Tötung von Birgit Freier wollen die sicherlich nichts zu tun haben. Sie werden sich auf den alten Freier konzentrieren. Bis zu dessen Festnahme müssen wir allerdings unsere Beweise haben und wissen, wer der Mörder ist. Sonst haben wir keine Chance mehr. Verstanden?“
„Soweit ist das klar. Hoffentlich kommt bei der Überwachung etwas heraus. Sorgen mach ich mir um Birgit Freiers Schwester. Wir wissen, dass Steinert auf der Suche nach ihr ist. Wenn wir Steinert verlieren, gefährden wir sie.“
Sein Handy klingelte. Die Stunde war noch nicht um.
„Jörg hier. Es tut sich was. Der Bodyguard fährt ein Auto aus der Garage, einen großen schwarzen BMW.“
„Mist. Halte Abstand. Sollte Steinert nicht mitfahren, bleibst du dort. Bleib dran. Ich warne Anne.“
Er schaltete auf Konferenz. „Anne, pass auf, sie kommen. Ein schwarzer BMW. Bleib mal dran. - Jörg, wie sieht's aus?“
„Nur Bodyguard und der Alte. Koffer haben sie nicht verladen. Wahrscheinlich kommen sie also wieder.“
„Gut, du bleibst da. Anne übernimmt Freier. Bis später. Hallo Anne, alles mitgekriegt? Bleib du dran, aber sei vorsichtig. Schön Abstand halten.“
„Ja, okay. Bis dann.“
„Hätten wir doch früher auch Handys gehabt“, ließ sich der Alte vernehmen. „Alles wäre viel einfacher gewesen. Beim Polizeifunk weiß man ja nie, wer mithört.“
„Apropos Mithören. Darf ich an die Mikrofone bei mir zu Hause erinnern? Übermorgen kommt Silke wieder.“
Der Alte grinste. „Die haben wir vorige Nacht entfernt, als du mit Anne beschäftigt warst. Mach ihr ja keinen Kummer, sonst bekommst du es mit mir zu tun.“
Hagen stutzte und schaute den Alten fragend an. Da war ein Unterton gewesen, den er bei ihm nicht kannte.
Jetzt lachte der Alte lauthals. „Ja, Herr Ermittler, Sie wissen auch nicht alles.“

„Was weiß ich nicht? Kennen Sie sie von früher?"
„Nicht nur das. Sie ist meine Tochter."
Er schaute den Alten verwundert an. Jetzt wurde ihm einiges klar. Deshalb war er zur Stelle gewesen, als Anne von Schimmel vor die Tür gesetzt worden war. Das Handy bewahrte ihn vor einer geistlosen Antwort.
„Anne hier. Sie sind auf der B96 in Richtung Fürstenberg unterwegs. Bin immer einen Hügel hinter ihnen."
„Danke, Anne. Bis dann." Nachdenklich ließ Hagen das Smartphone sinken. Wo wollen die bloß hin? Ein Boot vielleicht, überlegte er. „Klar, sie haben in Fürstenberg ein Boot liegen", sagte er laut. „Aber warten wir es ab."
Er schaute den Alten an. Der schien sich zu amüsieren.
„Nun nimm es nicht so schwer. Woher hättest du es wissen sollen? Außerdem ist sie eine erwachsene Frau, die weiß, was sie will. Mir ist klar, dass du nicht mein Schwiegersohn wirst und mir nicht den erhofften Enkel schenken wirst. Also entspann dich."
„Ich bin entspannt", erwiderte Hagen.
„Nein, bist du nicht. Und eins wollte ich dir noch sagen: Nenn mich nicht mehr Alter, ich heiße Johann."
„Gerne." Er grinste. „Ich mag Anne sehr gern. Weißt du, dass wir vor dreißig Jahren ein Paar waren?"
„Ja, ich weiß. Es war ein Trauerspiel. Reden wir nicht mehr davon. Was war jetzt mit Elke Frisch?"
„Ich fühle mich einfach unwohl bei dem Gedanken, sie ohne Schutz zu lassen."
„Du kannst aber nicht alles alleine machen und mehr Leute haben wir nicht."
„Doch haben wir!"
„Du meinst die beiden jungen Leute von der Landeseinsatzeinheit", stellte der Alte fest und schaute auf die Uhr an der Wand. „Sie müssten gleich kommen."
Hagen stand auf und zog Annes Bürotelefon zu sich heran. Die Nummer las er von seinem Handy ab.
„Hallo, Herr Frisch, hier ist Hagen Brandt. Ich möchte mich

noch einmal bedanken, dass ich mit Elke telefonieren konnte. Sie war gestern hier auf dem Revier."

„Wirklich? Ich hätte ihr nicht zugetraut, dass sie von sich aus zur Polizei geht."

„Es ging ja immerhin um ihre Schwester."

„Ja, sicher. Ich hätte sie auch gern gesprochen. Nüchtern, wenn Sie verstehen, was ich meine." Frisch klang traurig.

„Ich weiß. Hier ist sie gestern auch zusammengebrochen. Der Alkohol macht den Menschen kaputt. Aber Sie, Herr Frisch, können ihr helfen."

Auf dem Flur wurden Schritte laut. Kurz darauf ging die Tür auf und die beiden jungen Polizisten kamen herein.

„Aber sie will mich ja nicht mehr sehen", hörte er nun wieder Frisch am Telefon.

„Herr Frisch, ich habe eine Bitte. Können Sie herkommen? Ich glaube, ich kann Ihnen helfen."

„Wirklich? Dann komme ich natürlich. Zehn Minuten."

Frisch legte auf.

„Hallo Jungs, wie steht's mit den Klinken?", fragte der Alte die beiden jungen Polizisten.

„Wir sind durch", antwortete der jüngere. Hagen hatte seinen Namen vergessen. „Es gibt allein in der Baustraße achtundzwanzig verschiedene Türklinken, von ganz alt bis Baumarktware. Aber die entscheidende Tür hatte einen Knauf." Er lachte und reichte dem Alten ein Blatt Papier über den Tisch.

„Setzt euch, setzt euch." Johann Paul wies auf die Sessel und begann zu lesen. „Wunderbar. Gut gemacht. Ihr habt die Frau mit den Koffern gefunden." Der Alte las weiter und sah dann zu Hagen herüber. „Der X-Trail hat genau an der richtigen Stelle gestanden, nämlich vor der Einfahrt, durch die man zur Rückseite der Klosterstraße 47 kommt. Wirklich wunderbar."

Der Alte schlug erregt auf das Vernehmungsprotokoll und sah die beiden Polizisten an. „Und sie war sich absolut sicher, dass nur der Fahrer im Auto saß?"

„Klar." Offensichtlich war der Jüngere heller im Kopf – oder selbstbewusster oder der Vorlautere von beiden. „Sie war ge-

rade über die Kreuzung an der Kirche gegangen, da kam ein Mann aus der Einfahrt und sprang ins Auto. Kaum zwanzig Meter entfernt. Und sie konnte sehen, dass der Fahrer sich erst noch hinunterbeugte in den Fußraum, als hätte er den Autoschlüssel fallen gelassen. Als er startete, war sie auf Höhe des Autos. Die Zeugin ist absolut zuverlässig. Absolut."
Der Alte wendete das Blatt wieder und las vor: „Astrid Poller, Baustraße 32, Soziologin. Telefonnummer ist auch dabei. Das habt ihr wirklich gut gemacht, Jungs."
In die letzten Worte hinein klingelte wieder Hagens Handy.
„Anne hier. Station Röblinsee, Bootsverleih. Die Straße heißt *Am Röblinsee*. Ich habe mich gerade erkundigt, was so ein Boot für eine Woche kostet. Jedenfalls lade ich dich nicht ein."
„Was machen unsere Freunde?"
„Sie haben ihr eigenes kleines Schiff am Steg. Und nun rate, wie das Schiff heißt. Birgit. Dieser alte Knacker. Erst schleimt er sich bei ihr ein, dann verprügelt er sie und bringt sie um."
„Nein, Anne, der alter Knacker hat sie nicht umgebracht. Wir haben die Zeugin gefunden. Freier saß nicht im X-Trail."
„Dann war es Steinert?"
„Da müssen wir erst noch einmal nachfassen. Eine andere Frage: Hast du deine Kamera dabei?"
„Sicher. Von Freier und dem Bodyguard hab ich genug Fotos."
„Prima. Dann schicke ich dir jetzt … Moment." Er zeigte auf den älteren Polizisten. „Wie heißt du?"
„Jonas Lück."
„Anne?", sprach Hagen wieder ins Handy. „Ich schicke dir Jonas Lück als Ablösung. Wir brauchen dich hier jetzt dringender. Er ist in dreißig Minuten bei dir."
„Gut. Er soll Proviant mitnehmen. Es sieht aus, als würden sie es sich auf ihrem Boot bequem machen. Bis dann."
„Also", sagte Hagen zu dem jungen Polizisten, „Fürstenberg, Straße Am Röblinsee, Bootsverleih. Anne Pagels sitzt in einem silbergrauen VW Passat. Weiß du, wie sie aussieht?"
Lück nickte.
„Du lässt Freier, der ist über achtzig, nicht aus den Augen.

Weißt du, wer Freier ist? Nein? Freier ist ein alter Nazi. Er gehörte zur Wachmannschaft des KZ Ravensbrück. Wir haben ihn gestern aufgestöbert. Es ist wirklich wichtig, dass er uns nicht wieder entwischt. Leider können wir ihn noch nicht festnehmen. Fragen? Handy dabei? Proviant einstecken. Schreib dir noch meine Nummer auf. Dann los."
Er sah den anderen jungen Polizisten an. „Name?"
„Fernando Lucio."
„Du rufst diese Astrid Soundso an. Frag sie, ob sie herkommen kann. Jetzt. Wir brauchen sie. Wenn nicht, holst du sie ab. Dringend! Alles klar?"
Fernando Lucio nickte, ließ sich das Vernehmungsprotokoll geben und ging ans Telefon.
Hagen setzte sich an den Konferenztisch und zog seinen Notizblock hervor. So lange hatten sie klein in klein herumgewurstelt. Und jetzt, wo es voranging, musste er aufpassen, nicht die Übersicht zu verlieren. Er war nicht der Überflieger, der alle an die Wand spielte. In sechs Jahren vergisst man so viel. Und jetzt musste er sich Einiges neu erarbeiten, was damals zur Routine gehört hatte.
Wieder das Handy.
„Jörg hier. Steinert macht sich auf den Weg und hat eine größere Tasche dabei. Der bekannte X-Trail."
Hagen schaute auf die Uhr. „Scheiße. Das ist zu früh. Bleib an ihm dran, wenn es irgend geht. Aber lass dich nicht erwischen und halte mich auf dem Laufenden, wohin die Reise geht. Tschüss."
Er knallte die Hand auf den Schreibtisch. „Fernando?" Er sah den jungen Mann an.
„Sie kommt mit dem Fahrrad."
„Frag mal unten nach, ob Herr Frisch schon da ist. Wir brauchen ihn jetzt."
Johann Paul war aufgestanden und kam näher. „Hagen, mach keine Panik hier. Was hast du vor?"
„Du willst Freiers Fotos – ich will Steinert. Sehr viele Chancen werden wir nicht bekommen."

Das Handy klingelte. Jörg: „Wir passieren Dannenwalde. Weiter auf der B96, Richtung Gransee."
„Verdammt. Wo will er hin?" Hagen legte auf und dachte kurz nach: Konnte Anne schon durch sein? Auf keinen Fall. Dann musste es ohne sie gehen. Er griff sich das Haustelefon und wählte die Nummer des Aufenthaltsraums.
„Brandt hier. Wo sind jetzt die Streifenwagen?"
„Einer ist zum Unfall nach Löwenberg. Der andere steht an der Fußgängerampel in Gransee."
„Gransee. Wer ist da?"
„Stan und Olli."
„Gut, sag ihnen, sie sollen den Kreisverkehr aus Richtung Fürstenberg sperren. Sofort. Kein Auto darf durch. Die Bundeskanzlerin ist auf dem Weg nach Meseberg. Alles klar? In zwanzig Minuten sollen sie bei mir anrufen."
„Geht klar, Hagen."
Er legte auf. Fernando kam herein mit Frisch im Schlepptau.
„Herr Frisch, danke, dass Sie kommen konnten. Bitte schön, nehmen Sie doch Platz." Er zeigte auf einen Stuhl am Konferenztisch. Verdammte Hektik. „Rauchen Sie?"
Er hielt ihm seine Zigarettenschachtel hin. Frisch nickte dankend. Ihre Feuerzeuge flammten auf.
„Herr Frisch, ich mache mir Sorgen um Ihre Frau. Deshalb habe ich Sie sprechen wollen." Es gelang ihm einfach nicht, ruhig zu bleiben. „Wenn ich Sie richtig verstanden habe, ist Ihre Frau vor einem viertel Jahr plötzlich verschwunden."
Frisch nickte und schaute ihn aufmerksam an.
„Sie haben nach ihr geforscht und sie bei Freunden gefunden. Aber sie wollte nicht mit Ihnen sprechen. Da haben Sie die Schuld bei sich gesucht. Richtig?"
„Ja, wahrscheinlich habe ich ihr zu viel zugemutet mit dem ganzen Umbau des Hauses. Ich mache mir deshalb große Vorwürfe." Frisch zog an seiner Zigarette und blickte vor sich auf den Tisch. „Später bin ich noch zwei- oder dreimal dort gewesen. Beim ersten Mal war sie wohl allein. Sie hat mir die Tür vor der Nase zugeknallt. Beim nächsten Mal hatte unser Kum-

pel mich eingelassen. Elke lag auf dem Sofa. Sie war besoffen, schnarchte und stank nach Kotze. Es war furchtbar."
„Herr Frisch, Sie dürfen sich keine Vorwürfe machen. Am Zusammenbruch Ihrer Frau tragen Sie keine Schuld."
„Aber warum will Sie dann nicht mit mir reden?" Frisch sah aus, als würde er gleich losheulen. Seine Augen waren gerötet. Er zog ein Taschentuch hervor und schnäuzte sich.
„Kannten Sie die Schwester Ihrer Frau?"
Er schüttelte den Kopf.
„Ihre Frau hat sie nach mehr als zwanzig Jahren zufällig wiedergesehen. Und sie musste mit ansehen, wie ihre Schwester misshandelt wurde. Das hat sie völlig aus der Bahn geworfen. Sie hatte Alpträume und versuchte diese mit Alkohol zu vertreiben. Und vor lauter Scham versteckt sie sich vor Ihnen."
Frisch sah ihn an. „Ist das wirklich wahr?"
Hagen nickte. „Ja, das ist wahr. Wie ist das, Herr Frisch, fühlen Sie sich stark genug, sich ab heute nicht mehr hinauswerfen zu lassen? Dann würde ich nämlich vorschlagen, dass wir beide zu ihr fahren. Wir müssen sie vor sich selbst beschützen – und vor demjenigen, der die Schwester Ihrer Frau so misshandelt hat."
Sein Smartphone klingelte schon wieder. Er zog es aus der Tasche und warf es dem Alten zu.
Auf dem Flur hörte er Annes klackende Absätze. Gleich darauf ging die Tür mit Schwung auf. „Hallo Leute", rief sie, „das ist gerade noch einmal gut gegangen. Der Kreisel war wohl gesperrt. Ich habe gerade noch ... Ups, Besuch."
„Anne, Herrn Frisch kennst du ja."
„Sicher. Hallo, Herr Frisch."
„Wir brauchen die Bilder, Anne. Dann fahren wir zu Frau Frisch und befreien sie aus ihrer Hölle."
„Sofort, Chef." Auf dem Weg zu ihrem Schreibtisch nahm sie bereits die Datenkarte aus der Kamera. Dann steckte sie sie in das Lesegerät ihres Laptop und importierte die Bilder.
Hagen war vom Tisch aufgestanden und hinter Anne getreten. Die Bilder waren gestochen scharf.

„Johann, kommst du mit dem Laptop klar? Anders bekommen wir die Bilder nicht ins Polizei-Intranet.“
Anne sah ihn von der Seite an, sagte aber nichts. Der Alte warf einen Blick auf die Bilder und nickte. „Komm, lass mich das machen, Anne. Bilder verkleinern und E-Mails versenden kann doch heute jeder. Fahrt ihr man. Hier, dein Handy. Jörg steht mit Steinert im Stau.“
„Herr Frisch, wo müssen wir hin?“, fragte Hagen.
„Meseberg. Das Haus an der Ecke zwischen Kirche und Friedhof.“
„Dann fahren wir. Herr Frisch fährt vor, Fernando nimmt den Dienstwagen, damit ihr beweglich seit. Anne, du kommst am besten mit mir. Wir müssen noch reden. Johann, übernimmst du Frau Poller?“
Johann Paul nickte. Sie brachen auf.

36

„Du nennst den Alten jetzt beim Vornamen?“, fragte Anne, kaum dass sie im Auto saßen.
„Du meinst deinen Vater? Ja“, antwortete Hagen.
„Aha, er hat also die Hosen heruntergelassen. Das ist gut.“
„Ja, und von seiner Pensionierung hat er mir auch erzählt. Bitte, Anne, lass uns jetzt über den Einsatz reden. Die Zeit ist knapp. Ich hab die Straße in Gransee sperren lassen. Steinert und Jörg Butterbrod stehen dort irgendwo im Stau, um uns die Zeit zu verschaffen, die wir brauchen.“
„Was hast du konkret vor?“
„Das wird von Elke Frisch abhängen und von den Gegebenheiten vor Ort. Der Hof scheint mir ziemlich exponiert zu sein. Aber ich glaube nicht, dass Steinert sie einfach abknallen will. Er will Informationen. Dazu muss er sie allein erwischen und das will ich verhindern. Ich komme nur mit, weil Elke Frisch mir vielleicht vertraut und dann tut, was nötig ist.“
„Und was wird mit Freier?“
„Dein Vater kümmert sich darum, dass der Verfassungsschutz

die Bilder und Informationen bekommt. Freier soll nicht entwischen, aber wir haben jetzt keine Kraft, uns auch noch um ihn zu kümmern. Das soll der Verfassungsschutz machen."
„Gut, deshalb hast du mich dort abgezogen. Ich hatte schon gedacht, du fängst an, mich zu bemuttern."
„Mitnichten, liebe Anne. Dort wärst du sicherer gewesen als hier bei mir. Aber ich brauche dringend eine Frau dabei."
Sie bogen nach Meseberg ab. Die Straße war gut und breit. Immerhin befuhren sie die Straße zum Gästehaus der Bundesregierung, wo die Kanzlerin ihre Staatsgäste empfing.
Auf dem Parkplatz vor Schloss Meseberg standen drei Pkws. Sie stellten ihre dazu. Hagen sah sich kurz um. Rechts ging es nach Großmutz. Schräg vor ihm die Kirche und daneben der Giebel des Hauses, in das sie wollten. Der Giebel hatte nur auf dem Dachboden Fenster zum Parkplatz und diese waren vernagelt. Sicher eine Anweisung von Merkels Leibgarde, überlegte er. Hinter dem Haus war offenbar ein Hof, eine Backsteinmauer schloss ihn zum Gästehaus hin ab. Hinten stand eine Scheune.
Hagen klingelte. Malte Frisch und Anne standen hinter ihm. Fernando Lucio war am Fuß der Treppe geblieben.
Elke Frisch hatte getrunken, aber sie erkannte ihn. Denn sie trat zur Seite um ihn einzulassen. Dabei entdeckte sie ihren Mann.
„Was willst du hier?", keifte sie und wollte die Tür schließen. Doch Hagen stand schon auf der Türschwelle.
„Bitte, Frau Frisch, ich muss mit Ihnen reden. Lassen Sie uns ein." Sein Ton klang nicht bittend, obwohl er die Worte so gewählt hatte. Gleichzeitig drückte er die Tür ganz auf und schob Elke Frisch zurück in den Flur.
In ihrem Gesicht las er Panik. Er war sicher, dass sie sich nicht vor ihm fürchtete. Auch nicht vor ihren Mann.
Fernando schloss hinter sich die Haustür. Es war eine sehr alte Tür, die nicht gerade den stabilsten Eindruck machte. Aber sie hatte einen dicken Querbalken, mit dem man sie anständig verriegeln konnte. Fernando legte ihn vor.
„Frau Frisch, Sie müssen keine Angst vor uns haben. Ist noch

jemand zu Hause?“
Sie schüttelte den Kopf.
„Kommt Besuch?“
Jetzt starrte sie ihn an.
„Was hat er Ihnen versprochen? Geld? Ist es ein Freier?“
Sie schaute zu Frisch, nickte und schüttelte dann den Kopf.
Fernando war in das Zimmer links getreten und beobachtete die Straße. Er schüttelte den Kopf, als Hagen zu ihm hinüber sah. Frisch stand irgendwie verloren in der Mitte des Flurs und wartete, dass man ihm seine Frau zurückgab. Anne durchsuchte die restlichen Zimmer, kam aber gleich darauf zurück und schüttelte ebenfalls den Kopf. Gut.
Konnten sie hier auf die Schnelle eine Falle aufbauen? Nein, keine Falle mit Elke Frisch als Köder, schalt er sich selbst.
„Fernando, schau hinten nach, ob wir dort raus kommen.“
„Das brauch er nicht“, sagte plötzlich Elke Frisch mit belegter Stimme. „Es gibt eine Tür im Maschendrahtzaun. Die ist immer offen.“ Die Furcht in ihren Augen war noch immer da. „Bitte“, sagte sie dann, „bringen Sie mich hier weg. Er wird mich töten, wenn ich ihm nicht sage, wo die Kiste ist. Das hat er gesagt.“ Sie klammerte sich an ihn.
Er sah Frisch an und übergab sie ihm.
„Bringt sie mit. Ich hole mein Auto“, rief er und rannte zur Hintertür. Als er über den Hof lief, klingelte sein Handy.
Olli: „Straße ist wieder offen. Kann ich ...“
Er unterbrach die Verbindung, riss das Gartentor zur Straße auf und saß kurz darauf im Auto. Wieder das Handy.
Jörg: „Hagen, er ist mir entwischt. Stan, dieser Blödmann ...“
Er ließ das Handy auf den Beifahrersitz fallen, startete und gab Gas. Am Gartentor bremste er hart. Die beiden Frischs wurden auf die Rückbank geschoben. Anne sprang auf den Beifahrersitz und Fernando rannte zum Dienstwagen. Mit durchdrehenden Rädern fuhren sie los und bogen kurz darauf auf die Holperstraße nach Großmutz ein.
Anne hielt sein Smartphone ans Ohr. „Hallo? Aufgelegt.“
„Das war Jörg. Er hat Steinert verloren. Rufst du ihn bitte zu-

rück und schickst ihn zu dem Haus in Meseberg? Wir müssen wissen, wohin er danach fährt."
Hagen hielt an. Er musste nachdenken. Was würde Steinert tun, wenn er Elke Frisch nicht antraf? Welche Möglichkeiten hatte er? Schulzendorf auf jeden Fall.
„Arbeiten Ihre Meseberger Freunde irgendwo?"
„Ja, die sind beim Bau und fahren immer nach Berlin", antwortete Herr Frisch.
„Und Sie selbst?"
„Häusliche Krankenpflege. Ständig unterwegs."
„Gibt es noch einen anderen Anlaufpunkt, wo man Sie, Frau Frisch, normalerweise erreichen könnte?"
Im Rückspiegel sah er, wie sie mit dem Kopf schüttelte. „Beim Arbeitsamt, sonst nirgends."
„Wo können wir hin? Anne, wo können wir hin? Nicht Meseberg, nicht Schulzendorf. Im Revier muss er nur anrufen und nach ihr fragen. Ich will, dass beide Frischs verschwinden."
Anne ließ das Smartphone sinken.
„Jörg weiß Bescheid. Ja, wohin? Weder zu mir noch zu dir, soviel steht fest. Die im Revier wissen, dass Herr Frisch mit uns weggefahren ist. Er kann sich eins und eins zusammenzählen und weiß, dass wir ihm auf der Spur sind. Die Frage ist: Gibt er auf, wenn er das erfährt?"
„Dass wir die Kiste haben, weiß er jedenfalls noch nicht. Die steht jetzt in Potsdam, sicher verwahrt. Und er wird auch nicht davon erfahren, so lange unsere Oberen die Klappe halten und nicht vor der Presse protzen müssen." Hagen gab Gas.
„Sagst du mir, was du vor hast?", fragte Anne.
„Suche mal bitte in den Kontakten Knut Svenson heraus. Bei ihm ist Platz für die Frischs."
„Hab ihn." Sie reichte ihm das Smartphone.
„Knut, ich bin es, Hagen. Sag mal, deine Feriengäste sind doch abgereist – oder?"
„Ja, die sind weg. Hast du jemanden für mich?"
„Hab ich und wir sind in fünfzehn Minuten bei dir. Okay?"
„Klar, Betten sind gemacht."

„Bis dann.“ Hagen unterbrach die Verbindung. „So, jetzt müssen wir uns sputen. Ich habe noch zwei Stunden bis zum Notartermin.“
Durch Großmutz, dann B 96 und kurz darauf Buberow. An den Rinderställen vorbei kamen sie nach Kraatz. Dann der Feldweg am Welsengraben nach Mühlhof. Am ersten Haus rechts auf den Hof. Hier waren sie vor neugierigen Blicken geschützt.
Knut stand in der Tür. Anne und er stiegen aus. Die Frischs schauten noch unentschlossen durch die Autoscheiben.
Hagen öffnete ihnen die Tür. „Kommen Sie. Wir sind da.“
Die kurze Fahrt hatte offenbar ausgereicht, sie wieder miteinander zu versöhnen. Sie klammerten sich aneinander wie ängstliche Kinder, als sie neben dem Auto standen. Er schob sie zum Haus. Elke Frisch zitterte wie Espenlaub. Ihr Alkoholpegel sinkt. Hoffentlich macht sie nicht schlapp.
„Bitte, kommen Sie doch herein“, rief Knut. „Es ist alles vorbereitet. Ich hoffe, das Zimmer zum Hof gefällt Ihnen. Das nach vorne raus ist ziemlich laut.“
Es war ein kleines Zimmer mit Doppelbett, Schrank und einem Tisch mit zwei Stühlen unter dem Fenster. Die Tür zum Bad stand offen.
„Ich muss noch wissen“, sagte Knut, „wie lange Sie bleiben und ob Sie außer Haus essen oder Hausmannskost.“
„Hausmannskost. Vollpension. Bis Montag“, sagte Hagen. „Vater Staat zahlt. Und verplappere dich nicht im Dorf. Von diesen Feriengästen darf niemand erfahren. Klar?“
„Das dachte ich mir. Aber fragen muss ich schließlich.“
„Ach ja, und dann lass ich dir noch Fernando als Amme und Zimmermädchen hier.“
Fernando grinste, Knut ebenfalls.
„Prima. Kannst du Schach?“
Während Knut und Fernando herumwuselten, setzte Hagen sich mit Anne neben der Haustür auf die Bank. „Ich hab mir gedacht, wir beide stellen ihm eine Falle, liebe *Elke*.“
„Ach du Scheiße. Seh ich so schlimm aus?“

„Knut leiht dir einen Trainingsanzug, den musst du eben gut auspolstern. Aber was machen wir mit deinen Haaren? Ein wenig länger müssten sie schon sein."
„Darum brauchst du dir keine Sorgen machen. Ich habe die ganze Zeit schon nach einer Gelegenheit gesucht, meine Perücke auszuprobieren."
„Gut. Dann bringen wir jetzt deinen Käfer nach Hause. Du holst die Perücke. Danach fahren wir nach Neutornow. Das ist ein einsames Dorf. Ich habe dort ein leeres, allein stehendes Haus, wo wir unsere Falle aufbauen können. Aber dann muss ich schleunigst nach Zehdenick zur Notarin."
„Und wir verbringen die Nacht dort und warten auf Steinert?"
„Ja, so ähnlich. Anlocken müssen wir ihn noch. Aber dafür ist es zu früh. Dann also los."
Auf dem Weg zum Revier klingelt sein Handy. Er hatte darauf gewartet.
„Jörg hier. Steinert hat Haus und Hof durchsucht. Er ist gerade ins Auto gestiegen und fährt in Richtung Baumgarten."
„Er will nach Schulzendorf. Gib ihm einen Vorsprung. Wenn er herauskommt, rufst du bitte das Revier an. Wer auch immer gerade dort ist, soll dem Alten in Annes Büro ausrichten, dass wir die Frischs in der Neutornower Dorfstraße 21 untergebracht haben. Sie sollen dort für ein paar Tage bleiben."
„Du hoffst, Steinert ruft an, weil er eben das wissen will?"
„Du hast es erfasst. Halte uns auf dem Laufenden."
Sie holten Annes Auto und fuhren zu ihrem Haus. Anne stellte ihren Käfer ab und ging hinein, während er wendete. Zehn Minuten hatte er ihr gegeben. Nach acht Minuten sprang sie in sein Auto und schmiegte sich an ihn, als er losfuhr.

Das Haus machte genau den selben trostlosen Eindruck, wie Hagen es in Erinnerung hatte und wie es in den brandenburgischen Dörfern viele gab: Graue Putzfassade, alte Betondachsteine, Holzfenster mit abblätternder Farbe. Der Eingang war vom Hof her.
Er schloss auf, ließ Anne hinein und schloss hinter sich wie-

der ab. Sein Smartphone zeigte 15 Uhr. Jetzt müsste Steinert gerade Haus und Scheune in Schulzendorf durchsuchen.
Sie gingen durch eine Küche. Vom dahinter liegenden Flur gingen mehrere Zimmer ab, in einem war ein Doppelbett mit Matratze stehen geblieben. Alle Zimmer hatten Gardinen und Vorhänge. Das Licht funktionierte noch.
„Anne, ich muss los. Sollte Steinert auftauchen, bevor ich wieder da bin, trommele jeden zusammen, den du finden kannst. Bist du bewaffnet?"
Sie nickte.
„Er wird es auch sein. Also sei sehr vorsichtig. Du sollst hier nur einen dicken Schatten mimen, keine Heldin."
„Ja doch. Mach dir keine Sorgen und verschwinde endlich."

Fünf Minuten vor vier fuhr Hagen auf den Hof von Notarin Vogelsang. Meier und Lockenkopf erwarteten ihn bereits. Sie begrüßten sich ausgesucht höflich. Hagen führte Herrn Meier ins Wartezimmer. Der Rechtsanwalt war schon da und Hagen machte die Parteien miteinander bekannt. Smalltalk.
Kurz darauf erschien Notarin Vogelsang und ließ alle verstummen. Er kannte seine eigene Reaktion schon – und sie auch – und er bemühte sich, nicht mit offenem Mund dazustehen. Sie war um die fünfunddreißig Jahre und maß fast 1,90 Meter. Das lange, glatte Haar trug sie diesmal in braun. Der Rock ihres schwarzen Kostüms endete auf der Hälfte ihrer langen Schenkel. Während der Lippenstift in dunklem Rot noch die Strenge verschärfte, lockerte ein grünes Seidenhalstuch alles wieder auf. Jemand hatte ihm erzählt, abends stünden bis zu drei Männer gleichzeitig vor dem Haus. Ein Witz.
Als er ihr die Hand reichte, lächelte sie geschäftsmäßig. Ihre Hand war warm, der Händedruck angemessen, die Stimme ein wenig rauchig. Sie bat die Herren in ihr Büro und ging voran.
Man setzte sich um einen großen Tisch. Das Prozedere begann: Der Vertragstext wurde verlesen. Er hatte Mühe, den einzelnen Klauseln zu folgen, da er immer wieder an Anne und die Falle für Steinert denken musste.

Änderungswünsche gab es nicht. Jeder war offenbar zufrieden und unterschrieb. Seine eigene Funktion war auf das Gratulieren beschränkt. Dazu hatte er extra eine edle Flasche Weißwein besorgt, die ihn 100 Euro gekostet hatte.
Als Herr Meier vorschlug, diese gleich zu öffnen, hatte die Notarin schnell passende Gläser parat. Man stieß an. Und als Frau Vogelsang gekostet hatte, lächelte sie ihn begeistert an.
Auch Meier äußerte sich anerkennend: „Nun, da hat Herr Brandt einen angemessenen Tropfen herangeschafft."
Hagen dankte und bat, ihn nun zu entschuldigen, da ein weiterer Geschäftstermin auf ihn warte. Nachdem der Rechtsanwalt noch einmal seine Zufriedenheit ausgedrückt und von Empfehlung gefaselt hatte, erinnerte Meier: „Und wir sehen uns doch am Sonntag wieder, Herr Brandt. Mir scheint, Sie haben eine besondere Gabe, auf die Menschen zuzugehen."
Hagen machte, dass er davon kam.

37

Es war fast 18 Uhr, als Hagen durch Neutornow rollte. Er parkte neben einer Pferdekoppel und schlug sich durch das mannshohe Unkraut zwischen Koppelzaun und einem Stallgebäude hindurch. Auf der Rückseite der Häuser gelangte er zu dem, das er für ihre Falle ausgesucht hatte. Er kletterte über das Gartentor und klopfte am Küchenfenster das vereinbarte Zeichen. Anne ließ ihn ein.
„Alles ruhig", sagte sie, als sie die Tür wieder abschloss. In mehreren Zimmern hatte sie inzwischen Licht gemacht. Wegen der Vorhänge herrschte im Erdgeschoss bereits Dämmerung, obwohl es draußen noch hell war.
„Hast du schon mit deinem Vater telefoniert?"
Sie nickte. „Er hat die Zeugin vernommen. Der Personenbeschreibung nach ist es eindeutig Steinert. Wir werden eine Gegenüberstellung machen müssen."
„Bestimmt. Und wir brauchen seine Waffe. Das Messer wird er weggeworfen haben, aber wir müssen wissen, ob die Kugel

aus seiner Dienstwaffe stammt.“
„Dazu müssen wir ihn aber festnehmen – oder nicht?“
„Wir werden sehen. Wo steckt Steinert jetzt?“
„Sieht aus, als wüsste er nicht weiter. Er ist vor ein paar Minuten aus dem Haus gekommen und sitzt nun im Auto. Vielleicht ruft er gerade jetzt im Revier an.“
„Möglich. Was ist mit Freier?“, fragte Hagen weiter.
„Sie essen zu Abend und Jonas hungert. Aber der Alte hat ihm Verstärkung geschickt: Einer vom Verfassungsschutz ist da. Wenigstens Tee hat Jonas jetzt.“
„Und was hat der Verfassungsschutz vor?“
„Zunächst nichts, sagt der Alte. Vor Montag kein Zugriff. Sie ziehen ein Boot hinzu, falls Freier zu Wasser entwischen will.“
Das Handy klingelte. Es war Johann Paul. „Hagen, eure Falle könnt ihr zusammenpacken und herkommen.“
„Warum? Was ist passiert?“, fragte Hagen.
„Bekanntlich ist die deutsche Bürokratie ziemlich gründlich und manche Kollegen denken sogar mit. Die Waffenkammer hat sich gemeldet. Nach meiner Anfrage wegen der Handfesseln kam es Ihnen komisch vor, als Steinert gestern erschien. Der Abzugshebel an seiner Pistole war abgebrochen. Der Lauf zwar unbeschädigt, aber Kimme und Korn waren leicht deformiert. Sollte die Kugel, die auf Birgit Freier abgefeuert wurde, aus dieser Waffe stammen, können wir ihn festnehmen.“
„Das klingt vielversprechend. Aber hier abzubrechen, wäre verfrüht, so lange wir kein Ergebnis von der Ballistik haben. Sollte Steinert auftauchen, machen wir Hackfleisch aus ihm. Weißt du vielleicht, ob er schon im Revier angerufen hat?“
„Nein. Ich war gerade unten. Kein Anruf in der letzten halben Stunde außer von Jörg.“
„Er fährt jetzt zu mir. Wenn er schon nicht an Elke Frisch herankommt, wird er wenigstens wissen wollen, wo sie ist.“
Das Handy piepste. „Moment, Jörg ruft an. - Jörg?“
„Ja, wir sind wieder in Gransee und passieren gerade den Kreisverkehr in Richtung Zehdenick.“
„Na bitte. Treffer.“

„Wie bitte?“
„Ich hätte wetten können, dass er zu mir fährt. Gut, wir machen folgendes: Ruf im Revier an und beordere einen Streifenwagen nach Marienthal, das liegt auf dem Weg nach Neutornow. Sie sollen Fahrzeugkontrollen machen. Dann stellst du dich in Dannenwalde auf für den Fall, dass er uns nicht findet und nach Hause oder nach Fürstenberg weiterfährt.“
„Alles klar. Stan ist noch im Dienst. Soll ich ihn zur Verschwiegenheit verpflichten gegenüber Steinert?“
„Um Gottes Willen, nein. Steinert soll uns ja finden. Bis dann. Johann, hast du mitgehört?“
„Ja, alles klar. Aber seit bloß vorsichtig. Mir gefällt das nicht. Inzwischen halte ich ihn für unberechenbar.“
Es war gleich acht. Der Wind zog durch alle Ritzen. Hagen fror und fluchte, dass er seine Jacke im Auto gelassen hatte. Anne lief unruhig umher. Er saß auf der Bettkante und hatte sich die einzige Decke umgehängt, die im Haus aufzutreiben war. Sie war nicht sonderlich sauber und roch verstockt, aber sie wärmte.
Anne kam herein. „Puh, ich zittere am ganzen Körper, trotz der ganzen Polsterungen. Es hat angefangen zu regnen. Willst du mich nicht ein wenig wärmen, lieber Hagen?“
„Hier, du kannst die Decke haben.“ Er stand auf und wickelte sie so fest ein, dass sie sich kaum noch bewegen konnte. Nachdem sich Anne auf dem Bett ausgestreckt hatte, ging er hinaus und tigerte nun selbst über den Flur.
Halb neun zeigte das Smartphone an und noch immer keine Nachricht. Jörg hatte sich auch nicht mehr gemeldet. Hagen ging in die Küche und schob den Vorhang zur Seite, konnte aber nichts erkennen.
Wir sollten die Festbeleuchtung abschalten, überlegte er und löschte alle Lampen. Nur die eine Funzel am hintersten Ende des Flures ließ er brennen, um sich orientieren zu können. In dem Zimmer, wo Anne gegen die Müdigkeit kämpfte, waren nur verwaschene Schemen zu erkennen.
Die Taschenlampe lag natürlich auch im Auto. Ob er losgehen

und das Auto holen sollte? Nein. Jetzt nicht mehr.
Er schlenderte zurück zum Küchenfenster und zündete sich eine Zigarette an. Regen prasselte gegen die Scheibe. Anne schnarchte leise.
Plötzlich wurde es still. Wahrscheinlich machte der Regen eine Pause. Hagen hatte das Gefühl, als hätte ihm jemand Watte in die Ohren gestopft. Er schloss die Hintertür auf. Eine Windböe riss sie ihm aus der Hand. Er konnte gerade noch danach greifen, bevor sie gegen die Wand knallte. Dann trat er hinaus und schnippte die Zigarettenkippe von sich. Der Wind war kalt. Nieselregen peitschte ihm ins Gesicht. Er drehte sich um und hörte plötzlich hinter sich ein Geräusch.
Bevor er sich ganz herumgedreht hatte, traf ihn irgendwas hart im Genick. Er stöhnte auf und sackte zusammen.

Zornige Lichter blitzten vor seinen Augen, als er den Kopf hob. Hagen versuchte nicht, den Kopf zu schütteln. Er wartete, bis er wieder richtig sehen konnte. Vor ihm verschwand gerade ein Schatten im Flur. Kurz darauf hörte er Anne kreischen. Er fluchte und versuchte aufzustehen. Alles drehte sich. Torkelnd durchquerte er die Küche.
„Wo habt ihr die Kiste?“, kam es aus dem Zimmer, wo Anne auf dem Bett lag. Gurgeln und Röcheln waren die Antwort.
„Die Kiste, du Aas, die Kiste deiner Schwester! Wo ist sie?“
Wieder Röcheln. Irgendwas schlug gegen das Bettgestell.
Vor Hagen lag der schwach erleuchtete Flur. Er schob sich an der Wand entlang bis zur Zimmertür. Ein Schatten kniete auf dem Bett. Hagen warf sich nach vorn. Mit Kopf und Schulter rammte er die auf Anne kniende Gestalt. Die Wucht seines Angriffs warf sie zusammen vom Bett. Oberhalb der Stirn wurde er schmerzhaft von irgendwas getroffen und war auf Gegenwehr gefasst. Aber der Körper unter ihm erschlaffte.
Rasselnd hörte Hagen Anne nach Luft schnappen. Er rappelte sich hoch und wankte zum Lichtschalter.
Ja, es war Frank Steinert, der dort in der Zimmerecke lag. Sein Kopf war unnatürlich nach hinten gestreckt. Der Hinterkopf

lag auf dem Heizungsrohr. Scheiße!
„Anne, bist du in Ordnung?“
Sie nickte.
Er kniete vor Steinert nieder. Am Hinterkopf war Blut. Hagen legte zwei Finger auf die Halsschlagader. Er spürte nichts. Doch, da war ein Puls, wenn auch schwach.
Schnell zückte er sein Handy und wählte 112.
„Hagen Brandt, Polizei. Bitte schnellstmöglich einen Arzt nach 16798 Fürstenberg, Neutornower Straße 21. Ein Schwerverletzter bei Festnahme. Wirbelsäule und Hinterkopf.“
Er unterbrach die Verbindung.
„Zeig mal deinen Hals.“
Sie hielt still, als er über ihren Hals strich. „Tut es weh beim Schlucken?“
„Will nicht schlucken“, sagte sie mühsam.
„Ist gut. Bleib einfach hier sitzen bis der Arzt kommt.“ Er legte ihr die Decke wieder um die Schultern.

Zehn Minuten später war die SMH da. Hagen ging hinaus und wies den Sanitätern den Weg. Der Arzt der Rettungsstelle kam als letzter. Hagen kannte ihn. Ein Chirurg.
Hagen blieb auf der Schwelle stehen und sah zu, wie Steinert eine Injektion erhielt. Die Untersuchung war kurz: Hubschrauber.
Draußen fuhren weitere Blaulichter vor, wahrscheinlich die vom Notruf alarmierten Streifenwagen. Hagen rannte hinaus und wies sie ein, wo sie die Wiese mit ihren Lampen markieren sollten, damit der Hubschrauber landen konnte. Dann griff er wieder zum Handy.
„Jörg, Steinert ist hier und schwer verletzt. Kannst dort abbrechen.“ - „Ja, kannst herkommen.“ Er beendete das Gespräch und wählte Johann Paul an. „Wir haben ihn. Anne geht es gut und Steinert ist schwer verletzt. Er wird mit dem Rettungshubschrauber nach Marzahn geflogen. Kannst du sicherstellen, dass er dort sicher verwahrt wird?“
„Was ist passiert?“

„Es gab eine Rangelei. Er ist mit dem Hinterkopf auf ein Heizungsrohr gefallen. Ich schätze, die Halswirbelsäule. Er ist bewusstlos."
„Und Anne?", hakte der Alte nach.
„Hat Probleme beim Schlucken und Sprechen."
„Er hat sie gewürgt?"
Er hätte wissen müssen, dass er mit einem *Anne geht's gut* nicht davon kam. „Ja. Aber ich war schnell genug bei ihm."
„Und was ist mit dir?"
„Alles okay. Bis dann."
Langsam ging er wieder ins Haus. Der Arzt und die Sanitäter bemühten sich noch immer um Steinert. Irgendwann gelang es ihnen, dessen Halswirbelsäule zu stützen. Anschließend brauchten sie zehn Minuten, bis er auf der Trage lag. Das Bett hatten sie samt Anne einfach in die andere Ecke geschoben.
Draußen wurde es laut. Der Arzt besah sich gerade Annes Hals, als der Hubschrauber landete.
„Nichts Ernstes, denke ich", sagte der Arzt, bevor er seine Tasche zusammenraffte. „Aber fahren Sie trotzdem lieber noch in die Rettungsstelle zum Röntgen. Nur zur Sicherheit."
Als der Arzt das Zimmer verlassen hatte, setzte Hagen sich zu Anne aufs Bett. Sie legte den Kopf an seine Schulter. Jetzt merkte er erst, wie sie zitterte.
„Es ist alles gut", sagte er leise. „Steinert ist erledigt."
Sie hob den Kopf und sah ihm in die Augen. „Weißt du, was ich für eine Angst hatte? Steinert war vollkommen weggedreht. Irre. Er hat so sehr zugedrückt, dass ich nicht einmal hätte antworten können. Selbst wenn ich gewollt hätte."
Hagen nickte nachdenklich. „Kannst du aufstehen und ein Stück gehen? Sonst bleib hier. Ich hole mein Auto."
„Nein, es geht."
Er half ihr beim Aufstehen. Jörg kam ins Zimmer und blieb erschrocken stehen. „Anne, was ist passiert?" Er starrte auf ihren Hals, wo sich inzwischen Blutergüsse gebildet hatten. „War das Steinert?"
„Ja, Steinert. Kannst du hier alles dicht machen? Ich fahre mit

ihr noch in die Rettungsstelle und dann nach Hause."
„Ja, klar. Ich bring ihn um, wenn er mir unter die Finger kommt."
Das hätte ja ich beinahe geschafft, ging es Hagen durch den Kopf. Aber ich war ja selbst Schuld. Warum musste ich auch hinausgehen? Viel hat nicht gefehlt und Anne wäre auch auf sein Schuldenkonto gekommen. Er atmete tief ein und wieder aus. Und nach einiger Zeit wich der Kloß in seinem Hals.
Nebeneinander gingen sie die Dorfstraße entlang. Sein Arm lag auf ihrer Schulter, ihrer um seine Hüfte und die alte verstockte Decke hielt den ärgsten Wind ab. In jedem Haus, an dem sie vorbeikamen, brannte Licht. An manchem Gartenzaun standen Menschen und schauten ihnen hinterher. Er fragte sich, ob sie sich nun sicherer fühlten oder ob Anne und er und die Polizei nur für neuen Gesprächsstoff gesorgt hatten.
Hansen, die Reporterin, stand mitten auf der Straße – und ließ sie vorbeigehen, ohne dass das Blitzlicht aufflammte.
Danke, Hansen. Dann waren sie am Auto.

In der Granseer Rettungsstelle war es voll, denn der diensthabende Arzt befand sich auf dem Flug nach Berlin-Marzahn. Die Krankenschwester, die gerade aus dem Behandlungszimmer kam, nahm Anne gleich zum Röntgen mit. Trotzdem dauerte es zwei Stunden, in denen er draußen auf dem Flur hin und her tigerte. Zwischendurch setzte er sich auf eine der Wartebänke. Doch lange hielt er es nie aus. Irgendwann bemerkte er, dass Johann Paul neben ihm saß. Wann war er gekommen? Er wusste es nicht und es war eigentlich auch egal.
Dann war Anne wieder da. Sie sah erst ihn an, dann ihren Vater. „Es ist alles gut, Papa."
Johann umarmte sie, drückte ihm noch die Hand. Dann ging der Alte zum Ausgang.
Anne nahm Hagens Hand und zog ihn mit sich.

Das Weckradio zeigte zwei Uhr. Hagen saß auf der Bettkante, während Anne hinter ihm schlief. Sie hatte darauf bestanden,

dass er blieb, sich dann die Bettdecke bis über die Ohren hoch gezogen und sofort angefangen zu schnarchen.
Das Ganze nahm sie offenbar doch mehr mit, als sie zugeben wollte. Er hatte Angst in ihren Augen gesehen, als er davon sprach, nach Hause zu fahren. So weit hatte er es also gebracht.
Warum musste er ihr auch diese dämliche Falle einreden? Und dann hatte er Anne noch nicht einmal richtig beschützen können. „Hagen, du bist ein Versager", flüsterte er.
Erst hatte er Birgits Hilferufe nicht gesehen, obwohl es sie gegeben haben musste. Dann wurde Anne beinahe erwürgt, weil er nicht aufpassen konnte.
Er hatte Steinert nicht ernst genommen, jedenfalls nicht genug. Dabei hatte Johann ihn noch gewarnt. Wahrscheinlich war es am besten, diesen sogenannten Beratervertrag zu kündigen und sich wieder um seine Immobilien zu kümmern. Damit gefährdete er wenigstens niemanden.
Hagen drehte sich vorsichtig um. Von Anne lugte nur eine Haarsträhne unter der Bettdecke hervor. Vorsichtig legte er sich neben sie und lauschte ihrem Atem.

38

Um zehn waren alle wieder im Büro versammelt. Johann saß in seinem Sessel, auch die lädiert aussehende Anne hatte in der Sesselecke Platz genommen. Staatsanwalt Freigang und Kevin Klein mit den beiden jungen Polizisten und Jörg Butterbrod saßen am Konferenztisch.
Hagen stand hinter Anne und lehnte sich mit dem Rücken gegen das Fenster. Er dachte an die Frischs. Wie Elke Frisch im Vernehmungsraum zusammengebrochen war und sich einen Tag später an ihren Mann geklammert hatte. Nein, er würde nicht kündigen, aber er musste besser aufpassen und auch an die Sicherheit seiner Kollegen denken.
Kevin las aus der Zeitung vor. Sie waren die Titelstory. Natürlich. Selbst in den Berliner Zeitungen und in den Rundfunk-

Nachrichten tauchten sie auf.
„Das ist nichts gegen die Schlagzeilen, die wir produzieren werden, wenn wir mit Freier und der Schatzkiste weitermachen“, sagte Hagen, als Kevin endete. „Aber zuerst müssen wir bei Steinert den Sack zumachen. Ballistik. Zeugenaussagen von den Frischs. Dann möchte ich daran erinnern, dass das Sperma am Tatort nicht von Steinert stammte. Und noch etwas macht mir Kopfschmerzen: Wir haben Fotos, die meine Hinterzimmer im Keller zeigen, bei Birgit Freier gefunden. Es ist völlig unklar, welche Rolle sie nun wirklich gespielt hat.“
Er sah den Alten an. „Wir brauchen Freier. So oder so.“
„Was meinen Sie mit so oder so?“, fragte Freigang.
„Ich meine, dass die Zeugin nur gesehen hat, wie Steinert mit dem Auto davon fuhr. Wir wissen nicht, ob er sie nun getötet hat – oder Freier bei seinem sadistischen Liebesspiel. Es kann immer noch ausgehen wie das Hornberger Schießen. Wenn die Ballistik feststellen sollte, die Kugel, die Birgit Freier traf, stammt aus Steinerts Dienstwaffe, ist er immer noch nicht der Mörder. Birgit Freier war zu diesem Zeitpunkt laut Autopsie bereits tot. Und nun? Wir brauchen Freier und möglichst auch dessen Bodyguard.“
Staatsanwalt Freigang nickte. „Ich stimme Ihnen zu.“
Es klopfte. Hagen sah zur Tür, die einen Spalt geöffnet wurde. Ein dynamischer Mann von Anfang Vierzig trat ein und sah sich um. Der Anzug hing ein wenig an den 190 Zentimetern herab, als hätte er in letzter Zeit ziemlich viel abgenommen.
„Ja, hier bin ich richtig. Moin, die Herren von Seite eins.“
„Guten Morgen, mein Lieber. Schön, dass du kommen konntest. Hast du draußen auf dein Stichwort gewartet?“ Der Alte wandte sich an die anderen. „Das ist Fred Hassen, Chef der Verfassungsschutz-Abteilung Rechtsextremismus im Landeskriminalamt. Ich habe ihn hergebeten, um unser weiteres Vorgehen zu koordinieren. Bitte“, sagte er dann zu Hassen, „such dir einen Platz.“
Hassen setzte sich in den dritten Sessel und strich das dünne blonde Haar aus der Stirn. Dann musterte noch einmal jeden

der Reihe nach und blieb zuletzt an Hagen hängen.
„Sie sind Hagen Brandt, richtig? Ehemals Mordkommission, jetzt Immobilienmakler."
„Richtig, und im Nebenerwerb nun wieder Mordermittler."
„Und ein mordsmäßiger, wie man so hört. Also, ich weiß nur, dass ihr Freier gefunden habt, mehr nicht. Kann mich jemand auf den neuesten Stand bringen?"
„Hagen, bitte", sagte der Alte.
Hagen stieß sich vom Fensterbrett ab und baute sich an der Tafel auf, die er ein wenig zur Raummitte zog.
„Also, fangen wir ganz am Anfang an. Manches wird nicht nur für Sie, Herr Hassen, neu sein. Lehnen Sie sich zurück. Die Geschichte begann 1945 oder früher.
Als die Rote Armee auf Berlin vorrückte, begann man mit der Evakuierung – wie man das nannte – der Konzentrationslager Sachsenhausen und Ravensbrück. Man schickte die Häftlinge auf den Todesmarsch gen Westen. Zwei SS-Leute vom Wachkommando in Ravensbrück – nämlich Arthur Freier und Friedrich Bergmann – hatten wahrscheinlich den Auftrag, die bis dahin angehäuften Schätze in Form von Gold und Platin – ich rede hier zum Beispiel von Goldzähnen – sicherzustellen."
Er schrieb beide Namen an die Tafel.
„Sie luden achtzehn Kisten auf einen Lkw und streuten das Gerücht, dass sie sie im Stolpsee versenken würden. Was wirklich mit diesen Kisten geschah, wissen wir nicht im Einzelnen. Aber eine Kiste blieb im Besitz von Arthur Freier.
Irgendwann bemächtigte sich dessen Ehefrau dieser Kiste. Ob sie deshalb von Arthur Freier regelmäßig verprügelt wurde, wissen wir nicht. Jedenfalls floh sie mit den beiden Kindern Birgit und Elke und brachte die beiden später in einem Kinderheim unter."
Unter Freier schrieb er *Birgit Freier* und *Elke Frisch* nebeneinander.
„Elke Frisch lief aus dem Kinderheim weg, versteckte sich erfolgreich und erkannte vor etwa drei bis sechs Monaten ihre Schwester Birgit in Gransee auf der Straße. Elke Frisch folgte

ihr und erfuhr so, wo sie wohnte. Als es Frau Frisch vor etwa drei Monaten wieder zu Birgit Freiers Wohnung trieb, erlebte sie mit, wie diese von ihrem eigenen Vater verprügelt wurde. Elke Frisch war traumatisiert, weil sie das Gleiche als Kind bei der Mutter miterlebt hatte. Sie selbst, schon lange Alkoholikerin, verließ ihren Mann und hauste seitdem bei sogenannten Freunden.
Aus den Tatortspuren in Birgit Freiers Wohnung, von Elke Frisch und vor allem von dem über Birgit Freier wohnenden Roland Bergener wissen wir, dass Birgit Freier in regelmäßigen Abständen von Arthur Freier regelrecht gefoltert wurde. Auf der getöteten Birgit Freier wurde auch Sperma gefunden. Als ich sie fand, war sie nackt. Die Kehle war ihr durchgeschnitten und sie hatte Blutergüsse am ganzen Körper. Nach ihrem Tod hat sie noch eine Kugel ins Gesicht bekommen. Es gibt mehrere Indizien, die dafür sprechen, dass Frank Steinert der Mörder ist."
Frank Steinert schrieb er.
„Das am Tatort gefundene Sperma stammt nicht von Steinert. Wir wissen nicht, ob Birgit Freier bei den früheren Folterungen auch vergewaltigt wurde oder ob sie freiwillig mit ihrem Vater Sex hatte – jedenfalls liegt die Vermutung nahe, dass das Sperma am Tatort von Freier stammt. Es gibt eine Zeugin, die gesehen hat, dass Steinert an jenem Morgen das Haus auf der Rückseite der Klosterstraße verließ und mit seinem Auto davon fuhr. Bisher haben wir aber niemanden gefunden, der etwa eine zweite Person beobachtet hätte, die das Haus verließ. Es ist also unabdingbar, Freier zu vernehmen, auch dessen Bodyguard.
Nachdem uns bei unseren Ermittlungen ständig Steinert begegnete, konnten wir nach und nach eine Indizienkette aufbauen, die bisher darin endet, dass wir Elke Frisch und ihren Mann versteckten und Steinert eine Falle stellten. Steinert schlug mich von hinten nieder, würgte die vermeintliche Elke Frisch", er zeigte auf Anne, „und verlangte von ihr zu sagen, wo die Kiste versteckt sei. Ich konnte ihn überwältigen. Lei-

der wurde er dabei schwer verletzt und liegt jetzt in der Unfallklinik Berlin-Marzahn."
„Und das alles hat ein Freizeit-Ermittler herausgefunden? Ich kann Sie nur beglückwünschen."
„Hier war jedenfalls eine professionelle Ermittlungsgruppe am Werk, Herr Hassen. Aber ich bin noch nicht am Ende. Es gibt einen zweiten Themenkomplex, der Sie wahrscheinlich mehr interessieren wird:
Wie Sie bestimmt wissen, galt Freier seit 1945 nach einem angeblichen Suizid als verschollen. Das gleiche sagte man über den zweiten SS-Mann. Haben Sie von Friedrich Bergmann gelesen? Nicht? Das sollten Sie aber. Bergmanns Leiche wurde nämlich in meiner eigenen Küche gefunden mit einer Kugel im Kopf. Er starb zwischen 1955 und 1960. Wir wollten eigentlich nur den Dielenboden erneuern und fanden die Leiche dabei. Anschließend fanden wir einen Kellerraum und zwei geheime, sprich zugemauerte Räume, eine Art Wachlokal. In dem Wachlokal gab es ein Wachbuch, in dem es eine Eintragung gab, die lautete: 1 Lkw mit 18 Kisten, unterschrieben von Bergmann."
Er schrieb *18 Kisten* in die Mitte der Tafel.
„Weiter. 1958 wurde das Ehepaar Berg, das dort wohnte, als vermisst gemeldet. Berg war der untergetauchte Bergmann. Seine Frau wurde ein halbes Jahr später in der benachbarten Kiesgrube gefunden. Erschlagen und verscharrt von Unbekannt. Kommen Sie noch mit? 18 Kisten, wahrscheinlich mit dem Gold aus dem KZ Ravensbrück, wurden in meinem Keller in Mühlhof in Empfang genommen. Die Kisten haben wir nicht gefunden. Aber eine Kiste fanden wir auf dem Dachboden von Birgit Freier. Und da schließt sich der Kreis."
„Danke, Herr Brandt, für Ihren Vortrag und für die Retourkutsche. Ich habe sie verdient. Wenn ich Sie jetzt richtig verstanden habe, sollten wir Freier so schnell wie möglich aus dem Verkehr ziehen, um das Tötungsdelikt aufzuklären. Und gleichzeitig würden wir natürlich einen NS-Verbrecher seiner Strafe zuführen. Um es kurz zu machen: Ich bin einverstanden."

Hagen nickte erleichtert. Er hatte Komplikationen erwartet und die würden bestimmt noch kommen. Er roch schon das Aber.
„Wo ist der Haken?“, fragte er dann auch sofort.
„Kein Haken, aber wir müssen mit Komplikationen rechnen, sowie bekannt wird, wen Sie da aufgespürt haben. Es wird Forderungen von allen möglichen Seiten geben. Deshalb sollten wir darüber beratschlagen, wie wir es anstellen.“
„Ich hätte einen Vorschlag“, meldete sich Anne. „Steinert ist eines Verbrechens dringend verdächtig. Wir müssen also seine Wohnung durchsuchen, um Beweismaterial zu sichern. Der Zeitpunkt ist günstig, denn Freier befindet sich auf seiner Yacht. Mit Haaren aus Freiers Bett können wir ihn festnageln, wenn die DNA-Analyse eine Übereinstimmung mit den Spuren vom Tatort ergibt.“
„Das könnte funktionieren, ist jedenfalls besser als die Idee, die ich hatte“, sagte Hassen nachdenklich.
„Was für eine Idee hatten Sie denn?“, fragte Hagen.
„Ich wollte seine Motoryacht von der Wasserschutzpolizei beschlagnahmen lassen. Sie steht in den Fahndungslisten. Wahrscheinlich weiß Freier gar nichts davon. Die Yacht ist erst dieses Jahr neu zugelassen worden. Und zwar auf den gleichen Namen wie der, mit dem er beim Bootsverleih den Liegeplatz hat reservieren lassen. Auf jeden Fall sollten Sie sich an seinen jetzigen Namen gewöhnen: Arthur Freeman. Er hat die deutsche und die südafrikanische Staatsbürgerschaft, offiziell wohnt er in Kapstadt. Seinen Bodyguard konnten wir bisher leider nicht identifizieren.“
Der Alte räusperte sich. „Die Pkw-Zulassung aus München erfolgte auch auf den Namen Arthur Freeman.“
„Sind wir uns jetzt einig, mit der Hausdurchsuchung weiterzumachen?“, fragte Hagen. „Die wäre sowieso fällig. Und zwar schnell.“
Hassen nickte, der Alte und Staatsanwalt Freigang ebenfalls.
„Durchsuchungsbeschluss?“, fragte er wieder.
„Kommt nach. Fangt schon mal an“, erwiderte Freigang.
„Wer passt auf Freeman auf?“

„Das haben wir im Griff. Letzte Nacht haben Jugendliche die Reifen seines Autos zerstochen. Und auf der Havel ankern zwei Mietboote mit *Fahranfängern.*“
„Was sagt die südafrikanische Polizei? Haben die etwas gegen Mister Freeman vorliegen?“
Der Alte und Hassen sahen sich an. Nein.
„Chef, machst du das? Außerdem brauchen wir ein Durchsuchungsteam der Spurensicherung. Klaus Papst und Wilfried Reuse. Sie sollen nach Gramzow kommen. Ich fahre mit Anne, Jörg und unserem Nachwuchs voraus. Kevin, ich brauche einen Lebenslauf von Renate Berg, der Frau von Friedrich Bergmann. Du weißt schon.“
„Klar, mach ich“, kam die prompte Antwort.
„Ab geht’s.“

39

Drei Autos waren auf dem Weg nach Gramzow. Kein Blaulicht, keine Sirenen. Hagen Brandt saß auf dem Beifahrersitz und dachte nach: Sie würden sich auf den ehemaligen Pferdestall konzentrieren. Der hatte damals über das größte Potential für einen sofortigen Ausbau verfügt und Hagen ahnte, dass Steinert es eilig gehabt hatte. Seine Auftraggeber, die wohl gleichzeitig seine Geldgeber waren, hatten ihm sicherlich im Nacken gesessen.
Der Zaun, der noch im vorigen Jahr den Hof in mehrere Grundstücke aufgeteilt hatte, war verschwunden. Ob er die beiden Wohnungen, die früher dem herrschaftlichen Personal als Unterkünfte gedient hatten, noch wiedererkennen würde?
Sie stellten ihre Autos vor der Garage ab und stiegen aus. Das Durchsuchungsteam bildete einen Kreis um Hagen Brandt. Auch Wilfried Reuse und Klaus Papst trafen gerade ein. Hoffentlich gab es keine Beschwerde über Raser östlich von Neuruppin, dachte Hagen und begrüßte die beiden.
„Also, nach unseren bisherigen Beobachtungen wohnen Freier und sein Bodyguard in der Wohnung am rechten Giebel,

Steinert dann wohl in der Wohnung am linken. Jörg?"
„Stimmt. Steinert kam dort raus."
„Dann fangen wir da an. Fernando geht mit der Kamera voraus. Jonas, du sicherst ihn für den Fall, dass noch jemand im Haus ist. Jörg, du bleibst draußen und sicherst uns vor Überraschungen ab. Fragen? Dann los."
Die Wohnungstür war das erste Hindernis. Die Hausschlüssel hatten sie in der Eile nicht heranschaffen können.
„Anne, bekommst du sie auf?", fragte Hagen.
„Es wird dauern, fürchte ich."
„Die Zeit haben wir nicht. Versuchen wir es an der Hintertür."
Das Vorhängeschloss war schnell geknackt. Sie betraten den Teil des Stalls, der seinen vorigen Besitzern als Holzlager gedient hatte. Hier lagerten jetzt Baumaterialien, im hinteren Teil standen die Wände voll mit Elektronik und zwei großen Wasserspeichern. Doch im Moment interessierten sie sich mehr für die Tür, die früher ins Bad geführt hatte. Sie war noch da, sogar in ihrem ursprünglichen Zustand. Jonas bekam sie mit einem Fußtritt auf, sicherte und ließ Fernando vor. Das Bad war modernisiert worden – warum Steinert die Tür aus Pappe nicht ausgewechselt hatte, blieb Hagen unklar.
Als nächstes kam der Flur, gegenüber dem Bad lag die Küche. Links ging es nach draußen und zur Treppe ins Obergeschoss, rechts ins Wohnzimmer.
„Wir fangen rechts an", befahl Hagen.
Moderne Wohnzimmermöbel, aber gemütlich.
Während Anne Pagels und Wilfried Reuse den Raum durchsuchten, schickte er Fernando Lucio und die anderen beiden ins hinterste Zimmer und schaute sich selbst dort um. Steinerts Schlafzimmer mit großem Bett und zwei Kleiderschränken. Weiter. Küche. Nichts Besonderes. Sie gingen die Treppe hoch. Alles war noch so, wie er es kannte.
Er schickte die beiden Polizisten und Klaus Papst nach unten und schaute in den ehemaligen Heuboden. Neben altem Stroh gab es noch einen abgeteilten Raum. Hagen öffnete die Tür und stand in einem Serverraum.

„Schau an, die Quelle der Weisheit“, sagte er leise und rief Fernando und Klaus noch einmal nach oben.
Während die Fotos gemacht wurden, rief er den Alten an.
„Ich brauche einen Computerspezialisten. Hier stehen einige Server, die ich ungern selbst anfassen will.“
„Zwei Stunden. Gib mir zwei Stunden.“
„Nein, eine Stunde, Johann. Auf den Servern können sich Beweismittel befinden. Wir brauchen das Zeug schnell.“
„Ja, Hagen, wird erledigt.“
Er stieg ins Erdgeschoss hinunter.
„Gibt es irgendwas Neues?“, fragte er laut.
Anne winkte ihn heran. „Schau“, sagte sie.
„Ach, ein Paar Armeestiefel. Vielleicht sind das ja die, die wir suchen. Gut gemacht. Was habt ihr sonst noch?“
„Seine persönlichen Papiere liegen hier im Schrank. Was machen wir damit?“
„Nimm sie aufs Beschlagnahme-Protokoll. Wir sortieren später. Auf dem Boden gibt es einen Serverraum. Der könnte auch interessant sein. Okay, ich geh mal rüber zu der anderen Wohnung und suche inzwischen einen Zugang.“
Hagen Brandt verließ die Wohnung und stöberte durch den Stallbereich im Mittelteil des Gebäudes. Hier war offenbar der Sperrmüll zwischengelagert: Ausrangierte Möbel aus den beiden Wohnungen, Teppiche, ein altes Radio warteten auf ihre Abholung. In der linken hinteren Ecke lag ein großer Berg gesägtes und gehacktes Brennholz, davor der Hauklotz und ein Sägebock.
Steinert, oder wer auch immer, hatte sich sogar die Arbeit gemacht, die Sägespäne ordentlich zusammenzufegen und auf einen Haufen zu schippen. Sie hätten einen ordentlichen Kegel gebildet, wäre da nicht ein Tier, vielleicht eine Katze, gekommen und hätte darin herumgewühlt. Vielleicht gab es dort Mäuse oder der Haufen war als Katzenklo missbraucht worden. Hagen scharrte gedankenverloren mit dem Fuß darin herum. Plötzlich blinkte irgendwas auf. Das Licht aus einer der Türritzen hatte sich in etwas Glänzendem gebrochen.

Er bückte sich, nahm einen längeren Kienspan und stach damit in den Haufen. Dann zog er mit dem Span auf dem Boden nach außen und vor Hagens Füßen lag ein Messer, an dem irgendwas Rotbraunes und viele Sägespäne hafteten.
Er hockte da und starrte auf seinen Fund.
„Hagen? Ach, da steckst du. Wir sind soweit fertig. Hast du … Was machst du da?“
„Komm mal her, Anne“, sagte er dumpf.
Sie beugte sich über ihn.
„Es kann alles mögliche sein, was an diesem Messer klebt. Aber wenn es das ist, was ich denke, haben wir hier die Tatwaffe.“
Er stand auf und trat rückwärts vom Messer weg. Anne warf nur einen kurzen Blick auf seinen Fund, dann rief sie: „Fernando, ich brauche die Kamera!“
Sie setzte ihren Spurenkoffer ab, öffnete ihn und entnahm ein Spurenkärtchen, das sie neben den Fund stellte. Fernando kam heran. Diesmal machte sie die Fotos selbst und verpackte dann das Messer.
Hagen wandte sich ab und verließ den Stallbereich. Er wollte sich um die zweite Wohnung kümmern. Doch die Wohnungstür war ebenso neu, wie die erste.
Der Boden wäre eine Möglichkeit, überlegte er und erinnerte sich, dass die vorigen Besitzer ihn gewarnt hatten, nicht den Mittelteil des Dachbodens zu betreten, da die Bretter dort uralt und morsch seien. Hagen ging trotzdem hinauf.
Steinerts Seite des Bodens war neu beplankt worden. Im Halbdunkel erkannte er einige dicke Bretter, die über den Mittelteil führten. Auf diesen balancierte er Schritt für Schritt vorwärts. An einigen Stellen führten die Bohlen über altes Stroh. Staub stieg auf und ließ die Streifen der schräg einfallenden Sonne sichtbar werden.
Es kribbelte in seiner Nase. Nur jetzt nicht niesen, dachte er. Nur jetzt nicht … Der Niesanfall fegte ihn fast von den Füßen. Wild ruderte er mit den Armen, um nicht hinunterzufallen. Es half nicht. Als er endgültig das Gleichgewicht verlor, griff er

nach der Bohle, auf der er stand. Weich fiel er ins Stroh. Nichts passierte. Trotzdem sah er zu, dass er wieder hinauf kam, und ging schnell weiter.
Die Tür, auf die er zuging, war die gleiche wie früher und stand einen Spalt breit offen. Er steckte die Hand in den Spalt und bekam einen Besen zu fassen, der die Tür zuhielt. Als der umfiel, schepperte es. Doch jetzt machte er sich keine Sorgen mehr, jemand könnte ihn erwarten. Alles war still, als er die Treppe nach unten nahm und sich beeilte, die Terrassentür zu öffnen. Anne trat lächelnd ein. „Das klang ja furchtbar. Was hast du auf dem Boden gemacht?"
„Ich habe das Stroh ausprobiert, ob es für eine Feierabendparty geeignet ist. Los, kommt rein."
Im Erdgeschoss hatte man die ursprüngliche Raumaufteilung beibehalten: Eine Küche, ein Zimmer zum Anrichten der Speisen, Speisesaal, Bad und Vorratskammer. Sorgfältig durchsuchten sie Raum für Raum. Ohne Ergebnis. Auch im großen Speisesaal erwartete Hagen nichts, was ihnen weiter half. Umso erstaunter war er, als Anne ihn zu sich rief.
„Schau mal, was wir gefunden haben."
Sie stand vor einem Sideboard und hielt die Türen offen.
„Donnerwetter. Wenn das mal nicht mein Laptop ist. Und die vermisste Kladde ist auch da. Na sowas."
Die Fotos hatten sie bei Birgit gefunden. Also musste es zwischen ihr und ihrem Vater eine Art Zusammenarbeit gegeben haben. Damit hatte er nicht gerechnet.
In den Schlafräumen im Obergeschoss jedoch mussten sie das finden, was sie eigentlich suchten. Anne klebte mit ihren Klebestreifen systematisch das Bett ab. Es war benutzt worden, daran bestand kein Zweifel.
Als draußen ein Auto vorfuhr, beeilte Hagen sich, nach unten zu kommen. Ein junger Mann mit einem Laptop kam ihm entgegen.
„Ach, der Computer-Fachmann. Richtig?"
„Ja, genau." Sie gaben sich die Hand. „Matthias Umnuss ist mein Name. Wo geht's lang?"

„Hagen Brandt. Kommen Sie.“ Er wies auf den Pferdestall und ging voraus. Im Serverraum blieb Umnuss zunächst in der Tür stehen und betrachtete in Ruhe die Apparatur. Dann setzte er sich ans Terminal und schaltete die Monitore ein. Der mittlere wartete auf ein Passwort. Umnuss schloss seinen Laptop an und begann mit der Arbeit.

Nach zwanzig Minuten hatte er das Passwort geknackt. Nun rührte sich auch Hagen, der am Türrahmen lehnte und gespannt zugeschaut hatte. Er zog sich den zweiten Stuhl heran.

„Erste Frage: Wozu braucht man das alles hier?“

Umnuss rief einige Dienste ab, die ihm die Plattenverteilung anzeigten. „Zwei sind mit Filmen belegt, eine ist Backup.“

„Okay, mich interessieren die Backups.“

Umnuss klapperte wieder auf der Tastatur herum.

„Backups von zwei verschiedenen Computern. Das ist der erste.“

„Okay, den kenne ich – das ist mein eigener Laptop. Was ist mit dem anderen?“

Langsam scrollte Umnuss abwärts. „Mehrere Datenbanken. Das hier sieht aus wie eine Buchhaltung. Hier sind Namenslisten, Kontodaten, und so weiter.“

„Okay. Das genügt mir als ersten Überblick. Können wir dieses eine Backup mitnehmen? Eine Kopie würde mir reichen.“

„Kein Problem. Ich habe noch eine externe Festplatte im Auto. Da passt alles drauf. Geben Sie mir zehn Minuten.“

Am späten Nachmittag saß Hagen wieder mit Anne und Johann Paul im Büro. Sie wollten ihr Vorgehen beim morgigen Abendessen mit Herrn Meier besprechen.

„Ich bin der Meinung, dass wir angreifen sollten“, sagte Hagen. „Ich wollte ihn schon vor ein paar Tagen mit dem alten Foto konfrontieren. Leider schickte er nur seinen Assistenten. Ich finde, dieses gegenseitige Belauern führt zu nichts. Johann, du hast gesagt, er sei vom israelischen Geheimdienst. Meier ist also Jude. Er kann mit Freier keine gemeinsame Sache machen. Was meint ihr?“

„Ich wäre auch für Konfrontation“, meldete sich Anne. „Was können wir schon kaputt machen? Vielleicht weiß er in einigen Punkten mehr als wir. Aber vor allem müssen wir erfahren, was ihn hierher treibt.“
Der Alte räusperte sich. „Das würde mich auch interessieren. Also holt ihn aus seinem Mauseloch. Aber vorsichtig. Nicht mit der Tür ins Haus fallen. Einen eventuellen Mord an Bergmann wird er sowieso nicht zugeben. Und eine Beweiskette gegen ihn bekommen wir nie auf die Beine. Also hofft gar nicht erst darauf. Mehr als ein informelles Gespräch wird nicht herauskommen. Schade, dass wir seinen richtigen Namen nicht kennen, sonst könnten wir im Vorfeld versuchen, ihn als Lagerinsassen von Ravensbrück zu identifizieren.“
„Ich werde ihn damit heraus locken, dass ich ihm die Mikrofone aus meinem Haus präsentiere.“ Er lachte. „Meier wird nicht abstreiten, dass sie von ihm stammen.“
„Gut, dann macht das so. Am Montag werden wir wohl mit der Spurenauswertung auch soweit sein.“
„Ich nehme noch die externe Festplatte mit nach Hause für den Fall, dass ich nicht schlafen kann“, sagte Hagen.
Der Alte nickte.
Hagen und Anne verabschiedeten sich und verließen zusammen das Revier. Vor Annes Auto blieben sie stehen.
„Du siehst müde aus“, sagte er und sah ihr in die Augen. „Ich fahre jetzt nach Hause, wenn auch widerwillig.“
Sie küsste ihn auf den Mund und sprang ins Auto. Dann kurbelte sie noch einmal die Seitenscheibe herunter.
„Hey, steh nicht so verdattert da.“
Er lächelte. „Silke wird sich Mühe geben müssen, die Bilder aus meinem Kopf zu vertreiben. Aber sie ist gut darin.“
„Gib mir einen Wink, wenn es nachlässt. Bis morgen dann.“

Zum Abendessen machte Hagen sich diesmal Pizza Spezial, selbst gekauft, und fand sie ziemlich lecker nach dem alten Brot vom Vorabend.
Während er kaute, dachte er an Anne und das, was sie zum

Abschied gesagt hatte. Ihm wurde ganz kribbelig dabei. Aber morgen kam ja auch Silke zurück.
Seufzend ging er ins Büro. Die externe Festplatte war schnell angestöpselt und der Laptop gestartet. Gespannt starrte er auf den Bildschirm, als die Ordner und Dateien des fremden Laufwerks angezeigt wurden. Er klickte auf *Dokumente*.
Es gab zwei Unterordner: *Privat* hieß der eine, *NDU* der andere. Der private enthielt zwei PDF-Dateien. Jetzt stutzte er. *Bootsregistrierung* und *Autoanmeldung*? Das war nicht Steinerts Computer, das las sich wie der von Freier. Und wirklich: Beide Dokumente lauteten auf den Namen Arthur Freeman. Wie war Steinert an diese Dateien gekommen?
Er klickte auf den Ordner *NDU*. Die Abkürzung sagte ihm überhaupt nichts. Auch der Inhalt dieses Ordners war übersichtlich: Ein Post-Ordner mit fünf Dokumenten, außerdem *buchhaltung*, *firmenliste* und *mitgliederliste*.
Er klickte die Mitgliederliste an.
„Mitglieder der National-Deutschen Union“, las er laut. Daneben prangte ein Symbol mit Hakenkreuz und Hitler-Gruß. Das war eindeutig. Die Liste war alphabetisch sortiert nach Namen. Dahinter kamen Dienstgrade, Adressen, Kontodaten und letzter Einsatzort. Er scrollte nach unten. Bei Zeile 356 endete die Liste. Jetzt überflog er die Namen einzeln und scrollte wieder langsam nach oben. Einige Namen kamen ihm aus dem öffentlichen Leben bekannt vor. Aber dann fand er Freier und fast ganz oben auch Bergmann.
Beim Durchsehen der Buchhaltung fielen ihm etliche fünf- und sechsstellige Beträge auf, sowohl im Soll wie im Haben. Man müsste in Ruhe die Mitgliederliste prüfen und mit der Buchhaltungsliste vergleichen. Vielleicht sollten sie auch versuchen, wenigstens ein oder zwei Namen zu überprüfen, die ihm so bekannt vorkamen. Die, an die er sich erinnerte, waren Politiker, die in den letzten Jahren verstorben waren. Es musste sich zeigen, ob sie auch noch dafür die Zeit fanden.
Er klickte auf die Firmenliste. Die Firmennamen sagten ihm allesamt nichts. Die Firmensitze waren in aller Welt verstreut.

Weiter. Er öffnete den Post-Ordner. Eine PDF-Datei namens Statuten sprang ihm förmlich ins Auge.

Wiederaufbau des Deutschen Reiches, las er und *Beseitigung der sogenannten BRD*. Weiter unten kam *Vernichtung aller Juden*. Er schloss die Datei und klappte entsetzt seinen Laptop zu. Auf so etwas war er nicht vorbereitet gewesen. Er hatte jetzt endgültig genug von diesem Nazi-Scheiß, der offenbar bis in die heutige Zeit reichte. Es war Material für den Verfassungsschutz. Eine Nummer zu groß für das Ermittlungsteam.

Nachdenklich kopierte er die Dateien auf seinen Backup-Server.

40

An Sonntagen erwachte Mühlhof nur langsam. Die Kieslaster fehlten. Kein Lärm ab sechs, keine aufwirbelnden Staubwolken und Abgase. Und selbst Bräsicke, der letzte Haupterwerbsbauer des Dorfes ließ es sonntags oft langsam angehen.

Hagen jedoch saß bereits bei geöffnetem Fenster im Büro und schaute dem Landregen zu, der sacht und konstant fiel.

Seine Arbeit hatte er bereits beendet: Die von ihm betreuten Immobilien waren aktualisiert und neue Anzeigen ins Netz gestellt. Nachdem er nun dank Meier ein ganzes Stück reicher geworden war, konnte er getrost sein Werbebudget aufstocken und beim Marktführer einen Vertrag abschließen.

Und eine weitere Maßnahme zur Vergrößerung seiner Kundschaft wollte er mit Silke besprechen, wenn sie wieder da war. Wenn sie bei ihm als Mitarbeiterin einstieg, musste sie nicht mehr zur Arbeit nach Berlin fahren. Aber Buchhaltung und Telefondienst – ob ihr das gefiel?

Jetzt lud er das Foto mit dem eingesackten Traktor in den Bildbetrachter und zoomte es heran. Es sah wirklich gefährlich aus, wie der Traktor halb stand, halb auf der Seite lag. Ob da etwas unterspült war? Ein Hohlraum, der der Last des Traktors nicht standgehalten hatte?

Draußen regnete es immer noch. Egal. In Stiefeln und Regen-

jacke ging er hinaus und fand die Stelle fast sofort, an der der Traktor eingesackt war. Die Farbe des Ackers war hier viel heller, lehmiger. Man hatte das Loch wahrscheinlich mit Abraum aus der Kiesgrube aufgefüllt.
Die Stelle lag fünf Meter vom Haus entfernt und genauso weit von der Fahrbahn. Durch das Pflügen stand sein Haus inzwischen einen Meter höher, als der Ackerboden an dieser Stelle. Und zur Kiesgrube hin stieg der Acker sowieso leicht an. In der entstandenen Senke sammelte sich Wasser.
Und wenn es in den Keller gelaufen war? Das wäre zumindest eine Möglichkeit, der er nachgehen sollte. Nicht dass ihm eines Tages der Hausgiebel absackte.
Im Haus entledigte er sich der Gummistiefel und der Regenjacke und stieg in den Keller hinab. Es roch hier unten noch immer feucht – oder wieder?
Als er die Baulampe anschaltete, sah er schon von weitem, dass die Wand zum Geheimkeller in der hinteren Ecke feucht war. Das war nicht gut. Schimmel konnte er zwar noch nicht entdecken, aber dem Mauerwerk tat das bestimmt nicht gut.
Nun kletterte er in den hinteren Kellerraum. Der stand noch immer voll mit dem Inventar des Krieges. Er sollte die Sachen so bald wie möglich hinausschaffen.
Hagen lehnte die Baulampe gegen die Wand. Dann ging er zur hinteren Ecke, wo das Regal stand. Dort legte er seine Hand an die Wand und strich langsam darüber. Die Wand war kalt, aber er war nicht sicher, ob sie auch feucht war. Das Ochsenblut hielt einiges ab.
Er hockte sich hin und strich mit der Hand über den Fußboden. Der war nicht nur kalt, sondern eindeutig feucht. Je näher Hagen der Außenwand kam, desto feuchter wurde es. Das Erdreich unter dem Beton muss demnach richtig nass sein. Er sollte mit Knut reden. Der würde Rat wissen. Im schlimmsten Fall mussten sie den ganzen Betonfußboden aufbrechen.
Sein Blick fiel auf die Mausefalle, die unter dem Regal lag. Die kleine Kiste mit dem Mikrofon war weg. Da hatte also auch Lockenkopf eine der beiden Nächte genutzt, die er bei

Anne verbracht hatte. Schade, zu gern hätte er Meier die Mikrofone unter die Nase gerieben.
Er ging ins Büro. Zuerst schaute er nach, ob auch hier der Zuhörer verschwunden war. Dann suchte er vorsichtshalber noch einmal gründlich, bis er sicher war, wirklich nicht mehr abgehört zu werden. Er war erleichtert, nicht mehr auf jedes Wort achten zu müssen. Wenn er allein war, redete er gelegentlich auch mit sich selber und in den letzten Tagen hatte er sich mehrmals auf die Zunge beißen müssen.
Hagen setzte sich an den Laptop. Zurück zu seinem Kellerproblem. Vielleicht konnte ja das Internet helfen. Er war gespannt, ob die Auflösung groß genug sein würde, die Bodenbeschaffenheit rund um den Hof zu zeigen.
Das Programm startete. Dann sah er seinen Hof und die Äcker ringsum. Neben dem Haus, dort wo er vorhin gestanden hatte, war eine Bodenverfärbung zu erkennen. Sie war größer als die Stelle, die er auf dem Foto gesehen hatte und die Verfärbung führte bis an die Giebelwand seines Hauses heran. Er versuchte, noch näher heranzuzoomen, aber es ging nicht. Die maximale Vergrößerung war erreicht.
Kam es ihm nur so vor oder verlief diese Bodenverfärbung rechteckig vom Hausgiebel fort? Er war nicht sicher. Aber er war schließlich auch kein Archäologe oder Luftbild-Experte. Was konnte er tun? Also gut, er würde es aufschieben. Wenn der hintere Keller leer war, konnten sie vielleicht eher sehen, woher die Feuchtigkeit kam. Ein Wunder, dass sie noch nicht bis hoch ins Arbeitszimmer gestiegen war.

Um 16 Uhr fuhr Annes rosaroter VW Käfer vor. Zwei Stunden zu früh. Vielleicht gab es ja Neuigkeiten. Hagen erwartete sie vor der Haustür. Der Regen hatte aufgehört und ein erster Sonnenstrahl stahl sich zwischen den Wolken hindurch. Anne kam um die Ecke – im Jogginganzug und mit einer Tasche in der Hand.
„Wollten wir nicht ausgehen? Nach Joggen ist mir nicht."
„Mir auch nicht mehr. Ich war gerade joggen und als ich zu-

rückkam, gab es kein Wasser. Darf ich bei dir duschen?"
„Ja, sicher." Er zeigte ihr das Bad, legte Handtücher parat und ließ sie allein. Während sie duschte, legte er im Schlafzimmer seine eigenen Sachen zurecht. Dann machte er sich einen Kaffee und wartete in der Küche auf Annes Auftritt.
Es dauerte nur eine Stunde und das Ergebnis war sehenswert. Bewundernd betrachtete er sie von oben bis unten.
„Jetzt musst du noch mit der Zunge schnalzen", sagte sie lachend.
„Kann nicht, mein Mund ist vollkommen trocken." Er grinste.
„Sehr schön, dann hat sich der Aufwand ja gelohnt."
„Bestimmt. Okay, dann gehe ich mich jetzt duschen und anziehen. Willst du inzwischen einen Kaffee?"
Als sie nickte, stellte er eine Tasse unter den Automaten, und der fing auch gleich heftig an zu rattern.
„Ist ja eine Höllenmaschine", sagte sie.
„Macht aber guten Kaffee. Ich geh dann mal."

Um Punkt 19 Uhr betraten sie das Restaurant. Nur vier oder fünf Tische waren besetzt. Deshalb sahen sie Meier und seinen Begleiter sofort. Beide erhoben sich, als sie sich näherten.
„Frau Brandt, ich hätte sie beinahe nicht wiedererkannt", begrüßte Meier Anne. Sie gab ihm die Hand.
„Tut mir furchtbar leid, Sie enttäuschen zu müssen. Ich bin nicht Silke Brandt. Mein Name ist Anne Pagels."
„Vielleicht darf ich das aufklären", sagte Hagen. „Meine Frau ist verreist und kommt erst in der Nacht zurück. Frau Pagels ist eine sehr gute Freundin und Kollegin und war so freundlich, mich zu begleiten. Ich hoffe, Sie haben nichts dagegen. Ich fand das eine gute Idee."
„Ja, natürlich. Es freut mich sehr, Sie kennenzulernen, Frau Pagels. Sie sind also auch Maklerin?"
„Nicht ganz. Aber können wir uns nicht erst einmal setzen?"
„Oh, verzeihen Sie bitte meine Nachlässigkeit. Kommen Sie, bitte kommen Sie." Galant eilte er um den Tisch herum und war ihr beim Hinsetzen behilflich.

Der Ober kam und sie bestellten ihre Getränke. Weißwein, trocken, alt und sicherlich teuer. Bis der Wein kam, sprachen sie über das Wetter und die wundervolle märkische Landschaft. Dann nippte jeder an seinem Wein und Hagen eröffnete den ernsten Teil des Abends mit der Frage:

„Herr Meier, wie sind Sie eigentlich auf diesen Landstrich hier gekommen? Bei unserm letzten Treffen bei mir zu Hause sind Sie einer Antwort ausgewichen."

„Sie haben ein wirklich gutes Gedächtnis, mein lieber Hagen. Sagen wir es mal so: Ich hatte meine ganz privaten Gründe."

„Und diese Gründe wollen Sie mir nicht nennen, weil sie weit in der Vergangenheit liegen. Richtig?"

Meier schaute vor sich auf den Tisch. Nachdenklich nickte er. Dann schaute er auf und lächelte.

„Ein hellseherischer Makler, wie?"

„Nein, das kommt wohl eher aus meinem früheren Leben. Ich war schon immer sehr neugierig, berufsbedingt sozusagen."

„Sie haben also auch so Ihre kleinen Geheimnisse."

„Nicht unbedingt. Ich war Kriminalhauptkommissar, dann habe ich aus gesundheitlichen Gründen gekündigt. Nun bin ich Makler. Und Frau Pagels war meine Kollegin bei der Kriminalpolizei. Also, keine Geheimnisse, Herr Meier. Nicht einmal kleine. Und um es auf den Punkt zu bringen: Frau Pagels und ich sind heute quasi dienstlich hier."

„Ich gestehe, dass ich ein völlig anderes Bild von Ihnen hatte." Meier schaute ihm in die Augen. „Und ich möchte mich bei Ihnen entschuldigen für die kleinen Spielchen am Rande."

„Bei Spielchen fallen mir zuerst die Mikrofone im Keller, im Büro und in meinem Auto ein." Hagen lächelte den Alten an. „Sie werden sicherlich verstehen, dass ich mich frage, wozu das Ganze. Für den Abschluss eines Grundstückskaufvertrags wäre das sicherlich nicht notwendig gewesen."

„Sie kennen meine Paranoia nicht." Meier verstummte.

Auch Hagen schwieg und wartete, während er dem Alten offen ins Gesicht schaute. Und was er in dessen Augen sah, war Unruhe, ja Bestürzung. Meier wusste offenbar nicht weiter. Er

drehte das Weinglas pausenlos mit der rechten Hand, nahm ab und zu einen Schluck und drehte weiter.
Auch Lockenkopf, der so getan hatte, als ginge ihn das alles nichts an, schaute nun verwundert zu seinem Meister. Stein schien nach einem Ausweg zu suchen. Nach einer Weile des Schweigens sagte er: „Frau Pagels, Herr Brandt, es tut mir Leid, aber Herrn Meier geht es nicht gut. Würden Sie …“
„Nein, nein, lieber Stein, mir geht es gut. Würden Sie mir einen Gefallen tun und die kleine Tasche aus meinem Zimmer holen? Ich habe sie vergessen.“
Stein verdrückte sich wortlos, aber zähneknirschend. In seiner Miene spiegelte sich offener Missmut. Als Stein verschwunden war, sah ihn der Alte an und lächelte.
„Hagen, Sie haben mich in eine verzwickte Lage gebracht. Deshalb musste ich Stein wegschicken. Er weiß nichts von mir und so soll es auch bleiben. Natürlich haben Sie recht, es gibt einen besonderen Grund, weshalb ich hier bin. Es ist vor allem meine Sentimentalität. Ich war drei Jahre lang Häftling im KZ Ravensbrück und habe alle Deutschen gehasst, als ich wie durch ein Wunder überlebte.
Jetzt bin ich israelischer Staatsbürger, aber Deutschland ist meine Heimat. Es ist schon einige Jahre her, als ich feststellte, dass die Menschen hier so ganz anders sind, als ich sie mir vorgestellt hatte. Und da es mich immer wieder hierherzog, sann ich darüber nach, mich hier niederzulassen.“
Hagen hörte aufmerksam zu. Der Alte schien noch immer nicht bereit zu sein. Mehr als eine Einleitung war es jedenfalls nicht, wenn sie nun auch wussten, in welcher Richtung sie weitersuchen mussten. Aber Meier, das spürte er, wich noch immer aus. Also musste er konkreter werden.
„Was interessiert Sie so sehr an meinem Hof, Herr Meier, dass Sie Ihren Assistenten bei Nacht und Nebel zu mir schicken, Mikrofone installieren und den Keller untersuchen?“
Schweigen. Meier würde nicht mehr reden und Hagen glaubte zu wissen, warum.
„Herr Meier, wenn ich mich richtig erinnere, habe ich noch

einen Spaziergang gut. Den möchte ich jetzt einfordern."
Der Alte nickte ihm zu und schien erleichtert zu sein.
„Und ich trinke noch ein paar Gläschen Wein auf Ihre Kosten", sagte Anne lächelnd.
Es begann schon zu dämmern, als sie vor die Tür traten. Sie wählten den Weg zum Park, am Teehaus vorbei.
„Ich will Sie nicht vor den Kadi schleifen, Herr Meier, nicht wegen Hausfriedensbruchs und erst recht nicht wegen Mordes."
Meier blieb abrupt stehen und sah ihn an. Die Frage *Wie kann er das wissen?* stand auf seiner Stirn wie eingebrannt.
Wortlos zog er Wendels Foto aus der Hosentasche und reichte es dem Alten. Der betrachtete es lange.
„So viele Jahre", sagte Meier dann, „und Sie haben es aufgespürt. Das ist wirklich unglaublich. Auch Bergmann haben Sie gefunden und sicherlich auch dessen Frau. Eigentlich muss ich gar nichts mehr sagen. Sie wissen alles."
„Nein, nicht alles. Warum, Herr Meier, sind Sie hier?"
„Ich suche Antworten. Dreizehn Jahre hatte ich nach Bergmann gesucht, bis ich ihn hier in der Nähe seiner Untaten ausgraben konnte. Übrig blieb einzig die Frage, warum er sich hier versteckt hat und nicht wie so viele andere Nazis ausgewandert ist. Verstehen Sie? Ich bin Perfektionist. Die Sache war noch nicht erledigt. Und als Sie Bergmann fanden und er aus den Vermissten-Registern verschwand, hoffte ich, nun auch den Rest zu erfahren. Diese Zimmer hinter Ihrem Keller waren interessant, aber sie warfen mehr Fragen auf als sie Antworten gaben. Nein, diese Zimmer waren noch immer nicht die Antwort. Kennen Sie sie, die Antwort? Ich nicht."
Er nickte dem Alten zu: Er kannte die Antwort. Er verstand sie jetzt und wollte nicht glauben, dass sie so schnöde war.
„Sagen Sie sie mir, bitte. Damit ich wieder ruhig schlafen kann", bat der Alte.
Hagen schüttelte den Kopf. Vieles an Meier war erstaunlich für ihn, am meisten, dass er den Alten so total aus der Reserve hatte locken können. Ihn, einen lebenserfahrenen Geheim-

dienstmann. „Wir ermitteln noch. Ich kann Ihnen noch nichts sagen, denn ich bin, wenn auch nur befristet für einen Mordfall, wieder in den Dienst der Polizei getreten."
Er sah für einen Moment die Enttäuschung in den Augen des alten Mannes, sah die tiefen Falten in dessen Gesicht, dann wieder etwas Hoffnung.
„Kennen Sie das Gerücht vom Schatz im Stolpsee?", fragte Hagen wie nebenbei.
„Was? Nein, von einem Schatz weiß ich nichts."
„Dann habe ich eine völlig andere Frage: Was wissen Sie über Arthur Freier? Erinnern Sie sich an ihn?"
„Ist Freier auch hier?"
„Ja, wir haben ihn aufgestöbert und ermitteln im Fall des Mordes an seiner Tochter Birgit. Sie wurde vor ihrem Tod gefoltert. Wie gut kennen Sie Freier?"
„Ich kenne ihn nicht. Wir haben uns nie gegenübergestanden. Aber von anderen Häftlingen weiß ich, dass er ein sadistisches Schwein war. Gilt er nicht als verschollen – wie Bergmann?"
„Ja, aber nun nicht mehr. Er wird einer Anklage als NS-Verbrecher kaum entkommen können. Mich interessiert aber, ob er seine Tochter ermordet hat. Birgit Freier wurde über einen längeren Zeitraum immer wieder gefoltert und ich weiß einfach nicht, warum sie sich nicht dagegen aufgelehnt hat."
„Sie gehen davon aus, dass Freier seine Tochter gefoltert hat?"
„Ja, davon gehe ich aus."
„Dann werden Sie für die lückenlose Beweiskette einen guten Psychiater brauchen. Wissen Sie, wie kompliziert Tochter-Vater-Beziehungen sein können? Ich habe das studiert, vor Ewigkeiten in Israel, gleich nach dem Krieg. Gehen Sie zum Polizeipsychologen. Der wird Ihnen Antworten geben.
Hagen, ich muss schon sagen: Sie sind nicht nur ein exzellenter Ermittler, als Vernehmer sind Sie genauso gut und haben mich einfach und ganz selbstverständlich auf Ihre Seite gezogen, ohne dass ich etwas dagegen tun konnte."
„Ach wo, solche Leute gibt es bei Ihnen im Dienst sicherlich auch."

Jetzt lachte der Alte aus voller Kehle. Volltreffer!
„Nicht dass Sie mich wieder mit Schmeicheleien überhäufen – es war die Nase meines Chefs, die mich darauf brachte."
„Ach, Herr Haupt von … Ich weiß nicht mehr?"
„Richtig. Sie sollten ihn einmal kennenlernen."
„Vielleicht irgendwann einmal. Kommen Sie, Hagen, lassen Sie uns hineingehen und ein ordentliches Abendessen vertilgen. Ich halte es nicht mehr aus. Ich habe richtig Hunger."
Der Rest des Abends verlief friedlich. Hagen hatte das Gefühl, als würde Meier ihm nun vertrauen. Man war zuvorkommend und doch irgendwie schüchtern. Wie fremde Menschen, die bei einer Urlaubsreise zufällig an den gleichen Tisch gesetzt wurden und sofort Gefallen aneinander gefunden hatten. Auch der junge Stein hatte seinen Groll weggeschoben und versuchte nun, Anne für sich zu interessieren. Sie fand das lustig, meinte sie später auf dem Nachhauseweg.

Als sie gegen 23 Uhr in den Welsenweg einbogen, stand Silkes Auto bereits in der Einfahrt. Anne kam noch kurz mit hinein. Silke saß vor dem Fernseher. Vor ihr auf dem Tisch lagen Annes Unterwäsche und der Jogginganzug.
„Hast du hier gewohnt, während ich fort war?", fragte sie Anne. Ihr Ton war hintergründig grollend.
„Ach wo, ich war vor dem Abendessen noch eine Runde joggen. Und als ich zurückkam, gab es kein Wasser. Völlig harmlos, liebe Silke, und das ist die Wahrheit."
Er gab sein Bestes, dass Anne schnellstmöglich aus Silkes Augen kam. Er wollte jetzt keinen Streit. Dazu war der Abend einfach zu schön gewesen – und zu anstrengend.

41

Als Hagen morgens um sieben schlaftrunken zum Bad torkelte, war er nicht übellauniger als sonst. Er hatte einfach nur schlecht geschlafen. Zuerst war ihm Anne nicht aus dem Kopf gegangen, dann hatte er über sein Zusammenleben mit Silke

nachgedacht, die, als Anne fort war, einfach ins Bett verschwunden war. Zuletzt war der alte Meier dran gewesen. Irgendwann gegen zwei hatte er endlich einschlafen können.
Jetzt wäre er am liebsten im Bett geblieben und hätte es auch getan, doch die Besprechung war für acht Uhr angesetzt. Er musste sich sputen, wenn er noch frühstücken wollte.
Von Silke war nichts zu sehen. Vielleicht rackerte sie schon im Garten. Aber als er unter der Dusche hervorkam, fuhr sie mit dem Fahrrad auf den Hof, fröhlich eine Tüte mit frischen Brötchen schwenkend. Sie steckte den Kopf ins Badezimmer und rief: „Guten Morgen, Schatz."
Er antwortete nicht. Sie setzte sich auf den Wannenrand und schaute ihm beim Abtrocknen zu.
„Schlecht geschlafen?", fragte sie dann.
„Ich habe über alles Mögliche nachgedacht."
„Warum gehst du nicht wieder ins Bett?"
„Ich muss ins Revier zur Besprechung. Man hat mich befristet als Berater eingestellt, habe ich das noch nicht erzählt?"
„Nein. Aber schade ist das schon. Komm mal her. Ich will dir helfen, wach zu werden."
Sie zog ihn an den Hüften zu sich heran. Er ließ es geschehen und rubbelte sich weiter die Haare trocken. Silke griff nach seinem Glied, beugte sich hinab und küsste es.
„Ach ja", sagte sie, „zwei Wochen hab ich es vermisst. Musst du wirklich unbedingt weg?"
Er schüttelte heftig den Kopf. Schön, so geweckt zu werden.
„Also, ja. Dann lass ich dich jetzt in Ruhe und hoffe, dass du dann schneller wieder hier bist."
Und sie tat es wirklich und verschwand fröhlich winkend.
„Hattest du viel zu tun in den letzten beiden Wochen?", fragte Silke beim Frühstück.
„Knut war fleißig. Sogar die Treppe hat er fertig. Heute wollte er kommen und anfangen, die neuen Hinterzimmer auszuräumen. Ich war wirklich sehr beschäftigt. Und das hier ist das Ergebnis."
Er reichte ihr den dicken Umschlag. Neugierig öffnete sie ihn

und bekam große Augen, während sie darin herumblätterte.
„Wie viel ist denn das?“
„Genau 28.900 Euro. Aber die Steuern gehen noch ab.“
„Trotzdem toll. Für manchen mehr als ein Jahreseinkommen. Darf ich Wünsche äußern?“
„Klar“, sagte er mit vollem Mund. Die frischen Brötchen waren köstlich und der Kaffee auch. Nun war er wach.
„Hast du heute etwas Besonderes vor?“, fragte er, um sich selbst ein wenig abzulenken vom bevorstehenden Tag.
„Als erstes werde ich den Hühnerstall ausmisten. Der hat es nötig. Und eingekauft hast du wohl während der ganzen zwei Wochen nicht.“
Er murmelte etwas von Pizza und stand auf. Schnell verabschiedete er sich und fuhr zur Arbeit. Es war schon ein seltsames Gefühl, wieder einer geregelten Arbeit nachzugehen.

Anne saß am Schreibtisch, Johann im Sessel und Kevin am Konferenztisch, als er schwungvoll die Tür aufriss.
„Moin, Moin“, rief er und ließ sich in den Sessel fallen.
„Was ist denn mit dir los? So schwungvoll am Morgen?“, fragte Anne und um ihre Lippen spielte ein Lächeln, als hätte sie gefragt, ob er heute schon Sex gehabt hätte.
Nein, aber beinahe. Bei dem bloßen Gedanken musste er auch grinsen. „Es war doch ein toller Abend, oder nicht? Haben wir da nicht Grund, optimistisch in den Tag zu starten?“
„Ja, ganz bestimmt.“
„Was gibt es für Neuigkeiten, Johann?“
„Von Freier nichts Neues. Er sitzt auf seinem Boot und rührt sich nicht. Der Verfassungsschutz wartet auf unser Zeichen.“
„Kevin, bei dir?“
Kevin schüttelte den Kopf. „Mit Frau Berg, geborene Krause, verwitwete Rufmüller, bin ich nicht weitergekommen am Wochenende. Alle Sucherei übers Internet war vergeblich.“
„Okay. Anne, wie weit ist die Spurenauswertung?“
„Die DNA-Auswertung ist noch nicht da. Vielleicht erst in ein paar Tagen. So etwas dauert.“

„Messer? Stiefel?“
„Der Pathologe hat gerade angerufen. Ja, es ist die Tatwaffe und die Substanz daran ist Birgits Blutgruppe. Leider keine Fingerabdrücke dran. Das hätte alles klären können. Und die Stiefel sind ein Volltreffer. Damit war Steinert nun garantiert am Tatort.“
„Danke dir. Also, gestern Abend hatte ich ein aufschlussreiches Gespräch mit Herrn Meier. Johann, du hattest recht: Israelischer Geheimdienst. Und außerdem Häftling im KZ Ravensbrück.“
„Ich dachte immer, da seien nur Frauen gewesen, aber offenbar stimmt das so nicht“, warf Anne ein.
„Nein, es gab dort auch viele Prominente. Warum er dort inhaftiert war und nicht in Sachsenhausen, wollte er nicht sagen. Jedenfalls interessiert sich Meier sehr dafür, warum Bergmann sich in Mühlhof versteckt hat und nicht ins Ausland gegangen ist. Er war ziemlich zugeknöpft und es hat eine ganze Weile gedauert, bis er das wenige von sich gegeben hat, was ich gerade gesagt habe. Und das war's auch schon. Nicht viel. Jedenfalls nichts, was uns bei der Lösung des Mordes an Birgit Freier helfen könnte.
Wie wir weiter vorgehen, weiß ich momentan auch nicht. Ich habe die ganze Nacht gegrübelt. Wahrscheinlich sollten wir auf die DNA-Analyse warten. Hält der Verfassungsschutz so lange still?“
Johann nickte. „Der rennt ihnen nicht davon, meint Hassen.“
„Gut. Dann warten wir also. Hat jemand eine Idee, wie wir weitermachen, sollte die DNA-Analyse negativ sein?“
Alle schüttelten die Köpfe. Nein, es gab nichts Sinnvolles, was sie jetzt noch tun konnten.
„Ich habe mir am Samstagnachmittag den Inhalt der Festplatte angeschaut. Es sind offenbar Dateien drauf, die Freier gehören. Johann, hast du jemals etwas von der NDU gehört?“
Der Alte dachte kurz nach. „NDU? Klingt wie NSU, eine rechte Gruppierung. Aber gehört habe ich davon noch nie.“
„Nun, du hast Recht. Auf der Festplatte sind die Mitgliederlis-

te und die Buchhaltung einer National-Deutschen Union. Einige der Mitglieder kamen mir bekannt vor und die Geldbewegungen waren enorm. Johann, vielleicht findest du die Zeit hineinzuschauen. Danach sollten wir sie wohl direkt an das BKA weiterleiten."

„Traust du Hassen nicht?", fragte Anne.

„Mit wichtigen Informationen halte ich es wie mit meinem Geld: Solche Sachen sollte man nicht alle in eine Hand geben. Immer schön streuen. Dann geht auch nichts verloren.

Beim Thema Geld fällt mir ein: Haben Birgit Freiers Kontoauszüge irgendwas erbracht?"

Er schaute in die Runde. Schweigen.

„Okay, dann mach ich das. Wie sieht's mit ihrem Laptop aus?"

„Ich bin noch nicht durch", antwortete Kevin. „Bis jetzt nichts Aufregendes. Ich klemme mich dahinter."

„Brauchen wir die beiden Kriminaltechniker noch? Die sind gerade zum nächsten Mord und ich würde sie dort ungern abziehen", fragte der Alte.

„Nein, lass die dort. Sie waren eine große Hilfe, aber im Moment brauchen wir sie nicht. Machen wir uns an die Arbeit."

Hagen war mit den Kontoauszügen schnell durch. Es stimmte: Die Kontostände waren etwas zu hoch. Allerdings lagen die großen Einnahmen schon zwanzig Jahre zurück. Es gab damals in kurzer Zeit mehrere Einzahlungen von einem Juwelier. Birgit hatte gleich nach der Wende offenbar Schmuck verkauft. Woher der stammte, ließ sich nun wirklich nicht mehr nachvollziehen. Jedenfalls war ihr Kontostand seitdem kontinuierlich gesunken, nicht zuletzt wegen der beiden Mercedes, die sie sich zugelegt hatte. Nur den letzten vor vier Jahren hatte sie nicht selbst gekauft. Roland Bergener hatte Recht behalten.

Annes Telefon klingelte. Sie nahm ab und reichte dann den Hörer zu ihm herüber.

„Südafrika", flüsterte sie.

„Hallo, here is Hagen Brandt", rief er laut und in einem Englisch, das eher wie Thüringer Mundart klang.

„Hallo, mein Name ist Hein van Gogh und ich kann nicht malen." Am anderen Ende der Leitung wurde herzlich gelacht. Die Stimme am anderen Ende war so nah, dass er für einen Moment glaubte, Südafrika liege im Nachbarzimmer.
„Entschuldigung", sagte van Gogh, „ich kann mir das nie verkneifen. Aber Sie können deutsch mit mir reden."
„Dann also Hallo, Herr Van Gogh. Sie rufen an wegen unserer Anfrage zu Arthur Freeman? Was haben Sie für mich?"
„Leider ist es uns nie gelungen, ihn festzunageln. Aber es gab jede Menge Anzeigen, vor allem von Prostituierten, wegen Misshandlung, Körperverletzung, Vergewaltigung."
„Das klingt, als hätte Freeman Ihnen jede Menge Ärger bereitet. Sagen Sie, haben Sie Vergleichs-DNA von ihm? Die fehlt uns nämlich ganz dringend."
„Wir haben alles Mögliche: DNA-Analysen, Fingerabdrücke. Was Sie wollen."
„Können Sie mir die DNA-Auswertung zuschicken? Heute noch? Ich wäre Ihnen wirklich sehr dankbar."
„Kein Problem. Ich lege die Sachen gleich aufs Faxgerät. Und wenn Sie ihn festgenagelt haben – bekomme ich dann Bescheid?"
„Selbstverständlich, Herr Van Gogh. Und vielen Dank."
„Sie müssen sich nicht bedanken. Der Kerl hat es einfach verdient, dass man ihn aus dem Verkehr zieht."
„Gut. Ich melde mich in den nächsten Tagen. Bis dann."
Hagen legte auf und schaute auf die Uhr. Es war zehn. Genau die richtige Zeit für einen Besuch. Er meldete sich ab, sprang ins Auto und fuhr in Richtung Schulzendorf.

„Moin, Moin", rief Hagen in den Flur des Hauses der Frischs. Die Tür stand weit offen.
„Moin auch", kam die Antwort von der Scheune her. „Ach Sie sind es, Herr Brandt. Freut mich, dass Sie nach uns schauen." Malte Frisch lehnte die Heugabel gegen die Tür und kam ihm entgegen. Sie gaben sich die Hand. Frisch machte einen sehr zufriedenen Eindruck.

„Man sieht's Ihnen an, mit Ihrer Frau ist alles wieder im Lot.“ Frisch nickte. „Ja, dank Ihrer Mithilfe. Und was noch nicht in Ordnung ist, haben wir zusammen in Angriff genommen: Elke beginnt nächste Woche eine Therapie in Lindow wegen des Alkohols. Ich bin sehr froh, dass sie zugestimmt hat.“ Er drehte sich zur Scheune um und rief: „Schatz, wir haben Besuch. Kommst du mal, bitte?“
„Ich kann nicht weg. Soll reinkommen“, kam es von drinnen.
„So geht das schon seit gestern. Sie ist nicht mehr dort wegzubekommen. Wir haben ihr nämlich ein Reitpferd gekauft“, flüsterte Frisch. „Kommen Sie.“
Im Stall roch es nach frischem Heu. Ein brauner Pferdekopf mit weißem Fleck auf der Stirn schaute ihnen entgegen. Dann sah Hagen auch Elke Frisch, die ihm zulächelte. Er blieb draußen vor der Pferdebox stehen.
„Hallo Frau Frisch, da haben Sie ja ein feines Haustier.“
„Klar. Und heute Abend darf es neben mir auf der Couch sitzen“, antwortete sie lachend. „Sieht das Mädel nicht toll aus?“ Hagen nickte heftig. Pferde waren ihm immer so groß und Furcht einflößend vorgekommen. „Können Sie denn reiten?“
„Mein Mann kann reiten. Ich hatte leider schon lange keine Möglichkeit dazu. Aber ich werde es wieder lernen.“
„Jedenfalls ist es ein wunderschönes Tier“, bestätigte er.
„Kann ich Ihnen etwas anbieten? Kaffee? Saft?“ Malte Frisch trat aus dem Hintergrund.
„Gern, einen Saft, wenn es keine Umstände macht.“
Kurz darauf war Frisch mit einem Tablett wieder da. „Wollen wir uns in die Sonne setzen? “
„Gern. Bevor der nächste Schauer kommt.“
„Kommst du auch mit, Schatz?“
„Ja, ich komme gleich nach“, antwortete Elke Frisch.
Sie nahmen auf einer Gartenbank platz. Malte Frisch schenkte ein. Aus dem bedrückten, stillen Mann war ein fröhlicher und zufriedener geworden.
„Herr Brandt, sind Sie aus einem bestimmten Grund hier?“
„Eigentlich wollte ich nur sehen, wie es Ihnen beiden geht

nach den überstandenen Strapazen."
Elke Frisch erschien in der Tür und setzte sich zu ihrem Mann. Strahlend sah sie Malte Frisch an und küsste ihn.
„Ja, wie Sie sehen, habe ich Ihnen vieles zu verdanken und weiß gar nicht, wie ich es wiedergutmachen kann", nahm Frisch den Faden wieder auf.
Hagen winkte ab.
„Was ist aus dem Kerl geworden, der mich bedroht hat." Für einen Moment zogen dunkle Wolken über Elke Frischs Stirn.
„Steinert? Der liegt im Unfallkrankenhaus. Sie müssen keine Angst mehr vor ihm haben. Wenn er wieder einigermaßen gesund ist, geht er für viele Jahre in den Knast. Den werden Sie nicht wiedersehen, da kann ich Sie beruhigen."
Sie lehnte sich deutlich ruhiger an ihren Mann.
„Darf ich Ihnen noch eine Frage stellen, Frau Frisch?"
Sie nickte.
„Wie war das Verhältnis zwischen Birgit und Ihrem Vater, als Sie Kinder waren? Können Sie mir dazu etwas sagen?"
„Birgit war sein Liebling, jedenfalls bis sie zehn oder elf war. Er brachte ihr immer Spielsachen mit. Sie durfte auf seinen Knien reiten und er hat ihr Gute-Nacht-Geschichten erzählt. Aber das änderte sich dann beinahe schlagartig."
„Gab es einen Grund dafür?"
„Ja, es gab einen. Mutter hatte angefangen, mit ihr über Jungs zu sprechen. Denn Birgit war auf dem Weg, eine Frau zu werden. Ihre Brüste konnte man schon sehen. Doch, ich erinnere mich. Wir haben Späße über ihre kleinen Brüste gemacht.
Eines Abends stand sie nur mit einem Slip bekleidet vor dem Spiegel. Vater kam herein, sah sie und fing an zu schreien, sie solle sich etwas anziehen. Dann hat er Birgit zum ersten Mal geschlagen. Eine heftige Ohrfeige hat er ihr gegeben. Ihre Wange war am nächsten Morgen noch geschwollen. Ja, das war es wohl, was Vater so aufgebracht hat: Birgit wurde eine Frau. Und dass er Mutter immer geschlagen hat, habe ich Ihnen ja schon erzählt." Aus Elke Frischs Gesicht war jede Fröhlichkeit gewichen. „Arme Birgit", sagte sie, stand auf und ver-

schwand im Stall.
Anne und Meier schienen beide Recht gehabt zu haben mit ihrer Theorie von der Tochter-Vater-Beziehung. Auf jeden Fall sollte er beim Alten noch einmal nachhaken wegen des Polizeipsychologen. Wenn die Tatortspuren zu Freier passen sollten, wäre es gut, gewappnet zu sein.
Auch Hagen erhob sich und reichte Malte Frisch die Hand. Dann machte er sich auf den Weg nach Hause. Unterwegs erklärte er Johann Paul, dass auch Meier über eine problematische Tochter-Vater-Beziehung theoretisiert und was Elke Frisch dazu gesagt hatte. Der Alte versprach nochmals, sich um den Psychologen zu kümmern.

42

Gemächlich rollte Hagen durch die Einfahrt und stellte seinen Astra am Hühnerstall ab. Als er ausstieg, sah er, dass der halbe Hof voll stand von dem Zeug aus den neu entdeckten Räumen. Aus dem Keller hörte er Silke laut plappern und Knut lachte.
„Hey, ihr beiden, treibt ihr Spiele dort unten?“, rief er und kletterte die Kellertreppe hinab.
„Da bist du ja schon wieder. Schade, wir wollten dich damit überraschen“, schmollte Silke gespielt und hängte sich an seinen Hals.
„Die Überraschung ist euch gelungen. Ihr seid ja fast fertig.“
„Und ein Geschenk habe ich auch noch für dich, mein liebster Schatz. Es liegt auf deinem Schreibtisch. Aber zieh dich erst um, sonst frag ich dich doch noch, ob du mir irgendeinen Bescheid zustellen willst.“
Er lachte. „Seh ich so nach Beamter aus?“
„Ja, ganz schrecklich.“
Knut kicherte nun auch.
„Ich gehe ja. Hattet ihr schon Kaffee oder Mittagessen?“
„Nein. Aber lass uns das hier erst fertig machen.“
Er ging ins Schlafzimmer und zog seine Arbeitsklamotten an.

Dann brachte er die Aktentasche ins Büro. Als er sie neben dem Schreibtisch abstellte, sah er ein Büchlein auf seinem Laptop liegen. Silkes Geschenk. Er zündete sich eine Zigarette an und setzte sich hinter den Schreibtisch.
Was haben wir denn da? Er nahm das A5-große Büchlein in die Hand. Es war vergilbt, die Ecken abgestoßen und der Titel offenbar mit Tinte in alter deutscher Schrift geschrieben.
Als er ihn entziffert hatte, glaubte er es immer noch nicht. Während er laut las, fuhr er mit dem Finger über jedes einzelne Wort: *Renate Rufmüller – mein 2. Tagebuch.*
Das Tagebuch begann mit dem 30. April 1936, dem Tag nach ihrer Hochzeit mit Karl Rufmüller. Zwischen dem Datum und der Erklärung war ein Hochzeitsfoto eingeklebt, auf dem Renate Rufmüller aussah, als hätte sie das Glück ihres Lebens gefunden. Er blätterte weiter. Ihr Einzug ins neue Heim. Zwei Geburten. Dazwischen viel Familienglück.
Er kam immer besser mit der ungewohnten Schrift zurecht. Einmal wurde erwähnt, dass sie als Sekretärin bei der NSDAP in Gransee gearbeitet hatte. Parteimitglied. Natürlich. Dann meldete sich Rufmüller, eigentlich Dr. Rufmüller, Chirurg, freiwillig zur Waffen-SS. Es folgte seitenweise nationalistischer Taumel. Dann wurden die Einträge spärlicher, dann ein Jahr gar nichts. Der nächste Eintrag war vom 17. Oktober 1943. Für Renate Rufmüller ein wahrhaft schwarzer Tag: Ihr Mann war für Volk und Vaterland gefallen. Ihr Vater fiel im gleichen Jahr und Mutter starb nur ein paar Monate später. Sie zog wieder auf den Hof der Eltern. Nun gab es eine größere Pause bis zum Sommer 1944.
Am 6. August trat Friedrich Bergmann auf den Plan. Sie hatte den hübschen Soldaten, wie sie sich ausdrückte, beim Tanz in Gransee kennengelernt und gestand dem Tagebuch ihre Liebe. Hagen musste lächeln, als er die nicht für ihn bestimmten Zeilen las. Zwei Wochen später hatte Bergmann sie besucht. Und noch eine Woche später hatte sie sich ihm hingegeben mit allem, was sie hatte. Es war Krieg und der hatte ihr den lieben Mann genommen. Allein schaffte sie den Hof nicht mehr.

Plötzlich ging die Tür auf und Silke kam herein.
„Willst du nun keinen Kaffee mehr, mein großer Detektiv?"
„Sag mal, wo hast du denn dieses Tagebuch gefunden? Und woher kennst du meine geheimsten Träume?"
Sie gluckste. „Deine geheimsten Träume sahen bis jetzt anders aus. Aber gefunden habe ich das Büchlein in der Scheune. Ich brauchte neues Stroh für den Hühnerstall. Zwischen dem Stroh und der Außenwand klemmte eine uralte Ledertasche. Du solltest eben öfter den Hühnerstall ausmisten."
„Jedenfalls kann ich damit eine große Ermittlungslücke füllen. War noch mehr in der Tasche?"
Silke bückte sich und griff unter den Schreibtisch. „Schau doch selbst nach. Ein paar Sachen sind da noch."
Die Tasche war wirklich alt und völlig eingestaubt. Aber was zählte, war der Inhalt. Er öffnete die beiden Schnappschlösser. Die Tasche war bis zum Rand voll mit Unterlagen.
„Wow, dann lass uns erst Kaffee trinken ..." Beinahe hätte er Anne gesagt.
Knut war inzwischen gegangen. Sie setzten sich auf die Bank mit Blick über die Obstbaumwiese, tranken ihren Kaffee und aßen den von Silke selbst gebackenen Streuselkuchen. Aber kaum hatten sie ihren Kaffee aus, verdrückte sich Silke in den Garten und er selbst ging wieder ins Büro. Das Tagebuch der Renate Rufmüller wartete.
Hagen las gespannt weiter. Wie weit würde das Tagebuch reichen? Klar könnte er einfach nach hinten durch blättern, aber auf diese Spannung wollte er nicht verzichten:
Bergmann kam jetzt öfter zu ihr und kurz vor Weihnachten 1944 brachte er seine Sachen mit. Im Dorf wurde über sie geredet, aber nicht schlecht, wie sie einmal hörte. Man gönnte ihr das neue Leben mit Bergmann. Allerdings sahen die Mühlhofer ihn nur, wenn er vorbeifuhr, und auch ihr selbst war nicht nach Klatsch, Tratsch und Ausfragen zumute. Sie war einfach nur glücklich.
Am 3. Januar fand er den versteckten Kellerraum, so schrieb sie, und war begeistert. Vor allem weil niemand davon wusste.

Man hatte ihn im Krieg irgendwann im 19. Jahrhundert gebaut, um sich und die wichtigsten Vorräte zu verstecken.
Hagen schaute gedankenverloren vom Tagebuch auf. Ein versteckter Kellerraum also. Seine Gedanken wanderten zu dem eingesackten Traktor und schafften eine Verbindung. Natürlich war der Traktor in den Kellerraum eingebrochen. Aber wo befand sich der Zugang? Zwei versteckte Räume hatten sie schon gefunden, aber diesen nicht. Sollte er Anne anrufen? Nein, noch nicht. Zuerst würde er selber danach suchen.
Er blätterte um und las weiter.
Der Krieg ging dem Ende entgegen, die Russen rückten auf Berlin vor. Bergmann wurde immer unruhiger. Sie verstand ihn nicht. Er, ein Soldat, hatte doch nichts zu befürchten. Er musste doch kämpfen bis zum Endsieg. Und wenn es keiner wurde, fragte sie ihr Tagebuch, was sollte dann aus ihnen werden? Sollten sie sich im Keller verstecken, bis die Russen wieder weg waren? Werden sie überhaupt wieder abziehen? Sollten sie bis an ihr Lebensende unter der kommunistischen Herrschaft dieser Untermenschen, wie sie sie nannte, leben?
Der nächste Eintrag war wieder so ein schwarzer Tag für sie, bald schlimmer noch als der, an dem ihr Mann starb – Adolf Hitler war tot. Sie hatte im Rundfunk gehört, er habe sich das Leben genommen. Warum sollte er dies tun? Das sei doch alles Feindpropaganda!
Hagen schüttelte den Kopf. Solchen Fanatismus selbst zu Kriegsende hatte er nicht vermutet.
Der nächste Eintrag war vom 15. April 1945. Und nun wurde es richtig spannend. Sie schrieb über Bergmann:
„Friedrich kam letzte Woche außer der Reihe nach Hause und erzählte, dass die Lager in Sachsenhausen und Ravensbrück evakuiert werden. Er fragte mich, ob ich ihn liebe. Wie kann er das fragen? Ich kann gar nicht anders, als ihn zu lieben. Er vertraut mir, hat er gesagt, und will für unsere Zukunft sorgen. Aber ich soll ihn nicht verraten. Wie könnte ich, wo ich ihn doch liebe.
Vorgestern haben wir den Keller eingerichtet wie ein Wachlo-

kal. Friedrich brachte noch eine Stahltür mit, die er auch gleich einbaute. Und wenn die Russen kommen, können wir uns dort verstecken. Nur Friedrich und ich. Ich glaube, liebes Tagebuch, das wird schön.
Heute kam Friedrich mit einem Lastkraftwagen voller Kisten. Mit der Schubkarre hat er sie in den Keller gebracht und dann mit dem Flaschenzug nach unten ins Versteck. Er ist stark, mein Friedrich. Unsere Zukunft hat er die Kisten genannt. Aber ich durfte nicht hineinschauen. Die Luke hat er zugemauert. Ich glaube nicht, dass das nötig war, denn die Russen kommen niemals bis nach Mühlhof. Außerdem, wie soll ich an diese Vorräte herankommen, wenn ich sie brauche oder wenn ihm etwas geschieht?"
Das Tagebuch endete hier. Es gab keine Erklärung. Vielleicht hatte sie die Tasche mit dem Tagebuch und ihren Papieren vor den Russen versteckt, dem Schreckgespenst vieler Deutschen. Wie auch immer, er wusste nun, wo er ungefähr suchen musste. Doch die Frage war: Wollte er überhaupt finden?
Sollte er mit Meier reden? Nein! Es waren nicht nur Juden, denen man selbst im Tod noch ihre letzte Habe geraubt hatte. Und behalten wollte er es auch nicht, wenn es das war, was man dem Schatz vom Stolpsee angedichtet hatte. Also würde er das Tagebuch Johann Paul übergeben. Sollte die Polizei ihrer Pflicht nachkommen. Danach konnten die Politiker den Fund verteilen und sich den Bürgern in ihrem Großmut zeigen.
Hagen leerte nun den Rest der Tasche: Geburtsurkunde, Heiratsurkunde, einige Reichsmark, ihre Ausnahmegenehmigung, mit der sie sich in der Sperrstunde draußen frei bewegen konnte, Papiere der Eltern und ihres ersten Mannes. Aber nichts mehr über Bergmann oder ihr gemeinsames Leben nach dem Krieg. Die Zukunft war unter Verschluss. Das Rätsel des Schatzes vom Stolpsee war gelöst. Nun musste er noch geborgen werden.
Hagen stopfte alles zurück in die Tasche, bis auf das Tagebuch. Das scannte er zuerst ein und fertigte die gewohnten Kopien. Wenn es ihn auch noch so sehr in den Keller zog – eine Pleite

wie mit der Kladde wollte er nicht noch einmal erleben.
Schwungvoll klappte er den Laptop zu. Dann schloss er die Tasche in seinem Schreibtisch ein. Wenn das so weiterging, musste er sich einen Safe anschaffen und die Fenster mit einbruchsicherem Glas versehen lassen.
Und jetzt in den Keller. Er machte Licht und begann im ersten Kellerraum mit der Suche. Doch so sehr er auch herumleuchtete, vom geheimen Kellereingang war nichts zu entdecken. Also ergriff er die Baulampe und kletterte zum nächsten Kellerraum. Hier hatten Silke und Knut alles ausgeräumt. Langsam ging er durch den Raum und leuchtete erst den Fußboden, dann die Wände an. Zum Schluss die Decke. Und dort fand er den Hinweis, den er gesucht hatte. Es war ein eingelassener Haken, den man mit einem Flaschenzug bestücken konnte. Und er wusste auch, dass er einen solchen in der Scheune gesehen hatte. Jedenfalls hatte er den Zugang zum vermutlichen Schatzkeller gefunden. Doch wie hieß es so schön? Vor den Lohn hatte der Herr den Schweiß gesetzt!
Schnell holte Hagen den Bohrhammer aus der Werkstatt und ließ ihn tanzen. Zuerst kamen fünf Zentimeter Beton, darunter schauten die üblichen roten Backsteine hervor. Das Loch im Beton war gerade groß genug, dass ein Nachttopf hindurchgepasst hätte.
„Was machst du denn hier? Das ganze Haus bebt ja." Silke stand hinter ihm.
„Du kommst gerade richtig. Entweder wirst du gleich Zeugin eines historischen Schatzfundes oder einer kleinen Blamage. Jedenfalls ist das Tagebuch daran schuld, wenn es umsonst war. Bitte zurücktreten. Jetzt wird's dreckig!"
Silke blieb stehen und schaute neugierig. Er setzte den Bohrhammer an und kurz darauf sah er zwei Steine in der Tiefe verschwinden. Innerlich jubelte er, riss sich aber zusammen und schickte weitere Steine in die Tiefe. Die plötzliche Stille war bedrückend, als er die Maschine abschaltete.
„So, mein Häschen, nun darfst du als Erste sehen, was seit 67 Jahren verschollen war. Komm!"

Er nahm die Lampe, kniete sich hin und steckte sie in das Loch. Silke hockte sich neben ihn und schaute hinein.
„Ich glaube, es ist ein ziemlich großer Raum. Hinten ist die Decke eingestürzt. Aber hier vorn stehen alte Armeekisten. Ist es das, was wir suchen?“
„Ja, es ist der Schatz vom Stolpsee. Jedenfalls kann man das dem Tagebuch entnehmen, wenn man die Hintergründe kennt. Lass mich das Loch etwas vergrößern. Mit meinem dicken Bauch komme ich da nicht durch.“
Silke stand auf und verließ den Keller. Er zog die Lampe wieder aus dem Loch und ließ den Bohrhammer seine Arbeit tun. Als das Loch groß genug war, kam Silke mit der großen Aluminiumleiter zurück.
Hagen nahm die Baulampe in die Hand und kletterte vorsichtig hinab. Der Raum hatte ursprünglich wahrscheinlich eine Größe von fünf mal sieben Metern gehabt. Ganz hinten war ein Balken gebrochen und hing durch. Ein Haufen Steine und Erde lagen dort, wo damals wahrscheinlich der Traktor eingesackt war. Er näherte sich vorsichtig und schaute nach oben. Über die Einsturzstelle waren dicke Bohlen gelegt worden, die man anschließend mit Erde bedeckt hatte.
Da ist Bergmann aber schnell gewesen, ging es Hagen durch den Kopf. Der hat sicherlich alle Neugierigen verjagt, nachdem sie den Traktor wieder herausgezogen hatten.
Er drehte sich um. Die Kisten standen rings um den Kellerzugang. Es waren solche, wie sie sie bei Birgit gefunden hatten. Er versuchte, die erste zu öffnen, doch sie war mit einem Vorhängeschloss versehen.
„Mist! Silke, ich brauche eine Brechstange.“
„Sofort“, kam es von oben.
Er zählte inzwischen die Kisten und kam auf achtzehn. Also hatte Freier eine Kiste von vornherein für sich abgestaubt und seinen Partner betrogen.
Silke kam die Leiter herunter, setzte die Brechstange an und das Vorhängeschloss flog davon. Dann sah sie ihn fragend an.
„Wollen wir?“, fragte er. Sie nickte heftig. Er klappte den De-

ckel hoch, griff sich die Lampe und hielt sie über die Kiste. Beide sagten kein Wort. Sie wussten, woher der Goldschmuck, der Silberschmuck, die Geschmeide kamen. Waren das noch Menschen, die anderen Menschen sowohl das Leben als auch ihr Hab und Gut genommen hatten? Achtzehn Kisten. Und sie hatten Glück gehabt, dieses Mal eine Kiste mit Schmuck und nicht wieder mit Goldzähnen erwischt zu haben. Er sah Silke an und sie ihn.

„Weißt du", sagte sie, „lass uns nach oben gehen und ruf du die Polizei an. Sie sollen kommen und alles abholen. Bitte!"

Er rief in Annes Büro an. Sie meldete sich fast sofort.

„Anne, ich brauche euch hier", sagte er. In seiner Stimme lag noch immer die Erschütterung, die er im Keller gespürt hatte.

„Hagen, was hast du? Ist etwas passiert?"

„Nein, mit uns ist alles in Ordnung. Aber wir haben die Kisten gefunden, den Schatz vom Stolpsee. Wir brauchen Technik, um alles zu bergen. Mein Vorschlag wäre das Technische Hilfswerk. Vielleicht haben die solche Technik, mit der man hundert Kilo schwere Kisten aus dem Keller holen kann, ohne das Haus einzureißen."

„Mach dir keine Sorgen, Hagen. Wir kümmern uns darum. Gib mir dreißig Minuten."

Es dauerte fast eine Stunde bis drei Streifenwagen vorfuhren, gefolgt von einem Fahrzeug des THW, einem Polizei-Bus und einem Polizei-Lkw. Wenigstens Blaulicht und Sirene haben sie aus gelassen, durchfuhr es Hagen, als das große Aufgebot vor dem Hof hielt. Während der Kommandeur des Zuges der Landeseinsatzeinheit seine Leute antreten ließ, verteilte Johann die drei Streifenwagen an strategisch wichtigen Punkten: an der Zufahrt zum Welsenweg, oberhalb des Hofes und auf dem hinteren Ende des Hofes. Die LESE bildete einen Sperrkreis.

Dann erst kamen Johann Paul und Anne Pagels auf Silke und Hagen zu. Zusammen stiegen sie in den Keller. Als sie sich um den Kellerzugang versammelt hatten, stiegen Hagen und Anne hinab. Er öffnete die oberste Kiste und hielt die Lampe

so, dass man auch oben etwas erkennen konnte.
Während der Alte am Kellereingang noch so getan hatte, als sei er Herr der Lage, hörte ihn Hagen jetzt nur „Oh, mein Gott!“ sagen. Dann verstummte er. Auch Anne war still. Ihrem Gesicht sah man an, dass auch sie an all die Menschenschicksale denken musste, von denen diese Kisten zeugten.
„Musst du hier noch Spuren sichern, Anne?“
Sie schüttelte den Kopf. „Nur ein paar Fotos.“
Er kletterte nach oben. Die Männer vom THW hatten im Auto gewartet. Er winkte sie heran und zeigte ihnen den Keller. Alle drei versuchten, eine der obersten Kisten anzuheben. Als er ihnen den Haken für den Flaschenzug zeigte, winkten sie ab.
Noch während der Bergungsarbeiten war plötzlich auch der Innenminister da, um sich ein Bild von dem legendenumwobenen Schatz zu machen, wie er sagte. Hagen, der die Leitung übernommen hatte, musste ihn herumführen.
Jetzt lotsten sie den Lkw auf den Hof. Offenbar war man fertig mit der Bergung. Außerhalb des Grundstücks wurde plötzlich laut gerufen. Ein Motor drehte hochtourig. Eine Reporterin war mit Speed auf den benachbarten Acker gebrettert und hatte sich festgefahren. Er hörte die durchdrehenden Räder, dann eine Autotür. Und keine zehn Sekunden später standen er, der Innenminister und die auf dem Hof gestapelten Kisten im vollen Licht eines Blitzes. Die Reporterin war einfach aufs Dach ihres Pkws geklettert und hatte über die Drei-Meter-Hecke fotografiert. Hagen erkannte die Hansen. Sie lachte und winkte. Er winkte zurück. Und bevor sie vom Autodach kletterte, hatte Hansen garantiert schon das wichtigste Foto ihres Lebens an die Redaktion gemailt.
Er wandte sich wieder dem Innenminister zu, der von Johann Paul verlangte, dass man eine Kiste öffnete. Der Alte lehnte ab und Hagen sah keinen Grund, ihm zu widersprechen. Er kannte den Politiker nur aus der Zeitung und glaubte zu wissen, dass er hier einen Vorgesetzten erlebte, der von Polizeiarbeit keine Ahnung hatte. Wenigstens hielt er nicht gleich hier auf dem Hof eine Pressekonferenz ab. Das war ihm immerhin

sympathisch.
Silke lächelte gequält zu Hagen herüber. „Was soll ich nur tun?“, fragte sie, als sie neben ihm stand. „Kann ich dir irgendwie helfen, dass die alle wieder abhauen?“
„Wir können nur Kaffee kochen, Brötchen schmieren und hoffen, dass sie baldmöglichst ihre Arbeit getan haben. Aber ich fürchte, morgen wird es noch schlimmer: Presse, Fernsehen, Touristen. Doch wenn wir Glück haben, bekommen wir Finderlohn, wenn wir Pech haben, einen Orden vom Ministerpräsidenten.“
„Dann könnte ich ihm persönlich sagen, dass er Platz machen soll für einen Jüngeren, der Ahnung hat und sich kümmert. Das wäre ja auch nicht schlecht.“
Hinter ihm Gegacker. „Meinen Sie mich?“, fragte Johann.
„Nein, nicht Sie, den Ministerpräsidenten.“ Nun kicherte Silke auch. „Ich glaube, ich geh besser Kaffee kochen.“
Die Verladearbeiten hatten begonnen. Mit stabilen Hubwagen wurden die Kisten zum Lkw gebracht. Es ging schneller als er gedachte hatte. Silke schenkte auf dem Hof Kaffee in Plastikbechern aus. Der Innenminister kam auf ihn zu.
„Herr Brandt, bevor ich hier verschwinde, möchte ich Ihnen für Ihr umsichtiges Handeln danken. Morgen halten wir in Potsdam eine Pressekonferenz ab. Ich möchte, dass Sie dabei sind. Also, um elf im Innenministerium.“
Noch ehe Hagen etwas erwidern konnte, machte der Innenminister kehrt, sprang ins Auto und weg war er.
Der Hof leerte sich. Erst fuhr das THW-Fahrzeug davon, dann der Laster mit den Kisten, von zwei Streifenwagen eskortiert.
Er stand da und schaute ihnen nach. Dann ging er zum Alten.
„Was wird aus dem Sperrkreis? Bleibt der?“
„Nein, der Grund waren die Kisten. Ihr beide müsst selbst für eure Sicherheit sorgen. Aber jetzt sollten wir uns zusammensetzen und beratschlagen, wie wir weiter verfahren.“
„Dann setzen wir uns in die Küche. Dort ist es ruhiger. Aber erst muss ich mal zur Toilette.“
Er machte auf den Hacken kehrt und knallte hinter sich die

Tür zu. Er zog sein Smartphone hervor und stellte sich ans Fenster. Dann begann er zu tippen:
„Hansen, wenn du die ganze Wahrheit willst, versetze meinen Hof ins Nirgendwo. Ich rufe dich an. H."

„Und jetzt würde ich zu gern wissen, wie du auf den Schatz gestoßen bist. Bei euch ist der Untergrund ja löchrig wie ein Schweizer Käse", meinte der Alte.
„Ein Zufallsfund, nichts weiter", erklärte er dem Alten. „Meine Frau wollte Stroh aus der Scheune holen und fand dabei eine Tasche mit dem Tagebuch und weiteren Papieren von Renate Rufmüller. Und als ich im Tagebuch von einem geheimen Keller las, habe ich eins und eins zusammengezählt."
„Gut. Und jetzt müssen wir den Erfolg feiern. Jawohl." Der Alte war ganz aus dem Häuschen. „Das Rätsel ist gelöst."
„Stimmt. Aber ich sehe keinen Grund zum Feiern", antwortete Hagen. „Die Pressekonferenz wird Freier vertreiben. Und wenn wir nicht aufpassen, verschwindet er auf Nimmerwiedersehen. Anne, ist das Fax aus Südafrika angekommen?"
Anne nickte und strahlte. „Ja, es ist da und es passt alles zusammen. Sperma, Haare und alles ist von Freier. Deshalb sollten wir ihn jetzt aus dem Verkehr ziehen."
„Schaffen wir das heute noch? Am liebsten wäre es mir."
„Lieber nicht", antwortete Johann Paul. „Ich muss erst Hassen informieren. Bis morgen früh habe ich auch den Haftbefehl."
„Ruf ihn jetzt an und den Staatsanwalt ebenfalls. Ich lasse den Kerl nicht eine Minute länger auf freiem Fuß als nötig."
Als der Alte sein Handy hervorholte, waren Anne und er bereits auf dem Weg zu seinem Astra.

43

Als sie nordwärts die B96 entlangfuhren und Gramzow passierten, schloss ein Streifenwagen zu ihnen auf. Dann rollten sie den Berg hinunter nach Fürstenberg. Kurz vor der Havelbrücke bogen sie links ab. Der Parkplatz war halb leer.

Hagen stieg aus und schaute hinunter zum Steg, wo Freiers Yacht ankerte. Und da lag sie ... anscheinend verlassen.
Sein Smartphone klingelte. Es war Johann Paul.
„Schlechte Nachrichten. Freier ist letzte Nacht entwischt, sagt Hassen. Die haben ein Boot gechartert und sind einfach an unseren Posten vorbeigefahren."
„Scheiße! Wen hat Hassen benachrichtigt?"
„Niemand wurde benachrichtigt. Sie sind auf ihren Booten unterwegs gen Norden und hoffen, sie einzuholen."
„Johann, du gibst sofort die Fahndung raus. Auch die Schleusenwärter auf der Havel müssen wissen, wen wir da suchen. Und die Wasserschutzpolizei auf der Elbe. Ich weiß nicht, wie weit man an einem Tag kommt. Sie sollen alles absuchen, ob das Boot irgendwo zurückgelassen wurde. Sag mir Bescheid, wenn das erledigt ist. Wir durchsuchen inzwischen die Yacht."
„Ja, alles klar, Hagen. Wird erledigt."
„Und mach Druck. Das ist ein NS-Verbrecher und kein Hühnerdieb! Und gib die Warnung mit raus, dass Freier und sein Bodyguard bewaffnet und gefährlich sind."
Er beendete das Gespräch, bevor er noch ausfallend wurde.
„Scheiße, Scheiße, Scheiße", schrie er sein Lenkrad an. „Wie kann so ein Vollpfosten auf dieser Position sitzen? Aber bei denen scheint das ja normal zu sein."
„Letzte Nacht sind sie getürmt?", fragte Anne.
Er nickte und schaute zu Jörg Butterbrod. „Denk nach, Jörg, wen kennst du? Kannst du irgendwas beschleunigen?"
Jörg nickte. „Ich kenne den Schleusenwärter der Schleuse Voßwinkel. Den kann ich anrufen. Voßwinkel ist die letzte Havelschleuse. Sind sie dort durch ..."
„Ruf an. Wenn sie durch sind, wird der Radius für uns zu groß. Dann muss das die Wasserschutzpolizei übernehmen."
Jörg telefonierte, unterbrach seinen Gesprächspartner aber sofort. „Hagen, sie liegen vor der Schleuse. Die ist seit dem Morgen blockiert."
„Ab geht's. Fahr du vorne weg. Blaulicht an. Userin ist nicht weit, aber eine Stunde werden wir brauchen."

Er gab Anne das Handy und fuhr zügig hinter Jörg her.
„Ruf deinen Vater an. Wir brauchen die Unterstützung der Mecklenburger Polizei. Ach ja, unsere Nachwuchskräfte sollen Freiers Boot abriegeln. Nicht dass dort etwas passiert."

An der Kreuzung zur Bundesstraße 198 wurden Sie von mehreren Polizeiwagen mit Blaulicht erwartet.
„Hagen Brandt?", fragte der Einsatzleiter.
„Der bin ich. Ich muss Sie um Unterstützung bei einer Festnahme bitten. Es sind ein zirka neunzigjähriger Mann und sein Bodyguard. Ich habe Grund zu der Annahme, dass zumindest der Bodyguard bewaffnet ist."
„Was liegt gegen sie vor?"
„Arthur Freier soll festgenommen werden wegen NS-Verbrechen. Er gehörte zur SS-Wachmannschaft des KZ Ravensbrück. Freier nennt sich heute Arthur Freeman und hat neben der deutschen auch die südafrikanische Staatsbürgerschaft. Der Bodyguard soll festgenommen werden wegen Beihilfe."
„Okay, wir bringen Sie hin und unterstützen Sie."
„Vielen Dank. Aber machen Sie bitte die Leuchttürme aus."

Als sie an der Schleuse ankamen, war es längst dunkel. Trotzdem fanden sie das richtige Boot beinahe auf Anhieb. Es war das dritte in der scheinbar endlosen Reihe und so eingekeilt, dass es weder vor noch zurück konnte. Im Schutz der Uferbüsche postierten sie drei Scheinwerfer, die auf Befehl gleichzeitig angeschaltet wurden. Hagen ließ sich ein Megaphon geben. „Hier spricht die Polizei. Arthur Freeman, kommen Sie mit erhobenen Händen an Deck! Sie sind festgenommen!"
Hinter der Scheibe eine Bewegung. Dann nichts mehr.
„Hier spricht die Polizei. Arthur Freier, kommen Sie mit erhobenen Händen an Deck. Sie sind festgenommen!"
Plötzlich peitschte ein Pistolenschuss. Ein Scheinwerfer links von ihm erlosch. Irgendjemand erwiderte das Feuer. Ein erschrockenes Stöhnen war die Antwort.
Hagen sprang aus der Deckung. Mit einem Satz landete er ne-

ben dem Schützen auf dem Boot. Es war der Bodyguard, den er mit einem gezielten Faustschlag außer Gefecht setzte.
Laut rief er: „Freier, nehmen Sie die Hände hoch.“ Dann erst sah er ihn in der Koje liegen. Freier stöhnte.
Zwei Polizisten kamen Hagen zu Hilfe. Er beleuchtete die Koje an der linken Bordwand und hielt sich rechts, um den Polizisten die Möglichkeit zu geben, ihn zu sichern. Als er näher kam, sah er Freiers zitternde Hände. Schaum kam aus dessen Mund. Das Gesicht war bläulich verfärbt.
„Einen Arzt! Schnell!“, rief er nach draußen.
Jemand sprang vom Nachbarboot an Deck. „Ich bin Arzt. Was ist los?“ Zögernd kam er näher.
„Kommen Sie schnell, Doktor.“
Als der Arzt näher trat, hatte Freier schon aufgehört zu atmen. Der Arzt fühlte den Puls, horchte nach dem Herzen und richtete sich wieder auf. „Keine Chance“, sagte er. „Aber ein Herzinfarkt war das nicht. Eher irgendein Gift.“
„Danke, Doktor. Auch für Ihren Mut.“
Ihm war verdammt nach Fluchen zumute. Ein Täter liegt im Krankenhaus, einer ist tot und einer verwundet. Hoffentlich hatte wenigstens der Junge nichts Ernstes.
Als das Boot schwankte, hielt er sich irgendwo fest und zuckte im gleichen Moment zusammen. Die Knöchel waren blutig und das Handgelenk offenbar leicht gestaucht. Das kommt davon, wenn ein Makler versucht, Polizist zu spielen.
Schnell schaute er sich in der Kabine um. Dann ging er hinaus und rief nach Anne, die am Ufer auftauchte. Sie warf erst den Koffer und sprang hinterher. Den Koffer fing er, Anne knickte um und ging zu Boden. Sie fluchte, er fluchte. Im gleichen Moment erhellte ein Blitzlicht die Szenerie.
„Verdammte Scheiße. Schickt die Reporter weg!“, rief er. Dieses Foto würde sich bestimmt gut auf der Titelseite machen, wie Anne vor ihm kniete. Sie grinste und blitzte mit ihrer Kamera zum Ufer. Ein Polizist mit Fotoapparat.
Anne machte ihre Fotos. Unter der Koje lag eine zerbrochene Ampulle, am Fußende stand eine Reisetasche. Das war alles.

Die Ampulle wurde eingetütet, die Tasche mitgenommen. Fertig. Sie sprangen ans Ufer. Den Rest mussten sie der hiesigen Polizei überlassen. Der verletzte Bodyguard war inzwischen nach Neustrelitz ins Krankenhaus geschafft worden. Hagen bedankte sich für die Unterstützung, dann fuhren sie zum Krankenhaus und fragten sich zur Chirurgie durch.
„Wie geht es dem jungen Mann, Herr Doktor?“, fragte Hagen, als sie sich vorgestellt hatten.
„Herrn Ostwald geht es soweit gut. Ich brauchte die Wunde nur zu desinfizieren und verbinden. Die Kugel ist glatt durchgeschlagen und hat nicht mal den Knochen getroffen.“
„Na wenigstens eine gute Nachricht. Können wir zu ihm?“
„Sicher. Sie könnten Sie ihn eigentlich morgen mitnehmen. Bin knapp mit den Betten.“
„Gut, dann also morgen früh. Einverstanden.“
„Und wenn es nach mir ginge, sollten Sie ihm richtig in den Hintern treten. Ein wenig arrogant, der Herr.“
Vor dem Krankenzimmer saß ein Polizist, der sie erst einließ, nachdem er Annes Dienstausweis gesehen hatte. Hagen ging zum Fußende des Krankenbetts und sah den blassen jungen Mann zufrieden an. Wenigstens ihn hatten sie sicher. Mal sehen, ob er ihnen helfen konnte und wollte.
„Mein Name ist Hagen Brandt von der ...“
„Ich weiß, wer Sie sind“, wurde er unterbrochen. „Sie sind der, auf den mein Boss so scharf war. Das ist Fakt.“
„Dann haben Sie das Wachbuch geklaut.“
„Richtig.“
„Was wollte Freier damit?“
„Keine Ahnung. Er hat immer von Goldkisten gefaselt. Ich bin nicht schlau daraus geworden. Aber ich habe nichts getan. Sie können mir nichts anhaben.“
„Sie haben auf einen Polizisten geschossen.“
„Nein, auf einen Scheinwerfer.“
„Auch wieder wahr. Woher kannten Sie Steinert?“
„Ach, der hat sich angebiedert. Mein Boss wollte den Herrensitz haben. Steinert war nur der Hausmeister.“

„Warum sind Sie von der Yacht abgehauen?“
„Mein Boss erhielt einen Anruf. Danach sollte ich unauffällig ein Boot chartern und in der Nacht haben wir abgelegt.“
„Seit wann ist er Ihr Boss?“
„Seit ungefähr einem halben Jahr. Da kam er gerade in München an und kaufte dieses Boot. Seitdem war ich auf ihn angesetzt. Als V-Mann, wenn Sie verstehen.“
„Soso, V-Mann. Von wem wurden Sie auf Freier angesetzt?“
„Tut mir Leid. Das darf ich nicht sagen.“
„Darf ich raten?“
„Ich werde nicht antworten.“
„Erzählen Sie mir etwas über die Klosterstraße.“
„Sie meinen die kleine Hure, die er immer besucht hat? Ich weiß nichts über sie. Irgendeine Hure, die es offenbar mochte, geschlagen zu werden.“
„Wann war Freier das letzte Mal bei ihr?“
„Abends, um den 20. oder 22. August herum. Steinert war auch dabei. Gegen Mitternacht habe ich den Boss nach Gramzow gefahren und ins Bett gebracht. Steinert ist noch geblieben. Er hatte wohl nur zuschauen dürfen.“
„Und Sie brauchten nicht nur zuschauen?“
„Ich habe im Auto vor dem Nachbarhaus gewartet wie immer.“
„Hat Sie jemand gesehen und kann das bezeugen?“
„Gesehen hat mich niemand. Aber ich habe meinen Chef informiert, wo wir gerade sind.“
„Und Steinert? War der auch ein V-Mann?“
„Ach wo. Wie gesagt: nur ein Arschkriecher. Wollte beim Boss ganz groß einsteigen und sich erkenntlich zeigen für das Haus in Gramzow, dass der Boss ihm finanziert hat. Der Kerl hat überhaupt nichts geschnallt.“
„Warum haben Sie nicht verhindert, dass Freier sich das Leben nahm?“
„Ja wie denn? Er hat mich doch rausgeschickt. Außerdem hat mein Auftraggeber gesagt, ich soll nur beobachten. Und das habe ich getan.“
„Ja, mein Junge, das hast du getan und kannst von Glück re-

den, dass der Polizist, der auf dich geschossen hat, ein so guter Schütze ist."
Hagen ging zur Tür und drehte sich dann noch einmal um.
„Bis morgen dann", sagte er, „im Untersuchungsgefängnis."
„Was?"
Er sah, wie der junge Mann in seinem Bett bleich wurde.
„Was meinst du, wie man es nennt, wenn jemand auf die Polizei schießt? Karussell fahren? Und dein sogenannter Auftraggeber wird sich hüten, dir zu helfen."
„Aber Hassen hat ..."
„Danke. Bis morgen."
Sie verließen das Krankenzimmer. Hagen sah den Polizisten an, der vor der Tür saß, und überlegte einen Moment.
„Kollege, wie ist das? Hast du Lust, einem Dienstranghöheren so richtig an die Karre zu …? Du weiß schon."
„Weißt du, mir kann sowieso keiner mehr was. Ich gehe demnächst in Pension."
„Also, sollte hier einer auftauchen, der sich Hassen nennt, lass ihn nicht rein. Er wird wahrscheinlich toben und dir drohen."
„Aber gerne. Hab grad nach einer Gelegenheit gesucht, nochmal so richtig auf den Putz zu klopfen." Er grinste.
„Okay, danke." Jetzt grinste auch er.

Sie fuhren zurück nach Fürstenberg. Anne saß neben Hagen und hatte die Augen geschlossen. Zum dritten Mal spielte sie die Audio-Aufnahme aus dem Krankenhaus ab.
„Hassen, dieses Schlitzohr. Aber dein Smartphone ist wirklich toll", sagte sie. „Was hast du mit der Aufnahme vor. Als Beweismittel kannst du es ja schlecht verwenden."
„Ja, ich denke auch schon darüber danach, komme aber zu keinem zufriedenstellendem Ergebnis. Ich fürchte, ich bin zu müde. Andererseits muss ich ja morgen zu dieser Pressekonferenz und treffe dort den Innenminister."
„Willst du die Aufnahme dem Innenminister geben?"
„Du meinst, ich soll ihm die Chance geben aufzuräumen? Bei mir machte es eher klick bei dem Wort Presse."

„Nein. Wenn du denen dort die Aufnahme vorspielst, kriegen sie dich dran wegen der Dienstgeheimnisse.“
Hassen, mein arroganter Freund, ging es Hagen durch den Kopf, welche Rolle spielst du hier? Von wegen: Den Bodyguard haben wir noch nicht identifiziert. Und von wegen, Freier und Bodyguard sind heimlich abgehauen. Hassen, welches Süppchen kochst du und wie lange schon?
Hagen schrak auf, als der Windstoß eines Lastzugs im Gegenverkehr den Astra an den Straßenrand schubste. Er sollte sich jetzt wirklich aufs Fahren konzentrieren, statt in Gedanken mit Hassen Hühner zu rupfen.

Die Yacht wurde nur schwach von den Lampen beleuchtet, die am Steg angebracht waren.
Hagen und Anne stiegen aus dem Auto. Er nahm Annes Spurenkoffer und ließ ihr den Vortritt. Langsam schritten sie die Stufen hinunter zum Steg. Als sie sich der Yacht bis auf fünf Meter genähert hatten, wurden sie angerufen:
„Hallo Chef, das ging ja schnell.“
Fernando lugte unter der Plane eines Ruderbootes hervor.
„Gemütlich da drin? Wo ist Jonas?“
„Ja, aber man schläft schnell ein. Jonas sitzt oben beim Parkplatz.“
Anne war inzwischen an Bord gegangen. „Kann mir mal einer helfen?“, rief Anne von der Yacht her.
Er ging hinüber und hielt ihr die Lampe, während sie sich mit der Kamera vorarbeitete.
„Viel gibt’s hier nicht. Keine persönlichen Sachen. Die müssen alle in Gramzow und in Freiers Tasche sein. Hatte dieser Ostwald nichts dabei?“
„Nein, keine Sachen, keine Papiere. Merkwürdig.“
„Also, ich bin hier drinnen fertig“, sagte Anne. „Lass uns draußen noch einmal genauer schauen.“
Er ging vor und leuchtete systematisch alles ab. Am Bug hing ein Tau über der Bordwand und verschwand im Wasser. Hagen gab Anne die Lampe und zog an dem Tau.

„Schau mal, da hängt eine Tasche dran. Sieht aus wie Kunststoff, wasserdicht.“
Er zog weiter und schwang kurz darauf eine schwarze Kunststofftasche an Bord. Während er das Tau löste, machte Anne ein paar Fotos von dem Fund. „Komm, wir nehmen sie erst einmal mit und packen im Revier aus. Da ist mehr Licht.“

Hagen wuchtete die Tasche auf den Konferenztisch. Während Anne ihren Spurenkoffer öffnete, schlich Fernando neugierig um die Tasche herum.
Hagen holte sich ein paar Latex-Handschuhe und streifte sie über. Fernando und Jonas warf er auch je ein Paar zu.
„Okay, macht auf“, sagte Anne. „Aber vorsichtig.“
Fernando öffnete er die Klettleiste und danach den Reißverschluss. Anne fotografierte in die Tasche hinein. Dann übernahm Hagen das Auspacken. Zuoberst lagen Jeans, Slips und T-Shirts.
„Auf jeden Fall scheint das Ostwalds Tasche zu sein“, sagte Hagen. „Mal sehen, ob wir auch seine Papiere finden. Ach, und hier haben wir sie schon.“ Er zog den Personalausweis aus einer Seitentasche, zusammen mit dem Dienstausweis.
„Typisch V-Mann – oder was? Für den Notfall hat er seinen Dienstausweis dabei.“
Hagen nahm Slips und Socken aus der Tasche. Dann ein Paar Sportschuhe. Ganz unten zwei schwarze Kunstlederbeutel. Wieder erhellte das Blitzlicht den Innenraum der Tasche.
„Wofür braucht man so etwas?“, fragte Fernando.
„Geldbomben, was sonst“, meinte Jonas.
„Geldbomben, ja? Was siehst du bloß für Filme?“ Fernando schüttelte gespielt empört den Kopf.
Als Hagen vorsichtig den ersten Beutel herausholte, war Anne mit Argentorat und Pinsel zur Stelle. Schnell hatte sie den Beutel eingepudert. „Schaut mal, Jungs, eine komplette Hand und hier noch zwei Finger. Dann wollen wir mal sehen, ob wir sie auch sichern können.“
Zuerst machte sie Fotos, dann schnitt sie die schwarze Klebe-

folie zurecht und drückte sie vorsichtig auf die Fingerabdrücke. Anne zeigte ihnen das Ergebnis.
„Hier, wunderschöne Linien. Okay, jetzt den zweiten Beutel.“
Hagen holte ihn ebenso vorsichtig aus der Tasche und Anne trat wieder in Aktion.
„Und hier wäre dann die andere Hand und noch eine verwischte Handfläche und an der Lasche Daumen und Zeigefinger. Wunderbar. Gut, dann mach mal auf.“
Hagen öffnete den Klettverschluss. Anne fotografierte und nahm dann mit der Pinzette einen gefalteten Zettel heraus.
„Na Hoppla!“, entfuhr es Hagen. „Geldrollen. Hunderter.“
„Hab ich doch gesagt“, meinte Jonas lachend. „Das sind bestimmt um die 20.000 Euro, wenn das alles Hunderter sind.“
„Natürlich in jedem Beutel“, ergänzte Fernando.
„Ihr kennt euch damit wohl aus?“, fragte Anne. Sie hatte inzwischen den Zettel auseinandergefaltet und starrte darauf.
Hagen beugte sich zu ihr hinüber. Es war eine Quittungsdurchschrift. Sie reichte ihm die Lupe und öffnete den zweiten Geldbeutel. Wieder eine Quittung. Er schaute erschrocken zu Anne. In ihrem Blick lag nur Unverständnis.
„Okay“, sagte er laut, „wir lassen alles drin. Ab in den Safe damit. Morgen sind wir frischer. Ich will den Alten dabei haben, wenn wir den feinen Herrn Ostwald festnehmen.“
Alle maulten, sogar Anne schaute ihn verdutzt an.
„Anne, hängst du noch eine Stunde dran und schaust mal, ob du Vergleichsfingerabdrücke in den Datenbanken hast? Ansonsten morgen früh. Jungs, ihr seid um sechs wieder hier. Dann holen wir Ostwald.“
Außerdem wird Silke wieder enttäuscht sein, dachte er bei sich. Sie hat sicher gewartet.

Es war schon nach Mitternacht, als Hagen die Tankstelle betrat und sich eine Prepaid-Karte kaufte. Dann setzte er sich ins Auto, wechselte die SIM-Card seines Smartphones und telefonierte dreißig Minuten lang. Dann fuhr er langsam und zufrieden nach Hause.

44

Punkt sieben fuhren sie am Neustrelitzer Krankenhaus vor. Neben der Tür zu Ostwalds Krankenzimmer saß ein junger Polizist und nahm Haltung an, als sie sich näherten.

Hagen schwante Schlimmes. So grüßte er erst gar nicht, sondern riss die Tür auf. Niemand lag im Bett.

„Wo ist er hin?“, fragte er nun den Polizisten und bemühte sich um einen ruhigen Ton.

„Habe gerade erst meinen Kollegen abgelöst. Noch nicht hineingeschaut, Herr Brandt. Denke, er sitzt auf dem Klo.“

„Woher wissen Sie, wer ich bin?“

„Aus der Zeitung, Herr Hauptkommissar!“

„Zeigen!“ Hagen grinste. Dann winkte er ab und betrat das Krankenzimmer, Fernando und Jonas im Schlepptau.

Im gleichen Moment ging die Toilettentür auf.

„Oh, schon fertig angezogen. Guten Morgen, Herr Ostwald. Dann können wir ja gleich los.“

Ostwald antwortete nicht. Er sah blass und übernächtigt aus.

„Was ist los? Schlecht geschlafen?“

„Ich geh nicht in Untersuchungshaft“, antwortete Ostwald. Trotz sprach aus seinen Augen.

Hagen winkte Jonas heran. „Leg ihm die Handschellen an.“

Ostwald ließ sich anstandslos fesseln. Von Jonas und Fernando flankiert verließen sie das Zimmer. Hagen blieb bei dem jungen Beamten stehen. „Sie können sich wieder auf Ihrer Dienststelle melden. Hier ist der Übernahmebeleg.“

„Danke, Herr Hauptkommissar.“

„Bitte. Eine Frage noch: Wie hieß der Kollege, den Sie abgelöst haben? Ich möchte mich bei ihm für seine gute Arbeit bedanken.“

„Paul Flossenborn, Herr Hauptkommissar. Er geht nächsten Monat in Pension.“

„Danke. Wissen Sie, ob in der Nacht Besuch hier war?“

„Ja, es gab einen Heidenkrach, hat er erzählt. Eine Streifenbesatzung musste kommen und den Mann vor die Tür setzen. Soll angeblich ein Kollege gewesen sein.“

Hagen grinste über das ganze Gesicht und der junge Mann tat es ihm gleich.
„Sowas kommt von sowas“, sagte er und folgte den anderen.

Hagen schaute auf die Uhr. Neun Uhr. Für die Vernehmung zu knapp. Schließlich erwartete ihn der Innenminister zur Pressekonferenz, für die er noch etwas vorbereiten musste.
„So, ich fahre jetzt nach Potsdam“, rief er in den Raum hinein und nahm das Fahrtenbuch vom Tisch.
„Viel Glück und erzähl ja keinen Mist.“ Anne winkte ihm zu.
Er schloss die Bürotür hinter sich und ging in den Technikraum. Er zog sein Zweithandy aus der Jackentasche, öffnete die Akku-Klappe und legte die Prepaid-Karte ein. Anschließend wählte er eine Nummer in Gransee.
„Hast du was zum Schreiben?“ - „Gut, pass auf. Ich habe mir etwas überlegt: Bei der Pressekonferenz im Innenministerium bin ich ja der Ehrengast und darf die Fragen der Journalisten beantworten ...“
Drei Minuten später legte er auf und rannte zum Auto.
Kaum war er auf dem Berliner Ring, schaltete er die Freisprecheinrichtung an.
„Wen wollen Sie anrufen?“, fragte eine Frauenstimme.
„Meier, Jakob“, sagte er, so deutlich er konnte.
„Meier, Jakob. Ich verbinde.
Eine feine Erfindung, wenn sie funktioniert, sinnierte er.
„Wolf Stein.“
„Hier ist Hagen Brandt. Bitte geben Sie mir Herrn Meier.“
„Einen Moment, bitte.“
„Hagen, schön, Sie zu hören. Was kann ich für Sie tun?“
„Sie hatten mich nach dem Grund gefragt, weshalb Bergmann sich in Mühlhof niedergelassen hat. Ich bin gerade auf dem Weg nach Potsdam. Im Innenministerium ist für 11 Uhr eine Pressekonferenz angesetzt, um diesen Grund zu präsentieren.“
„Herzlichen Dank. Vielleicht bringen sie es ja im Fernsehen.“
„Ich habe noch eine Bitte: Ich brauche dringend detaillierte Informationen über eine rechtsextremistische Gruppierung

namens National-Deutsche Union. Können Sie helfen?"
„Hagen, geben Sie mir eine Stunde. Was ich habe, schicke ich an Frau Pagels. Ist das recht?"
„Herzlichen Dank. Und viel Spaß um elf."

Der Pressesaal des Innenministeriums war gerammelt voll. Wenigstens 150 Zeitungsreporter waren erschienen und am Rednerpult standen Mikrofone von sieben TV-Sendern, in die der Innenminister gerade die frohe Botschaft verkündete. Ja, der lange gesuchte Schatz vom Stolpsee sei gefunden. Damit könne man den Opfern des KZ Ravensbrück beziehungsweise deren Hinterbliebenen zumindest ihr Hab und Gut zurückgeben. Fundort sei ein Bauernhof zwischen Oranienburg und Fürstenberg gewesen und den Fund hätten sie dem Leiter der Ermittlungsgruppe, Hagen Brandt, zu verdanken, der ihnen gern alle Fragen beantworten würde.
Ein Zwischenruf: „Wo befindet sich der Schatz sich jetzt?"
„In den Tresoren der Landeszentralbank in Berlin natürlich. Es gibt kaum einen sichereren Platz in Deutschland. Hahaha. Aber eine kleine Kostprobe habe ich ihnen mitgebracht."
Der Innenminister wies auf einen Vorhang neben dem Rednerpult, der in diesem Moment aufgezogen wurde. In einer nach vorn offene Vitrine lagen fein drapiert Finger- und Ohrringe, Halsketten und anderer Schmuck sowie zwei kleine Haufen Goldzähne. Ein Blitzlichtgewitter hub an. Kameras wurden geschwenkt und neu ausgerichtet.
Der Innenminister trat vom Rednerpult zurück und schob Hagen nach vorne. Hagen wartete einige Minuten und suchte ein bekanntes Gesicht in der Menge.
„Nun, meine Damen und Herren", er musste sich räuspern, so kratzig fühlte sich sein Hals an, „welche Fragen möchten Sie stellen?" Er merkte, dass er zu nah dran war. Seine Stimme donnerte durch den Saal.
Jemand hob die Hand. Er nickte.
„Kann man sich den Fundort anschauen? Wo ist das genau?"
„Tut mir Leid, aber Sie verstehen sicherlich, dass die Eigentü-

mer sich vom Schock erholen müssen. Es wird keinen Pressetermin am Fundort geben."
Der Nächste: „Wie sind Sie auf den Fundort gekommen?"
„Nun, hierzu wäre jetzt eine lange Geschichte erforderlich. Die Kurzversion lautet: Beim Erneuern des Dielenbodens ihrer Küche fanden die Eigentümer ein Skelett und benachrichtigten uns. Die Leiche wurde als Friedrich Bergmann identifiziert. Bergmann gehörte zur Wachmannschaft des KZ Ravensbrück. Er war dort untergetaucht und, wie die Autopsie ergab, 1958 durch einen Unbekannten erschossen worden.
Am Fundort fanden wir zugeschütteten Kellerräume, eine Art Wachlokal. Und darin standen achtzehn Waffenkisten, gefüllt mit Wertgegenständen, von denen Sie hier einen Bruchteil sehen können."
Jetzt flogen die Hände in die Höhe. Er nickte einer hübschen jungen Frau zu.
„Bergmann war also in Deutschland untergetaucht? Warum hat man ihn nicht früher gefunden?"
„In Ravensbrück und bei der Polizei galt er als verschollen, nachdem er Selbstmord begangen haben sollte. Deshalb wurde die Suche beizeiten eingestellt, wie übrigens auch bei einem weiteren Angehörigen der Waffen-SS, der zur Wachmannschaft des KZ Ravensbrück gehört hatte: Arthur Freier."
Ziemlich weit hinten schnellte plötzlich eine Hand hoch, die zu einem ziemlich zerzausten Wuschelkopf gehörte. Hagen nickte und Wuschelkopf stand auf.
„Hansen, Märkische Allgemeine aus Gransee. Wie sind Sie auf Freier gestoßen, der sich gestern selbst getötet hat? Laufen jetzt Ermittlungen gegen den Kriminalbeamten Steinert, bei dem Freier wohnte, und gegen den Verfassungsschutz-V-Mann, der bei Freiers versuchter Festnahme auf das Festnahme-Team geschossen haben soll?"
Im Saal wurde es beinahe schlagartig still. Die Bestien witterten das Blut und er sollte die Beute sein.
Er antwortete nicht gleich, sondern nickte nur als Zeichen, dass er die Frage verstanden hatte. Wenn ihn jetzt nicht je-

mand von hinten aus dem Rampenlicht nahm, würde er antworten können. Hinter ihm rührte sich niemand. Allgemeine Verblüffung.
„Danke für Ihre Fragen, Frau Hansen. In beiden Angelegenheiten wird derzeit noch ermittelt. Deshalb bitte ich um Ihr Verständnis, dass ich hier noch keine detaillierte Antwort geben kann. Aber so viel kann ich sagen: Im Zuge der Ermittlungen im Mordfall Birgit Freier, der Tochter von Arthur Freier, sind wir auf besagten Arthur Freier gestoßen, der vor einem halben Jahr unter anderem Namen nach Deutschland eingereist ist. Bei dem Versuch, ihn festzunehmen, hat er Suizid begangen. Trotzdem werte ich es als Erfolg, dass wir den seit Jahrzehnten gesuchten Massenmörder und NS-Verbrecher endlich aufstöbern konnten.
Zu dem Fall des Mordes an Birgit Freier haben wir einen Verdächtigen festgenommen. Wir warten auf seine Genesung. Und der genannte V-Mann, nun der wartet darauf, dass Sie mich gehen lassen und ich ihn vernehmen kann.
Ich danke für Ihre Aufmerksamkeit."
Er trat vom Rednerpult zurück und drehte sich zum Innenminister um. Der schaute ihm ungläubig entgegen, fasste sich schnell und schüttelte ihm beinahe enthusiastisch die Hand.
„Kommen Sie bitte in mein Büro", flüsterte der Innenminister und lächelte wieder. Nicht für ihn, nur fürs Publikum.

„Lieber Mann, da haben Sie mir ja einen schönen Schrecken eingejagt", empfing ihn der Innenminister in seinem Büro. „Jetzt kommen Sie mal rüber mit den Butterstullen."
„Herr Minister, zuerst möchte ich mich bedanken für die Gelegenheit, Ihnen persönlich berichten zu dürfen. Denn was ich zu berichten habe, wird ziemliche Kreise ziehen, fürchte ich. Für mich stellt sich als Erstes die Frage, ob es sinnvoll wäre, den Chef der Innenrevision hinzuzuziehen."
„Nein, ich will erst wissen, was in meinen Ställen los ist."
„Ganz von vorn?"
Der Innenminister nickte.

„Bei Freiers versuchter Festnahme gestern Abend war wirklich ein V-Mann des Verfassungsschutzes anwesend, der Freier bereits seit mehreren Monaten zugeteilt war und er hat auf das Festnahme-Team geschossen, traf aber nur einen Scheinwerfer. Bei der Durchsuchung der Yacht fanden wir eine Tasche, die offenbar dem V-Mann gehört und in der sich dessen Personal- und Dienstausweis sowie zwei Geldbeutel mit je 20.000 Euro befanden. Der jeweilige Empfänger des Geldes stand dabei: der V-Mann selbst und dessen Vorgesetzter, Herr Hassen. Außerdem fanden wir die Buchhaltung einer rechtsextremistischen Organisation namens National-Deutsche Union, in der zwei Auszahlungen mit je 20.000 Euro an die beiden enthalten waren. Herr Ostwald, der V-Mann, befindet sich momentan in meinem Vernehmungsraum.
Kriminalhauptkommissar Steinert liegt gegenwärtig in der Unfallklinik Marzahn. Er wurde bei seiner Festnahme schwer verletzt. Freier und der V-Mann hatten bei ihm gewohnt. Steinert ist inzwischen durch lückenlose Beweise des Mordes an Birgit Freier überführt. Es stand in allen Zeitungen.
Das ist jedenfalls der Stand der Dinge. Wenn ich einen Vorschlag unterbreiten darf?"
Der Innenminister nickte erneut.
„Steinert und Ostwald haben wir im Griff. Aber jemand muss sich um Hassen kümmern und um die NDU. Was sagen Sie?"
„Was ich sage? Dass ich nachdenken muss. Nehmen Sie sich einen Kaffee und seien Sie still, bitte."
Der Innenminister schwenkte mit seinem Sessel zur Seite und sah aus dem Fenster. Hagen stand auf und holte sich einen Kaffee. Dann steckte er sich eine Zigarette an, ohne dass ihn jemand gehindert hätte. Wer hätte ihn auch hindern sollen? Der Innenminister war offenbar weit weg.
Hagen kam gerade mit dem zweiten Kaffee zu seinem Sessel zurück, als der Innenminister sich ihm zuwandte.
„Zuerst einmal, Herr Brandt, danke ich für Ihre Offenheit. Ich weiß das sehr zu schätzen und bitte Sie, mich über Ihre weiteren Ermittlungen auf dem Laufenden zu halten. Sie persön-

lich, bitte, und Sie machen weiter wie bisher. Wegen Hassen und dieser Organisation schicke ich Ihnen, wen auch immer Sie anfordern.
Verstehen Sie mich richtig: Ich bin Politiker, kein Kriminalbeamter. Deshalb muss ich irgendjemandem vertrauen, wenn ich nicht auf dem Schweinemist ausrutschen und auf den Arsch fallen will. Wie clever Sie sind, haben Sie gerade bewiesen. Das war geschickt eingefädelt. Haben wir uns verstanden?"
Diesmal war es Hagen, der nur nickte. Ertappt!
„Ja – oder was?"
„Ja, Herr Minister. Und danke für die Blumen."

Auf der A10 fädelte Hagen sich in der rechten Spur ein und zuckelte hinter einem Pkw mit Camping-Anhänger her. Alles Mögliche ging ihm durch den Kopf.
Dass der Innenminister sein Spiel durchschaut hatte, nun gut, damit hatte er gerechnet und es in Kauf genommen. Ein Gespräch mit dem großgewachsenen Mann war sein Ziel gewesen, der Ausgang des Gesprächs kam unerwartet. Er sprach von Vertrauen. Die Frage war, ob der Innenminister das auch im Sinn hatte, als er ihn beauftragte, die Ermittlungen auch auf Hassen und die NDU auszuweiten. Ein Politiker – und das hatte der Innenminister selbst eingestanden – sichert sich immer ab. Und er, Hagen Brandt mit seinem befristeten Arbeitsvertrag, war vielleicht genau die Art Absicherung, die sich sein derzeitiger Vorgesetzter vorgestellt hatte. Ging etwas schief, konnte man ihn problemlos und achtkantig feuern.
Ernsthafte Sorgen machte er sich nicht, denn wenn etwas schief ging, hatte er es garantiert selbst verzapft. Und dass bisher alles funktioniert hatte, wunderte ihn sowieso, schließlich hatte er sich sechs Jahre mit Immobilien beschäftigt.
Hinter ihm hupte es ohrenbetäubend. Er schaute auf den Tacho. 70 Km/h. Er hatte gar nicht bemerkt, dass ihm der Camping-Anhänger davongefahren war.
Den LKW ließ er vorbei. Dann gab er Gas.
Am Ortsausgang von Teschendorf fuhr er auf einen Parkplatz.

Hier gab es diese leckeren Thüringer Rostbratwürste. Während er kaute, überlegte er, wie es weitergehen sollte. So lange es um die Aufklärung eines Mordes gegangen war, hatte er sich noch leidlich sicher gefühlt und nach und nach die Ermittlungen gelenkt, aber brauchten jemanden für die NDU. Am besten vom Bundeskriminalamt. Vielleicht konnte der Alte da aushelfen.

Auf jeden Fall sollten sie einen Koordinator festlegen, der den Ermittlungsplan erstellt und laufend aktualisiert. Das hatte er sich früher bei einfachsten Ermittlungen angewöhnt. Wenn es auch zusätzliche Arbeit machte, aber einer sollte wenigstens die Übersicht behalten. Vielleicht war Jonas Lück der Richtige dafür. Er selbst würde sich um die Vernehmungen kümmern und natürlich die Ermittlungen leiten, wie es ihm der Innenminister aufgetragen hatte. Anne würde mit den Spuren genug zu tun haben. Ja, so müsste es erst einmal gehen.

Sein zweites Handy klingelte.

„Ja?“, sagte er nur. Er wusste, wer dran war.

„Danke vielmals. Jetzt bekommst du für die nächsten zehn Jahre bei uns gratis Kaffee und Kuchen.“ Sie lachte.

Er ebenfalls und legte auf.

Als er wieder ins Auto stieg, war ihm wesentlich wohler. Es war bisher nicht viel, was er durchdacht hatte. Eigentlich nur organisatorischen Kram, den er längst hätte angehen müssen. Aber jetzt hatte er einen Fahrplan und sein Selbstbewusstsein war wieder da. Wie es weitergehen sollte, würde die Vernehmung von Kandy Ostwald zeigen.

45

Es war fast 15 Uhr, als er auf den Parkplatz des Reviers rollte. Mit Schwung lief er die Treppe hoch und öffnete die Tür zu Annes Büro. Alle saßen um den Konferenztisch herum und schauten ihn erwartungsvoll an. Mit dem Hacken schob er die Tür hinter sich zu. Im gleichen Moment sprangen alle auf und applaudierten, pfiffen und lachten. Er hatte es geahnt und

grinste schief.
„Hey Mann, unser Chef live im Fernsehen! Das ist eine Wucht!“, rief Fernando und klatschte nur noch lauter.
„Und einen Stichwortgeber hatte er auch“, bemerkte Johann lächelnd. „Echt, das hätte ich dir gar nicht zugetraut.“
Hagen nickte ihm vorsichtig zu. Doch bevor er antworten konnte, fragte Anne: „Und der Innenminister? Hat er dir die Hammelbeine langgezogen?“
Jonas ergänzte: „Hoffentlich bekommen wir jetzt keinen neuen Chef vorgesetzt. Das wäre echt unfair.“
„So, nun ist es genug. Wir haben Arbeit – das ist das Wichtigste“, versuchte er die Euphorie zu stoppen. Er setzte sich auf den nächsten freien Stuhl, legte die Ellbogen auf den Tisch und schaute in die Runde. „Also, dann eine kurze Zusammenfassung, bevor wir uns um Ostwald kümmern. Die Pressekonferenz habt ihr miterlebt, darüber muss ich wohl nichts mehr sagen. Anschließend hatte ich ein Vier-Augen-Gespräch mit dem Innenminister. Das Ergebnis: Ich – also wir – sind mit den weiteren Ermittlungen betraut, und zwar im gesamten Umfang. Das heißt: einschließlich Hassen und der NDU.“
„Apropos NDU. Da ist eine E-Mail für dich“, sagte Anne und klimperte mit den Augen.
„Wunderbar. Das hat also geklappt. Jonas, das NDU-Material schaust du dir an, sobald du dazu kommst. Spätestens Morgen will ich eine Zusammenfassung.“
„Ja, Chef.“
Er schaute zum Alten, der irgendwie erstarrt war.
„Da wir das mit Hassen und NDU nicht mehr allein schaffen, wartet der Innenminister auf meine Personalanforderungen. Johann, machst du dir mal Gedanken? Der Innenminister möchte laufend persönlich informiert werden, und zwar unter Umgehung des Dienstweges direkt an ihn. Unsere Aufgabe wird es also sein, Steinert, Ostwald und Hassen zur Verantwortung zu ziehen und möglicherweise so viel wie möglich gegen die NDU auszurichten. Welche Fragen habt ihr?“
Der Alte schien aus seiner Erstarrung zu erwachen und sah

ihn an. „Eigentlich, mein lieber Hagen, möchte ich nur Beifall klatschen. Falls du einen Plan hast, her damit."
Die anderen nickten.
„Ja, wir müssen reden, Johann. Aber jetzt ist Ostwald dran. Den können wir nicht ewig schmoren lassen. Ihr setzt euch bitte inzwischen zusammen und macht einen ordentlichen Ermittlungsplan. Ansonsten können wir nämlich einpacken. Macht euch Gedanken: alle Ermittlungsrichtungen, alle Spuren, alle Verdächtigen. Nach der Vernehmung will ich ihn sehen. Und jetzt an die Arbeit!"
Hagen holte zwei Kaffee aus dem Automaten, lehnte sich einen Moment gegen sie Wand neben dem Vernehmungsraum, um sich zu sammeln. Dann trat er ein.
Wortlos stellte er einen Becher vor Ostwald ab und setzte sich. Dann schaltete er das Mikrofon ein und sagte laut:
„11. September 2012, 16.25 Uhr, Vernehmung des Polizeiobermeisters Kandy Ostwald durch Hagen Brandt. Herr Ostwald hat einen Becher Kaffee erhalten."
Dann saßen sie sich schweigend gegenüber. Ostwald hatte sich über den Tisch gebeugt, die Augen auf die Tischplatte geheftet. Den Kaffee rührte er nicht an.
„Los, trink deinen Kaffee. Hast du Hunger?"
Es dauerte eine ganze Weile, bis Ostwald den Kopf schüttelte, und noch länger, bis er endlich zum Becher griff. Irgendwann hob er kurz die Augen und blickte sofort wieder auf seine Hände und den Kaffeebecher.
„Ich habe mit all dem nichts zu tun. Ich hatte einen Auftrag, den ich erledigen sollte."
„Etwas lauter, bitte."
„Kann ich bitte eine Zigarette haben?"
Er schob Ostwald seine Schachtel und das Feuerzeug über den Tisch. Ostwalds Blicke wirkten verstohlen, ängstlich. Hagen spürte dessen Nervosität. Ostwald war soweit.
„Fangen wir von vorne an. Ostwald, du hast vorhin von einem Auftrag gesprochen. Wie lautete dein Auftrag?"
„Meine Einsatzbefehle erhielt ich immer vom Leiter der Ver-

fassungsschutz-Abteilung des LKA, Herrn Hassen. Seit dem 1. Dezember 2011 war ich in Hassens Auftrag Mitglied der NDU und als Freier im März nach Deutschland einreiste und bei der NDU in München auftauchte, sollte ich mich anbiedern als Kofferträger, Fremdenführer oder was immer er brauchte. Es war purer Zufall, dass er wirklich gerade jemanden suchte. Freier hatte Geld wie Heu und mit der Zeit hat es Spaß gemacht, für ihn zu arbeiten. Er kaufte ein Auto, dann diese Yacht – es war wie Urlaub."

„Unter welchem Namen ist er bei der NDU aufgetaucht?"

„Freier. Dass er einen Pass auf den Namen Freeman hatte, habe ich erst beim Autokauf erfahren."

„Wusstest du, dass Freier gesucht wurde?"

„Ja, von Anfang an. Hassen hat es mir gesagt. Aber ich sollte nichts gegen ihn unternehmen, sondern nur beobachten."

„Seit wann hat Hassen es gewusst?"

Ostwald zuckte mit den Schultern. „Länger, viel länger. Er hat von dem Anwesen in Gramzow erzählt."

„Was hat Freier hier in Brandenburg gesucht? Ist ja ein Stück weg von München."

„Gesucht hat er einen Verräter. So hat er es ausgedrückt. Friedrich Bergmann hieß er. Wegen dem war er in den letzten Jahren regelmäßig hier in der Gegend. Bergmann soll ihm einige Goldkisten gestohlen haben, hat er gesagt. Aber Freier hat weder Bergmann noch die Goldkisten gefunden."

„Weißt du, wer Bergmann wirklich war?"

Ostwald schüttelte den Kopf.

Hagen ermahnte: „Bitte laut und deutlich antworten."

„Nein, das weiß ich nicht. Erst in den letzten Wochen kam Bewegung in die Suche nach den Goldkisten. Wir wohnten bei Steinert, dem Freier wohl das Anwesen in Gramzow finanziert hatte. Freier hat mal sowas gesagt, aber ich wusste es schon von Hassen. Alle paar Tage, immer wenn dem Alten nach Sex war, fuhren wir nach Gransee in die Klosterstraße. Dort wohnte irgend so eine Hure. Ich war nie mit drin, aber einmal hatten sie das Fenster nicht richtig geschlossen. Da habe ich die Hure schreien gehört. Sie hatten ihren Spaß – ich leider nicht. Jedenfalls kam irgendwann ein Anruf und Freier schickte mich in so ein Kuhdorf namens Mühlhof zu einem Bauernhof. Diese Hure sollte dort auf mich warten. Wir haben uns reingeschlichen. Sie hat ein paar Fotos gemacht und ich habe einen Laptop und so ein komisches Büchlein mitgenommen. Die Frau, die zu Hause war, hat vor dem Fernseher geschlafen. Dann zeigte mir Freier ein Foto von Ihnen."

„Von mir?"

„Ja. Ich sollte Sie beschatten. Aber irgendwie habe ich Sie nicht gefunden. Freier hat geflucht. Sie hätten jetzt die Goldkisten, hat er behauptet. Aber er ist Ihnen nicht auf die Schliche gekommen – und ich auch nicht."

„Wann hast du die Frau zuletzt gesehen, diese Hure, wie du sie nennst?"

„Wie ich schon gesagt habe: Es muss am 20. oder 22. August gewesen sein. Mitten in der Woche war es. Ich habe Freier am frühen Abend bei der Hure abgesetzt und vor dem Nachbarhaus geparkt. Steinert war auch dabei. Er hatte sein Auto in der Straße auf der Rückseite des Hauses geparkt. Steinert und Freier gingen zusammen rein. Gegen Mitternacht habe ich meinen Boss nach Gramzow gebracht. Steinert habe ich nicht rauskommen sehen. Vielleicht wollte er die Chance zu einem Stößchen nutzen. Keine Ahnung. Jedenfalls kam er erst so zwischen vier und fünf mit seinem X-Trail in Gramzow an. Ich hatte auf ihn gewartet, da ich Wache schieben musste. Steinert und ich, wir haben uns damit nachts immer abgewechselt. Er kam mir jedenfalls komisch vor, als wäre er besoffen. Seine Klamotten sahen ziemlich dreckig aus. In der Hand hatte er ein Messer. Das weiß ich noch, weil er unter der Hoflampe durchging. Der Dreck sah aus wie Blut. Ich bin dann ins Bett gegangen."

„Mich würde noch eins interessieren: Woher kennen sich Steinert und Freier eigentlich?"

„Wie gesagt: Freier wollte unbedingt dieses Herrenhaus. Aber da er – angeblich aus steuerlichen Gründen – nicht als Haus-

käufer in Erscheinung treten wollte, hat sich Steinert angeboten. So hat Steinert es mir erzählt. Das war ja vor meiner Zeit bei Freier, aber die Gründe waren sicherlich andere, als Angst vor dem Finanzamt, kann ich mir denken. Steinert ist dem Freier in den Arsch gekrochen, wann immer es ging, und wollte sich mir gegenüber nur wichtig machen."
„Ist Steinert auch in der NDU?"
„Nein."
„Was ist das eigentlich für ein Haufen, diese NDU?"
„NDU – die National-Deutsche Union – ist eine rechtsextremistische Gruppierung. Aber bei irgendwelchen Demonstrationen sind die nie aufgetaucht. Die haben Geld wie Heu, sage ich Ihnen. Hassen habe ich das auch berichtet. Sie bekamen Spenden von überall. Aus dem Ausland, aber auch aus Deutschland. Mit dem Geld haben sie Politiker bestochen, aber nicht nur."
„Was meinst du mit nicht nur?"
„Sie haben rechte Organisationen unterstützt. Im Wahlkampf, bei Demonstrationen. Und sie haben Anschläge geplant. Den letzten vor drei Wochen habe ich miterlebt, aber der ging schief." Ostwald lachte. „Am Potsdamer Hauptbahnhof war das. Die Bombe ging nicht hoch. Aktuell läuft wieder eine Planung in Hennigsdorf. Ich habe das schon vor sechs Wochen an Hassen gemeldet und wegen Hennigsdorf vorletzte Woche. Er hat es in sein Notizbuch geschrieben. Was unternommen wurde, weiß ich nicht."
„Willst du noch einen Kaffee?"
„Nein, danke. Eine Zigarette wäre gut."
Er reichte Ostwald die Schachtel. Hassen muss entweder selten dämlich sein, überlegte Hagen Brandt. Oder bestochen. Oder gemeingefährlich.
In das Mikrofon sagte er laut: „Vernehmung wird um 19 Uhr unterbrochen. Der Vernehmer verlässt den Raum."
Er stand auf und sagte zu Ostwald: „Du darfst auch aufstehen und dich in diesem Raum bewegen."
Zuerst holte sich Hagen einen Kaffee. Die Tür zum Technik-

raum stand offen. Anne hatte die Vernehmung verfolgt. Sie lächelte ihm entgegen.

„Wie weit bist du mit den beiden Geldbomben?“, fragte er sie. „Ich will den letzten Themenkomplex in Angriff nehmen. Er wird der schwerste.“

„Bin fertig damit. Wir haben alles: Beide tragen die Fingerabdrücke von Freier. Außerdem die eine die von Ostwald und die andere die von Hassen. Auf den Quittungen standen die Namen der Empfänger und auf der obersten Geldrolle in Hassens Säckchen waren dessen Fingerabdrücke.“

„Gut, dann verpacke die Geldbomben bitte wieder in seiner Reisetasche. Ich will ihn jetzt damit konfrontieren. Ich gehe rein, eröffne die Vernehmung. Dann bringst du die Tasche rein. Einverstanden?“

Sie nickte.

In Annes Büro saß Opa mit den Enkeln um den Tisch und diskutierte. Offenbar waren sie noch immer mit dem Ermittlungsplan beschäftigt. Sie bemerkten ihn gar nicht. Den sogenannten Generationen-Konflikt schien hier niemand zu kennen. Hagen schaute ihnen lächelnd zu.

Dann sah Jonas plötzlich auf und entdeckte ihn. So schnell es ihm möglich war, stand Jonas auf und nahm Haltung an.

„Tu dir nicht weh dabei, Jonas. Rühren.“ Alle lachten. Hagen ging auf Jonas zu und blieb vor ihm stehen. „Bei der LESE ist Strammstehen gefragt, hier ist es eher das Denken. Klar?“

Jonas lächelte. Nein, Jonas hatte ihm die scherzhafte Belehrung nicht übel genommen. Dann schaute er besorgt Johann an, der blass aussah. Der Alte zeigte ihm ein Geht-schon-Lächeln. Weitermachen.

Anne war fertig mit den Vorbereitungen.

„Dann wollen wir mal wieder“, sagte Hagen und verließ das Büro. Anne folgte ihm und blieb hinter der Tür zum Vernehmungsraum stehen. Sie hob den Daumen. Fertig.

Er ging zurück ins Vernehmungszimmer, setzte sich und schaltete das Mikrofon ein. „Bitte, Ostwald, setz dich.“ Und direkt ins Mikrofon: „Um 19.20 Uhr wird die Vernehmung durch

Hagen Brandt fortgesetzt.“ Dann lehnte er sich zurück.
Anne kam herein und stellte die Reisetasche auf den Tisch. Ostwald saß stocksteif auf seinem Stuhl und starrte die Tasche an. Sein Gesicht war ein einziger Krampf.
„Herr Ostwald, vorgelegt wird Ihnen eine schwarze Reisetasche. Wem gehört diese Tasche?“
Sein Wechsel zum Sie kam punktgenau mit ihrem wichtigsten Beweisstück. Alles würde jetzt davon abhängen, was Ostwald dazu zu sagen hatte.
Ostwald sagte nichts. Doch das konnte Hagen ihm jetzt nicht durchgehen lassen. „Als Sie mit Freier die Yacht verließen, haben Sie diese Tasche mit einer Leine im Wasser versenkt. Die Leine haben Sie an der Reling befestigt. Wem gehört diese Tasche?“
Ostwald antwortete nicht. Das war sein gutes Recht.
„Wissen Sie, was in der Tasche ist?“
Wieder keine Antwort.
„Dann sage ich es Ihnen. In der Tasche befanden sich neben Ihrem Personalausweis und Ihrem Dienstausweis auch zwei sogenannte Geldbomben aus Kunstleder. Die 20.000 Euro, die jede der beiden enthielt, waren für Sie bestimmt. Richtig?“
Ostwald lehnte sich zurück und verschränkte die Arme vor der Brust. „Ich sage nein. Die Tasche gehört mir nicht und ich weiß auch nichts von dieser beschissenen Geldbombe. Beweisen Sie mir das Gegenteil.“
„Wollen Sie wirklich darauf warten, bis wir Ihnen bewiesen haben, dass Sie sich haben bestechen lassen? Das glaube ich nicht.“
Ostwald schwieg. Der Trotz stand ihm im Gesicht.
„Ostwald, Sie benehmen sich wie ein kleines Kind. Aber mit Trotz kommen Sie nicht weiter. Von wem haben Sie die Geldbeutel erhalten, Ostwald? Von wem?“
Jetzt hat Ostwald dicht gemacht, überlegte er, und will zurück zu Mama, die ihm beruhigend den Kopf streichelt. Er schlug mit der flachen Hand auf den Tisch. Ostwald fuhr zusammen. Jetzt war er wieder da.

„Haben Sie schon einmal etwas von Daktyloskopie gehört? Wissen Sie, was das ist?“
Ostwald nickte. „Fingerabdrücke.“
„Soll ich Ihnen zeigen, dass Ihre Fingerabdrücke auf den Geldbeuteln waren?“
Er nahm die Geldbombe aus der Tasche und zeigte sie Ostwald. Dann ließ er ihn in Ruhe nachdenken und brachte die Tasche wieder hinaus. Der Kaffeeautomat brummte gemütlich und spukte dann den gewünschten Kaffee aus. Mit zwei Bechern ging Hagen wieder hinein und stellte sie in die Mitte des Tisches.
„Ostwald. Sie klammern sich daran, dass Hassen Sie hier rausboxt. Aber das wird nicht geschehen. Sie werden in den Knast wandern, während er die Früchte erntet.“
Hagen nahm sich einen Becher und trank.
„Glauben Sie mir das, Ostwald?“
Kandy Ostwald hob den Kopf und schaute ihn an. In seinem Blick lag eine Mischung aus Unglaube und Verzweiflung.
„Das von Hassen wissen Sie auch?“
Hagen zuckte mit den Schultern und erwiderte: „Die Polizei ist ein Querschnitt der Bevölkerung. In jedem Berufsstand gibt es schwarze Schafe, auch bei der Polizei. Ich bin mir sicher, dass Hassen Sie dort hineingeritten hat. Warum wollen Sie es jetzt allein ausbaden? Ihre Fingerabdrücke auf dem Geldbeutel beweisen Ihre Schuld. Da kommen Sie nicht mehr raus, Ostwald.“
„Und wenn ich gestehe, muss ich dann nicht ins Gefängnis?“
„Was Sie jetzt hören wollen, kann ich nicht beantworten. Das wird der Richter entscheiden. Aber sie können ihm zeigen, dass an Ihnen noch nicht alles verloren ist. Ostwald, geben Sie sich selbst eine Chance – sagen Sie mir, was Sie wissen.“
Er schaute auf die Uhr. Ostwald dachte jetzt seit zehn Minuten über seine Chancen und wohl auch über sein künftiges Leben nach. Mehrmals schüttelte sein Verdächtiger den Kopf. Dann stand er langsam auf und zog ein Taschentuch hervor. Verstohlen schnäuzte er und wischte sich die Tränen aus den

Augen. Dann setzte er sich wieder aufrecht auf seinen Stuhl.
„Gut, ich möchte aussagen. Denn ich habe Hassens Auftrag, Freier zu beobachten, als einen ernsthaften polizeilichen Einsatz gesehen. Ich hatte gedacht, mein Vorgesetzter stünde hinter mir und würde sich um meine Sicherheit sorgen. Es war alles ganz anders.
Hassen und Freier machten gemeinsame Sache. Woher die beiden sich kannten, weiß ich nicht. Aber ich habe sie zusammen auf der Straße gesehen. Ein paar Tage nachdem ich Hassen über den geplanten Anschlag in Potsdam informiert hatte. Sie spazierten nebeneinander durch Fürstenberg. Es war dunkel draußen, aber die Straßenlampen gaben genug Licht, dass ich sie erkennen konnte.
Zwei Tage später erklärte mir Freier, dass ich die Kofferbombe auf dem Bahnsteig in Potsdam platzieren soll. Im morgendlichen Berufsverkehr sollte es passieren, wenn einer der Vorortzüge einlief. Noch am gleichen Tag habe ich Hassen angerufen und es ihm erzählt. Ich wollte wissen, wie ich mich verhalten soll. Hassen sagte, wenn ich es nicht tue, dann tut es eben ein anderer. Aber es sei wichtig, dass ich mich nicht weigerte, um nicht meine Deckung auffliegen zu lassen. Das Fahndungsfoto, dass überall hängt, bin also ich."
Ostwald schwieg. Dann bat er um eine Zigarette. Zusammen rauchten sie.
„Hat Hassen vielleicht die Bombe entschärft, dass er Sie so leichthin beauftragte, sie zu platzieren?"
Ostwald schüttelte den Kopf.
„Hassen war völlig egal, ob die Bombe Menschen tötet oder verletzt. Der Bombe fehlte der Zünder, weil *ich* ihn vorher entfernt habe. Das ist die Wahrheit. Nachdem mich Freier vor dem Bahnhof abgesetzt hatte, bin ich aufs Klo gerannt. Ein bisschen Ausbildung habe ich schließlich auch und mein kleines Taschenmesser hat gereicht, den Zünder zu entfernen."
Ostwald sah ihn prüfend an. „Sie glauben mir nicht? Ich kann es beweisen! Fahren Sie nach Gramzow und gehen Sie in den Keller. Gleich vorne rechts ist anscheinend etwas Erde in den

Keller gespült worden. Ich habe den Zünder, als ich zurück war, einfach in die Erde gesteckt und die Erde wieder glatt gestrichen. Schließlich bin ich nicht ganz und gar blöd. Beobachten war mein Auftrag, hatte ich gedacht, und nicht töten."
„Und wie ging es weiter?"
„Nach dem Einsatz sagte Freier, es sei ja nicht meine Schuld, dass die Bombe nicht explodiert ist. Dann kam er mit der Tasche, öffnete sie und holte die beiden Geldbeutel heraus. Einer sei für mich, sagte er und gab ihn mir. Ich habe nicht hineingeschaut und ihn wohl ziemlich dämlich angesehen. Dann sagte er, den anderen Geldbeutel habe sich mein Vorgesetzter, Hassen, verdient.
Eine halbe Stunde später habe ich Hassen angerufen und ein Treffen vereinbart. Er wollte sofort kommen. Wir trafen uns in der Unterführung auf der anderen Seite der B 96. Ich habe ihm gesagt, dass ich aufgeflogen sei und zeigte ihm die Tasche. Hassen nahm seinen Geldbeutel raus, öffnete ihn und holte eine Rolle Geldscheine heraus. Dann meinte er, dass alles in Ordnung sei und ich meinen Anteil behalten könne. Seinen Geldbeutel sollte ich noch ein paar Tage aufbewahren, da er jetzt noch ein paar Kollegen abholen müsse. Ich behielt also beide Geldbeutel und habe gar nicht darüber nachgedacht, dass das als Bestechung ausgelegt werden könnte."
„Sondern? Als was haben Sie das angesehen?"
„Ich habe nicht darüber nachgedacht. Ich war im Einsatz und hatte meine Ausgaben. Und für meine Arbeit bei Freier musste ich ja irgendwie entlohnt werden. So habe ich gedacht. Nach Beendigung des Einsatzes hätte ich den Rest natürlich abgerechnet. Ich empfand das als fair. Merkwürdig fand ich allerdings, warum Hassen auch Geld bekam."
„Wusste Freier, dass Hassen für den Verfassungsschutz arbeitet?"
„Ja, Freier hat mir das Geld ja nicht nur für meinen Vorgesetzten übergeben – dass sie vom Verfassungsschutz nichts zu befürchten hatten, spielte auch bei der Planung des zweiten Anschlags eine Rolle. *Mit Hassens Hilfe* ... oder so ähnlich hat

er sich ausgedrückt, wird es diesmal gelingen."
„Erzählen Sie mir mehr über den geplanten Anschlag. Wann soll der denn stattfinden?"
„Am kommenden Montagmorgen um sechs, wenn der Regionalexpress einfährt."
„Und wer ist alles beteiligt? Wie soll es ablaufen?"
„Der Ablauf ist einfach. Ich sollte denjenigen, der die Bombe platziert, von Gramzow nach Hennigsdorf bringen und ihn direkt vor dem Bahnhof absetzen. Derjenige sollte dort warten bis fünf Minuten vor Ankunft, dann auf den Bahnsteig gehen, den Koffer abstellen und wieder verschwinden. Ein Zeitzünder ist geplant, eingestellt auf drei Minuten. Der soll gestartet werden, wenn der Zug zu sehen ist."
„Geplant wurde das also in Gramzow?"
Ostwald nickte.
„Ja. Bei der Planung waren Freier, ich und Steinert dabei. Wer die Bomben bastelt, weiß ich nicht. Der kommt am Samstag und bringt sie nach Gramzow. Und diesmal sollte Steinert die Bombe platzieren."
„Steinert? Sieh an."
„Ja, Steinert hat überall herumgeschnüffelt und platzte mitten in die Besprechung rein. Und da er, wie es schien, sowieso schon alles mit angehört hatte, durfte er bleiben."
„Und der Name des Bombenbauers?"
„Rico hat Freier ihn genannt. Mehr weiß ich nicht über ihn. Hab ihn nur einmal gesehen."
„Was wollte Freier denn mit den Anschlägen erreichen? Worum ging es?"
„Freier hat gesagt, er habe sich so lange verstecken müssen vor den Kommunisten und den Juden – jetzt sei der Zeitpunkt der Rache gekommen. Sie alle sollen zittern vor ihm. Und so viele wahre Deutsche könnten jetzt gerächt werden. Die wahren Deutschen würden ihn unterstützen dabei, die sogenannte Bundesrepublik zu beseitigen und wieder ein echtes Deutsches Reich zu schaffen, wie es in den Statuten der National-Deutschen Union festgeschrieben sei. Freier war ein echter

Nazi. Gut, dass er tot ist.“
„Warum haben Sie ihn gedeckt und auf die Polizisten geschossen, die ihn festnehmen wollten?“
„Ich weiß es nicht. Ich ...“ Er hob die Schultern. „Freier hatte gesagt, ich soll ihm Zeit verschaffen. Ich kann es nicht erklären. Wirklich nicht.“
„Gut. Dann schicke ich dir jetzt etwas zu essen. Nachher kommt meine Kollegin und versucht, nach deinen Angaben ein Phantombild vom Bombenbauer zu erstellen.
Vernehmung beendet um 21 Uhr.“
Nachdem Hagen Fernando losgeschickt hatte, etwas Essbares für alle von der Tankstelle zu holen, schwang er sich in einen Sessel und schaute Johann Paul an.
„Habe ich etwas vergessen?“
Der Alte schüttelte den Kopf. „Es war mehr, als ich erhofft hatte. Meinen Glückwunsch.“
„Danke. Aber sag mal: Was hältst du von Ostwald? Es widerstrebt mir, Untersuchungshaft zu beantragen.“
„Der Junge ist auf ganz gerissene Leute hereingefallen und denkt zu wenig nach. Ich glaube nicht, dass von ihm eine Gefahr ausgeht. Aber Staatsanwalt Freigang wird dich vierteilen und dann ans Kreuz schlagen, wenn du keinen U-Haft-Antrag stellst. Da bin ich sicher. Und wenn die Presse das spitz kriegt, werden sie dich lynchen. Also lass dir etwas einfallen. Du bist doch sonst ein so helles Köpfchen.“
„Vierteilen und an Kreuz schlagen sind Lappalien. Aber was die Presse angeht, damit ist nicht zu spaßen. Gut, dann stelle ich die Frage anders: Ist das eine terroristische Vereinigung nach 129a Strafgesetzbuch? Ich denke, es ist keine. Sie waren zu Zweit. Steinert ist erst später hinzugekommen und da hat Ostwald sein Gewissen erleichtert. Bleibt der versuchte Anschlag von Potsdam. Eine Bombe ohne Zünder. Der Zünder vom Verdächtigen selbst entfernt.“
„Was zu prüfen wäre“, antwortete der Alte.
„Richtig. Und das werden wir jetzt gleich tun. Der einfachste Weg ist – wir nehmen ihn mit nach Gramzow.“

Hagen stand auf. „Rufst du bitte Staatsanwalt Freigang an und bittest ihn herzukommen? Ich denke, wenn wir den Zünder haben, hat er keine Argumente mehr."
„Ich glaube, meine lieber Hagen, wir brauchen Freigang nicht. Ich rufe ihn an und informiere ihn, dass wir einen Kronzeugen haben, der einen Anflug von Bestechlichkeit hatte und einen Scheinwerfer zerschossen hat. Ist es nicht so?"
„Wenn das mit dem Zünder stimmt ..."
„Sehr gut. Dann kann der Anruf auch noch eine halbe Stunde warten." Johann schmunzelte.
Hagen ebenfalls. Als hätten sie eine stille Übereinkunft, ein Geheimnis. Er erinnerte sich plötzlich daran, wie er als Kind mit einem Kumpel eine Bude gebaut hatte, wo sie sich vor den Eltern und den anderen Kindern verstecken konnten. Die Bude war aus Stroh, das sie bei den Russen aus der Scheune geklaut hatten. Er fühlte sich jung und voller Tatendrang.
Für einen Moment sah Hagen den beiden jungen Polizisten zu. Jonas hatte hektische Flecken im Gesicht. Für ein ruhiges, zurückhaltendes Nordlicht wie ihn war das völlig untypisch. Offenbar hatte er endlich Jonas' gute Seite entdeckt.
„Jonas, Fernando, wie weit seit ihr?"
„Fast fertig, Chef. Ich mach das schon", antwortete Jonas.
„Gut. Fernando, du kommst mit. Wir fahren mit Ostwald nach Gramzow. Er soll uns ein Beweisstück bringen."
Anne, die gerade hereinkam, sah ihn fragend an.
„Wir holen den Zünder. Ostwald kommt mit."
„Dann komme ich auch mit. Ich glaube, das Ding ist ziemlich wichtig für Ostwald. Er sitzt jedenfalls da und heult."
Hagen nickte. „In drei Minuten am Auto", befahl er und ging zurück ins Vernehmungszimmer.
„Komm, Junge, zeig uns, wo der Zünder liegt."
Ostwald erhob sich, drehte ihm wortlos den Rücken zu und hielt die Hände nach hinten.

Fernando saß am Steuer, Anne auf dem Beifahrersitz. Hagen schob sich neben Ostwald auf die Rückbank.

„Gib Gas, Fernando. Wir wollen heute noch zurück sein."
Der Wagen schoss aus der Einfahrt. Hagen lehnte sich zurück und dachte nach. Was hatten sie Ostwald ernsthaft vorzuhalten? Wenn sie den Zünder fanden, fiel Potsdam aus. Ostwald hatte sogar verhindert, dass Menschen zu schaden kamen, was ja auch seine Pflicht als Polizeibeamter war. Über den zweiten Anschlag hat er Hassen informiert, wusste allerdings, dass der nichts unternehmen würde. Was Ostwald unter diesen Umständen selbst geplant hatte, würde sich einzig auf Ostwalds Aussage stützen. Zu wenig. Im Moment jedenfalls. Er war Mitglied der NDU geworden, einer anscheinend terroristischen Vereinigung. Aber ob sie es wirklich war, musste erst umfassend ermittelt werden. Und es war Ostwalds polizeilicher Auftrag gewesen, dort beizutreten.
Er hatte Geld angenommen. Das gehörte für ihn zu seiner Legende. Mit seiner Aussage belastet er Hassen. Von beiden haben wir Fingerabdrücke. Wenn Hassen dagegen Ostwald belastet, haben wir hier ein Patt. Auch hier mussten sie weiterermitteln.
Bleibt noch der Schuss auf den Scheinwerfer. Den konnte er weder erklären, noch hatte der Schuss irgendeinen Sinn. Es sei denn, Ostwald war lebensmüde. Doch er glaubte eher, dass Ostwald sich inzwischen mit seiner Rolle so sehr identifiziert hatte, dass er nicht mehr unterscheiden konnte, auf welcher Seite er stand.
Was also sollte er Staatsanwalt Freigang sagen? Einlieferung zur psychiatrischen Begutachtung? Das ging nicht ohne richterlichen Beschluss und dies wiederum nicht ohne Nachweis einer akuten Gefährdung für sich oder andere. Also Nein?
Als sie nach Gramzow einbogen, war er noch immer zu keinem Ergebnis gekommen. Der Wagen hielt.
Es musste schon ziemlich spät sein, denn im Dorf hatte Hagen kein einziges erleuchtetes Fenster gesehen. Nur zwei Straßenlampen brannten noch. Auf dem Hof war es dunkel.
„Fahren Sie am besten bis vor die Haustür. Dort gibt es Bewegungsmelder", sagte Ostwald.

Fernando nickte und hielt vor der Haustür am rechten Giebel.
„Ich hole die Lampe“, sagte Anne und stieg aus.
Hagen zog Ostwald auf seiner Seite aus dem Auto. Während Anne vorausging, blieb Fernando hinter ihnen, ohne dass er etwas sagen musste. Guter Junge. Der geborene Fahnder und Operativer, bemerkte Hagen und schmunzelte. Wenn das hier erfolgreich zum Abschluss kam, würde er als letzte Amtshandlung Empfehlungsbriefe schreiben.
Anne war an der Kellertür angelangt. Da fiel ihm ein, dass sie den Keller bei der Durchsuchung übersehen hatten. Was sind wir doch für Pfuscher, dachte er. Sechs Jahre hatten gereicht, bei ihm so einiges einrosten zu lassen.
„Vorhängeschloss“, sagte Anne. „Brechstange her.“
„Im Kofferraum ist ein Radkreuz und sicher auch ein größerer Schraubenzieher“, rief Fernando, rührte sich aber nicht.
Anne nickte ihm zu und holte es selbst. Kurz darauf stand die Tür offen. Anne verschwand im Keller und leuchtete ihn mit der starken Lampe aus.
Hagen zog Ostwald mit sich.
Die Kellerdecke war so niedrig, dass nur Anne aufrecht stehen konnte. Und eng war es hier auch. Er ließ Ostwald vorgehen.
„Nur auf die Stelle zeigen, bitte.“
Da war wirklich etwas Erde an der Außenwand, die aussah, als wäre sie hereingeschwemmt worden. Ostwald zeigte mit der linken Hand nach hinten ans Ende des kleinen Walls.
„Dort hinten habe ich den Zünder von der Seite parallel zur Außenwand in den Sand gedrückt.“
Anne machte zwei Fotos. Dann nahm sie eine kleine Schaufel aus ihrem Spurenkoffer und begann zu suchen. Kurz darauf hatte sie ein vielleicht zehn Zentimeter langes Metallrohr freigelegt.
„Ist das der Zünder?“, fragte Hagen seinen Schützling.
Ostwald nickte. „Ja, das ist er.“
Es folgten weitere Fotos. Dann tütete Anne das Röhrchen ein.
Wenig später waren sie auf der Rückfahrt.
Plötzlich fiel ihm etwas ein. „Sag mal, Ostwald, wo hat Freier

denn seinen Laptop gelassen? Wir haben ihn nicht gefunden."
„Als wir auf das andere Boot wechselten, hat er ihn ins Wasser geworfen und irgendwas von wichtigen Dateien gesagt."
„Kannst du uns zeigen, wo er ihn reingeworfen hat?"
Ostwald nickte.
Für heute reicht es. Morgen ist auch noch ein Tag.

Als sie zurückkamen ins Büro, saß Jörg Butterbrod am Konferenztisch und strahlte sie an.
„Hallo Chef, ist noch Arbeit für mich übrig?"
Jonas saß im Sessel und schlief. Die fertige Ermittlungsplanung lag auf dem Tisch.
Hagen gab Jörg die Hand. „Ja, Arbeit gibt es noch. Als erstes würde ich mich freuen, wenn du dem jungen Mann hier im Vernehmungszimmer ein Feldbett aufstellen könntest. Ich denke das ist ihm lieber als eine der Ausnüchterungszellen."
Ostwald nickte und meinte: „Mein eigenes wäre mir allerdings noch lieber."
„Nein." Er sah Ostwald an. „Noch nicht. Wie hieß das gleich: Noch eine Nacht zur Beobachtung. Hast schließlich eine Schusswunde."
Jetzt griente sogar Ostwald, hörte aber sofort auf, als Hagen fortfuhr. „Und mach dir nichts vor, Junge: Morgen wird der Staatsanwalt entscheiden, wie es weitergeht."
Er löste die Handschellen und Fernando brachte ihn ins Vernehmungszimmer.
„Nun, wie sieht es aus? Habt ihr den Zünder gefunden?", fragte nun der Alte.
„Ja, genau so, wie er es beschrieben hatte."
„Nun, dann werde ich mal Herrn Staatsanwalt aus dem Bett werfen. Ihr sucht euch am besten auch eine Schlafmöglichkeit. Du, Hagen, fährst jetzt nach Hause. Anne, du auch. Tschüss!"

Als Hagen den Welsenweg hochfuhr, war es wieder Mitternacht. Um so mehr freute er sich darüber, im Wohnzimmer

noch Licht zu sehen. Aber als er leise die Wohnzimmertür öffnete, sah er, dass Silke schon schlief. Schade.
Er stellte sich unter die Dusche, denn Pressekonferenz und Ministergespräch waren ziemlich schweißtreibend gewesen.
Hagen versuchte zu entspannen, doch immer wieder drängten sich die Ereignisse des Tages nach vorn.
Pressekonferenzen kannte er, aber das Interesse an den Mordfällen damals war längst nicht so groß gewesen und nie hatte er vor der Kamera gestanden. Er sollte noch seinen Reciever programmieren für die Wiederholung, falls es eine gab, und sich das Ganze noch einmal anschauen. Aber vor allem sollte er seine Immobilien nicht vernachlässigen. Schließlich verließen sich die Eigentümer darauf, dass er seine Arbeit vernünftig machte.
Beim Abtrocknen fiel Hagen ein, dass er irgendwo gelesen hatte, dass der Innenminister Landwirtschaft und Tierproduktion studiert hatte. Daher also. Das Ländliche lag ihm. Hagen musste grinsen, während er sich zum Schlafengehen anzog. Allerdings bezweifelte er, dass er so ohne weiteres einschlafen konnte.
Im Bett lag er dann auch lange wach und überlegte, ob er Ostwald richtig eingeschätzt hatte und was Staatsanwalt Freigang dazu sagen würde. Freigang hatte ihn aufs Rad gebunden, trug eine Axt in der Hand und grinste … Aber das war wohl schon Traum.

46

Es war noch dunkel draußen, als Hagen eine Kopfschmerztablette nahm und langsam zum Bad schlurfte. Drei Stunden Schlaf – das war nichts mehr für ihn. Früher hatte ihm das nichts ausgemacht, aber inzwischen brauchte er regelmäßig seine sechs bis sieben Stunden. Sonst war er zu nichts zu gebrauchen.
Heute war ein wichtiger Tag. Wenigstens für Ostwald. Ob der besser geschlafen hatte? Wahrscheinlich nicht. Bestimmt war

er zum Verfassungsschutz gegangen, um die Welt zu retten, wie er selbst damals sich nichts Wichtigeres vorstellen konnte als die Arbeit bei der Kriminalpolizei.
Duschen fiel jetzt aus, Frühstück auch. Er tat etwas für ihn völlig Ungewöhnliches. Er packte die Sachen in einen Rucksack und fuhr mit dem Fahrrad zum Revier. Und das Komische war, er genoss es sogar.
Hagen schaute auf die Uhr, als er sein Fahrrad in den Fahrradständer stellte. Kurz vor sechs. Mit schwerem Tritt stiefelte er die Stufen hoch. Plötzlich knallte unten die Tür zu und leichtfüßig kam Anne hinter ihm hoch.
„Guten Morgen, alter Mann", grüßte sie fröhlich.
„Von wegen alter Mann. Bin mit dem Fahrrad gekommen. Wer mit dem Auto fährt, obwohl man nur den Berg vom Krankenhaus hinunterradeln braucht, hat gut lachen."
„Ja, mein Brummbär, ich nehme den alten Mann zurück. Gehst du jetzt duschen?" Sie hatte zu ihm aufgeschlossen und leckte sich übertrieben die Lippen. Er winkte nur ab.
„Zu früh. Nur Kaffee, bitte."
Sie lachte und rannte die Treppe hoch, während er zur Dusche abbog.
Nach der Radtour und dem anschließenden Duschen fühlte er sich frisch. Von Müdigkeit keine Spur mehr. Er hatte das Gefühl, jetzt könne ihn nichts mehr schocken. Staatsanwalt Freigang brachte es trotzdem fertig. Erstens: Freigang war schon da, zweitens: Freigang stand auf und begrüßte ihn mit Handschlag. Wie komme ich denn zu der Ehre, fragte er sich im Stillen, und setzte sich an den Konferenztisch. Anne stand sofort neben ihm und stellte einen Becher Kaffee vor ihm hin. Er schaute zu ihr hoch. Sie lächelte und machte einen Knicks.
„Gibt es heute kein Spiegelei?"
„Nein, der Herr, Spiegelei ist alle. Wir hätten noch Zwieback."
Der Staatsanwalt passte sich an: „Ich hatte zum Frühstück einen Ostwald, Herr Brandt. Den kann ich empfehlen."
Er sah den Staatsanwalt fragend an. „Sie haben ihn heute

schon vernommen?“
„Ja, und vorher Ihre Vernehmung angehört. Alle Achtung. Gute Arbeit. Ich denke, Ostwald, können wir entlassen.“
„Meine Intentionen gingen auch in die Richtung. Ich habe die halbe Nacht gegrübelt, ob wir ihn wieder in Gramzow stationieren als Empfangskomitee für den Bombenbauer. Was halten Sie davon?“
„Aber nicht allein.“ Freigang schüttelte den Kopf. „So weit sollten Sie nicht gehen.“
„Ich denke, Fernando Lucio ist dafür genau der richtige Mann. Gut, dann geh ich mal zu Ostwald.“ Schnell schlürfte er noch seinen Automatenkaffee, der nicht besser schmeckte als sonst, auch wenn Anne ihn gebracht hatte.
„Moin, junger Mann. Gut geschlafen?“, fragte Hagen, als er ins Vernehmungszimmer trat.
Ostwald hob mürrisch den Kopf. „Wie soll ich schlafen können, wenn Sie mir so den Kopf waschen?“
„Apropos Kopf. Habt ihr gestern noch das Phantombild gemacht?“
„Ja. Es war schwierig. Hab ihn ja nur ein Mal gesehen.“
„Gut. Dann binde mal deine Schuhe zu – du kannst gehen.“
„Echt?“
„Echt. Aber ich brauche noch deine Hilfe.“
Ostwald, der gerade seine Schuhe zubinden wollte, schaute wieder hoch.
„Wo wolltest du jetzt hin? Nach Eberswalde, zum LKA?“
„Ich weiß nicht. Worum geht’s denn?“
„Abgesehen davon, dass gestern Abend noch einige Fragen offen geblieben sind, brauche ich jemanden, der den Bombenbauer in Empfang nimmt. Du bekommst Verstärkung.“
„Also nach Gramzow. Und wenn Hassen dort aufkreuzt?“
„Leider können wir ihn noch nicht festnehmen. Ich brauche noch etwas Vorlauf. Aber Fernando Lucio kommt mit nach Gramzow. Ein Anruf und ich stehe neben dir. Okay?“
„Ja, klar. Bin ich dann wieder im Dienst?“
„Nein“, erwiderte Hagen. „Deine Personalstelle wird dich vor-

läufig suspendieren, darauf möchte ich wetten. Und dafür fallen mir auch mehrere Gründe ein. Ob ein Dienstvergehen vorliegt, wird in jedem Fall geprüft werden. Tut dein Dienstvergehen noch weh?“ Er grinste ihn an. Ostwald war offenbar nicht zu Späßen aufgelegt.
„Und dann ist da noch die Sache mit dem Geldbeutel. Kurz und gut: Ich frage dich als Privatperson, nicht als Polizist.“
„Ja ja, ich fahre nach Gramzow. Da fühle ich mich wenigstens nicht so nutzlos.“
„Ich lasse dir noch Frühstück besorgen und dann könnt ihr losfahren.“
„Ja, Chef.“
„Bin nicht dein Chef, kannst aber zu mir kommen, wenn du Hilfe brauchst.“
Ins Büro war das Leben zurückgekehrt. Fernando berichtete Anne gerade, wie furchtbar Jonas schnarche. Jonas ballte empört die Faust und drohte Fernando vom Konferenztisch her. Alle lachten.
Und nun war auch Johann wach und rieb sich das Gesicht. Dann schaute der Alte sich verwirrt um. Offenbar verstand er noch nicht, wo er heute wach geworden war.
„Geht jemand los und holt Frühstück für alle?“, rief Hagen in das allgemeine Getöse. „Ich gebe eins aus.“
„Klar, ich geh schon, Chef“, rief Fernando. „Sekt und Kaviar?“
„Nein, ein großes Baguette mit Kochschinken und Käse für mich. Und vergiss Ostwald nicht.“
Fernando verschwand pfeifend. Johann ging zum Klo, Freigang schloss sich an. Jonas Lück saß abwartend am Konferenztisch.
„Jonas, bereite dich mal darauf vor, dass du uns nach dem Frühstück in den Ermittlungsplan einweihst.“
Jonas nickte und begann sofort, seine Unterlagen zu sortieren.
„Und ich, Chef, kann ich dir noch einen Kaffee bringen?“, fragte Anne.
„Ostwald sagt“, antwortete Hagen, „ihr habt ein Phantombild erstellt. Zeig mal.“

„Moment, muss ich erst ausdrucken.“
Kurz darauf ratterte der Drucker und Anne kam mit dem Ausdruck an den Tisch.
Hagen hatte ein Faible für Gesichter. Und dieses hier kam ihm sofort bekannt vor. Rico, Rico, überlegte er, wo habe ich dich schon gesehen? Wo?
Auf einem Foto von einer Party mit … Elke Frisch! Das war doch wohl nicht einer von Elke Frischs Freunden? Und wenn doch? Dann wohnte Rico direkt gegenüber des Gästehauses der Bundesregierung. Auf Merkels Schoß sozusagen. Jedenfalls hing das Foto gerahmt im Flur des besagten Hauses.
„Anne? Ich glaube, ich weiß, wo wir ihn finden.“
Sie starrte ihn an. „Wirklich? Bei diesem miserablen Phantombild? Das ist doch unmöglich.“
„Doch, heilige Scheiße, in dem Haus in Meseberg hing ein Bild, wo der drauf ist.“
Sie starrte ihn noch immer ungläubig an.
„Kann man nicht einmal in Ruhe das machen, was geplant ist? Jedes Mal kommt irgendetwas dazwischen!“, polterte er los.
Im selben Augenblick ging die Tür auf. Johann Paul und Staatsanwalt Freigang waren vom Klo zurück.
„Schrei hier nicht rum. Was ist denn los?“, fragte Johann.
„Was los ist? Ich weiß, wo der Bombenbauer wohnt und wir müssen eingreifen. Wir können nicht bis Samstag warten.“
„Bist du sicher? Wo?“
„Bombenbauer Rico hat seine Bastelwerkstatt direkt neben dem Gästehaus in Meseberg. Wenn ich mich recht entsinne, ist dort am Wochenende großer Empfang. Das will ich nicht verantworten.“
„Da hast du allerdings Recht. Aber bevor wir dort in Aktion treten, muss die Bundespolizei informiert werden. Da ist ab heute Sperrkreis angesagt.“
„Na prima. Auch das noch. Also planen wir mal um. Zuerst muss ich wissen, ob Rico wirklich dort wohnt. Elke Frisch weiß das. Ich fahre mit Anne nach Schulzendorf. Wenn es

stimmt, fahren wir gleich weiter nach Meseberg und klingeln die Kollegen vom Bund raus. Von unterwegs rufe ich hier an und du schickst mir Jörg und Jonas. Das muss reichen."
Fernando kam mit dem Frühstück. Jeder griff zu.
„Fernando, du begleitest Ostwald nach Gramzow. Sollte uns dieser Rico durch die Lappen gehen, wird er dort auftauchen. Alles klar? Alle einverstanden?"
Alle nickten.
„Jonas, deinen Plan besprechen wir heute Abend. Okay?"
„Ja, klar. Ich rufe inzwischen mal in der Unfallklinik Marzahn an. Mal sehen, wie es Steinert geht. Vielleicht ist er ja inzwischen vernehmungsfähig."
„Hast recht. Steinert müssen wir als nächstes angehen."
„Dann los. Bewaffnung nicht vergessen."

„Ach, Herr Brandt, sind wir Ihnen so sehr ans Herz gewachsen?" Malte Frisch hatte ihnen die Tür geöffnet.
„Das auch, aber wir sind aus einem anderen Grund hier."
Er zog das Phantombild aus der Tasche und faltete es auseinander. „Sie sagten doch, die Freunde Ihrer Frau sind auch Ihre Freunde. Kennen Sie diesen Mann? Er heißt wohl Rico."
Malte Frisch schaute auf den Ausdruck und nickte. „Ja, das ist Rico, ein großer Bastler. Hat Chemie studiert, aber nach drei Semestern abgebrochen."
„Wohnt er auch in dem Haus in Meseberg?"
„Ja, jedenfalls hat er seine Werkstatt dort. Erst war sie im Keller. Aber das war seinem Kumpel zu gefährlich. Deshalb musste die Werkstatt in den Stall umziehen. Da ist wohl mal was explodiert." Frisch lachte.
„Wissen Sie, ob er zu Hause ist? Ich möchte ihn überraschen."
„Möglich. Wir haben gestern telefoniert und Rico meinte, er habe heute frei und muss dafür am Wochenende arbeiten."
„Dann vielen Dank für die Information. Ach ja, und rufen Sie ihn bitte nicht an und verderben uns die Überraschung. Versprochen?"
Frisch nickte. „Schließlich haben Sie etwas gut bei uns."

Während sie wieder ins Auto stiegen, zückte Anne ihr Handy. „Ja, wir brauchen Jörg und Jonas und ich glaube, es wäre gut, wenn wir auch noch eine Streifenbesatzung in der Hinterhand hätten." - „Danke. In fünfzehn Minuten am rechten Nebeneingang. Und die sollen die Leuchtfeuer aus lassen."
Er lächelte. Leuchtfeuer. Anne wurde langsam lockerer.
Die Nebenstraßen waren leer um die Zeit. Zwischen Keller und Baumgarten begegneten sie keinem einzigen Auto. Aber am Ortsausgang von Baumgarten wurden sie gestoppt. Die Kollegen von der Bundespolizei. „Wohin wollen Sie?"
„Zu Ihnen", sagte Anne, die die Seitenscheibe heruntergelassen hatte. Sie zeigte ihren Dienstausweis.
„Würden Sie bitte Ihren Vorgesetzten informieren, dass wir ihn sprechen müssen?"
„Worum geht es denn?"
„Um eine Festnahme. Jetzt und in Ihrem Sperrkreis."
Der Beamte ging ein Stück zur Seite und telefonierte. Dann kam er zurück und beugte sich ins Fenster.
„Hauptkommissar Franke erwartet Sie am Nebeneingang von hier aus kurz vor dem Schloss."
Hagen gab Gas und der Astra rollte drei Minuten später den Berg hinunter nach Meseberg. Gleich hinter dem Restaurant *Zum Schlosswirt* fuhr er an den Straßenrand. Vor ihnen ragte der hohe Eisenzaun auf, der das Gästehaus vor Eindringlingen schützen sollte. Hagen fand ihn absolut hässlich. Aber so waren die Kollegen von der Bundespolizei wenigstens vor Laptop-Dieben geschützt.
Hauptkommissar Franke stand vor dem Tor und schaute ihnen entgegen. Hagen ließ Anne vorgehen, die schon ihren Dienstausweis parat hatte und Franke hinhielt.
„Anne Pagels, Kripo Gransee."
„Und mein Name ist Hagen Brandt."
„Ich kenne Sie, Herr Brandt, aber Ihren Dienstausweis muss ich trotzdem sehen." Franke machte eine strenge Miene.
„Mein Gesicht ist mein Ausweis. Wenn Sie mich in der Pressekonferenz gesehen haben, muss das reichen. Ich habe näm-

lich keinen Dienstausweis."
Frankes Gesicht wurde zum Fragezeichen. Erstaunlich, er hätte Schauspieler werden sollen bei der Mimik.
„Eine lange Geschichte – wir haben es wirklich eilig."
„Okay, worum geht's denn?" Franke wandte sich nun demonstrativ an Anne. Ein Polizist ohne Ausweis ist keiner, jedenfalls nicht für Hauptkommissar Franke. Alles klar.
Hagen unterbrach Anne, die gerade Luft holte. „Warte mal. Klärst du ihn auf? Ich gehe mal zum Friedhof. Wenn der Streifenwagen kommt, schicke ihn bitte dorthin." Er ging mit ausgreifenden Schritten davon, bevor ihn der Hauptkommissar aufhalten konnte. Was er noch hörte, war Annes kurze Erklärung: „Sonderermittler!"
Er eilte am Haupteingang des Schlosses vorbei. Nun hatte er freie Sicht auf das Haus, aus dem sie Elke Frisch herausgeholt hatten. Niemand war zu sehen. Fenster, Haustür und Toreinfahrt waren geschlossen. Er hatte letztens schon den Eindruck gehabt, dass die Fenster für die Bewohner nur durchsichtige Mauersteine waren, jedenfalls nicht zum Lüften gedacht. Entweder dieser Rico war nicht da oder er schlief noch oder er bastelte an seiner Bombe. Demnach wäre er im Haus, im Keller oder im Stall. Zu viele Möglichkeiten für einen allein. Aber zumindest einen Blick auf den Hof konnte er werfen. Schließlich gab es ja dieses Gartentor.
Mit schnellen Schritten überquerte er die Straße zum Hausgiebel hin. Vor der Mauer blieb er stehen. Dahinter lag der Hof. Hagen Brandt zündete sich eine Zigarette an und lauschte. Die Haustür knarrte. Dann hörte er vom Hof her das Klappern von Metall. Vielleicht Werkzeuge. Schritte entfernten sich. Hagen machte kehrt, sah den Streifenwagen zum Schloss fahren und rannte zurück zur Hausecke.
Jemand machte sich am Hoftor zu schaffen. Hagen hörte ihn fluchen. Anscheinend ging das Tor nicht auf.
Wozu versucht man ein schlecht gehendes Tor zu öffnen, wenn man nicht mit dem Auto wegfahren will?
Er warf seine Kippe weg und bewegte sich leise am Haus vor-

bei auf das Tor zu. Dann nahm er die Pistole aus dem Schulterhalfter und steckte sie in die Jackentasche. Er wartete mit angehaltenem Atem. Aus den Augenwinkeln sah er den Streifenwagen in Richtung Friedhof fahren. Hagen winkte, aber sie waren schon hinterm Haus.

Auf dem Hof knallte eine Autotür. Dann kamen wieder Schritte näher. „Verdammtes Tor", fluchte jemand. Jedenfalls ein Mann. Es wurde heftig am Tor gerüttelt. Nägel quietschten, Holz splitterte. Hagen trat dicht heran, eine Hand in der Jackentasche. Das Tor wurde aufgerissen. Es war Rico, der ihn erschrocken anstarrte.

Hagen zog die Waffe und hielt sie so, dass Rico sie sehen konnte. „Polizei. Sie sind festgenommen. Lassen Sie langsam die Brechstange fallen", sagte er ohne die Stimme zu heben. Statt der Waffe hätte er diesem Rico lieber einen Ausweis vor die Nase gehalten. Aber so ging es ja auch. Hagen wartete, bis seine Worte bei Rico angekommen waren.

„Bitte", fügte er noch hinzu, als er Ricos huschende Augen bemerkte, und hob die Pistole ganz leicht an. Das genügte. Die Brechstange fiel zu Boden.

„Jetzt drehen Sie sich bitte um und gehen zu Ihrem Auto."

Zögernd folgte Rico seinen Anweisungen.

„Legen sie die Hände auf die Motorhaube. Gut so. Und nun die Füße zurück. Noch ein Stück. Sehr schön. Danke. Wie heißen Sie?"

Rico stützte sich auf die Motorhaube, als würde er Liegestütze machen wollen. Den Kopf hatte er zwischen den Armen gesenkt. Offenbar wartete der Ganove auf eine Chance, ihn zu überlisten. Doch die wollte Hagen ihm nicht geben. Er blieb auf Abstand und wartete.

Es dauerte dann auch nicht lange, bis zwischen Scheune und Mauer ein Kopf hervorlugte. Jörg. Hagen winkte ihn heran.

Dann fragte er noch einmal: „Wie heißen Sie, junger Mann?"

Der hatte offenbar auch bemerkt, dass Verstärkung eingetroffen und die Chance nicht gekommen war.

„Enrico Fingerling", kam die leise Antwort.

„Fingerling? Der berühmte Enrico Fingerling, der die Bomben bastelt, die nicht hochgehen? Toll, wir brauchen mehr *solche* Bombenbastler. Viel mehr. Würden Sie mir sagen, wo Sie Ihre neuesten Kreationen aufbewahren? Sie brauchen sie sowieso nicht mehr."

Hagen hörte, wie hinter ihm das Tor geschlossen wurde. Er drehte sich kurz um. Anne. Umständlich steckte er seine Pistole wieder ins Halfter. Auf jeden Fall musste er mit Johann reden. Wenn das so weiterging, ließ er sich irgendwann mit *Marlowe* anreden und schoss auf Scheinwerfer. Er brauchte einen Dienstausweis.

„Rico, wo ist die Bombe?", fragte er noch einmal.

„Im Stall", knurrte Fingerling, als Jörg Butterbrod in dessen Blickfeld trat. Jörg legte ihm die Handschellen an und führte ihn zum Gartentor, wo anscheinend der Streifenwagen stand.

Anne war schon unterwegs zum Stall, als er sie an der Schulter festhielt. „Du lässt die Finger von der Bombe, ja? Dafür gibt es den Munitionsbergungsdienst. Also, nur Fotos bis die hier sind."

Sie drehte sich lächelnd um. „Für wie blöd hältst du mich. Ich brauche meine Finger noch, wenn du mal wieder zum Essen kommst." Dann ließ sie ihn stehen.

Hagen schüttelte die Starre ab, die ihn kurz befallen hatte, als er an das letzte gemeinsame Essen dachte, und zog sein Smartphone aus der Tasche. Schnell erklärte er Johann, was sie brauchten, dann lief er Jörg Butterbrod hinterher.

Der Streifenwagen wartete auf ihn. Hagen schüttelte nur den Kopf, als er Olli hinterm Steuer und Stan neben Fingerling auf der Rückbank erkannte. Hatte das Granseer Revier nur zwei Polizisten, die rund um die Uhr im Einsatz waren?

Er schwang sich auf den Beifahrersitz. „Ab geht's. Zum Revier", sagte er und schnallte sich an. Jörg verschwand wieder auf dem Hof.

Olli griff gemächlich zur Mittelkonsole, nahm sich einen Lachgummi aus der Tüte, grinste zu ihm herüber und gab behutsam Gas. „Wir wollen doch nicht, dass er kaputt geht –

oder, Stan?", fragte Olli in besorgtem Ton.
„Genau", sagte Stan von hinten und kicherte.

Olli parkte zwischen anderen Streifenwagen ein und stieg als Erster aus. Während er selbst noch dabei war, den Gurt zu lösen, zog Stan den Delinquenten auf der Fahrerseite aus dem Auto. Kaum stand Fingerling, zog der den Kopf zwischen die Schultern und rannte auf Olli zu. Doch kurz vor dessen Bauch wurde er von Stan gestoppt, der ihm einfach die Arme hochriss. Fingerling schrie auf und ging zu Boden.
„Wo wolltest du denn hin, Mensch? Sollst doch vorher Bescheid geben. Musst du aufs Klo?", fragte Stan mitleidig. Dann lachte er.
Hagen hatte sich endlich befreit und stieg aus. „Ihr bringt ihn am besten gleich hinauf ins Vernehmungszimmer und bleibt bei ihm. Ich muss erst ein paar Dinge klären." Er rannte die Treppe hoch und stieß die Tür zum Büro auf. Johann saß an Annes Schreibtisch. Sonst war niemand weiter da.
„Johann, bitte kümmere dich darum, dass ich schnellstmöglich einen Dienstausweis bekomme. Ich sage dir lieber nicht, wie ich mich heute ausweisen musste."
„Nun beruhige dich. Ich kläre das. Munitionsbergungsdienst ist auf dem Weg. Hoffentlich lässt Anne die Finger von der Bombe."
„Ganz meine Meinung. Ihre Antwort war leicht kratzbürstig."
„Dachte ich mir schon. Gab es Probleme?"
„Nein. Wir kamen gerade noch rechtzeitig. Er wollte mit dem Auto weg. Jetzt sitzt er in der Obhut meiner beiden Lieblingspolizisten im Vernehmungszimmer. Beim Aussteigen unten auf dem Hof wollte er sich verdrücken."
„Willst du gleich mit der Vernehmung beginnen?"
„Nein, ich würde gern abwarten, was das Team bei ihm so alles findet. Apropos Vernehmung: Hat Jonas in der Unfallklinik angerufen? Wie steht's mit Steinert?"
„Der ist wieder bei Bewusstsein, aber noch nicht haft- oder vernehmungsfähig. Wir müssen uns noch gedulden. Mit dem

Berliner Polizeipräsidium habe ich auch telefoniert und ihnen den Haftbefehl gefaxt, den Freigang hiergelassen hat. Der Richter will Steinert vernehmen, sobald das geht."

„Gut. Weißt du, was Hassen gerade macht? Ich hab Bauchschmerzen bei dem Gedanken, dass er einfach abhaut."

„Lieber Hagen, das musst du nicht. Ich bin ja auch noch da. Ich habe mir erlaubt, mit dem BKA Kontakt aufzunehmen. Wegen des Zusammenhangs mit der NDU haben sie ihr Kommen angekündigt und sofort Hassen unter Beobachtung gestellt. An dem ist jetzt also ein Beobachtungsteam dran."

„Fein. Was will das BKA?"

„Was schon. Wenn sich der Zusammenhang mit der NDU bestätigt, ist das ihr Fall. Wir wären dann raus und könnten uns auf Steinert konzentrieren."

„Mist. Ich muss ja noch den Innenminister anrufen."

Er griff zum Diensttelefon, wählte und landete im Büro des Ministers. Dort wusste man Bescheid und stellte ihn durch.

„Herr Brandt, haben Sie heute schon mal in die Zeitung geschaut?"

„Nein, ich ..."

„Nein? Das sollten Sie aber. Sie haben richtig gute Kritiken bekommen."

„Herr Minister, ich bin schon zufrieden, wenn die Presse nicht unseren Blumenkohl zerlatscht und ich ruhig schlafen kann."

„Also dann, was gibt es Neues?"

Er berichtete kurz und präzise über die Vernehmung Ostwalds, die den Verdacht gegen Hassen erbracht hatte. Dann kamen das BKA und Fingerling an die Reihe. Steinert nichts Neues. Der Minister beendete das Gespräch. Kurz und knapp. Für Rückversicherungen zählen eben nur Fakten.

„Ach ja, Apropos Fakten", sagte Hagen laut und drehte sich zum Alten um. „Johann, würdest du bitte die Personalakten von Ostwald, Steinert und Hassen anfordern?"

„Ich dachte schon, du fragst nie." Johann Paul hob einen Stapel Akten hoch. „Die sind vor einer halben Stunde gekommen. Jonas kam drauf und hat sie gleich angefordert. Ich

glaube, mit Jonas hast du einen guten Fang gemacht."
„Ja, das glaube ich auch. Und sollte ich hier endlich meine Akte zuklappen, werde ich auf jeden Fall für ihn und Fernando ein paar Empfehlungen schreiben. Hast du schon hineingesehen? Steht etwas Interessantes drin?", fragte er und zeigte auf die Akten.
„Steinerts Akte ist nichtssagend. Nur der übliche Kram. Eine Verwarnung ist dabei, weil er einen Beschuldigten geschlagen hat. Ostwald wird sehr gelobt wegen seiner Einsatzfreude und Hassen ebenso. Allerdings hat man gegen Hassen wegen einer Unregelmäßigkeit bei der Spesenabrechnung ermittelt. Man konnte ihm nichts nachweisen. Der Kollege, der ermittelt hat, ließ mit Zustimmung der Ehefrau Hassens Kontoauszüge beschlagnahmen. Die wurden inzwischen zurückgegeben, aber ein Auswertungsprotokoll ist noch vorhanden. Darin stellt er den Eingang mehrerer hoher Beträge fest und regt an weiterzuermitteln, was aber leider unterblieb.
Dafür haben wir aber eine feine Zusammenfassung seiner Familienverhältnisse. Seine Frau hatte sich beschwert, weil er ihrer Meinung nach zu viele Überstunden macht. Gegenüber seinem Vorgesetzten hat er dann gestanden, eine Freundin zu haben. Das war vor zwei Jahren. Inzwischen sind sie geschieden. Der Name der Freundin steht nicht da. Kann also auch sein, dass er gar keine hatte, sondern anderen Aktivitäten nachging. Was hältst du davon?"
„Kann sein – kann nicht sein. Noch mehr?"
Johann nickte düster und hielt ein Foto hoch.
„Was ist das?"
„Ein Nazi-Aufmarsch im vorigen Jahr in Leipzig mit Hassen als Fahnenträger. Der Fotograf hat ihn in einem Moment erwischt, als er seine Maske herunternahm, um etwas zu essen."
„Und wieso verschwindet das einfach in der Akte und niemand tut etwas?"
Johann zuckte mit den Schultern. „Es gibt einen Vermerk seines Vorgesetzten, dass er mit Hassen gesprochen hat: Im Wiederholungsfall wird er versetzt."

„Das ist doch ein Witz. Okay, warten wir aufs BKA. Sollen die ihn sich vornehmen."
„Ja, ist wohl das Beste. Ach ja, denen habe ich auch deine Vernehmung von Ostwald geschickt. Sie wollen ihn in den nächsten Tagen noch einmal zu Hassen und NDU vernehmen. Sie werden wohl heute Nachmittag hier aufkreuzen."
Plötzlich wurde es laut auf dem Flur. Er erkannte Jörgs Stimme. „Die Bombenleger sind da", stellte er fest. Dann könnte es ja weitergehen.
Die Tür wurde aufgerissen. Anne kam auf ihn zu. „Ich soll dich grüßen von Hauptkommissar Franke. Er bedankt sich für die Beseitigung der Störung und bittet um Entschuldigung." Fröhlich plappernd fuhr sie fort. „Der hat vielleicht Augen gemacht, als ich ihm die beiden Bomben gezeigt habe, die in seinem geliebten Sperrkreis herumlagen."
„Und was ist aus den Bomben geworden? Hätten sie gesprengt werden müssen, hätte ich wahrscheinlich davon gehört und ihr wärt noch nicht hier. Stimmt's?"
„Stimmt. Sie waren noch nicht scharf. Die Zünder fehlten. Wir haben jede Menge Bastelkram gefunden. Das hätte für noch drei Kofferbomben gereicht."
„Sonst noch irgendwelche Fundstücke, die für die Vernehmung interessant wären? Irgendwas zu seinen Motiven?"
Anne schüttelte den Kopf. „Nur technische Unterlagen. Sieht für mich aus wie einer, der aus reiner Freude Bomben bastelt – oder um damit etwas Geld zusätzlich zu verdienen."
„Gut, das zu hören, und Glück für Ostwald. Wäre es anders gewesen, hätte er vielleicht doch noch in den Bau gemusst wegen Mitgliedschaft in einer terroristischen Vereinigung."
Es klopfte und die Tür wurde aufgerissen.
„Immer herein, Kollegen", sagte Johann. „Das ging aber fix."
„Herrlich, BKA. Sind Sie Paul?"
„Der bin ich. Sie kommen ja mit einem ganzen Team."
„Ja, das sind Mann und Kind."
In Hagens Mundwinkeln zuckte es leicht, als er die Namen hörte. Er stand auf und begrüßte die Kollegen.

„Haben Sie vielleicht ein Büro für uns? Ich fürchte, wir bleiben länger“, sagte Herrlich, nachdem alle Hände geschüttelt hatten.
Anne kam näher und gab ihm zwei Büroschlüssel.
„Ich bin hier die Hausherrin. Anne Pagels, die Mutter sozusagen. Aber wer Hunger hat, muss runtergehen zur Tankstelle.“
Es gab ein allgemeines Gelächter.
Zehn Minuten später saßen alle um den Konferenztisch. Hagen gab eine Zusammenfassung.
„Da seid ihr ja wirklich vom Hundertsten ins Tausendste gekommen. Ich gratuliere“, sagte Hauptkommissar Herrlich. „Dann wollen wir mal die Kompetenzen auseinanderpflücken. Wir kümmern uns um den Bombenanschlag und die NDU. Mit Fingerling fangen wir an, wenn er schon mal hier ist.“
„Gut, dann wäre das geklärt“, entgegnete Hagen. „Nur eine Bitte habe ich. Würden Sie mich im Groben auf dem Laufenden halten? Unser Innenminister wünscht regelmäßig informiert zu werden, seit ich ihn letztens bei der Pressekonferenz überfahren habe. Ich wollte einfach verhindern, dass das mit Hassen unter den Tisch gekehrt wird.“
„Wofür ich Ihnen dankbar bin, wenn diese persönliche Bemerkung gestattet ist. Ja, ich halte Sie auf dem Laufenden.“
Eine halbe Stunde später zogen sich die BKA-Beamten zurück in ihre zugewiesenen Büros und sie waren wieder unter sich. Zuerst griff Hagen zu seinem Handy und rief Fernando aus Gramzow zurück. Dann ließ er sich Ostwald geben und informierte ihn, dass der Bombenbastler gestellt wurde.
„Was machst du jetzt? Ich würde mich freuen, wenn du noch ein paar Tage in Gramzow bleiben würdest, nur für den Fall dass wir noch Fragen haben.“
„Ja, mach ich. Herr Brandt, Sie hatten recht. Ich bin erst einmal suspendiert. Also mache ich hier noch ein wenig Urlaub. Auf mich wartet ja niemand.“
„Bitte melde dich einfach hier ab, wenn du doch nach Hause fährst. Dann schönen Urlaub.“
Er legte auf und schaute irritiert in die Runde. Johann, Anne,

Jörg und Jonas – alle saßen untätig am Konferenztisch. Keiner hatte irgendwas anderes zu tun, was noch dringend erledigt werden musste. Johann hatte dunkle Ringe um den Augen und schlief fast ein. Anne schaute verträumt an die Decke und Jörg säuberte sich die Fingernägel. Einzig Jonas hatte zu tun. Der passte seinen Plan den neuen Gegebenheiten an.
Anne stand auf und ging zu ihrem Schreibtisch. „Eine Neuigkeit habe ich noch“, verkündete sie. „Das Ergebnis von der Ballistik ist da. Die Kugel, die auf Birgit Freier abgefeuert wurde, stammt wirklich aus der Waffe, die Steinert zur Tatzeit in Besitz hatte.“
„Fein, damit hätte sich auch dieser Ring geschlossen. In Bezug auf Steinert gibt es jetzt eigentlich nur noch eine offene Frage: die nach seinem Motiv.“
„Glaubst du nicht daran, dass es die Goldkisten waren?“
„Ich weiß nicht recht. Er hatte doch seinen Gönner gefunden. Warum sollte er den Ast absägen, auf dem er saß? Warum tötet er Birgit Freier, von der er zumindest vermutet haben muss, dass sie Arthur Freiers Tochter war?“
„So habe ich das noch gar nicht gesehen.“
„Jonas, was sagt dein Plan? Haben wir noch offene Fragen?“
„Eine einzige steht noch auf meinem Plan und ist nun durch die vielen Streichungen ganz nach oben gerutscht: Wenn wir annehmen, dass er aus Gewinnsucht gemordet hat, müssten wir uns mal um seine Finanzen kümmern.“
„Da hast du recht. Haben wir seine Bank?“
„Noch nicht“, entgegnete Anne. „Aber wir haben die Unterlagen noch nicht gesichtet, die wir in Gramzow beschlagnahmt hatten. Da waren Kontoauszüge dabei.“
„Okay! Anne, du gibst Jonas die Sachen heraus und machst dann Feierabend. Jonas, du wertest die Unterlagen aus. Johann schert sich nach Hause. Ab ins Bett. Du siehst zum Gruseln aus. Wenn Fernando kommt, kann der auch Feierabend machen. Und Jörg, du kümmerst dich bitte um unsere Gäste und spielst den Verbindungsmann. Alles klar? - Dann los. Ich schau mal, ob meine Silke mich noch wiedererkennt.“

Ein halbe Stunde später stellte Hagen sein Fahrrad an die Hauswand. „Silke“, rief er ins Haus hinein. Die Haustür stand offen. Keine Antwort. Das Gleiche in der Gästewohnung. Dann sah er sie schon von weitem im Gemüsegarten zwischen den Obstbäumen hocken.
„Silke“, rief er noch einmal. Sie schaute auf, wischte sich die Hände an ihrer Jeans ab und kam ihm langsam entgegen.
„Ach, Besuch ist da. Bleiben Sie lange, junger Mann?“
„Ja, ich hab Feierabend.“
„Feierabend, wirklich?“ Sie blieb fünf Meter vor ihm stehen. „Richtig Feierabend? Und du gehst heute nirgends mehr hin?“
Als er nickte, kam ein Funkeln in ihre Augen. Und plötzlich rannte sie auf ihn zu, sprang hoch und hing wie eine Klette an ihm. Ihre Beine schlang sie um seine Hüften. Er konnte den wilden Ansturm nicht mehr auffangen. Zusammen fielen sie ins Gras. Sie küsste ihn wie wild. Dann hielt sie inne und schaute ihm in die Augen.
„Du siehst müde aus. Wie oft hast du in den letzten zwei Wochen zu Hause geschlafen?“
„Nicht so oft. Und wenn, dann nur drei oder vier Stunden. Ja, ich bin ein wenig müde. Aber nicht schlimm. Der Hunger ist schlimmer.“
Silke wärmte ihm einen großen Rest Kartoffelbrei auf und briet panierte Putenschnitzel, wie er es mochte. Beim Essen saß sie neben ihm und schaute zu. Die Szene erinnerte ihn an einen Film. Der Held war aus dem Krieg zurückgekehrt.
Als der schlimmste Hunger gestillt war, hielt er inne. „Nun erzähle mal: Was gibt es Neues hier?“
„Zeig ich dir gleich. Warte ab.“
„Waren irgendwelche Reporter hier?“
„Nein. Im Dorf erzählt man, du seist im Fernsehen gewesen?“
„Ja, am Montag war ich bei der Pressekonferenz des Innenministers. War ziemlich aufregend. Es ging eben um die Schatzkisten. Und ich habe befürchtet, dass Hansen von der MAZ sich verplappert. Aber sie hat wohl dicht gehalten.“
Er aß noch zwei Happen, dann schob er den Teller weg und

stand auf. Sie zog ihn mit sich in die neue Küche. Decke und Wände waren gestrichen, die Dielen verlegt und eine neue Kücheneinrichtung war im Entstehen.
„Wow, ist ja fast fertig. Wo hast du die Einrichtung her?"
„Schwedische Nobelmarke. Gar nicht teuer." Sie kicherte. „Und? Gefällt sie dir?"
„Ja, sehr. Aber Hauptsache, dir gefällt sie. Ich bin ja nur für das Verputzen der Leckereien zuständig."
„Und davon musst du in nächster Zeit unbedingt wieder mehr bekommen. Bist ja richtig abgemagert."
Jetzt lachte er und schaute auf seinen Schmerbauch. „Für das Abmagern fehlte mir die körperliche Betätigung."
„Aha, wenn es nur daran liegt …" Sie streichelte kurz seinen Bauch. „Dann sollten wir jetzt in die Badewanne hüpfen."
Er fand die Idee wundervoll.
„Los, ausziehen", befahl sie und zog sich schon ihr T-Shirt über den Kopf. Dann trat sie an ihn heran und tat bei ihm das Gleiche. Doch bevor er nach ihr greifen konnte, verschwand sie ins Bad.
Die neue Badewanne, ein freistehender Zweisitzer, war einfach toll. Silke setzte sich zwischen seine Beine und ließ sich von ihm einseifen. Sie genoss es.
Dann war er an der Reihe. Sie drehte sich um und wusch nun ihn. Sie ließ keine Stelle aus. Und nach dem Abtrocknen waren sie beide bereits so erhitzt, dass weder der Postbote noch irgendwelche Freunde eingelassen worden wären. Da hätte schon ein Sturm das Dach abdecken müssen, um sie von dem abzuhalten, wonach ihnen der Sinn stand.
Bis ins Schlafzimmer hatten sie es geschafft, standen sich gegenüber und hielten sich an den Händen. Silke lächelte, als sie ihn von oben bis unten betrachtete. An seinem erigierten Glied blieb ihr Blick hängen.
„Du hast dich doch über mangelnde körperliche Ertüchtigung beklagt – dann geh jetzt mal an die Reckstange."
„Nein, heute bist du dran", antwortete er sanft und ebenfalls lächelnd. Zusammen gingen sie zur Wand neben dem Fenster.

Und während er die Reckstange, die mit starken Seilen an der Decke befestigt war, ein wenig hinunterließ, schmiegte sie sich von hinten an ihn und streichelte ihn.
„Ich werde es nicht lange aushalten. Das sag ich dir gleich."
„Das wirst du aber müssen." Er nahm ihre Hand und führte Silke zu dem Reck, das direkt vor dem Doppelbett von der Decke hing. Sie musste sich auf Zehenspitzen stellen, um die Reckstange zu erreichen. Er hob sie hoch und ließ dann los. Die Seile strafften und dehnten sich soweit, dass sie nun bequem stehen konnte. Er stand ganz dicht hinter ihr. Seine Brustwarzen berührten ihre Schulterblätter, als er sanft begann, sie zu streicheln. Silke stöhnte leise. Seine Hände wanderten weiter über ihren Körper. Sie hechelte, öffnete ihre Schenkel und stellte sich auf Zehenspitzen. Er presste sich an sie. Ihr Hecheln wurde lauter. Als er an ihren Schenkeln hinab strich, zitterten ihre Knie. Das Zittern wurde heftiger, als seine Hände aufwärts glitten. Silkes Stöhnen wurde zum Röhren.
Beinahe weinerlich klang ihre Stimme. Bettelnd. Aber auch er hielt es kaum noch aus. Sie ließ die Reckstange los und fiel nach vorn aufs Bett.
Das letzte Mal war viel, viel zu lange her. Er konnte sich nicht mehr zurücknehmen. Über beide schlugen die Wogen zusammen. Begleitet nur noch von wildem Zucken und spitzen Schreien.

In der Nacht erwachte er. Draußen tobte ein Sturm, Regen prasselte an die Fensterscheibe. Hagen stand auf, ging zur Toilette und duschte anschließend. Dann kehrte er ins Schlafzimmer zurück. Ein Weilchen schaute er dem Regen zu. Er hörte, wie Silke aufstand und sich hinter ihn stellte. Sie schmiegte sich an ihn und ihre Hand stahl sich zwischen seine Beine. Sanft streichelte sie ihn bis sein Glied sich wieder regte.
Sie drehte ihn zu sich herum und küsste ihn. Dann zog sie ihn zum Bett und setzte sich auf ihn. Sanft bewegte sie ihre Hüften. Jetzt war es nicht mehr die *wilde* Wollust, jetzt genossen sie ihr Spiel.

47

Gegen acht rollte er, diesmal wieder mit dem Auto, auf den Revier-Parkplatz. Fürs Fahrrad hatte er sich zu schlapp gefühlt. Außerdem wäre er noch später zum Dienst gekommen.
Er stutzte. Zum Dienst gekommen? Er dachte nach den paar Wochen schon genau wie früher. Dabei war es doch nur eine befristete Aufgabe, in die er sich mehr oder weniger selbst hineingedrängt hatte und die in absehbarer Zeit enden würde.
Enden? So weit sind wir noch nicht.
Jonas begrüßte ihn schon auf dem Flur. „Moin, Chef, wir haben alles, was wir brauchen. Kontoauszüge, Kreditverträge und so weiter. Und ich sage dir: In den Finanzen stinkt etwas."
„Gut, du kannst gleich berichten. Holst du gerade Kaffee? Ich brauche auch einen."
„Bring ich mit."
Johann saß im Sessel. Sonst war niemand weiter da.
„Anne und Fernando sind vor einer halben Stunde losgefahren nach Berlin. Das Krankenhaus hat angerufen. Steinert ist vernehmungsfähig und darf transportiert werden. So schlimm war es wohl doch nicht mit der Halswirbelsäule. Jedenfalls holen ihn die beiden und liefern ihn in der Haftanstalt Wulkow ab."
„Prima. Das ist ja gleich um die Ecke, wo Steinert zum ersten Mal in seinem Leben Zellenluft schnuppern wird", antwortete Hagen und setzte sich an den Konferenztisch.
Jonas kam mit dem Kaffee und setzte sich dazu. Während Hagen genüsslich schlürfte, beobachtete er Jonas beim Sortieren der Papiere. Der war wirklich in seinem Element. Der geborene Planer und wahrscheinlich ebenso gut bei der Wirtschaftskriminalität zu gebrauchen.
„Sag mal, Jonas, bist du gleich vom Abi zur Polizei gegangen oder hast du vorher einen Beruf gelernt?"
Jonas schaute ihn erstaunt an. Dann schüttelte er den Kopf. „Weder – noch. Ich habe Ökonomie studiert. Bachelor. Ein Kumpel aus der Kindheit ging zur Polizei und hat mir einiges erzählt. Da habe ich mich einfach beworben und wurde genommen."

„Und die Ökonomie? Interessiert die dich nicht mehr?“
„Doch, sehr sogar. Ich wollte bei der LESE erst einmal Fuß fassen und dann bei der Personalabteilung nachfragen wegen des Master-Studiengangs.“
„Ich könnte mir vorstellen, dass du mit diesen Interessen ganz vorzüglich in die Wirtschaftskriminalität passen würdest.“
Jonas nickte jetzt heftig. „Ja, das wäre so ein Traum.“
Hagen nickte nachdenklich. „Dann zeig mal her, was du gefunden hast.“
„Viel ist es ja nicht, aber immerhin ein paar Anhaltspunkte, auf die du bei der Vernehmung aufbauen könntest. Fakt ist, Geldmangel kommt definitiv in Betracht. Die Kontoauszüge vom vorigen Monat weisen ein Minus von 6.500 Euro aus. Und das ist nur das Girokonto.“
Jonas schob die Kopie eines Kontoauszugs zu ihm herüber. Er schaute kurz drauf und dann wieder zu Jonas. Er war gespannt, was noch kommen würde.
„Außerdem haben wir hier noch einen Bankkredit und einen KfW-Kredit. Das ist nicht wirklich verwunderlich. Aber hier sind noch zwei Kreditverträge über je 20.000 Euro. Die Zinsen sind der reine Wucher, kann ich dir sagen. Zum Mitnehmen habe ich jeweils eine Seite der Verträge kopiert.“
„Was ist mit dem Kaufvertrag für Gramzow?“
Jonas suchte und hob den Vertrag hoch.
„Den Vertrag selber kenne ich. Ich war als Makler dran beteiligt und weiß, dass er die Immobilie in bar bezahlt hat. Angeblich hat er geerbt. Ein Onkel Arthur sei gestorben. Mir kam das damals komisch vor, und heute noch viel mehr.“
„Bevor du jetzt weiterfragst: Nein, in den ganzen Unterlagen gibt es keinen Vertrag oder irgendein Papier darüber, zu welchen Bedingungen Steinert das Geld für den Immobilienkauf erhalten hat oder auch nur von wem.“
„Was war in Freiers Reisetasche?“
„Moment, bitte.“ Jonas suchte kurz in seinen Unterlagen.
„Hier ist die Auflistung. Nur Wäsche. Das Backup von Freiers PC, dass wir bei Steinert in Gramzow gefunden hatten, habe

ich mir auch noch einmal angeschaut. Steinert taucht darin nicht auf, weder in der Mitgliederliste noch in der Buchhaltungsdatei."

„Ja, ich hatte auch nichts gefunden. Gehen wir andersherum vor: Hat Steinert einen Onkel Arthur?"

„Da muss ich zum Standesamt. Die Frage ist: Welches? Ich lass mir etwas einfallen."

Eine halbe Stunde später saß Hagen immer noch am Konferenztisch und bemalte seinen Notizblock mit Strichmännchen. Da beendete Jonas das vierte oder fünfte Telefonat.

„Ich habe ein Ergebnis", sagte er und kam zum Tisch. „Ja, es gab Onkel Arthur. Steinerts Mutter lebt noch. Ich habe mit ihr telefoniert. Und ja, Steinert hätte geerbt, und zwar 50.000 Euro Schulden. Er hat das Erbe ausgeschlagen. Ich habe mit dem Erbschaftsgericht gesprochen. Die bestätigen das inoffiziell. Sie durften mir am Telefon natürlich keine Auskunft geben. Jedenfalls hat Onkel Arthur in Zehdenick gelebt und ist vor ziemlich genau zwei Jahren gestorben. Mehr war jetzt nicht zu holen."

„Ich finde es erstaunlich, wie viel du in einer halben Stunde ermittelt hast. Danke."

„Stören wir beim Kaffeeplausch?", fragte plötzlich Anne hinter ihm. Er hatte sie und Fernando nicht kommen gehört.

„Nein. Wir bereiten die Vernehmung vor. Wie ist es gelaufen? Wie hat Steinert die Nachricht aufgenommen?"

„Wir hatten keine Probleme. Steinert sah bleich aus. Der Arzt hatte ihn schon vor unserer Ankunft über seine Verlegung in die Haftanstalt informiert."

„Gut, dann können wir ja die erste Vernehmung für heute Nachmittag ansetzen."

„Ich denke, ja. Als wir beide uns dort verabschiedeten, wurde er gerade dem Haftrichter vorgeführt. Aber bei der Übergabe verlangte er, seinen Anwalt anzurufen. Es ging jedoch niemand ans Telefon."

„Wen wollte er denn anrufen?"

„Hat er nicht gesagt.“ Fernando grinste. „Ich habe ihm beim Wählen über die Schulter gesehen. Nun raten Sie mal.“
Schulterzucken. „Ich kenne nicht alle Rechtsanwälte.“
„Er hat versucht, bei sich selber, also bei Freier, anzurufen.“

„Brandt, du? Was willst du?“, fragte Steinert, als er in seinem Rollstuhl in den Vernehmungsraum geschoben wurde.
Hagen antwortete nicht und wartete, bis der Beamte Steinert zurechtgerückt und sich selbst an der Tür postiert hatte. Hagen lehnte sich zurück und betrachtete Steinert. Der sah übernächtigt aus. In seinen Augen funkelte Hass. Hass und Herablassung, die Steinert empfinden mochte – oder auch nicht.
Hagen stand auf, ging um den Schreibtisch herum und zog die Feststellbremse am Rollstuhl an. Steinert rührte sich nicht. Für einen Moment entdeckte Hagen Angst in seinem Gesicht, die er sofort wieder mit Hochmut zu überdecken suchte.
Hagen Brandt fühlte sich ruhig. Und er nahm sich Zeit, um sich auf Steinerts Mimik einzustellen und dessen Nuancen abzuspeichern. Nun schaltete das Mikrofon ein. „Dann wollen wir mal. Vernehmung des Untersuchungshäftlings Frank Steinert, geboren am 27. August 1965 in Gransee. Vernehmer ist Sonderermittler Hagen Brandt. 14. September, 13.18 Uhr.“
„Was bist du, Brandt? Sonderermittler? Das ist ein Witz. Wer macht denn einen Invalidenrentner zum Sonderermittler?“
Er reagierte nicht auf Steinerts Angriff, sondern nahm die dünne Mappe in die Hand, die lediglich ein paar Notizen und Computerausdrucke enthielt. Er blätterte kurz darin, klappte sie dann zu und legte sie zurück auf den Tisch. Er bemühte sich, Steinert zu vermitteln, dass jeder Angriff von ihm abprallen würde. Er durfte auch nicht vergessen, dass ihm ein Kriminalbeamter gegenübersaß. Ungewohnt für Steinert war nur die Seite des Schreibtischs, auf der er saß.
Dies war es, was Unruhe und Angriffslust in Steinert hervorrief. Unruhe hält wach, Angst und Aggressivität behindern das Denken. Weisheiten, die man ihnen beigebracht hatte. Ihnen beiden. Den Rest musste man selbst herausfinden.

„Hatten Sie schon Gelegenheit, mit Ihrem Verteidiger zu sprechen?“ Hagens Stimme drückte Besorgnis aus, doch der Inhalt der Frage sollte nur weitere Unruhe in Steinert schüren, sie steigern, bis sie umschlug in Angst. Doch Hagen wusste: So einfach war das nicht.
„Brauch keinen Verteidiger. Kann mich selber verteidigen“, blaffte Steinert zurück.
„Es ist unklug, den Rat eines Juristen auszuschlagen. Soll ich Ihnen einen Pflichtverteidiger rufen lassen?“
„Ich habe Nein gesagt!“ Ein leises Zittern in der Stimme.
„Herr Steinert, Ihnen wird vorgeworfen, Birgit Freier in den Morgenstunden des 22. August 2012 vorsätzlich getötet zu haben. Sie haben jetzt die Möglichkeit, sich zu diesem Vorwurf zu äußern.“
„Blödsinn. Ich habe sie nicht umgebracht. Ich war zur Jagd.“
Immerhin eine Antwort. Das Verlesen des Tatvorwurfs war vorgeschrieben. Er hätte lieber anders begonnen und so wartete er, ob Steinert seine Antwort kommentieren oder präzisieren würde. Aber mehr kam nicht.
„Und? Waren Sie erfolgreich?“
„Was?“
„Bei der Jagd.“
„Nein. Wohl nicht. Daran würde ich mich erinnern.“
„War zu dunkel – oder? Kein Mond.“
„Ach, leck mich!“
„Steinert, Sie behaupten, die halbe Nacht im Wald verbracht zu haben und wissen nicht, ob Sie überhaupt etwas gesehen haben? Auf welchem Hochsitz waren Sie?“
„Auf meinem eigenen hinter Schulzendorf.“
„Wie sind Sie dort hingekommen?“
„Warum stellst du diese saudumme Frage, Brandt?“
„Wie sind Sie dort hingekommen, Steinert?“
„Natürlich mit meinem Auto.“
„Von wann bis wann waren Sie auf Ihrem Hochsitz?“
„So ungefähr ab 23 Uhr am Dienstag bis Mittwoch, 7 Uhr.“
„Und wohin sind Sie dann gefahren?“

„Zum Dienst natürlich."
„Was haben Sie für ein Auto?"
„Einen Nissan X-Trail, OHV-FS 1."
„Und mit dem waren Sie auch in dieser Nacht im Wald?"
„Ja. Wenn ich im Lotto gewinne, sage ich dir Bescheid."
„Natürlich. Warum können Sie sich denn so gut an diese Nacht erinnern, obwohl Sie doch gar nichts geschossen haben?"
„Ich war nur in dieser einen Nacht im August auf Jagd."
„Und ich dachte, der Jäger sucht sich dazu immer eine Vollmondnacht aus. Woher kannten Sie Birgit Freier?"
„Wie heißt die? Birgit? Kenne keine Birgit."
„Woher kannten Sie ihren Vater Arthur Freier oder Arthur Freeman, wie er sich jetzt nennt?"
„Von der Jagd."
„Seit wann kennen Sie ihn?"
„Lass mich überlegen. Du willst es ja immer ganz genau wissen. Im Sommer 2010 habe ich ihn bei einer Treibjagd getroffen. Er wollte ein Stück Wald kaufen. Ich konnte ihm das vermitteln."
„Und aus lauter Dankbarkeit hat er Ihnen das Anwesen in Gramzow gekauft? Oder wie würden Sie das nennen?"
„Das geht dich einen Scheißdreck an! Ich sage nichts mehr."
„Und da niemand wissen sollte, woher das Geld kam, musste der hoch verschuldete Onkel Arthur herhalten. Sie haben geerbt, ja? 50.000 Euro Schulden."
Steinert nickte.
„Warum hat Freier keinen Vertrag mit Ihnen aufgesetzt? Das Anwesen hat schließlich eine ganze Stange Geld gekostet."
Steinert zuckte mit den Schultern. „Frag ihn doch selbst."
„Gut, dann werde ich ihn auch fragen, warum er ein Backup seines Notebooks auf Ihren Server geladen hat."
„Was? Sie, Sie waren an meinem Server?"
„Natürlich. Vor mir sitzt der Untersuchungshäftling Steinert, der des Mordes beschuldigt wird! Und ich frage mich, warum du sie vorher vergewaltigt und gefoltert hast. Antworte. Warum hast du Birgit Freier gefoltert und vergewaltigt? Warum?"

Darauf hatte er hingearbeitet. Auf den Augenblick der Verwirrung, auf den Augenblick, an dem Steinert umkippen würde.
„Ich, ich habe sie nicht … Freier ...“ Den Rest schluckte er hinunter. Er hatte gerade noch gemerkt, dass er sein Alibi platzen ließ, wenn er widersprach. Aber zu spät.
„Du meinst, Freier hat seine eigene Tochter vergewaltigt? Das glaubst du doch selbst nicht.“
„Aber, aber so war es.“ Steinerts Stimme war so leise und zittrig, dass er ihn kaum verstand.
„Was ist in dieser Nacht mit Birgit Freier passiert?“
Steinert antwortete nicht. Er musste wissen, dass er es versaut hatte. Er wollte seine Argumente neu sortieren und brauchte Zeit. Zeit, die Hagen ihm nicht lassen durfte.
„Wir haben einen Zeugen, Steinert, der Birgit Freiers Schreien und Flehen gehört hat und er hat dich gesehen. Also, lüge mich nicht an. Wie ist das an dem Abend abgelaufen?“
„Freier hat ihr die Sachen heruntergerissen, hat sie geschlagen mit Händen und Fäusten, bis sie auf dem Boden lag. Kann ich eine Zigarette haben?“
Steinert sah ihn nicht an. Hagen gab ihm Zigarette und Feuer.
„Freier hat sie hochgerissen“, erzählte Steinert weiter. „Ich sollte ihm helfen, sie aufs Bett zu legen. Sie hat sich gewehrt.“
„Und da hast du deine Handschellen zu Hilfe genommen?“
Steinert nickte.
„Antworte laut und deutlich!“
„Ja. Ich habe Freier die Handschellen gegeben. Er hat sie ans Bett gefesselt. Dann hat er sich über sie gekniet und sie vergewaltigt.“
„Warum tat er das?“
„Er hat immer geschrien, dass sie ihm endlich sagen soll, wo die Goldkisten sind. Sie hat es ihm nicht gesagt, sie hat nur geschrien, dass sie ihn doch liebt. Er sei doch ihr Vater!“
„Was hast du dabei gemacht?“
„Ich bin ins Wohnzimmer gegangen und habe ferngesehen.“
„Ich habe gesagt: Du sollst mich nicht anlügen. Deine Fingerabdrücke waren am Bettpfosten und deine Haare im Bett.“

Steinerts Hand zitterte, als er die Zigarette ausdrückte.
„Ich ..." Er schluckte mehrmals. „Freier hat gesagt, ich soll sie festhalten. Der Alte hat ihn nicht hoch gekriegt."
„Wo hattest du das Messer her?"
„Sie war selbst Schuld, diese Hure!" Das letzte Wort spuckte er förmlich aus. „Sie hat mich angegriffen, hat das Messer aus der Küche geholt und ist damit auf mich losgegangen. Ich habe mich nur gewehrt. Habe ihr den Arm auf den Rücken gedreht ... Es, es war ein Unfall. Ich wollte das nicht."
Steinerts Stimme versagte. Er schluchzte.
„Was wolltest du nicht, Steinert? Was?"
„Ich… Freier war einfach gegangen und hatte mich mit ihr allein gelassen. Ich wollte meine Handschellen mitnehmen. Also habe ich sie losgemacht. Da rannte sie in die Küche und ging mit dem Messer auf mich los. Was sollte ich denn tun? Ich habe ihr das Messer abgenommen. Ich wollte sie nicht töten."
„Hast du ihr erst die Kehle durchgeschnitten, Steinert? Sie dann auf dem Rücken gefesselt und sie dann erschossen?"
„Nein! Nein! So war das nicht!", schrie Steinert und zitterte am ganzen Körper. „So, war das nicht", setzte er leise hinzu.
„Wie dann?"
„Ich hatte ihre Hände gefesselt, damit sie mich nicht wieder angreifen konnte. Aber sie schnappte mit den Zähnen nach mir, dass ich Angst bekam. Ich habe sie umgedreht, dass sie mit dem Rücken zu mir stand und ihr das Messer an den Hals gehalten. Ich habe ihr gedroht, dass sie still halten soll, weil sie sich sonst weh tut. Aber sie hörte ja nicht. In die Eier hat sie mir gegriffen. Da, da habe ich ..."
Steinert brach ab und begann, hemmungslos zu heulen.
Hagen beugte sich nach vorn zum Mikrofon. „Pause, 16.35 Uhr. Der Vernehmer verlässt den Raum", sagte er und schaltete ab.
Nicht nur Steinert konnte nicht mehr. Steinerts Willen war gebrochen. Hagens Willen war einfach aufgebraucht. Es war genug. Sollten doch Schimmel und Konsorten die Vernehmung zu Ende führen. Es waren die Bilder, Bilder von Birgit in sei-

nem Kopf, die er nicht mehr aushielt.
Er rannte förmlich aus dem Raum, dann den Flur entlang bis zur Gittertür. Seine Hände umschlossen die Gitterstäbe, seine heiße Stirn presste er gegen das kühle Metall. So lange hatte er seine Wut gegen Steinert bezwungen. Jetzt ließ er sie raus und schlug mit Fäusten und Unterarmen gegen die Gitterstäbe. Es dröhnte durch den Flur.
Auf der anderen Seite der Tür kam zögernd ein Beamter näher. Sein Schlüsselbund klapperte. Hinter Hagen ging eine Tür auf und schlug gegen die Wand.
„Hagen!“ Annes Stimme.
Er drehte sich um und taumelte mit dem Rücken gegen das Gitter, als er hörte, wie sie angerannt kam.
„Hagen, komm. Komm hier herein.“
Sie fasste ihn um die Hüfte und zog ihn mit sich. Im Technikraum waren viele Leute. Johanns Stimme erkannte er. Anne schob ihn auf einen Stuhl und gab ihm eine Tasse in die Hand. „Hier, trink“, sagte sie und kniete sich vor ihm hin. „Trink, Hagen. Willst du eine Zigarette?“
Er nickte. „Scheiße“, schluchzte er dann. „Johann … Johann, ich werde die Bilder im Kopf nicht los. Bitte, mach du weiter.“ Er hob den Kopf und schaute zu Johann Paul.
Sie sahen sich lange in die Augen. Dann schüttelte der Alte den Kopf. „Nein. Junge, wenn du das jetzt nicht zu Ende bringst, wirst du diese Bilder nie wieder los. Glaub mir. Der Kampf ist vorbei. Lehne dich zurück und frage ab, was wir noch wissen müssen. Warum hat er noch geschossen? Geh auf seine Finanzen ein. In einer Stunde ist alles vorbei.“
Der Alte hatte ja recht. Hagen merkte, wie sein Puls herunterfuhr. Er hatte vor Ewigkeiten mit einem Vernehmer gesprochen, der behauptete, eine Vernehmung sei wie Sex und das Geständnis wie ein Orgasmus. Aber so würde er nie denken können.
Langsam spürte er, wie die Erleichterung hochkam. Ein Gefühl, das er als Vernehmer oft gespürt hatte. Und viele Menschen auf der anderen Seite des Schreibtischs hatten ihm hin-

terher gesagt, dass sie das gleiche fühlten. Erleichterung, von der Last befreit zu sein. Würde Steinert jemals soweit gehen, sein Geständnis als Erleichterung zu empfinden?
Vorsichtig trank er einen letzten Schluck aus der heißen Tasse. Und merkte erst jetzt, was er trank: Tee. Und seine Farbe erinnerte ihn an Zuhause, an die Dielenbretter und vor allem an die Räume im Keller.
Die Farbe war rot, rot wie Ochsenblut.

Ende
Kraatz, 2013